U0609433

梦在光芒与幽暗的交界

"精读堂"讲座选 ◆ 第二卷

主编／戴冰

贵州出版集团
贵州人民出版社

图书在版编目（ＣＩＰ）数据

梦在光芒与幽暗的交界："精读堂"讲座选. 第二
卷 / 戴冰主编. -- 贵阳：贵州人民出版社, 2022.4
　ISBN 978-7-221-17002-6

Ⅰ. ①梦… Ⅱ. ①戴… Ⅲ. ①文学评论—世界—文集
Ⅳ. ①I106

中国版本图书馆CIP数据核字(2021)第271799号

书　　名	梦在光芒与幽暗的交界："精读堂"讲座选（第二卷）
主　　编	戴　冰
出 版 人	王　旭
责任编辑	黄　冰　欧杨雅兰
版式设计	杨　洋
出版发行	贵州出版集团　贵州人民出版社
社　　址	贵州省贵阳市观山湖区中天会展城会展东路SOHO办公区 贵州出版集团大楼（邮编:550081）
印　　刷	深圳市新联美术印刷有限公司
开　　本	889mm×1194mm　1/32
印　　张	15.5
字　　数	300千字
版　　次	2022年4月第1版
印　　次	2022年4月第1次印刷
书　　号	ISBN 978-7-221-17002-6
定　　价	52.00元

"精讲堂"启动词（代序）

戴 冰

非常感谢大家能来到这个启动仪式现场！

借这个机会，我想给大家介绍一下"精读堂"创办之初的一些想法。现在倡导全民阅读，有关阅读的活动和平台非常多，各种媒体有关阅读的报道也特别热闹，这当然是一件很好的事情，但阅读这个行为和这个词本身都是中性的，并不带有任何立场和价值取向。

事实上，从阅读方式上说，各种快餐式的、片段式的、浅尝辄止或囫囵吞枣式的阅读对大部分人来说还是一种常态，这里面也包括我自己；另外，从内容上说，电子技术高度发达，阅读平台越来越方便快捷，致使良莠不齐的文字甚至垃圾也在实际上充斥着我们的阅读生活。在这样一种阅读背景下，倡导读什么书，倡导一种怎样的读法，也许才是一件更为重要和更为迫切的事情。于是，我们整合各方资源，打算成立一个以"精读经典"为宗旨的讲堂，也就是今天的"精读堂"。"精读堂"在方法上倡导精读，在内容上推荐经典。今天启动的是"精读堂"的文学单元。

"精读"这个词，应该包含着两个基本特征，那就是挑筋剔骨、细嚼慢咽。只有经典才经得起这样的精读，也只有这样的精读才不至于辜负了经典。从本质上来说，精读才是阅读的三昧，是阅读的无上咒、无等等咒。没有精读，阅读其实只是一种自欺欺人的假象，所谓以书遮眼而已。

"精读堂"的基本运作方式，就是每月邀请一个主讲嘉宾，对一个经典作家，或者一部经典文学作品，进行精细解析，尽可能体会和传递出作品背后的匠心与创意，技艺和思想，以此达到深入理解经典的目的。

这里我代表"精读堂"执行团队，要特别感谢贵州省作家协会、千翻与作书店、贵州人民出版社、贵州广播电视台综合频道、《贵阳晚报》、"ZAKER贵阳"和参与协办的多家文学杂志，以及贵州文学院签约文学微信公众号"尚未文化""人文贵州"等多个公众号，没有他们的支持，"精读堂"不可能成为现实。

任何事情都是做起来容易，坚持下来难，"精读堂"自不能例外。所以我们特别希望社会各界能够给我们提供更多的支持，能够让"精读堂"为那些真正喜爱文学、喜爱读书的朋友们提供一种持久的、高质量的专业服务。

谢谢大家。

2017年5月13日

目录

门外说《兰亭》

——兼及传统的继承和创造问题

■周之江

周之江：门外说兰亭
—— 兼及传统的继承和创造问题

　　文化总是流动不居，与时俱进，绝没有一成不变的传统，尽管如此，并不就意味着我们可以不去尊重和继承优秀的传统文化。正如学书法，不管怎样创新、如何多元，经典始终是一把尺子，没有尺子，就没有一个切实的评判衡量当下的准绳，《兰亭序》正是这样一把尺子。

　　周之江，男，一九七四年生。一九九六年毕业于贵州大学中文系汉语言文学专业，曾在媒体工作十八年，两千一四年调任贵阳孔学堂文化传播中心党委委员、副主任。曾与人合著出版《贵州古村寨》，个人著有《小吃纪事》，并整理出版了民国时期曾任贵州省主席的吴鼎昌所著《花溪闲笔》及其续编，参与完成国家课题《百苗图现代图谱》。

周之江

男，1974年生。1996年毕业于贵州大学中文系汉语言文学专业，曾在媒体工作十八年，2014年调任贵阳孔学堂文化传播中心党委委员、副主任。曾与人合著出版《贵州古村寨》，个人著有《小吃纪事》，并整理出版了民国时期曾任贵州省主席的吴鼎昌所著《花溪闲笔》及其续编，参与完成国家课题《百苗图现代图谱》。

讲《兰亭》的缘起其实蛮好玩的，我的一个朋友，经常在微信上发一些书法作品的照片给我，问我如何评价，我的回答一般都非常简洁——好，或者不好——但几乎从来不回答为什么。不是不答，而是没办法回答，因为三言两语根本讲不清楚。某次，朋友找了个茶馆，约了一些对书法有兴趣的朋友，让我集中讲一讲，于是便做了个幻灯片，取了个跟风的名字，叫作《中国好书法》，就这样讲了第一次，之后不断增补，认识也逐渐深入，姑妄言之，讲得不好之处，请大家谅解。

言归正传。一千多年过去，我们今天来谈《兰亭》，还有一层特殊的含义，是因为我始终觉得，文化总是流动不居，总是在变化，与时俱进，绝没有一成不变的传统。这也是今天讲座的一个主线，所以还安了一个副题叫"兼及传统的继承和创造问题"。

我们现在来看《兰亭》，当然知道它是非常传统的东西，而且非常经典，但在它的那个时代，《兰亭》及王羲之的书风也是创新，甚至是异端，是一个当时有人并不接受的东西。那《兰亭》是怎么成为经典，并且影响了中国人一千五六百年的呢？我们首先要回到之前的那个问题，即如何判断什么是好的书法。其实有一个最简单的办法，那就是去培养一副判断好和不好的眼光。打个比方，两个人站在一起，谁高谁矮，谁胖谁瘦，一目了然，那是因为你有高矮胖瘦的基本概念，心中有一把尺子，一杆秤。我想，通过大量的阅读欣赏《兰亭》以及跟它一样已经公认为经典的很多碑帖，你就会拥有这样的一把尺子，用来丈量书法的好与不好。学书法，不管怎样创新、如何多元，经典始终是一把尺子，没有尺子，就没有一个切实的评判衡量当下的准绳。《兰亭序》正是这样的一把尺子，我们尊重和继承优秀的传统文化，就是为了给自己找到一把尺子。

何谓书法？顾名思义，书法，就是书写的技法。又或者说，书法是书写的法度。而这个法度的成熟，乃至各种书体如行、草、楷、隶、篆这些书体的齐备，是在晋唐时期。在"二王"和"唐四家"的时代，行楷之法大备，书法进入到一个非常成熟的时代，且中国人对于书法的审美观基本形成，涌现出了一大批"经典"。在这些经典中，堪称"经典中的经典"就是传为王羲之所书的这一张两百多字，五十来公分长，二十来公分高的《兰亭集序》，也被称为"天下第一行书"。

《兰亭》是经典，仅从书法角度而言，古人誉之为"群帖之祖"。在所有的法帖中，它几乎是最重要的、最牛的一件，天怀高朗，兴会所至，神与之化，世有定论。我想，我们不必要去争论《兰亭》作为一个经典的地位，我们要讨论的是它的真伪问题，后面我们会讲到。《兰亭》的真迹已湮，而一般认为，《兰亭》可能被唐太宗用来殉葬了，是在昭陵里面，而昭陵是至今都还未正式发掘的一个帝王陵寝。说过很多次，我这辈子最大的心愿之一，就是把昭陵给挖了，看看到底《兰亭》在不在里面，在的话，它到底是什么样。但现在的问题是技术上能不能保证《兰亭》出土后能保持完好，我甚至更极端一点地想，即使不能，只要能迅速地照一张相片，让人们能见识到《兰亭》的真面目，即使马上就风化了又怎么样。当然这是一个非常自私的想法了，有生之年大概也不可能实现。

《兰亭》的历代学者众多，临摹、刻石的版本不可胜计，方圆肥瘦，各有妙处，有的方劲，有的丰腴，有的圆转，有的瘦硬，得其一体，足可名家。为什么说《兰亭》是群帖之首，说王羲之是"书圣"？"二王"的影响自晋唐至今，不曾中断，一直是中国人学书法的"正宗"，或者至少说是"大宗"，真是有道理的。清人王宗元说："学《兰亭》如读经，浅者见浅，深者见深。"把《兰亭》称之为"经"，"经"是什么？"经史子集"，"经"排在第一位，可见推重。

给予《兰亭序》以绝对权威地位的，是拥有绝对权威地位的唐太宗李世民，他对王羲之和《兰亭序》推崇备至，评价说："详察古今，研精篆素，尽善尽美，其惟王逸少乎。"他自己一生毫无疑问地多次临写过王羲之的多种法帖，同时他自己也是推广"二王"最有力的一个人。我们现在学"王字"，一个重要的范本就是《集王圣教序》，文章由唐太宗撰写，后由怀仁集王羲之的字刻石，永久流传。但也足见当时王羲之的法帖还存世不少，足以集出一篇两千多字的大文章来。由此想到的，是另外一件非常非常荒唐的事情，就是今天我们看到的"二王"书法，没有一件是真迹。在北宋"靖康之乱"后，宋高宗赵构就说："余自渡江，无复钟王真迹。间有一二，以重赏得之……"而这所谓的"间有一二"，到底是真是假，谁也不知道了。

事实上，早在南朝刘宋时期便开始有帝王广为搜罗"二王"法帖。文献记载，当时内府所存约三千纸，基本上以信札便笺为主；到了梁朝的梁武帝，也是"二王"的粉丝，御府进一步加以收藏，唐代张怀瓘《二王等书录》载："二王书大凡七十八帙七百六十七卷……一万五千纸……"大致猜想，以半数计，王羲之的法帖也得有七八千张，数量是很大的。梁元帝亡国之时，将藏书、法帖等十四万卷付之一炬，劫后所余不过四千卷。那真是一次巨大的劫难，逃过一劫的东西中，应该还有一点"二王"的真迹。经济学上有一个关于投资的说法，"不要把鸡蛋都放在一个篮子里"，这些皇帝们大概都没有学过经济学，好东西一旦打碎，就全部都打碎了，的确让人痛心。

唐太宗继位后，再一次大规模购募"二王"真迹。褚遂良整理的《右军书目》载，当时收到了王羲之的正行书共二百六十余帖，数量比起前朝来只有一个零头了。到唐玄宗时期，根据记载，最高峰时，内府大约藏有正书五十纸，行书二百四十纸，草书二千纸，将近三千之数，但里面其实不完全是真迹了，已有不少前代的临摹本。唐中宗时，这些收藏开始流失宫外。再一次巨大的浩劫，是在安史之乱后，内库法书皆散失。中国的文化史有时候让人觉得蛮悲催的，我们好像特别不尊重那些伟大的文化，总是收了毁，毁了收，循环往复。

北宋时，再一次由皇家广为辑佚，到宋徽宗时，御府所藏"二王"书，据《宣和书谱》的统计，是二百四十三帖，跟"三千之数"比较，就只有十分之一，其中不少是临摹本乃至赝品，已经鱼龙混杂。再之后，经历"靖康之乱"，宋室南渡，"二王"真迹终于片纸不存。

总结一下，"二王"法书的收藏，从东晋中期起，到北宋末年，王羲之的真迹从多到少，从散落到集中，从集中到散落，终至于从有到无。这是七百多年间发生的事情，想起来真的叫人扼腕叹息！仅仅七百年，世间再无王右军。

目前能看到的晋人真迹极为稀有，最重要的如传为陆机的一张《平复帖》，现收藏于北京故宫博物院，递藏有绪，所以一般认为比较真实可信，确为西晋名家的法帖。张伯驹先生以巨金购得，20世纪50年代捐献国家。

我们可以看一下李世民所写的《晋祠铭》，存放在山西太原的晋祠里面，风格上是很典型的王字嫡系，好像还流露出一些富贵气。王阳明曾经有过一个跋文，他是王羲之的后人，有宗亲关系，字也写得很好，其书法亦步武"二王"，观其存世墨迹，确"有弘毅骏拔飘逸之气象"。明代大书法家徐渭，跟王阳明同为绍兴老乡，他评价说："古人论右军（指王羲之）以书掩其人，新建（指王阳明）先生乃不然，以人掩其书。"颇有些言外之意，这段话很重要，中国人从来不是单看字的，所以弘一法师也讲，"人因字传"不值得高兴，要"字以人传"。

刚才讲到，王羲之的书法，在他的时代也被视为新体，一开始并不为时人所认可，甚至受到批评。然而，他的创造最终却成就了经典，笼罩千年，至今仍然是中国人学习书法的典范。弘扬和传承优秀的中国传统文化，需要坚持"创造性转化、创新性发展"方针，这也是我们从《兰亭》得到的启示。简言之，就是绝不故步自封，不能一味复古，而是在前人的基础上有所创造。

说《兰亭》是新体，我们来看一下同时的"旧体"，对比一下。比如传为陆机的《平复帖》，传为索靖所书的《出师颂》，章草意味都很重，跟我们习惯的审美有很大的区别。甚至，王羲之的早期书法，也带有章草的笔意，比如《姨母帖》。

与《兰亭》、"二王"同时代的书风，还有一个面貌截然不同的，那就是魏碑。由此还引发了《兰亭》的真伪之辩，至今不绝，甚至都没法得出结论。清代金石家阮元推崇北碑，他就说，《兰亭序》书法风格为唐人改钩、伪托，不是它本来的样子，已经为唐人用"P图软件"给P过了，美化了，磨皮了，变成一个更漂亮的样子了。包世臣则说其字迹不像王羲之"字势雄强"，过于妩媚，这也许并不是没有缘由，我们待会儿再说。

更系统性提出疑问的为李文田，他在汪中所藏定武本《兰亭序》跋文中提出了三大可疑。其中一个重要的论点，是他认为，东晋时期的书法，与汉魏隶书相似，"故世无右军书则已，苟或有之，必其与《爨宝子》《爨龙颜》相近而后可"。"二爨"是在云南曲靖出土的晋碑，离贵州很近的，就紧挨着威宁，有机会不妨去看看。清代书家特别推崇"二爨"，尤其是康有为，吹捧到了一个简直无以复加的高度，所以后来学的人也很多。"二爨"跟王羲之的字确实区别巨大，一个是西南边地的粗壮蛮子，一个是东南鱼米之乡的清丽女子。

我们再来比较一下其他的魏碑的拓片，两相对比，看得出风格区别巨大，属于两个不同的体系。但我们要知道，刻与写是两回事。沙孟海先生在《漫谈碑帖刻手问题》中讲，刻手好的，东魏时代会出现赵孟頫的书体，比如《董美人墓志》《张黑女墓志》；刻手不好的，《兰亭》也会变成《爨宝子》那样粗野的东西。沙先生还发现，字经过刻，不论是书丹或摹勒。多少总有些差异，有的甚至差异极大。通过出土未刻的大量文物的对照，可以看出来，沙先生的说法极有道理。

再一个重要的理由是，即使同时代的东西，出自文人之手和出自匠人之手，的确会大不相同。今天我们能看到优雅的书法家的作品，也能够看到街头卖麻辣烫摊子上东倒西歪的店招，一千多年前的情形，大概也是如此。所以，李文田的这个质疑其实站不住脚，缺乏说服力。

两晋之际，在书法上是一个特别重要的年代。那个时代乃至更早一些的墨迹文件，最近一两百年来，有大量的出土和发现。南北朝的碑刻之外，还有马尔克·奥莱尔·斯坦因发现的两汉魏晋文书、六朝隋唐写经，斯文·赫定发现的两晋文书，大谷光瑞探险队发现的两晋以后到隋唐的文书和写经，保罗·伯希和发现的六朝隋唐文书和写经，等等。这帮助我们对中国书法史有了一个更清晰的认识。假设，中国书法史有一个可以绘制的基因图谱。两汉魏晋南北朝，正是由隶变草、变楷，以及行书成熟的重要基因突变期。而晋人墨迹，所存较可靠者极其稀少，这批文献确可为之补充，帮助后学者部分地完善这张图谱。

而王羲之的字，也跟灭绝了的恐龙有一比。斯皮尔伯格导演的科幻电影《侏罗纪公园》里，科学家用琥珀里的蚊子血提取出恐龙的DNA，缺失部分拿青蛙、蜥蜴之类的DNA去补足，成功克隆出了活生生的恐龙，这当然是戏说。但真实的情况还的确有点像，王字的真迹片纸不存，于是我们也只能在临本、摹本、刻本里面去寻找王羲之的真面目，甚至通过学他这一路书法的血脉相近者来猜想，最后是可以大致勾勒出一个相去不会太远的"王羲之"来的。

这些出土的文书，尤其是写经的卷子，很多非常精美。我基本上认为，晋唐时代既是中国书法的楷行书体逐渐成熟的时代，也是一个书法的"基因突变期"。看了这些东西，也许你就不会奇怪，为什么在王羲之手里，就能写出那么漂亮的字体。

英国大英图书馆藏有一个敦煌临本的《龙保帖》，纸本，纵二五厘米。两行，十二字。跟传世刻帖的《十七帖》里所收的《龙保帖》，几乎一致。可见那时候，即使远在西域，学习王羲之的书法，也已经很普遍了。要知道，那个时代的交通可不像现在便利，王羲之的影响之大，可见一斑。

去年我读到日本学者西川宁所著《西域出土晋代墨迹的书法史研究》，蛮有意思的一本书，他说："钟王处于一个追求个性的时代，文献所传多涉怪诞，很多真相都湮没于模糊的传说中。通过对出土品真实情形的考察，会发现其中还牵涉到异民族的新书派，其间关系非常复杂，不得不说是一件饶有趣味的事情。"幸亏是西域地区的特殊气候条件，还保存了大量的纸质文本，珍贵无比，如果在气候潮湿的南方，恐怕就没法留存下来了，这是中国书法史的一桩幸事。

回过头来看《兰亭》，其版本之多，面貌之模糊，难以概说。先看"神龙本"，天一阁的丰坊刻本，有半截"神龙"印章，因此得名。最有名的一本墨迹本《兰亭》，是传为冯承素所摹的一本。冯摹《兰亭》，也即"神龙本"的母本。自元代郭天锡认为是冯承素等摹，明代项元汴确定为冯摹，就算是定下来了，被认为是最近真迹的摹本。有宋代至明代二十余家题跋观款，钤鉴藏印一百八十余方，乾隆内府刻入"兰亭八柱"，列第三，大大有名。

那么，冯承素到底何许人也？他是唐太宗时候内府供奉拓书人，他的专职工作就是摹写前代的名帖，技术非常高超，所摹写的东西所谓"下真迹一等"，几乎丝毫不爽。这种技术大概早就失传了，但古人是有记载的，姜夔《续书谱》论临、摹十分详尽："唯初学书者不得不摹，亦以节度其手，易于成就。皆须是古人名笔，置之几案，悬之坐右，朝夕谛观，思其用笔之理，然后可以临摹。其次双钩蜡本，须精意摹拓，乃不失位置之美耳。临书易失古人位置而多得古人笔意，摹书易得古人位置而多失古人笔意。临书易进，摹书易忘，经意与不经意也。夫临摹之际，毫发失真，则神情顿异，所贵详谨。"2009年，在陕西长安出土的"唐故中书主书冯君墓志之铭"，就是冯承素的墓志，铭文称赞他"张伯英之耽好，未可相传"。张伯英就是张芝，汉代书法家，有"草圣"之称，相提并论，可见其书法水准不低。可惜的是，冯的书法没有传世。

　　《兰亭序》尺幅很小，字也小，高度就二十多公分，长不过五十几公分，冯摹这一本，还是以两张纸接起来的，可见那时还造不出太大的纸来。二十几公分恰好就是一尺，古人说"尺牍"，一张信笺也就是一尺左右大小。一尺差不多就是成人张开手指，从大拇指到中指的最大距离，所以人都是自带尺子的。有一种虫叫作"尺蠖"，它爬行的姿态，就跟人用手丈量物体差不多，所以得名。

　　扯远了，回到《兰亭》，历代的临本、摹本和刻本不但非常多，而且各有千秋。在如今存世的墨迹本里，冯承素的"神龙本"可能更接近原貌，其摹写的水平极其高明。褚遂良和虞世南的是公认的，深得《兰亭》神韵，却又有个人的风貌在里面。冯、褚、虞的三个墨迹本细细对照，其实区别蛮大的，冯摹细节更丰富，技巧更炫耀，褚临、虞临则相对萧散从容，风格虽各异，却又都看得出就是《兰亭》，都是王羲之的嫡系，有共性又有个性。后世很多大书法家一辈子都没见过《兰亭》的真迹，他们的临摹，是对摹本的临摹，对临摹的临摹，是对复制品的复制，同出一源，却各有悟性高低，取径不同，生发出很多支派，成为某种意义上的"多元一体"。甚至有的学书者用的还是更加糟烂的多次翻刻后的本子，离《兰亭》或者说王字的真面越来越远，但那个源头毕竟还在，所以多多少少都保留了王羲之的一些主干或旁支的东西，由此构成了一部由"二王"主导的中国书法史。

《兰亭》之所以耐人寻味，某种程度上，也正是因为这份扑朔迷离。

据《兰亭考》所录吴说跋语："《兰亭修禊前序》世传隋僧智永临写，《后序》唐僧怀仁素麻笺所书，共成一轴。永嘉太守待制程公见赏叹刻之乐石，与天下后世知有《兰亭》笔法者共之。虞褚辈多临《兰亭》，而永师实右军末裔，颇能传其家法。古故此书活动宛有回鸾返鹄之意，较之世间石本，何啻九牛毛耶。怀仁唐书僧，号能集右军书者，首尾映带诚为尤物。"这里点出了一个非常重要的人物，即智永禅师，他是王羲之的第七代孙。很早就有人怀疑，《兰亭序》跟智永就有着非常深厚的渊源。吴说还进一步提出传世《兰亭序》为智永所临写。张嵘跋也云："《兰亭》所传，智永与唐诸公临摹者也。"在智永名下，不仅有临本，还有刻本。当代有一位旅美的美术史家熊秉明，他有一个"大胆的推论"，即认为世间所传的《兰亭序》很可能是智永一个非常精彩的临本的摹本。这几年来，我慢慢觉得，虽然没有绝对的证据，但这个可能性是蛮大的。

智永禅师的事迹，见于开元年间何延之所写的《兰亭记》，他是王羲之的七世孙，《兰亭序》曾经他传掌，后付弟子辩才，萧翼用诡计在辩才手中骗走，成为唐太宗的内府珍藏。我倒不大相信这故事的真实性，唐人写小说，有"温卷"或者说"行卷"的传统，借此展示文才，很多也真的就是编故事，但也并非没有真实的成分，比如《兰亭》曾在智永手中。据记载，智永"常居永欣寺阁上临书，所退笔头置之于大竹簏，簏受一石余，而五簏皆满。凡三十年于阁上，临得真草千字文好者八百余本。浙东诸寺，各施一本，今犹存者，犹直钱数万"。为什么要抄写八百多本呢？据说是为了传王羲之的笔法，尽管如此，留存至今的也只剩下一本，而且在日本，直到民国时期，才通过珂罗版印刷回流到中国，我们得以再一次见识到智永《千字文》的真面目。智永在中国书法史上的地位往往被低估，原因很简单，他存世的东西少，《千字文》过去有刻本，但真迹却罕见。

智永一直是伪造《兰亭》最大的嫌疑人之一。总之有不少记载说《兰亭》曾经为智永所藏，且临摹多次。聚讼纷纷，早自南宋时便已不绝。我们拿《兰亭序》与智永《千字文》做一些单字的比较，很多书写的小习惯非常相像，甚至有的单字相似程度很高。实际上，在熊秉明之前，史树青先生就曾比较《兰亭》和智永《千字文》的若干单字，并指出其中颇有相似之处。熊秉明做得更细致一些，他在《关于兰亭序真伪问题的一个假定》指出，"我想兰亭序和王羲之的字有距离是可以肯定的"，但"并不是伪造"。这个推论他认为可以解释很多兰亭的疑问——一是混入了智永的笔法，即"媚"的成分是智永所带进去的；二是临写时有些字并不自然，比如"癸丑"过于拥挤的问题；三是临本有弱笔；四是临者省去了最后记载若干人成诗，若干人罚酒的一段文字；五是智永临写的可能性最大。其实前人怀疑《兰亭》为伪，其中还有一个证据是传世的《兰亭》省略掉了一段文字，即正文之后记载当天多少人参加，多少人成诗，多少人未成诗被罚酒什么的。

受史树青的启发，熊秉明《智永〈千字文〉和冯摹〈兰亭〉》一文列出四个字形比较，即智永《千字文》与冯摹、褚临、虞临的《兰亭》。他的结论是，从若干细节上来看，也就是所谓"耍花枪"的地方，比如双折头、弯月撇、十字搭、蜂刺落笔和收笔等等，《千字文》更似《兰亭》，反倒超过褚临、虞临的相似性。这个在道理上是不应该的，按说"临"应该更像才对，为什么反倒是智永自己写的《千字文》在一些细节的地方更像冯摹《兰亭》，如果这样的话，是不是反而是智永《千字文》跟冯摹《兰亭》的血缘关系更近？我不敢说已经有答案，但值得大家深思。姑且这样解释一下，不知道大家看过《无间道》那部电影没有，刘德华所饰演的刘建明有个不自觉的小动作，就是拿文件袋一边走一边拍打自己的腿部，智永写字时也有自己的"小动作"，自觉不自觉地会流露出来，尤其在无意的时候，根深蒂固，稍不注意，就会出现。

熊秉明最后的结论是：冯摹《兰亭》的原本是一智永的临本，其风格可以说是王羲之与智永两人作风的混合。给人的印象是很有魅力的，因为原迹必极精彩，而临者也终是高手。……笔致气势大致能够很自然而且贯注，但也正因此，临者自己的笔法流露得相当多。有人说《兰亭》妩媚，不似一般王帖，诚然，这妩媚是智永给予的。又有人说《兰亭》风格较新，不似晋人，这也是智永临笔所造成。《千字文》的字形相当丰腴，如隋炀帝所称"智永得右军之肉"。冯摹兰亭显然比较瘦劲，这瘦劲当是王羲之《兰亭》原有的精神。

当然，这里有一个假设，就是冯摹《兰亭》基本上重现了唐太宗所藏的原来的那一本《兰亭》的样貌。而这本《兰亭》为智永临写，既有王羲之的味道，也加上了很多自己的"小花枪"，而这些"小花枪"就是"作案人"留下的蛛丝马迹，不过我们缺乏证据，还不能直接逮到智永，虽然他确实也提不出不在场的证明。

接下来我们还可以看一下欧阳询、虞世南、赵孟頫、王铎、沈尹默等历代大书家所临的《兰亭》，他们每个人都加入了自己的个性，也跟智永一样，对《兰亭》各有增减，也就是说，每个书家都赋予《兰亭》一个别样的精神，但又保留了

《兰亭》的一些原貌，共同构建了《兰亭》，这也是《兰亭》的魅力所在。

顾颉刚先生有一个著名的理论，即"层累地造成的中国古史"说，抛开历史学家们的争讼不说。《兰亭》还的确就是"层累地造成"，真迹已湮，也许还在唐太宗的陵寝里，也许那一本就是智永的临本。总之，王羲之的真面目已不可窥见，《兰亭》是王羲之，也非王羲之。甚至可以说，《兰亭》以及我们心目中的"王字"，其实是晋人与唐人的共同创造，若干的临摹本，累积而造就了今日《兰亭》的面貌，完成对《兰亭》的最终塑造……这是我觉得很有意思的一件事情。

董其昌在《画禅室随笔》里讲道："兰亭，出唐名贤手摹，各掺杂自家习气。欧之肥，褚之瘦，于右军本来面目，不无增损。正如仁智自生妄见耳。此本定从真迹摹取，心眼相印，可以称量诸家禊帖，乃神物也。"这是赞赏冯摹《兰亭》的一段文字，但也见得出各家自有面目，共同构筑起一个"兰亭"的系统。陈一梅《宋人关于〈兰亭序〉的收藏与研究》说，以宋人的刻本为例，就有定武系、褚系、潘妃系、帝后系、开皇本、冯本、虞本、三米本等若干系统。到了再后来，还有更多的临法，比如八大山人，几乎就是写《兰亭》，完全一点都不像了，而且还裁头去尾，文字都删减了不少。

前面说过，我越来越倾向于世传的冯摹《兰亭》，是智永一个临本的摹本，但这个不等于伪造，伪造是无中生有，这个罪名太大，我不大相信；而且智永大概也没有能力伪造到如此精彩的地步。尽管疑者还提出了很多问题，有待解决，比如，《世说新语》所载的《临河序》，也就是《兰亭序》的别名，文章与传世的《兰亭》相比，要短很多，这个确实很难回答，不过，文章的删改，也是常事，也许草稿本和最终的定本会有区别，很难说。

近人朱剑心先生著《金石学研究法》，是一本几乎成为遗珠的书，真有学问见地，尤其是与"郭老"探讨《兰亭》真伪问题的几篇，逐条辩难，窃以为在理合情。他说："总之《兰亭序》和《临河序》是一物二名——可能一是草稿，一是定稿；也可能一是夙构，一是草稿，而逐渐成为定稿的。从作者的为人和思想看，无有不合；从作者别的书迹和当时别人的书迹看，也无有不合；从《圣教序》来推勘《兰亭》也无有不合；只是与当时碑志书体，确有不同。如果可以执碑志的一种体势而怀疑笺素的风格，那么可不可以执笺素的一种风格而怀疑碑志的体势呢？以本无可疑之事，仅仅由于两种墓志的出土，而断定东晋笺素的书风也必须与石刻同流，而且论定为智永所伪造，无乃是贤者好奇之过吧？"可惜当年甚至未能发表，文末附信云："前接九月廿一日信，谓拙稿将于十月号刊登；但至今两月，毫无消息。请示究竟，以释疑虑。如该稿确有违碍之处，亦希说明理由，退还可也。"诚可深叹。

再有一个问题，是各种《兰亭》的临摹刻本中，还有些字的写法不一样。比如，黄绢本，又称为"领字从山本"，齐藤董庵旧藏，林伯寿氏藏，明王世贞藏本。此本后有宋米芾跋赞，称为隋王文惠家藏褚遂良临本。此临本似对临而不是摹拓。但其中"领"上加"山"头作"岭"，与南宋游似所藏石刻王文惠家褚临本（故宫博物院藏）不同。为什么会有这样的不同，我也解释不了，姑且存疑吧。

不仅如此，即使是褚临、虞临，也不是没有问题，明代人在褚临的前绫隔水上题写为"褚摹王羲之兰亭帖"，清代卞永誉以后指为褚遂良。"兰亭八柱帖"列为第二柱。此卷正文十五行的"怏"字，近似"快"字，与别本不同。当代学者有提出此临本为宋人临本，甚至有明确提出为米芾所临。

唐虞世南临本，也称"张金界奴本"，白麻纸，纵不足二十五公分，横不足六十公分，现藏北京故宫博物院。此卷用两纸拼接，各十四行，排列较松匀，近石刻"定武本"。但点画与褚遂良摹本相近，较圆转而少锐利笔锋，勾描的墨色清淡，气息古穆。有学者认为，此本当为唐代辗转翻摹之古本；也有学者认为虞摹本为宋人重摹本。

特别要强调一个事情，那就是《兰亭》及其代表的"二王"书风，成为中国书法审美的一个标准。20世纪，有一位"二王"书风的代表人物，也是我非常非常佩服的书法家白蕉，他说："讲到正、行两种书体，晋朝人算是登峰造极了。尤其是王羲之，历来被推为书圣。唐、宋以来的书法大家，都是渊源于他。"

我们来看宋四家的法帖，也能找到王字的影响和渊源，很明显可以感受到，宋人基本上还是在晋唐人手中讨生活。元人、明人亦然。中国人学书法，无论如何绕不开《兰亭》。"二王"的影响甚至远及日本。但到了明代，已经开始变法，傅山、徐渭是代表人物，希望能在"二王"之外找到一条路子，限于时间，就不展开讲了。

《兰亭》之于书法，正如迈克尔·乔丹之于篮球，不仅仅因其风姿超迈绝尘，成就无与伦比，更源于其故事的传奇性，以及对于后来者巨大持久的影响力。

游离于一切流派的牧歌作者

——俄罗斯画家马克·夏加尔

■ 曹琼德

曹琼德 | 游离于一切流派的牧歌作者
——俄罗斯画家马克.夏加尔

主讲：曹琼德

1955年生于曹阳，籍贯湖南长沙，国家一级美术师，中国美术家协会会员，中国版画家协会理事，贵州版画学会会长，贵州省美术家协会副主席，贵州市美术家协会主席，贵阳画院院长，享受国务院特殊津贴，著名专家，贵州大学艺术学院硕士生导师，贵州民族大学美术学院硕士生导师，贵州师范学院客座教授，贵州画院、贵州美术馆学术委员，贵州省国际文化经济交流中心理事。

美术作品曾获第十七届全国版画作品展览金奖，第七届全国美术作品展览铜奖，第八届美术作品展览提名奖（唯一奖），第十一届全国美术作品展览提名奖，鲁迅版画奖，莱姆设计作品成中国出版政府奖，贵州省文艺奖一等奖，贵州省首届专业文艺奖一等奖，大道有痕——2018·中国百家金陵画展（版画）典藏作品奖等。

马克·夏加尔

马克·夏加尔（1887-1985）生于俄国，早年的犹太人习俗是他根深蒂固的想象之源。马克·夏加尔是现代绘画史上的伟人，游离于印象派、立体派、抽象表现主义等一切流派的牧歌作者。

他的画中呈现出梦幻、象征性的手法与色彩，"超现实派"一词就是为行家他的作品而创造出来的。夏卡尔主要描绘绿色的牛、马在天上飞，躺在紫丁香花丛中的爱侣，同时向左和向右的两幅面孔，倒立或飞走的头颅、中世纪的墙壁。

曹琼德

1955年生于贵阳，籍贯湖南长沙。国家一级美术师，中国美术家协会会员，中国文促会版画院副院长，贵州版画学会会长，贵州省美术家协会第五届、第六届副主席，贵阳市美术家协会第五届、第六届主席，享受国务院特殊津贴，省管专家，贵州大学艺术学院硕士生导师，贵州民族大学美术学院硕士生导师，贵州师范学院客座教授，贵州文史馆馆员，贵州画院、贵州美术馆学术委员，贵州省国际文化经济交流中心理事。

美术作品曾获第十七届全国版画作品展览金奖，第七届全国美术作品展览铜奖，第八届全国美术作品展览优秀奖（唯一奖），第十一届全国美术作品展览提名奖，鲁迅版画奖，贵州省政府文艺奖一等奖，贵州省首届专业文艺奖一等奖，贵州"双百工程"奖，大道有痕——2018·中国百家金陵画展（版画）典藏作品（金奖），装帧设计作品获中国出版政府奖（一等奖），西部十省第十二届装帧艺术评奖会整体设计一等奖，贵州省第三届优秀图书评比封面设计一等奖等。

作品曾被国内重要美术馆、艺术机构三十余家收藏。

　　今天的讲座我要和各位朋友们分享一位俄罗斯著名画家马克·夏加尔的作品与他的人生。

　　在网络上有许多对马克·夏加尔的介绍，但我今天的讲座没有采用任何网络上的资料，讲座的资料全部来自于塔森出版社出版的一本马克·夏加尔画集。这本画集收入了夏加尔很多绘画作品，更重要的是，画集的文字非常好，开篇就有一段精彩的文字介绍夏加尔，讲座开始前我要和大家先分享一下这一段文字。

　　马克·夏加尔是诗人、梦想家、特立独行者。经历漫长的一生，始终扮演社会局外人、艺术奇葩的角色；一切自然天成，恍若多重世界的中继媒介……他那非比寻常的一生，风华独具的艺术，凝聚成为一位孤独寂寞的前行者、一位童心未泯的世界居民、一位迷失神奇世界的陌客……他的作品充满了对宗教的虔诚、对家乡的热爱，一声声迫切的哀求，为现实存在的一切歧异，祈求全然的宽容与尊重。

在今天的讲座中我会插入马克·夏加尔自传中的一些片段，这些关于家乡、亲人、梦想、艺术人生的文字经由画家自己道来，对于我们了解夏加尔的艺术更为直接重要，另外一个方面，我会为大家详细介绍夏加尔的人生，并从个人角度为大家解读夏加尔的作品。

俄罗斯／夏加尔的年轻岁月／1887-1910

1887年7月7日，马克·夏加尔诞生于俄罗斯维切布斯克的一个犹太家庭，在九个孩子中排行老大，父亲是普通劳动者。生活环境与家庭的资源都与艺术毫无关系，但这种环境并不妨碍夏加尔滋生出的艺术梦想，他在自传中的一段文字道出了他的人生梦想。

我父亲有着一双蓝色眼眸，一双手掌却覆盖了厚厚的皮茧，他每天工作、祷告，保有一份怡然自得的平静，而我的沉默，就是承袭他的个性。至于我将来会如何？终其一生挨坐墙边或搬运着一只只沉重的木桶？端详自己的双手，过于柔嫩……我必须追求一份与众不同、无从迫使自己远离天际和群星得以探索自我生命意义的行业。是的，那才是我所向往的。然而，环视周遭亲人，自己却是唯一曾经提及"艺术"和"艺术家"字眼的人。我不禁自问："到底什么是艺术家？"

——马克·夏加尔

夏加尔青年时代在维切布斯克伊胡达·培恩美术学校学习。在家乡的美术学校学习了一段时间以后，诗与远方的召唤让年轻的画家于1907年与友人一起离开家乡前往圣彼得堡求学深造。关于这一段经历夏加尔也有一段文字记录下离开家乡前途命运难测的心情。

我顶着一头卷发、双颊仍泛起一抹红晕，挥别了儿时的故乡。我的口袋紧紧揣着父亲提供的全部盘缠，二十七个卢布和好友们一同行向圣彼得堡。木已成舟一切都已成定局。

——马克·夏加尔

1907年夏加尔赴圣彼得堡进入著名的斯文塞瓦尔学校。

现在我们看一下年轻夏加尔的绘画作品。这幅描绘了夏加尔的母亲生下弟弟的画作，可以看到画家已经具有比较好的绘画能力，将生活中事件转换到画布上，这个阶段的作品还是相当写实的，并且以故乡身边的人和事作为创作题材。在未来的日子里，无论夏加尔身处何处，无论与日俱增的名望、技艺精湛的作品，都不会改变画家对故乡亲人的热爱，这种热爱长达一生，成为画家的绘画主题并最终绘制成世界美术史中的经典作品。

巴黎时期／1910-1914

夏加尔在美术学院成绩优秀并获得奖学金，但是此时的夏加尔却有更大的念想：

> 那个时刻我已然了解，必须前去巴黎。维切布斯克的土壤滋养了我艺术的根；然而，我的艺术迫切需要巴黎，如同大树需要水分一般。再没有其他理由，足以让我离开自己的家乡，我同时确信自己的画作将永远效忠于它。
>
> ——马克·夏加尔

这一段短短的文字包括两个内容：一定要去巴黎，家乡是他画作永远的创作灵感和主题。

20世纪初的巴黎是世界上的艺术中心，吸引了众多来自世界各地的画家、音乐家、作家。画家有毕加索、夏加尔、达利等，作家有海明威、菲茨杰拉德、斯坦因等，音乐家有斯特拉文斯基，还有佳吉列夫芭蕾舞团等。这些不同艺术门类的天才都聚集在巴黎，巴黎为艺术家提供了最自由的空气，最大的个性表达的空间，各种类型的艺术活动此起彼伏，让人目不暇接。这样的自由之地谁人不向往呢？

但是任何事物都会有两个方面，精神上的饕餮大餐、另外一方面却是青年画家未出名时的窘迫生活。最艰苦的日子夏加尔曾将一条小鱼分成两段，今天吃鱼的上半段，第二天吃鱼的下半段。我们每一个人都羡慕成功的艺术家，但是每一个成功的艺术家肯定都有一段鲜为人知的、难以言说的经历，生活的艰辛并没有妨碍夏加尔的创作激情。在巴黎，他更加努力画画，他的作品也得到了巴黎著名诗人阿波里内尔的关注与青睐。

夏加尔是位才华横溢、善于着色的伟大画师；致力于自己的神秘世界，借由非基督教的想象力自我驱策，呈现地道的艺术感官属性。

——纪尧姆·阿波里内尔

一次阿波里内尔参观夏加尔的画室，看了夏加尔的画作后，阿波里内尔说了一句话——"你的创作是超自然主义"，随后又说了一句"超现实主义"，阿波里内尔的这句话极大地鼓舞了夏加尔，他们也成了好朋友。观众现在看到的这幅作品，标题为《向阿波里内尔致敬》，这是夏加尔在巴黎时期创作出的一幅佳作，这幅作品受到了当时盛行于巴黎的立体主义风格的影响，这种立体主义风格的流行趋势也在某一时段影响着当时的一些优秀画家。但是真正的大师都是善于学习的人，他有能力将这种影响消化掉，最终转化成自己个性的语言方式而成就自己的作品。

夏加尔的《向阿波里内尔致敬》也不例外，立体主义理性的技术手段在夏加尔的作品中柔和了许多，让这幅作品具有一种诗意，夏加尔也通过这幅作品表达了对阿波里内尔知遇之恩的感谢。阿波里内尔还利用自己在国际上的影响力，将夏加尔的作品推荐给一家德国画廊，从精神上和物质上支持夏加尔，阿波里内尔对刚入门道的一位年轻画家的这种帮助也让夏加对他心生崇敬之情。我认为，通过艺术作品传递的这种信息十分可贵，更为可贵的是这种情感成就了这幅作品，这是艺术家之间的一段佳话。

现在大家看到的这幅作品《我与乡村》是夏加尔在巴黎期间创作出的另一幅佳作，我们可以看到在这幅作品中立体主义已经幻化成夏加尔个人的语言方式。右边是画家的脸，左边为一个牛头，前景中有一株植物，背景上有乡村、人、动物等等。在这一幅作品中，夏加尔未来作品中的元素均已呈现出来，这些不同元素构成了一个想象的、诗意的空间；画面绚丽的颜色搭配上白色与浅粉色，这是远在天涯的故乡在想象中的复活；如此美好如此温暖人心，画家将对故乡的情感如此深切地表达出来。这幅作品画家一生中画过许多幅，其中一幅在美国莫玛现代艺术馆，2015年我在美国期间有幸看到了这一幅作品，非常喜欢。

我个人并不相信，科学的走向同时也能合乎艺术追求的目标。印象主义与立体主义与我并不相契；艺术于我主要是一种性灵状态。

——马克·夏加尔

从以上文字我们可以看到，夏加尔终其一生所坚持的艺术主张。

夏加尔在巴黎最初的日子非常拮据，经常会在使用过的画布上重画作品，正因如此他发展出一种绘画的技法，即颜料一层层涂抹覆盖，以至于发展到后期成为他个人的一种风格样式，让他创作的富有诗意内涵的作品变得十分厚重，朴素而有深度。

俄罗斯的战争与革命／1914-1923

1914年夏加尔从巴黎启程回到俄罗斯，返回他朝思暮想的故乡维切布斯克，因为夏加尔的女友、梦中情人贝拉还留在故乡。1915年夏加尔终于与贝拉结婚，同年9月女儿出生，关于这一段美好的生活夏加尔在自传中也有一段文字描述：

无数的清晨与黄昏，她将爱心烘焙的蛋糕、煎鱼和热腾腾的牛奶，甚至五颜六色的布料、订制画架的木板送进我的画室。我只需推开窗门，天际的一片湛蓝、缤纷的花朵，都随着她的爱倾泻而入。身着白衣或黑衫的她，长久萦绕在我的画作之间，是我艺术的重心、不可或缺的意象。

——马克·夏加尔

由于在贝拉的精心照料下，夏加尔的生活十分安定舒适，我们可以看一下这一时期的画作《生日》，一间普通的俄罗斯小屋中的一对恋人，此情此景让人心生向往，夏加尔悬浮在空中幸福地亲吻着贝拉，幸福就是一种心境、一种状态。《生日》这幅作品将这样一种情景描绘得淋漓尽致，这是一幅关于爱情的佳作。

夏加尔回到俄罗斯维切布斯克期间画了两幅经典的关于爱情的作品，刚才我们已经讲过的作品《生日》，另一幅就是我们现在看到的这一幅作品《散步》。在世界美术史中，有好几幅关于情爱的作品，其中有一幅是奥地利画家克里姆特的作品《吻》，但是克里姆特的作品更具有某种情色的意味，在金色华丽的画面中展现出了不安的成分，在十分美丽的画面中甚至暗含着某种暴力成分。

《生日》这幅作品传递着幸福快乐，画家手牵着贝拉的手，贝拉轻盈地飘向空中，故乡小镇见证了这一对年轻幸福夫妻的爱情。这幅作品是一首情歌，一部关于爱情的童话，是青春与爱情最美好的记录，这是世界美术史中最好的描绘爱情的作品。

回到故乡的夏加尔享受着爱情的温暖与幸福，同时又享受着故乡的自然风光带来的宁静与惬意：

终于得以独处的乡间森林、松木，寂然自处。月亮隐于丛林之后，圈于栏内的猪，窗外可见散立田野间的牛群，天际渲染出一片紫色的光晕。

——马克·夏加尔

《横卧的诗人》是这一段幸福生活最真实的写照。

现在看到的这件作品《绿色提琴手》，夏加尔在一身中的不同时期都会反复地画同一主题的绘画，画面中的提琴手的形象是从夏加尔父亲的形象演绎出来的。从夏加尔这一段描述父亲的文字中我们不难看出，夏加尔绘画中出现过大量的中老年男人的形象，提琴手、神甫、普通人，都有父亲形象的影子，夏加尔用这样一种方式让父亲永远留在了他的绘画中。

每当审视枯坐灯下的父亲，我的思绪不由荡向街外遥远的天际与群星。在我的内心生命中，所有的诗曲尽在父亲的那一份悲哀与沉默之间。他就是存在于梦境之中，一个取之不尽、用之不竭的源泉：犹似一头沉睡于屋脊上的牛带着几分神秘悄然而静止。

——马克·夏加尔

夏加尔1914年返回俄罗斯的故乡小城维切布斯克，原准备与贝拉结婚以后就尽快返回巴黎。但是俄罗斯正处于一个巨大的变革中，1917年列宁领导的十月革命推翻了资产阶级俄国临时政府，夏加尔的护照不能用了，巴黎短时间内是回不去了，有趣的是，新成立的苏维埃政权十分欢迎新艺术，许多有创新意识的艺术家都在新政权中担任了职务，夏加尔也担任了维切布斯克美术学校的校长，对于这一段经历夏加尔也有一段文字描述：

> 我穿着一身俄罗斯罩衫、胳膊底下揣着皮制的公事包，看起来就像个十足的苏维埃公务员。
>
> ——马克·夏加尔

俄罗斯还有一位激进的画家卡西米尔·马列维奇在苏维埃新政权中担任美术的重要职务，马列维奇崇尚抽象组合的色块，他认为新艺术应该抛去生活中的具体物象，由此才能达到艺术的纯净境界，这是他所倡导的至上主义艺术所追求的。夏加尔的艺术理念正好与他背道而驰。马列维奇特别不喜欢夏加尔的作品，受到挤压的夏加尔决定离开苏联再次前往巴黎，苏联当时的教育人民委员（教育文化部长）卢那察尔斯基喜欢夏加尔和他的作品，在他的帮助下夏加尔拿到了苏联的护照再次前往巴黎。在未来漫长的岁月里，夏加尔再也没有回过故乡。

旅法与旅美岁月／1923-1948

重回巴黎的夏加尔由于有妻子贝拉与女儿的陪伴，再次充满激情地投入到工作中，并于1924年在巴黎举办个人画展，超现实主义的理论家安德烈·布勒东曾高度赞扬夏加尔的作品，他说："夏加尔，唯有夏加尔成功地将象征性隐喻融入绘画艺术的领域。"布勒东对夏加尔作品散发出来的诗意特质大加推崇，但是夏加尔的艺术与俄罗斯民间美术有更加直接的关系，这种来自情感的联系与以非理性为艺术追求的超现实主义具有本质上的区别。夏加尔认为，超现实主义是假借潜意识之名，以期迎合巴黎社会追逐的时尚品位，而夏加尔秉持的艺术信念则全然发自内心。

艺术到底是什么？是绘画，一幕幕不同于常人所营造的图像。那么，又该是什么样的图像？上帝或者任何人，谁能赐予我一份力量？足以吸取祷告者的声息，将一声声祈求救赎与复活的祷念，注入画作之间。

——马克·夏加尔

对夏加尔而言，诉诸梦境与倡导现实是能够同时并存的。在时尚前沿与艺术潮流激情碰撞的巴黎，夏加尔凭借内心强大的信念，坚定不移地与流行思潮划清界限，不随波逐流，正是这样一种宝贵的品质，成就了夏加尔国际大师的地位。

夏加尔坦言，1923年至1933年是他一生中最快乐的时光。我们可以看到在夏加尔这一时期的作品，如《丁香花丛中的恋人》《农家生活》《雄鸡》《卖艺者》中，艺术家已经彻底摆脱了立体主义的影响。

再加上经历了俄罗斯政权的风云变幻与社会动荡，作品的内容虽然具有之前作品中的一些特征，但是整体感觉厚重了许多，技艺精湛并注重细节的处理，作品表达更为自然自信，已经具有成熟期作品的特点，所有方方面面已经证明了夏加尔作为国际大师的地位。

1926年夏加尔在纽约举办个人画展。夏加尔创造出的俄罗斯式的奇幻世界绘画作品已经走向世界，成为世界美术史的一部分，他的生活发生了巨大变化，工作环境、生活环境大为改观，他的个人创作与生活成为公众关注的话题。

夏加尔一家住进了奥尔良街的一栋公寓，这栋公寓之前的房客就是大名鼎鼎的列宁。一个人以艺术的方式改变了世界，另一个人以革命的方式改变了世界，而这两个完全不同的人却在同一屋檐下生活，这一点让人觉得不可思议。

1931年夏加尔前往巴勒斯坦旅游：

我来到巴勒斯坦检视一些特定的概念，未曾携带照相机和画笔。虽然没有留下任何书面记录，也没有观光客所捕捉的印象，却为亲临圣地而倍感雀跃。身穿黄蓝和红色长袍，头戴皮帽、蓄满胡须的犹太人们，纷纷来自遥远的国度，涌向这面哭墙目睹耶路撒冷历经千年的石堆墙垣、埋葬堆叠着无数先知遗体的山冢，再没有任何地方，能让人见识这么多的绝望与欢乐，感受如此强烈的震撼与喜悦。

——马克·夏加尔

这件名为《孤独》的作品，已经看不到之前作品中欢快祥和的氛围，敏感的画家已经感觉到了德国法西斯的崛起。作品中阴郁的情绪，构图也变得支离破碎，也许是残酷的世界摧毁了和谐平衡的世界。在1938年绘制的作品《白色的基督受难》中，受难的基督象征了日后备受法西斯屠杀的犹太人的命运，党卫军、革命党、惊恐的民众，画面也变得杂乱无序，白色与浅灰色色调更强化了一种不安的气氛，和谐美好的故乡不复存在，夏加尔安逸稳定的生活又一次被粉碎了。

世人蒙害、悲剧频传的时刻，我正好受邀赴美工作。随着时间逐渐逝去，虽然自己未曾年轻一些；然而，置身热情洋溢的气氛当中，不需否定自我的艺术根源，即能绘出生命的力量。

——马克·夏加尔

在一些作品当中，我将牛的头部摘下、予以倒置，甚至整幅画面都以倒的形态呈现。我绝非刻意创造一种另类文学，而是试图在画作之中导入一股心灵的震撼；经由图像推理，所促成的强烈震撼：所谓的第四度空间。以街道架构为例：马蒂斯偏好塞尚的精神走向，毕加索则趋近黑人和埃及人的风格。至于我所诠释的街道，却呈现截然不同的景观。横陈其上的一具尸首，使得整条街道回荡出一抹无可名状的混乱。我在屋脊顶端，绘制了一名乐师。乐师的出现，与尸首之间形成互动的作用。相继呈现的清道夫男子，又与乐师产生交互的影响。最后再绘上坠落的花朵等等。我利用这种方式，将心灵的第四度空间纳入图像的描绘，使之圆融地结合。

——马克·夏加尔

在美国的干涉下，险些被德国纳粹抓走的夏加尔于1941年6月23日到达纽约，德国在同一天出兵苏联，世界又一次进入大战并坠入混乱之中，夏加尔的一生经历了两次世界大战，夏加尔作品中的美好世界与现实中的个人生活都遭到毁灭性摧残。

1944年贝拉去世，经历过世界的巨变、亲爱的人离世，夏加尔创造的世界似乎又增添了不一样的主题。看这幅作品《坠落的天使》。在所有对夏加尔作品的介绍中，有关故乡的图画是最受人们关注的，但是我们纵观夏加尔一生创作的作品，在每一个阶段不管社会发生了什么样的变化，也不管个人生活发生了什么样的灾难事件，夏加尔都会创作出非常不一样的好作品，《坠落的天使》无论是从构图上，还是色彩的搭配使用上，都突破了夏加尔之前创作的样式，从画面正中坠落的天使造成了构图的不平衡与动感，色彩的使用上浓烈厚重，这是经历了重重磨难后生命的全新焕发，人性的光辉再次强势回归，让这幅作品具有了一种非凡的力量，《坠落的天使》与同期创作出来的作品《雪橇圣母》均为夏加尔这个时期的经典之作。

晚期作品／1948-1985

二战结束以后，夏加尔重返巴黎，但巴黎已经不是昔日的巴黎，曾经的艺术圈支离破碎，二战以后的艺术思潮极具变化，夏加尔愈加远离艺术潮流。1950年夏加尔迁居到法国菲拉海角的圣尚镇。两年之后再婚，迎娶了俄籍女子范伦汀娜·布罗德斯基为妻。

此时的夏加尔在国际上的影响力达到高峰，虽然如此，夏加尔的画作始终保有一份私密、纯真而脱俗的属性。

在我的作品当中，倘若存在着某种意象，它绝不是我原始的意图和刻意创造的结果。一切都是产生于完画之后，根据每个人的体验与品味，而诠释出不同的结果。

——马克·夏加尔

这一时期夏加尔的作品有了显著的变化，昔日的故乡意象与生活了几十年的巴黎叠合在一起，成为这一时期画面的一个亮点；同时，宗教题材也成为画面上的重要主题。在经历了二战时期的惨烈浩劫后，只有宗教才能安顿饱受创伤的心灵。

我们这个时代，已然养成漠视自然的习性。我甚至发现，这种习性使得人们不再凝视彼此的眼眸，总是满怀不安、往旁处瞧去。

——马克·夏加尔

经历了第二次世界大战后，夏加尔的作品中出现大量宗教意象——耶稣、圣母、天使等，这是人们无处安放的心灵唯一的救赎，夏加尔通过这样的渠道与方式释放出内心的压抑。在这一批与宗教相关的画作中，夏加尔无意中拓宽了自己艺术表达的方式，在《香·德·马尔斯》《音乐会》《出埃及记》《战争》等作品中，仍然保持很高的艺术水准，特别是作品《音乐会》中，昔日作品中欢快的氛围重新回到画面中，只是色彩更加沉稳厚重，那一段沉重而刻骨铭心的记忆，被新的生活的希望慢慢取代。

今天我在这里为大家介绍马克·夏加尔还有另外一个重要原因，夏加尔的一生采用故乡的小镇与人物为创作题材，在艺术风格风起云涌的巴黎特立独行，创造了艺术史上的个人神话。如何从自己的身边寻找艺术的支点并且从中提取出自己的独特风格，这一点对每一位从事艺术创作的人都是最为重要的，并且是唯一的一条创造之路。

最后，我要用马克·夏加尔画册中结尾的一段文字结束今天的讲座：

夏加尔拥有一份超凡的力量，能够调和一般人以为无可化解的矛盾与抵触。综观20世纪诸多画家，独有夏加尔具此资质。长久存在于不同教派之间的隔阂，意识形态的纷争，以及艺术层面相互抵触的见地，都经由他的手，搭起了一座互通的桥梁。夏加尔就是凭借这份整合的力量，回应大众的需求，缔造一个属于全人类的和平的大家族，一个充满手足之情的世界。这个足以抚慰人心的世界，无异于世外桃源、伊甸园与极乐世界的结合。而马克·夏加尔就像一名居中的信使，永远穿梭在不同的国度之间。

摄影机的两种"介入"

——冯艳眼中的小川绅介和原一男

■ 冯 艳

摄影机的两种"介入"

——冯艳眼中的小川绅介和原一男

摄影机的两种"介入"
是冯艳老师眼里的小川绅介和原一男
通过分享，我们除了感受这两位伟大的导演
我们也可以。去寻找自己的眼里摄影机的"介入"

冯艳，导演，翻译家

代 表 作

《秉爱》、《长江边上的女人们》、《长江之梦》

翻译作品

《收割电影》、《前进！神军》、《纪录电影的地平线——为了批判地接受这个世界》

冯 艳

天津人。20世纪80年代毕业于天津外国语学院日本
文学专业。1988年赴日学习环境经济学，之后在那
里生活到2002年。1993年，她在山形国际纪录片电
影节与纪录片相遇，并由此认识到小川绅介的著作
和电影。她将《收割电影：追求纪录片中至高无上
的幸福》一书翻译成中文，并由台湾远流出版社出
版。1994年，冯艳第一次进入到三峡库区考察和拍
摄，1997年，完成第一部长片《长江之梦》，入选
亚洲新浪潮单元；2002年，冯艳再次回到长江边上
她拍摄过的村庄，五年后，冯艳将其中一个女人的
故事剪辑成一部单片——《秉爱》，并拿回了亚洲
新浪潮单元的小川绅介奖。《长江边的女人们》，
以十八年的跨度编织四个女人的故事，展示那些普
通人生的变故，以及包含其中的理想和现实困境。
拍摄之余，翻译了数部纪录片著作，包括《收割电
影》（小川绅介著）、《前进！神军》（原一男
著），《纪录电影的地平线——为了批判地接受这
个世界》（佐藤真著）。

我非常热爱纪录片。虽然拍摄时是由我来操控摄影机，然而，也正是因为摄影机的存在，我才得以存活至今。我也认为，我在精神状态濒临失衡时，是摄影机让我依然能保持正常；同时，也正因为我持续操作摄影机，因此或许有一天，我会发狂。对我而言，纪录片这一体两面的双重意义，正是它恐怖魅力之所系。

——原一男

在日本的纪录片领域，原一男是一个与众不同的作家。二十七岁完成处女作《再见CP》，二十九岁完成《绝对隐私·恋歌1974》，四十二岁完成代表作《前进，神军》，四十九岁完成《全身小说家》。近三十年完成四部作品，可以说是一个低产作家。但同时，原一男的每一部作品，都在社会上引起巨大轰动和争议。代表作《前进，神军》一片，就东京一家电影院连续放映八个月，并创下了场场满员的票房神话。

原一男1945年生于日本山口市。生父是一个杂货店商人，据说是母亲在大阪的一个娱乐酒店里工作时认识的。父亲在原一男未出生的时候就被征兵，从此杳无音讯。为躲避空袭，母亲回到山口老家生下原一男，并嫁给了一名矿工。自此，原一男的童年，都是在宇部市的矿区度过的。继父工伤去世后，母亲带着原一男四度改嫁。因此对原一男来说，家的概念非常稀薄。在原一男看来，家里不断更换的，是母亲的"男人"，而不是父亲。原一男自称小时候是个比较阴郁的男孩，不知道如何与人交往，少年时代反复阅读的是戴尔·卡耐基的《人性的弱点》一书。

对我来说，拍电影时，因为要取得对方信任，要表现得开朗，要进行表演，因此往往把自己逼到进退维谷的境地。20世纪70年代拍摄的前两部作品，实际上是在与人交往的过程中，拼命地想要改变自己的一个过程。这也和当时的社会背景相吻合，探讨的是健康人和残疾人，男人与女人之间的关系。而到了拍摄《前进，神军》的时候，时代已经是80年代，与其说是在自己和主人公的关系中探索'人际关系的变革'，不如说是在主人公奥崎的身上寻找自己的影子。而到了《全身小说家》，则是在井上先生身上，看自己作为一个男人的性，同时也了解女人。

——原一男

摄影机的两种「介入」

原一男的第一部纪录片《再见CP》（1972年／82分钟／16毫米），拍摄的是他在东京光明养护学校做护工的时候认识的脑瘫（CP）患者激进团体"绿草地"的成员和田弘与横田晃一。大多数人谈到脑瘫患者，往往会联想到语言行动不自由的人，或是坐在轮椅上，有白衣天使陪伴，受到保护的人。但原一男认为，把这些人视作社会的弱势团体，这本身就是对歧视残疾人现象的变相容忍。因此，在这部片中，他不仅没有刻意掩饰脑瘫患者身体的残疾，而且用了半年多的时间说服被拍摄者，让他们丢掉轮椅，并把残疾的身体积极暴露在人们的视线之下。

CP（残疾人）与健康人之间的关系，反映了我们身体的阶级性，我想赌一把，到底一个拍摄者能对拍摄对象——表演者凝视多久。

——原一男

片子一开头，是主人公和田弘拖着残疾的身体爬行出门的镜头。因为全身不听使唤，所以身体扭曲而不停地抖动着，眼镜也掉落在地上，然后拼上全身力气赶在信号灯变红之前穿过马路。电影中坐在地上的主人公，周围面露惊讶的人们。接下来是车站广场募捐的场景。来来往往的人们，因为听不懂主人公在说些什么，很多人不知道为什么募捐。从对捐款的人们的采访来看，有的人是出于怜悯之心，有的人说自己也有这样的孩子，已经送到疗养院去了，也有的人认为国家对这些人没有照顾周全，所以想尽一点微薄之力。

这部影片没有字幕。脑瘫患者含糊不清的话语，极大地挑战着观众的听觉极限。但原一男认为，健康人与残疾人的交流，不同于和一个外国人的交流，它只是一个"适应"问题。听不懂是因为我们健全人没有想去倾听，没有想去和他们交流。"即使是无论如何也听不懂，但只要你敢于凝视他们的脸，就会觉得听不懂也没关系。如果非要想知道他们说些什么，读一下剧本就什么都清楚了。"（注：原一男的每部作品都会同时出版包括剧本在内的制作笔记）

原一男拍摄这部影片并没有试图成为残疾人权利的代言人，为残疾人呼吁。相反，他认为，摄影机操纵在一个健全者手中，这本身就已经是站了残疾人的对立面。"这个电影的前提就是：健全人和残疾人是敌对的双方。这是我们的出发点。那么，相互敌对的双方，如何来寻找共通点呢？这才是需要大家一起思考的问题。"这部电影摆脱了通常的所谓人文关怀的套路，而是试图通过肉体的碰撞，来找到建立新的关系的途径。因此，它并不回避拍摄中所遭遇的被摄者的抵抗，反而是当作人际关系的一个突破口把它们用到片中。

在电影里，和田弘的妻子认为丈夫这样爬行出门太惨，不让继续拍摄，威胁说如果继续拍摄就离婚。"绿草地"的其他成员开始责备和田：你是个男人，家里的顶梁柱，要立规矩，我们都给这部影片投资了，你不能因为个人原因退出。妻子抗议，要出门去叫人，被丈夫阻拦，儿子打爸爸，妻子对着镜头喊：你们没有权利在我家里这样。又对录音师喊：你不是个女人，难道你要为了这个电影破坏一个家庭？如果是你的家庭，你会怎样？妻子用手打麦克风：滚出去！

在这部影片中，原一男就已经初露了他纪录片思想的端倪：持摄影机的人不是一个观察者，也不是某种思想的代言人，而是一个挑衅者或是下套者。他甚至让片中的人物拿起照相机走到街上去拍健康人的照片，观察正常人的反应。这些，都为他日后的"用摄影机撬开人际关系"的"动作纪录片"理论，打下了坚实的基础。

如果说《再见CP》中描写的是正常人与残疾人之间的关系，那么，《绝对隐私·恋歌1974》（1974年/98分钟/16毫米），可以说是20世纪六七十年代，共同体和个人之间的关系受到广泛关注，并正逐步向个人之间关系转移的社会背景的产物。这部电影由于前所未有地触及了人际关系中最为敏感的"隐私"，描绘了个体与个体之间的冲突，而受到日本列岛广大年轻观众的强烈支持，被誉为"描绘了生存的原点""令人陷入看见真实的恐惧当中"的电影。

《绝对隐私·恋歌1974》的主线是原一男曾经的恋人武田美由纪带着他们的孩子出走冲绳，原一男根据她信上的线索穷追不舍地追到冲绳并对她的生活方式追根究底。武田本来和一个女朋友住在一起，由于原一男的介入而不得不离开。摄影机跟踪武田的生活，从武田与驻日美军黑人士兵的关系，一直到生下混血儿的过程。同时，还夹杂着武田与原一男及其助手，也是影片共同制作者小林佐智子之间复杂的三角关系，以及小林的生产过程。

片中有这样一个片段：在海边接受采访的武田美由纪，听说原一男的新女友（正在身边拿麦克风录音的小林佐智子）怀孕而心生妒忌，朝着摄影机扔石子，然后愤然离去。怒气冲冲的武田，茫然不知所措地拿着麦克风紧跟其后的小林，而掌持摄影机的人正是原一男本人，引起冲突的导火索。

原一男在带着小林去冲绳见武田之前，就要求小林不要一见面就和武田提自己已经怀孕的事情，要等待时机，等待那个"只有在戏剧性冲突中才能看到的世界"。这一段镜头不仅暴露了夹在两个女人之间的原一男（拍摄者）的窘境，同时也生动地展现了三人之间错综复杂的情感纠葛。

原一男把自己所拍摄的纪录片自定义为"动作纪录片"。他这样讲述自己的拍摄方法：

　　首先是进行煽动，然后等待那些煽动的话语在被拍摄者的体内被过滤后引起的反应，也就是动作。因为某些事物的本质只有透过这些动作才能够看到……用摄影机，用身体发出挑衅，然后记录下由此而展现出的真实。拍摄行为本身就是一种动作。

——原一男

《前进，神军》（1987年／122分钟／35毫米）是原一男"动作纪录片"的登峰造极之作，也是一部1987年在日本电影界引起地震的令人吃惊的作品。在这部影片中，原一男跟拍被称为有"偏执狂"的原日军士兵奥崎谦三，记录他寻访当年战友，收集日军战时丑闻证词的过程。这部影片不仅由于主人公屡屡的过激行为，更由于摄影机参与式的拍摄手法，在创下票房神话的同时，也引起了巨大的道德争议。

自称"神军平等兵"的奥崎谦三是一个激进的无政府主义者，也是在二战中，从极限状态下得以生还的少数幸存者之一。奥崎早年曾因过失杀人而被关过十年独牢，出狱后，又因为向天皇射弹弓和发放皇室色情传单而两次入狱，是一个有过三次犯罪前科的人。他一边和妻子在神户市经营着一家车用电池店，同时利用工作之余，开着一辆打着神军旗帜的工具车，疾驰在日本列岛，进行反体制和追究天皇战争责任的活动。原一男就因为读了奥崎所写的《为杀死田中角荣而写》一书，而产生了拍摄奥崎的想法。

奥崎所属的独立工兵第三十六连队，在第二次世界大战日本战败后，从新几内亚的逃跑过程中曾发生过非正常的士兵"处死事件"。当时一万多名士兵被围困在四平方公里的包围圈内，因为没有食物，而发生了人吃人的事情，从最下级士兵开始吃起。奥崎的两名战友，就是被披上了逃跑的恶名，枪毙后被吃掉的。影片就围绕着奥崎探访与当年处死事件有关的人士，追究事件真相展开。

因为当年的老兵们退役后都过上了普通人的生活，大家对当年的不堪回首的痛苦经历，大多不愿提及。有的是因为不愿伤及他人，不愿打碎平静的生活；有的是因为是当年处死事件的主谋，为了逃避责任而佯装不知。因此，奥崎的调查行动，在开始之前就已经预知了对方的不合作，而采取了"硬闯"的方式。面对不肯合作的老兵，奥崎不仅登堂入室，大打出手，而且更甚的是，当两名被害者家属因为对奥崎的专横跋扈和"犯法"行为的不满而中途退出时，奥崎竟然找人当"替身家属"来给老兵施加压力，逼其就范。这些，都极大地挑战了拍摄者的道德底线，致使摄制组中有人提出退出拍摄。

尽管这部影片不论是在制作过程中，还是公映后在社会上都引起了巨大争议，但由于它并没有仅仅停留在查明一个事件的真相之上，而是成功地刻画出了人类奥崎谦三的探索，而使观众在深刻地认识到战争的罪恶的同时，来思考日本所谓和平的真相，反思日本人在战后的生活方式。

原一男认为他与小川绅介的不同点在于"对人的认识不同，想看到的东西不同"。他想看到的，是"人身上那些不能示人的部分，即怕羞的部分，竭力要隐藏的部分"。

我认为人有藏羞的念头，这本身就是体制在作怪。这正是我要竭力去打破的。因为怕羞，所以不便示人。即使本人知道怕羞是因为体制在作怪，但由于自身的软弱仍要把它视作消极的东西而藏起来。但同时，正因为有这些阴暗面在，所以人总是在寻找积极的因素来活下去。这种支撑人活下去的力量的源泉，或者说构造，应该是描写一个整体的人的重要因素。

——原一男

"每个人身上都有想要隐藏的部分，这些部分的交流和理解是非常重要的。虽然相互理解是非常痛苦的事，但是人身上有很多这样的东西，应该相互敞开心扉。"对原一男来说，摄影机是撬开人际关系大门的钥匙，也是进行交流的工具。

原一男的最后一部纪录片《全身小说家》（1994年／157分钟／35毫米）是囊括了1994年日本所有电影奖项的作品。这部影片的主人公是以《大地上的人群》等闻名的小说家井上光晴。影片围绕着主人公1992年去世之前五年间的抗癌生活展开，夹杂着井上在文学讲习所的演讲，与学生及朋友的交往，访谈以及"再现"部分。

井上光晴是一个充满活力的人，也是一个生活在虚构中的小说家，不仅他的小说，就连他对外所讲述的个人生活经历也充满虚构。井上光晴的挚友濑户内寂听在采访中这样说道："交往久了之后，我渐渐懂得了井上先生。我觉得，他一定有一部分的真实是从来都不告诉人的，为了保护这个真实，他不得不撒谎。他曾经说过，不说谎，根本活不下去。"另一个挚友埴谷也说："他选择的是一个可以自由撒谎的职业。这对井上而言，真的可以说是一条最棒的路。毕竟，一旦当了小说家，就可以随心所欲地虚构故事了，所以对井上光晴来说，这是他最能展现自己的方法了，也因此，他是幸福的。"连井上光晴自己也说："文学最重要的就是能言善道，只要能说得恰如其分就好了，反正过了一千年以后，就没有人知道了。所以，只要像我这样会说谎、会乐在其中就够了。"对井上来说，虚构是他创作灵感的来源，也是他创造和完善自我世界、更好地展现真实的途径。

在请井上"写剧本自编自演"的要求遭到拒绝后，面对井上光晴用全部身心来演绎的"虚构的一生"，原一男采用的是虚构对虚构的方式，用再现的手法，请演员来演绎井上履历中所虚构的初恋以及母子关系。正如原一男所说："唯有虚构可以凸显真实，并为'生'带来光芒。"建立在井上光晴之"虚构的一生"的基础上的《全身小说家》这部电影，并没有试图去探索作为一个人的井上光晴在现实生活中的所谓真实，而是通过现实＋虚构的电影手法，为我们立体地勾勒出了一个活生生的，想要戏剧般活着的，连骨子里都透露着小说家气质的，充满魅力的人物形象。

原一男的每一部纪录片，都是他通过摄影机与对象发生关系，进行格斗的产物。从扛起摄像机的那一刻起，他就已经做好了准备面对来自各方的压力和质疑。用摄影机挑起的"动作"，不仅使每一位被摄者全力以赴地去演绎自己的人生，同时，也正因为如此，原一男的影片具有一股震撼人心的力量，使每一位观者都无法置身事外。《再见CP》中，主人公妻子面对摄影机发出的"你们没有权利为了电影破坏家庭"的抗议，不仅是对拍摄者道德底线的质疑，更是向每一个健全者的呐喊；《绝对隐私·恋歌1974》，让我们透过武田美由纪在现实生活中的挣扎，思考在这个由男人和女人组成的世界中，真正的女性的独立意味着什么；《前进，神军》中奥崎谦三的种种过激行为，是对日本战后借忘却之名风化战争伤痛的所谓和平假象的一记警钟；而《全身小说家》中的井上光晴的"虚构与真实"，同时也是我们每一个人心中对生命的渴望和愿景。

2019.10.26

伊西多尔·伊祖与字母主义电影

■丛 峰

丛　峰

1972年生于河北承德，电影作者，写作者，《电影作者》杂志编委。著有诗集《那里有一列我看不见的火车》《一部雅俗共赏的文学作品谢谢我也这么认为》，电影作品包括《马大夫的诊所》《未完成的生活史》《地层1：来客》《有毛的房间》，作品曾参加云之南纪录影像展，柏林国际电影节，首尔数码电影节，日本山形国际纪录片影展，台北纪录片双年展，台湾南方影展等影像活动，曾获柏林电影节青年电影论坛netpac奖，日本导演协会奖等奖项。

　　大家下午好，谢谢光临。今天我本人一共做了两个讲座，都是戴冰院长组织的，上午在高研班，讲的是当代影像实践的个人化道路；下午在精读堂，马上要讲字母主义电影。我觉得上午的内容和下午的内容说起来是有关联的，都可以统摄在一个大的主题下面，就是"电影何为，何为电影"。

　　今天上午的内容，我想可以叫作"电影何为"，即电影——活动影像在今天可以做什么，可以有什么样的个人实践。当然，这只是从我的角度、我的经历和思考出发给出的一些图景和展望；下午我们马上要做的关于字母主义电影的讲座内容，与"电影何为"相对，可以叫"何为电影"，即电影是什么，是关于电影本身的可能性的思考。实际上，我并不是电影研究者，也不是理论家，我是电影作者，电影实践者，所以我是在自己的实践之中对"电影何为"和"何为电影"做一种持续性的思考。这种自觉对于作者来说是必不可少的。

我觉得这种结合了实践的非常具体化的思考，可以称作是一个——盗用一个葛兰西的词汇——电影作者、电影实践者的"实践哲学"。它是有别于学者、评论家的电影理论的，它体现并最终导致电影实践方式的转变。电影作者的电影思考与对于自身的电影观念的系统化，相对于评论家的电影理论，是构成性的，是先发的思考；而批评家是拆解性的，是后发的。

今天的电影实践者不能再仅仅依赖本能行事，不能再因循陈规，不应继续走在腐朽的老路上。技术设备的普及，今天已经为我们提供了绝大的可能，让任何一个业余者都可以无愧地成为电影作者，即使是手机，作为个人表达和社会表达的工具，都足以满足需要了。

回到我们刚才的这个问题：何为电影（电影是什么），与电影何为（电影可以做什么）。我认为是同一个问题，寻求同一个答案：电影可以做什么，就决定了电影是什么。电影的"何为"，使它成为它所是的电影。如果不能回答"电影何为"，"何为电影"就纯粹沦为一个产品问题。这两个问题是没法通过语言阐述来回答的，需要通过实践和与实践相关的批判来达到。

电影的可能与形态是唯一的吗，只存在一种电影吗？我们必须通过"剧情片""纪录片"这些词汇，才能界定和把握我们观看的或者我们去做的电影吗？我想，这些狭窄的分野实际上早就成了一种僵化物，需要把它炸毁。

我们下面要讲的字母主义电影的代表作《毒液与永恒》，我认为就是这样一部试图同时回答上面两个相关问题的电影：它是一部电影，同时，它又是关于何为电影的论述，我觉得这就是一种内嵌的批判视角，就是间离式的，就是要打破电影的幻觉。它是一个以电影形式所做的关于电影的宣言。

字母主义简史

字母主义是20世纪40年代由来自罗马尼亚的移民、诗人、剧作家、小说家、电影导演、视觉艺术家和经济学家让-伊西多尔·伊祖（Jean Isidore Isou，原名Jean-Isidore Goldstein，1925—2007）在巴黎创立的前卫运动。伊祖是20世纪前卫艺术的重要人物，他和字母主义者将他们的理论应用到艺术和文化的各个领域，尤其是诗歌、电影、绘画和政治理论。以伊祖作为领袖和发端的字母主义，成为战后先锋派运动的一个重要源头，它日后的分裂、发展与改弦更张也具有更大的影响，日后影响深远的情境主义思潮最初也是从字母主义运动中脱胎的。这个运动的理论植根于达达主义和超现实主义。伊祖将自己的罗马尼亚老乡特里斯坦·查拉视作达达主义最伟大的创造者和最实至名归的领导者，而将其余的达达主义者贬斥为剽窃者和造假者。在超现实主义中，布勒东是一个重要的影响者，但伊祖对20世纪40年代超现实主义运动的停滞和理论上的破产感到不满。伊祖最为人知的是1951年的革命性影片《毒液与永恒》（*Venom and Eternity / Traité de bave et d'éternité*），又译作《关于诽谤性语言和永恒的论文》，他的政治写作也预示了法国1968年5月爆发的学生运动。

伊祖1925年生于罗马尼亚博托沙尼（Botoşani）的一个犹太家庭，他父亲在博托沙尼和布加勒斯特拥有数家餐厅。虽然出身富裕家庭，他还是在十四五岁时逃离家庭，通过在工厂做工或者干其他零工来养活自己。在1944年8月23日的政变使罗马尼亚加入盟军阵营后不久，他就以前卫艺术杂志记者的身份开始了自己的文学生涯。他和未来的社会心理学家谢尔盖·莫斯科维奇（Serge Moscovici）一道创立了杂志 *Da*，但很快被当局查封。之后不久，他开始对犹太复国运动感兴趣，并和A.L.基索（A.L.Zissu）在锡安主义刊物 *Mântuirea* 上合作。

伊祖从战争早期就开始数次申请法国签证，最终得以在1945年8月携带装满早期手稿的行李箱秘密离开罗马尼亚。他最初去了意大利，同为实验诗人的朱塞佩·翁加雷蒂为他写了一封致法国作家让·波朗（Jean Paulhan）的介绍信，使他更加容易地进入了刚解放的巴黎的文学圈子。伊祖很快就开始发表作品和参加展览，希望从写作与视觉交流的最基本元素开始，重新做一次彻底的艺术革新。1946年1月8日，他和当时最主要的追随者加布里埃尔·博美朗（Gabriel Pommerand）一道发布了第一个字母主义宣言。在特里斯坦·查拉的剧作《漏洞》（*La Fuit*）在Theatre du Vieux-Colombier（剧院名）首映之时，伊祖高叫："达达死了！字母主义已经接替了它的位置！"

通过这种噱头，也得益于让·波朗和雷蒙·格诺的帮助，他的作品在1947年4月的《新评论》（*La Nouvelle Revue*）上发表，并获得了伽里玛出版社的注意，出版了他的回忆录《一个名字与一个弥赛亚的集成》（*L'Agrégation d'un Nom et d'un Messie*）。

1949年，伊祖发表了小说《伊祖，或女人的力学》，灵感来自于他当时迷恋的一位十六岁的缪斯、后来的观念艺术家瑞亚萨·桑德斯（Rhea Sue Sanders）。这本书1950年5月被当局查禁，伊祖短暂入狱，被判八个月监禁（缓期宣判），处两千法郎的罚金，并强行销毁全部书籍，因为1950年代的法国法律认为此书是彻底的淫秽读物。同年，他发表了自己第一篇政治理论方面的文章：《关于核经济的论文：青年起义》（*Traité d'économie nucléaire: Le soulèvement de la jeunesse*）。伊祖后来宣称这篇文章是1968年5月事件的催化剂。

字母主义逐渐发展为一个运动，并越来越少地依赖于伊祖自己的作品。字母主义的实践表明，他们从一开始就不仅仅把自己视作单纯的艺术先锋派，他们的活动中有相当多的社会性挑衅成分。1950年，字母主义者试图解放奥特尤尔（Auteil）的一座天主教孤儿院，引发了一次小规模骚乱，他们宣称"青年仍在奴役中受苦，或被等级性地剥削"。

同一年复活节，几名年轻的字母主义者袭击了巴黎圣母院大教堂复活节弥撒仪式的电视直播现场，向信众宣布上帝已死，"天主教会正在以一个虚无的天堂的名义，将我们的生命据为己有"，并"用它的死亡道德感染整个世界"。

莫里斯·勒梅特（Maurice Lemaitre）（一直到1990年代，他都是字母主义团体的重要成员，是伊祖的左膀右臂），让-路易·布劳（Jean-Louis Brau），吉尔·J. 伍尔曼（Gil J. Wolman）和塞尔日·贝尔纳（Serge Berne）在1950年加入伊祖的字母主义团体；1951年早些时候，居伊·德波在戛纳遇到了伊祖等字母主义者，随即加入了这一团体，德波很快成为所谓的字母主义左翼的重要人物。

"字母主义"这个称谓，后来成为一把大伞，涵盖从伊祖最早的团体中分裂出来的所有团体的行为，即使很多行为已经完全脱离了与字母的联系。这些分裂出去的分支，仍以伊祖的观念为圆心，逐渐分化，远离，乃至敌对。即使字母主义国际与伊祖的团体已经决裂，但从名称到实践方面，仍在相当一段时间内延续这一体系的总体努力，仍在承认自己奉行字母主义。

字母主义国际（Letterist International，简称LI）

LI比伊祖的团体更为激进，1952年由德波、伍尔曼、布劳和贝尔纳成立。1957年，它与印象主义包豪斯国际运动和伦敦心理地理学协会合并，共同创立了情境主义国际（Situationists International，简称SI）。在LI存在的五年中，它继续发展和实践字母主义的一些技术和策略，"异轨""情境""景观"等后来被情境主义继续发扬光大的观念，在LI存在期间已经发展起来。

极端字母主义（Ultra-Lettrism）

1958年，字母主义者杜甫涅（François Dufrêne）、罗伯特·埃斯蒂瓦尔斯（Robert Estivals）和雅克·维勒格莱（Jacques Villeglé）签署了极端字母主义的宣言。它的成员继续实践超级图像（hypergraphics），以及杜甫涅的Crirhythmes（他对自己的声音诗歌形式的命名），并对磁带录音产生极大兴趣，他们致力于把字母主义的声音诗歌推到比伊祖的字母主义团体所做的更远的境地。杜甫涅后来加入了伊夫·克莱因的"新现实主义"（Nouveau Réalisme）团体。

第二字母主义国际（the Second Letterist International）

1964年由伍尔曼、杜甫涅和布劳成立，存在时间很短。

新字母主义国际（the New Lettrist International）

成立于1990年代末期。与早期字母主义团体没有直接联系，但仍旧受到字母主义者以及字母主义国际的影响。

字母主义的部分关键概念

扩张阶段和雕琢阶段

安德鲁·V. 乌鲁斯基（Andrew V. Uroskie）在《在黑盒子与白立方之间：扩展电影和战后艺术》（*Between the Black Box and The White Cube: Expanded Cinema And Postwar Art*）中写

道："伊祖1947年的著作《介绍一种新诗歌和新音乐》奠定了他美学主张的基础。伊祖对艺术媒介发展的两个相继的阶段做了根本性的区分。amplic阶段——媒介的'扩张'或'成长'阶段——最先出现，基本的常规形式确定下来，基本的语汇被详尽阐述，为不同的主题给出了表现形式。chiselling阶段——'雕琢'或'毁灭'阶段——发生的时候，就是这一形态的表达能力耗尽、整体已经达到停滞的状态。在此状态下，一种先进的艺术实践停止作为表达外部的对象和主题，而把媒介自身作为主题。"伊祖最初通过对诗歌历史的回顾发明了这些概念，但是这一概念工具也很容易应用到大多数艺术和文化分支领域。

在诗歌领域，他感觉第一个扩张（amplic）阶段是由荷马开始的。事实上，荷马为"什么是诗歌"树立了一个蓝本，之后的诗人则接下来对这一蓝本加以发展。借助于荷马的框架，他们通过自己的作品对各式各样的不同事物加以调查研究。最终，在那一方法和框架下能做的一切都已经做完了。在诗歌中，伊祖认为这一点已经由雨果抵达（在绘画中是德拉克洛瓦，在音乐中是瓦格纳）。当诗歌的扩张阶段完成，继续按旧有模式生产作品不再具有任何意义。这其中将不再包含任何真正的创造性或革新，因此也就不具有美学价值。这因此就开始了艺术的雕琢（chiselling）阶段。

有鉴于艺术形式之前被作为一个工具来表达它之外的领域的事物——时间、感受等等，它现在则将回到自身并封闭起来，也许仅仅以暗示的形式，使自己成为自己的主题。从波德莱尔到特里斯坦·查拉〔相应的，绘画领域中是从马奈到康定斯基；或音乐领域中是从德彪西到卢索洛（Luigi Russolo）〕，接下来的诗人将使数个世纪以来依照荷马模式建造起来的诗歌的宏伟大厦解体。最终，当这一解体彻底完成，将会开始一个新的扩张阶段。

伊祖将自己视为指路人。他要清除老的形式粉碎之后留下的瓦砾，并为如何以一种激进的新方法重新使用这些最基本的元素设计一个新的蓝本，彻底迥异于之前的处于扩张阶段的诗歌。

字母主义诗歌

伊祖将诗性创造的最基本元素确定为"字母"（letters）——未做解释的视觉符号和原音声响（acoustic sounds）——以新的美学目标的名义，他着手为以新的方式结合这些元素设定框架。

伊祖设想的未来的诗歌，是完全形式化的，不包含任何语义学内容。字母主义诗歌（Lettrie），在很多方面类似于某些意大利未来主义者（如马里内蒂）、俄罗斯未来主义者〔如赫里布尼科夫（Velemir Chlebnikov）等人〕和达达派诗人〔如鲁奥·豪斯曼（Raoul Hausmann）或柯特·施维特斯（Kurt Schwitters）〕已经在做的诗歌，以及声音诗人（sound poets）或具象诗人（concrete poets）〔如鲍勃·科宾（Bob Cobbing）、爱德华·奥夫卡切克（Eduard Ovčáček）或亨利·肖邦（Henri Chopin）]之后将要做的。

不过，字母主义者一向热衷于坚持他们自己激进的独创性，并将自己的作品和其他表面上近似的潮流区别开来。

元图像／超级图像

在视觉艺术层面，字母主义者先后将他们对于写作和视觉艺术的新的集成形式，命名为"元图像"（metagraphics）和"超级图像"（hypergraphics）。之前存在的例子可以在立体主义、达达和未来主义（意大利和俄国的）的绘画和印刷作品中找到，比如马里内蒂的声音——具象诗歌 Zang Tumb Tuum，或者阿波利奈尔的具象诗歌，但它们都不属于一种具有完整体系的超级图像。

青年起义（Youth uprising）

伊祖将政治理论和经济学上的扩张阶段，各自对应于亚当·斯密和自由贸易；其雕琢阶段则是马克思和社会主义。伊祖分别将上述两种经济称为"原子经济"（atomic economics）和"分子经济"（molecular economics），他则开创了核经济（nuclear economics）作为对以上两种经济的修正。他认为上面提到的两种现存经济，都完全没有考虑到人口的很大一部分，也就是青年和其他"局外人"，他们没有以任何具有重要意义的方式，参与到生产与交换商品或是货币的过程中来。他认为创造冲动是人类天性不可或缺的一部分，但如果没有加以恰当引导，也可能转化为犯罪和反社会行为。字母主义者致力于重建社会的各个侧面，以使得这些局外人的创造力得以以更积极的方式发挥出来。

字母主义电影

咆哮的弥撒曲——伊祖的《毒液与永恒》

年轻的时候，我并没受欧洲电影人的特别影响……也许因为很早时起，我就对超现实主义有种厌烦——发现它根本不足以胜任（高度象征化的）对梦的想象。真正迷住我的（也是特别卓越的）是让-伊西多尔·伊祖的《毒液与永恒》：在电影史上，它是无有匹敌的一次创造性论辩。

——斯坦·布拉克哈格（Stan Brakhage，美国实验电影导演）

伊祖1950年开始拍摄《毒液与永恒》。1951年4月20日第一次放映这个电影时，是长度四个半小时的粗剪版本。由于害怕引发公众争议被驱逐出法国，他让马克·欧（Marc O）、让-路易·布劳、弗朗索瓦·杜甫涅、莫里斯·勒梅特和吉尔·J. 伍尔曼将胶片带到戛纳电影节。虽然未能成功使《毒液与永恒》进入电影节的正式单元，但通过对电影节官员的不断骚扰，他们最终同意在Vox剧院放映这个电影。

首映时，只有电影前三分之一的影像处于完成状态。怀有恶意的观众在电影开始不久就嘘声不断。第一章结束后，屏幕上什么都没有了。放映机的灯光关闭，只有电影的音轨在黑暗的剧院大厅中继续播放。被激怒的观众使放映不得不提前结束。关于丑闻的报道显示，警察使用了高压水枪来镇压现场观众的骚乱，但这些故事大多属于杜撰。因为《毒液和永恒》这个电影，电影节评委让·谷克多向伊祖颁发了临时设立的"前卫观众奖"（Prix de spectateurs d'avant-garde），并认为这是电影节最美丽的丑闻。

　　电影由"四个半小时的不和谐影像构成，这种不和谐被胶片的刮擦和抖动所加强，有时从上到下倒着播放，有时画外音背景被拟声诗歌所充满"。而且通过使用刮擦和漂白等技术，对胶片进行了有意地毁坏。电影由三个部分组成：第一部分"原理"，展示了包括伊祖在内的数名字母主义者在巴黎圣日耳曼德佩地区（Saint-Germain-des-Prés）的街道上漫无目的地、毫无意义地闲逛，画外音是与此无关的一个电影俱乐部中的争吵，伊祖借"主角"达尼埃勒的声音阐述了他的电影观念；第二部分"发展"，画外音叙述了主角与女人之间的关系，画面则使用了很多四处找来的胶片作为画面，其中一些是法国国防部废弃的或电影冲印公司废弃的胶片；最后一部分"证明"，影像变得更为抽象，音轨重新回到对于电影观念的阐述，并展示了字母主义诗歌表演的录音。

　　在第一部分中，达尼埃勒说道："电影中的摄影让我感到厌烦。摄影太陈腐了……他们仍在忙于为摄影寻找机会，但我和摄影的关系已经结束了。"影片的影像组织方式，体现了伊祖对于惯常的电影视觉构成要求的嘲笑、挑衅与颠覆——比如第一部分随意拍摄的街上走动的穿鞋的脚，第二部分中与画外音叙述毫不相干的法国国防部军事内容的胶片影像，第三部分的黑屏画面上跳动的线条。画面和音轨并非彻底无关联，有时带有暗示：当达尼埃勒回忆自己小时候做祈祷时，画面上出现了直接画在胶片上的犹太教标志大卫之星。

另外，按照凯拉·M. 卡巴纳斯（Kaira M. Kabanas）在《银幕外的电影：伊西多尔·伊祖和字母主义前卫运动》（*Off-Screen Cinema: Isidore Isou and the Lettrist Avant-Garde*）一书中的观点："在伊祖制作《毒液与永恒》的历史时期，对法国国防部的现成胶片影像的使用绝非出于天真无知，因为那个时代正好处于第一次印度支那战争的背景下。越南正在法国、中国和越南共产党的影响之下挣扎……法国人对村庄的掠夺，对俘虏的虐待，以及占领越南期间实施的恐怖行径，通过士兵第一手的陈述，被当代媒体越来越多地曝光在公众面前。在这种背景下，伊祖对胶片的雕琢处理，也许直接来自于如何处理官方图像的棘手问题。通过涂抹和破坏胶片画面上的人脸，伊祖也就使那些国家的代表者无法识别，进而避免了潜在的迫害可能。"客观上，这种涂抹既起到了保护作者不受政治迫害的效果，又强化了对政治的亵渎。

在《毒液与永恒》中，伊祖宣判了电影之死："首先，我相信电影已经过于丰富。它过于臃肿了。它已经到达了自己的界限，它的极值。在它试图扩张自己的瞬间，它就将爆裂。过度肿胀将使这头肥猪炸裂为一千块。我欢呼它的毁灭……这是被称作'电影'的肿胀有机体分崩离析的第一个末日征兆……"这段描述已经具象化了伊祖的扩张（amplic）阶段和雕琢（chiselling）阶段的概念。

通过视觉挑衅（挑衅电影视觉构成规则）、言语挑衅（"个性，人们，太乏味了……不再有奴隶，这太糟了"，以及对于爱情的恶意嘲讽）和声音挑衅（字母主义诗歌的"嚎叫的弥撒"），《毒液与永恒》对观众展开了三位一体的挑衅。心领神会的那部分观众，会立刻感到这些挑衅的解毒效果。《毒液与永恒》本质上成了字母主义的一个宣言："这个电影是一种今天最多有三十名信徒的哲学的一部分。"

这个电影自身就包含了一个反思性的关于制作电影的论述，以及对自身的评论和吹捧："我知道我的电影超于今日现存的一切电影之上。我自己又在我的电影之上……"画面中不存在连贯统一的"角色"，但声音由数个角色构成：解说、达尼埃勒、数名观众、艾娃、德尼斯等等。达尼埃勒既是"主演"，同时，他头脑中对电影的思索也与电影自身的发展延续相接驳。这成了一个自我指涉的元电影——将对电影进程本身的反思植入电影进程本身，在自身置入一个镜面，使自身成为自身的回声。文本自身连贯独立，作为一个"剧本"，它不再是等待被视觉化的文本，它本身是电影已经完成了的一部分，只待用视觉元素"覆膜"后封口。

伊祖的理想是一部广播电影，"一部由一个朗读者为朋友们朗读的小说，他们蹲在燃烧的壁炉银幕前，看着电影段落像木柴一样掉落下来，不间断地从炽热化为灰烬。"（《毒液与永恒》）电影在他们眼前展示了一些画面，但声音所叙述的内容仍然需要观者在头脑中想象并构建与这些画面无关的画面。

尤其在第一部分中，伊祖恢复了一种街道上的实际音画效果，仿佛一个人头脑中的思绪和声音在回响，而眼睛则注视着与这些内部精神活动无关的街景，这也是我们听广播时的惯常情形——视觉和所听到的东西并不对应，但这一点都不影响我们从这些声音中想象到我们超越于此刻身体所处环境的事物与场景。"有鉴于迄今为止，话语仍旧只是作为影像的注解存在，今后，影像则应该成为声音的补充。"（《毒液与永恒》）这让我想到亚历山大·索科洛夫曾经在访谈中说到的对电影中声音与影像关系的看法："声音是大脑，影像是腿。"在《毒液与永恒》中，声音成为空间（想象力展开的空间）的开拓者，声音赋予画面意义或色彩——如果你习惯于驾车时听音乐，就会有同样的感受，不同的音乐使路途电影的画面具有了不同的感受色彩。

伊祖的影音策略，使《毒液与永恒》成为介于无声电影和有声电影之间的一种电影，他称之为：错位电影（disrepant film）。声音和画面进入了各自的旅程，它们分道扬镳，但仍以总体的方式与观看者的记忆和感知捆绑在一起。

情境主义者对现成影像使用的异轨策略，应该延续自伊祖的影像—声音分离实践的同一脉络。这些影像策略不应在简单的技术层面上加以讨论，因为本质上字母主义和情境主义都涉及对于影像—景观的规训的抵抗。《毒液与永恒》显示为对影像完全的破坏，影像四处流浪，身首异处，成了用来练毛笔字的废报纸，或者涂鸦用的一本无聊的书；情境主义者的异轨策略，虽然使影像保持原貌，但改变了其意义的运行轨道，让材料重新获得主观性，在思想磁场下重新排列，视觉的走向被重新驾驭，为声音和说教服务。

无论对于字母主义还是情境主义来说，声音的重要性似乎都是凌驾于影像层之上的，起着导航作用。和意义无法确定的暧昧的画面相比，声音可以在瞬间提出一种更明确的指令与主张。就媒介与历史的关系而言，历史最先被看到，其次才被听见。我们第一次看到普通人的影像的时间，比起第一次听到普通人的声音的时间，要早很多。

声音的特权与至尊地位曾经留给社会统治集团的顶层人物：想想那些历史档案资料中的珍贵录音，沙沙作响的噪音伴随着失真的音调，然而能留下这样的声音的人也少之又少，远比能留下影像的人少得多。声音可以证明一个人的存在，不仅仅是一个平面上的幻影。一度，通过媒介，普通人只能被看到，但不能被听到——也就是无法开口讲话（或只是作为一个公共事件的背景的群体声音存在，在授意下进行复述，比如希特勒接见纳粹青年团时背景的欢呼声），媒介—历史同样体现了权力关系。等到普通人通过媒介开口讲话，历史才进入另一个阶段，或者同时也是另外的一个景观阶段。

谁说电影意味着的运动，一定是影像的运动，而非话语的运动？

——《毒液与永恒》

其他字母主义电影概述

1951年，继伊祖完成他的，也是字母主义的第一部电影《毒液与永恒》后，随后陆续问世的是莫里·勒梅特的《电影开始了吗？》（*Le filmest déjà commencé?*），伍尔曼的《反概念》（*The Anticoncept*），杜甫涅的《第一审判的鼓声》（*Drums of the First Judgment*）和居伊·德波的《为萨德疾呼》（*Howls for de Sade*）。

勒梅特的《电影开始了吗？》的放映，包括将观众锁在影院放映厅外面一小时，在此期间，他们被迫忍受一起观看另外一部电影。勒梅特后来在1985年时评论："这个电影致力于在整体上对电影进行屠戮。"他同样希望观看者参与到放映中来。1951年12月7日在巴黎首映时，放映彻底颠覆了平常的秩序：布帘覆盖着通常的屏幕，剧场中的演员—观众和屏幕上的场景交谈，人们跑到了舞台上面。进入放映厅的出口和外面的人行道都需要绕道。在电影结尾，剧院经理向观众宣布，因为放映员找不到最后一盘胶片，电影不得不到此终止。勒梅特的剧本甚至包括警察在演出结束时的干预——而他们最终真的来了。

剧本是这样开始的：晚上，一个粉色的移动幕布将立在剧院入口处。电影开始前的一个小时，放映员将在这块幕布上放映格里菲斯的《党同伐异》。电影的开始时间宣布为20:30，但是直到21:30才能入场。在这六十分钟的等待中，剧院一层的人将抖出沾满灰尘的地毯，另外一些人会在这些等待放映的观众头顶洒冰水。某些混入人群中的演员将攻击其他在一层的演员。而为了及时阻止它成为丑闻，剧场的大门就在此时打开……

在伍尔曼的《反概念》和德波的《为萨德疾呼》中，影像具有比伊祖更为极端的解体倾向，两个电影均由人声画外音主导，完全抛弃了影像，屏幕上剩下的只有电影放映机的灯光，或与之交替出现的放映机关闭后的黑暗，似乎回到了"前电影状态"——"影像在银幕上开始显现更替，电影随之诞生"这一行为的无限悬置，成了这两部电影的影像内容。在前电影状态，电影（确切地说是人们期待的画面）始终在等待开始但从未开始，电影的造词、造句以及影像的推进并没有发生，而这最终就是这部电影画面本身的内容。电影中的运动在《为萨德疾呼》和《反概念》中，是以声音的形态，以及黑白之间的更替作为唯一的运动。《为萨德疾呼》和《反概念》是在0和1之间徘徊的电影，在纯粹的白屏光照（1）和彻底的黑屏（0）之间，影像永不发生，话语—生命—创世最终被搁置了。（观众的思绪如何填充这个仅有明暗交替的屏幕？）

"没有电影，电影死了。"这是德波在《为萨德疾呼》中的判言。整个宣判中，电影数度意欲诞生—醒来，但最终没有醒来，而是进入了长眠。片尾二十四分钟的黑暗似乎具象了电影死后的黑暗。《为萨德疾呼》的最后几句画外音是："像别动队员一样，我们活在我们未完成的冒险之中。"这个电影在宣判电影之死中活了下来，它执行的正是日后一直延续到情境主义实践中的"在电影中反对电影"的策略。

伍尔曼的电影不但抛弃了影像，甚至改变了屏幕的形状，它由放映机的光亮投在一个近两米直径的气象探测氦气球上。如果将《为萨德疾呼》视作电影诞生前的无限等待，《反概念》则可以视为一个白色眼球的开合，观看似乎反过来了，我们被电影不时眨动的目光所注视着，我们的观看被瓦解了。德波将《为萨德疾呼》献给伍尔曼，并评价"《反概念》比乔治·克鲁佐《恐惧的代价》那乏味的卡车携带有更多智识上的炸药；比起令欧洲人恐惧已久的爱森斯坦的影像，《反概念》要更具冒犯精神。"

谁不曾像尤金一样活着并成长

——托马斯·沃尔夫和他的《天使望故乡》

■李钢音

谁不曾像尤金一样活着并成长
——托马斯·沃尔夫和他的《天使望故乡》

他曾经失落，但是世间所有人生历程无不是失落，瞬间的依恋，片刻的分离、无数幽灵幻影的闪现、高天上激情饱满的群星的忧伤——这一切无不是失落。

李钢音
中国作家协会会员
贵州省作家协会理事

曾获两届贵州省文学奖、文华奖、荷花奖、
第四届全国少数民族文艺汇演"最佳编剧奖"等

千钟为作

襄阳晚报 ⁺ ZAKER

李钢音

中国作家协会会员，贵州省作家协会理事，鲁迅文学院第十七届高研班学员，贵州财经大学艺术学院教授。出版并发表过多部长篇小说、中短篇小说、散文、文学评论、文化随笔、舞剧音乐剧剧本、舞台台本等。曾获两届贵州省文学奖、文华奖、荷花奖、第四届全国少数民族文艺汇演"最佳编剧奖"等。

为什么是《天使望故乡》

感谢大家和我一起分享美国天才作家托马斯·沃尔夫的代表作《天使望故乡》。首先，请允许我说一下为什么我选择了《天使望故乡》这本书。应该说，在灿如星河的世界文学长廊中，《天使望故乡》并不是最耀眼的那一颗星。即使在美国文学史中，我们更耳熟能详的是海明威、福克纳、刘易斯或者是写作《麦田守望者》的塞林格，《在路上》的作者凯鲁亚克，而托马斯·沃尔夫似乎是在他们之后，才不温不火地进入了我们中国读者的视野的。当然，福克纳自己是禁不住敏锐地看到了沃尔夫的才华，把他排在美国作家的第一位的。

2017年，讲述了托马斯·沃尔夫和他的编辑柏金斯动人恩怨的电影《天才捕手》上映，虽然英美影坛的大牌齐聚这部电影，但它也仍然是一部小众电影，豆瓣评分只有7.5分。我想这是因为《天使望故乡》属于很难改编为电影的小说之——记得王安忆有一次参加陈凯歌的电影《风月》的拍摄，她就感叹电影的具象性其实限制了心灵的想象力，一个梦，一个鬼，也一定必须是有形有相、看得见的样子——沃尔夫的作品这样庞杂而丰厚，是很难拍成电影的，但是他的天才之光无法让人忽略，编剧们只好另辟蹊径去挖掘关于他的题材；也是因为，一部讲述一个不算炙手可热的作家和他的编辑之间的故事的电影，在这个商业大片辈出的时代，自然，只能是小众的。

而这些，都不是我喜欢，甚至可以说是喜爱《天使望故乡》的原因。为了这一次交流，我爬上活动梯子，在家里几个齐天花板的书架上找这本书。眼睛一排排扫过去，看见了几十年的阅读中曾经相伴的书籍们，我禁不住想，至少有一半多应该清理了，送给楼里的清洁工；剩下的，很多我也不会再去读它。我并不惋惜，书是应该越读越少的，有一天，这个生命我们都要舍掉，何况这些已经成为辎重的书。

还有，我喜欢《天使望故乡》，其实是超出了文学本身的原因的。我母亲是在20世纪60年代早期进入的大学中文系，他们那个时候读的文学史，主要是俄罗斯作家的作品。我自己是在20世纪80年代早期进入大学中文系的，我们阅读的中西方文学史，主要是经过了筛选的经典作家们，直到临毕业时才开始接触现代主义的作品。现在我在大学里当老师，我们那一代人的经典在我的学生们眼里，已经成了古董。去年暑假，我十岁的小侄女来我家，她说要给我推荐一百部电影，然后她蜷在沙发上，用她的弹钢琴的、好像转了基因一样细长的手指，在手机上飞快地打字。我说，每部电影的名字就不用加一个书名号了吧，那多麻烦。她轻描淡写地说，没事儿，一点不麻烦。她用令我惊讶的速度和记忆力打出了一堆电影的名字，我接过来一看，基本没看过。现在，我们已经到了一个作者比读者还多的时代，微信、互联网每天都黏着我们的视线，最近风行一时的以色列历史学家尤瓦尔·赫拉利在他的《未来简史》里说，我们人类将进入到一个克服死亡、追求永恒幸福、成为神人的未来。在他的预测里，这个未来并不遥远，人类走出了神权时代后，一直支配着我们的人文主义，也会随着科技力量的迅猛壮大而逐渐瓦解。赫拉利的预测，好像足以让我们把所有的书籍都扔掉。何况，我们已经不需要从文学里去寻找故事了，强大的现代资讯，每一天都在把无数个故事推送到我们眼前。

那么，《天使望故乡》这部在1929年出版的小说，为什么对于我还有这样的魅力呢？我在书架里找到它的时候，就像在大街上熙熙攘攘的人群里，看见一张熟悉的、亲切的面孔，让本来漠然的心里，一下子就泛起了一种温暖，这种温暖会让你忽然觉得，这个世界是值得爱的。我们每个人都有自己的阅读经历，就像我们都有各自的命运，而能够深深地牵动你的书籍和文字，随着岁月的流逝和沉淀，你会发现，它其实是并不多的。

我们的每一次文学阅读，就是你和一个作家在灵魂上的一段结伴而行。沃尔夫，这个无论评论家、作家和读者，都不能不赞叹他的天才作家，就是那么一个文思如泉、笔走如飞、才气纵横、心思灵动、想象力天马行空的作家，是一个妙语连珠，甚至有些滔滔不绝的同行者，他带你去看生而为人的一路风景，带你去重新触摸那些在你的经历里同样发生、却被你忽略了的人和事、期待和伤痛；他的天才激荡着你，他的发现触痛了你，他的视线唤醒了你，他的描述击中了你。而最终，这一段路途，是奇特而温暖的，它不断地闪烁着一种可以照亮一切的光芒，让我们内心的那些暗淡了、遗忘了的角落也被照亮，这在我们辛苦劳碌的人生中，真是一件令人愉悦的事情。甚至有时候，我都不把《天使望故乡》看成一本小说，也不把它放在文学史里去比较，而把它当成一部人类成长史的审美解读，把它当作引领我进行一场美丽又哀愁的旅程的作品。

福克纳说，沃尔夫是"希望把人类心灵的一切感受，真切地集中到一个针尖上"，那我们打开《天使望故乡》这一本在卷帙浩繁的世界文学中的这一个"针尖"，就能获得"人类心灵的一切感受"，从这个意义上说，《天使望故乡》在我们越来越少的文学阅读里，就是值得一读的。我们毕竟还在这个人文主义的世界上，我们还需要它的温度和光热，这就是《天使望故乡》这本书对于我的意义。

《天使望故乡》在1929年10月出版，过去了九十多年，现在的一位美国普通读者说："他是一个无法被超越的美国小说家，是美国最优秀的小说家之一，我被他描写人类内在感受的语言震惊了，因为那是我从来描述不出来的东西。"还有另一位说："我从未读过如此写实的小说，他的书是给头脑的盛宴，虽然内容描写的是小城镇，但是他的主题却很宏大。"瞧，托马斯·沃尔夫的读者，是越过了时间的隔断的。虽然时光流逝，但打开《天使望故乡》，我们随时能感受到那些文字是带着人的体温的，作家灵魂的体温，所以也就能温暖我们的生之苍凉。

在中国，沃尔夫的读者渐渐多了起来，大家是能很快感受到他作品中那种人类的乡愁和闪光的文字魅力的。一些读者对他的评价也很精彩，有的说，他的作品"是最接近人类最初生长经验的"；有的说，"比较一下几个美国作家，菲兹杰拉德的《了不起的盖茨比》，塞林格的《麦田守望者》，凯鲁亚克的《在路上》，从写作方面来说，沃尔夫的《天使望故乡》更有一种优美，并且非但不颓废，还有一丝希望在升腾"。沃尔夫这样的作家，是不难找到他的知音的。

我手里的这两本上下册的《天使望故乡》，已经发黄了，破旧了。它是1987年三联出版社从香港引进的、乔志高先生翻译的最早版本，据说在孔夫子旧书网上已经炒到三百元一套，它对于我的珍贵当然不是因为这个。这两本几乎可说是年代久远的书，因为我有一次在冬天的火炉边读它，打了盹，不小心烧掉了最后几页，我还记得当时心疼得"啊！啊！"叫的情景。《天使望故乡》在国内已经有了几个译本，乔志高先生的译本被读者们公认为最好的。这位乔志高先生，真是和沃尔夫心心相印，他说，沃尔夫的笔法，是"长江大河无法抗拒"的。而他的翻译，也跟上了沃尔夫那种如江河水一般汩汩有声、波光闪闪的语言和节奏。他用汉语传神地传递了沃尔夫作为一个文学天才的才华所在，是一种难得的入了"化境"的翻译。现在，乔志高先生的译本也有了新版本，如果我们去读《天使望故乡》，我推荐大家首选这个版本。

沃尔夫和他的《天使望故乡》

好，下面我想说说托马斯·沃尔夫这个人，他是怎么写作《天使望故乡》的。

1926年，在时常下着连绵秋雨的伦敦，一间租来的公寓里，二十六岁的沃尔夫独自蜗居在这里。假如他出了门在街上游荡，在伦敦人眼里，他就是一个来自美国腹地山区的乡巴佬；而且，他竟然有两米的身高，并非电影《天才捕手》里裘德·洛那风流倜傥、恃才傲物的模样，我想，沃尔夫更应该像乔志高先生说的，是有一些神经脆弱，缺乏自信的。当然，他同时也读书破万卷，气吞斗牛，胸中冲撞着无数的情感和思虑，是后来第一位获诺贝尔文学奖的美国作家刘易斯评价的"一位虎虎有生气的巨人"。那一年，在异乡的沃尔夫孤独而迷茫，这是青春、人生和灵魂的迷茫，是站在命运的十字路口的迷茫，是他生命中最艰难的时刻，似乎失去了生活的方向和目标。这样的时刻，我相信我们都经历过。在我们此时置身的城市，在地铁里、写字楼里、车站上、出租屋里，到处都是这样来自异乡的年轻人，他们是辛苦孤独的异乡客，他们一定也有一百年前沃尔夫的迷茫，但他们，也是我们的未来。

于是，一百年前，沃尔夫开始伏在冰箱上，下笔千言地写起小说来。因为他的身高找不到合适的桌子，只能用冰箱当桌面。他写满的纸页一张张飘落到地上，也没有标注页码，像海明威在电影里那样。沃尔夫在写什么呢？就是他书中写的那样，"他站在黑暗边缘，脑子里只有对城市的梦想，无数的书籍，和众多幽灵般的幻象，他爱的人，爱他的人，曾经认识却又失去的人们。他们再也不会来了。他们永远不会再回来了"，还有，"他赤裸着，孤身一人站在黑暗之中，远离了那个充满街道和面孔的失落的世界；他站在自己灵魂的堡垒上，面对着自己失落的土地；他听见失落的海洋在内陆的喂嚅，听到号角在内心里奏响遥远的音调。最后的旅程，最长的旅程，最美的旅程"。

这些梦想、幻象、内心号角的音调，推搡着沃尔夫的心。这样充满激情又含着说不出的忧伤的语言，也是沃尔夫心灵的基调。这一切，让独在异乡为异客的年轻的沃尔夫，是注定要提笔写作的。其实，作为一个石匠的儿子，作为一个子女众多的大家庭里多愁善感的一员，沃尔夫从十二岁起就开始写散文、诗歌、故事，上大学后转而写剧本，并准备成为一名剧作家。他在《一部小说的故事》这本自传中说："在我身上有某种力量使我不得不进行写作，那种力量，也像某种热能或激流或被紧压的能量一样，最后爆发出来，形成了一个通道。"正是这种混沌而充裕的力量，让沃尔夫注定成为了一个以激情和丰沛而独树一帜的作家。沃尔夫的写作状态，几乎可以用疯狂来形容，废寝忘食，日夜不歇，用他自己的话来说，是有一种"想把整个经验都吞下去的近于疯狂的饥渴"，"唯一能把它从我心中排除的办法是使它自己消磨掉"。他是一个有运动员般蛮力的天才，他的胃口和酒量都大得惊人。他常常一刻不停地写上十五个小时，中间只吃一顿饭。为搜寻材料，他甚至会跑到纽约的公共厕所里和人聊天。福克纳感叹说："沃尔夫很有勇气，他写起来好像自己活不了好久似的。"

是的，来到伦敦客居的二十六岁的沃尔夫，心中已经装着一个呼之欲出、急欲表达的世界了。

1900年，刚好是世纪之交，沃尔夫出生在美国的一个小镇，北卡罗来纳州的阿什维尔。假如有一天，你驱车穿越广袤的美国大地，你会发现这样的小镇在路旁一掠而过，就像我们沿着中国的高速路经过一些小集镇，没有什么理由让你为它停留。但是，那些错落的房屋里，有着许多和我们一样的生老病死、悲欢离合，只是被我们忽略了、省略了。我们忽略的，不仅是别人的人生，其实也还有自己的人生。

阿什维尔有百分之七十几是白人，百分之十几是黑人，其余还有拉丁裔和西班牙裔等。这个南方的小城，在沃尔夫笔下，成为了人类生活的一个缩影。每一位读者都可以在小镇展开来的故事和光阴中，看到自己，看到家人，看到我们自己的成长，我们的迷茫、绝望和希望，看到人类对生命和世界的触摸和冲突，还有人类的心灵体验。

沃尔夫的父亲来自北方的宾夕法尼亚州，是荷兰移民后裔，是一个酗酒的墓碑雕刻匠，他的母亲是苏格兰移民后裔，做过书籍推销员和教员，这是一个典型的美国中下层家庭。沃尔夫在阿什维尔成长的时期，也是这里逐渐扩张为一个小城镇的时期。他的父母一辈子吵吵闹闹，哭过，笑过，生下了八个孩子，活下来六个，沃尔夫是最小的孩子。他们家的男孩子刚成年，就被父母赶着出门挣钱，买报纸、送外卖或者打零工。沃尔夫喜欢读书，他的父亲信口开河地希望他长大以后能当上议员和总统，母亲则希望沃尔夫能做一个有学问的人，为此，两夫妻也能吵上一架。

《天使望故乡》写的就是阿什维尔这个小镇里的日子；是主人公尤金，也就是沃尔夫自己一家人；还有进入沃尔夫视线的全城人。尤金还躺在摇篮里，就已经大睁眼睛、灵敏无余地打量这个世界的一切了，也似乎能捕捉到每个人的善与恶、聪明和愚笨了。并且，他早早就有了自己的世界观——孤独，像他后来写的那样："古往今来，每个人都是生而孤独、一世孤独、至死孤独的。我们彼此都是陌生人，而且永远也不会有办法彼此认识。"他又说："这不是单讲阿什维尔一个地方的人，这是讲东南西北任何地方的人。"

尽管如此，这样的观念，并不影响《天使望故乡》的主人公尤金，像一块巨大的海绵一样成长，吸取和感受这个世界上所有的色、声、香、味、触、法，也全景式地接收和扫描点滴见闻、片刻悲欢，他好像恨不能成为刘慈欣科幻小说中的那面镜子，照见一切美好和丑陋。《天使望故乡》从尤金出生前说起，一直写到他十八岁离开家乡去哈佛大学求学。这十八年，尤金是和阿什维尔，和他的一家人一道，在光阴和命运中沉浮的。

尤金的父亲甘德，一位雕刻墓碑的石匠，他充满莫名的渴望，嗜酒如命，粗鲁又天然有几分艺术气质，内心还追寻着上帝。他的人生，是寻梦失败，渐至消极的，贯穿着挥之不去的孤独和失落。尤金的母亲意莱莎，是跟丈夫如同生活在两个世界的人，她坚信只有钱财和房子才能给她安全感，一生都在强韧地向着这个目标努力。尤金的大哥佛兰克，自我中心，游手好闲，最后成为一个酒鬼。其他的姐姐哥哥们或清高，或流俗，或者暴躁易怒，夸夸其谈，偶尔歇斯底里，每个人都忙于各自的欲望和狭小的目的……当然，这只是我们对小说人物的概述，而在小说里，这些人物，不就是我们自己和我们周遭的人们吗。我们都不完美，我们在人生的途程上都磕磕绊绊，离那个理想中的自己仿佛永远有着距离。

除了自己的家人，阿什维尔全城的人仿佛都没有逃开尤金的打量，男女老幼、富人穷人、白人和黑人，做工的、种田的、做小本生意的；医生和殡仪馆老板；老师和同学；妓院老鸨，还有尤金母亲公寓里来来往往、形形色色的房客……沃尔夫一一写来，谁都不会放过，他的天才里也有一种天真，他顾着挥动自己的如椽大笔一吐为快，却忘了自己的家人和阿什维尔的老少们，谁又愿意看见他笔下那个不完美的自己呢？

《天使望故乡》出版后，沃尔夫开罪了所有的家乡人，他们群起而攻之。沃尔夫的二姐后来说，亏得他没有饶了自己的家人，不然他们一家很可能被"涂上柏油和鸡毛"，撵出城外。沃尔夫自己，也吓得整整七年不敢回家乡，他后来的一部作品，就叫作《无处还乡》。时间的河流能卷走一切，现在，阿什维尔以他们的天才作家沃尔夫为荣，一个年轻的阿什维尔姑娘在读了《天使望故乡》后说："这是一本美丽的古典小说，他叙事的语言非常清新，像在观看一幅画一样。我就住在北卡的山上，去杂货店的路上也经过一个个天使，他的描写太真实了！"真实，本来是沃尔夫当年令家乡人愤怒的原因，而现在，终于成为家乡的后人们认同他的一个理由。

在沃尔夫的《一部小说的故事》中，他提出了时间的三种向度：实际的现在式、过去式和永恒的时间。其中"永恒的时间"，他说，指的是"河流的时间，山峦、海洋和大地的时间"，我想，这是他自己心灵的广阔无涯的时间，是山河大地自心而生的意思。《天使望故乡》这本书，有人认为它是批判现实主义，有人认为它是现实主义和现代主义的结合，而我认为这些都不重要。对于文学而言，一切技法，其实就是心法，是一个作家的内心世界和外部世界间独有的一种呼应，一种印证。读者要观看的，也正是作品给我们呈现出的这个世界。

《天使望故乡》中，跟尤金关系最好的哥哥阿宾对弟弟说："你就是你自己的世界。"一个偏僻小镇的无名青年的这句话，是掷地有声的，是哲学家们打破脑壳去论证的。在沃尔夫提笔创作的年代，美国经济高速发展，成千上万的农村人来到城市找寻自己的梦想，"迷惘的一代"正成为一种现象，"年青一代的背叛"也正成为席卷欧美的社会思潮。因此，也才有此后不久的凯鲁亚克那本名噪一时的《在路上》，凯鲁亚克正是沃尔夫的一名崇拜者。而对于沃尔夫，他拼命写着的，就是他想用文字还原的生活，什么意识流、什么文学流派，什么现实主义浪漫主义，在辽阔万变的生活面前，不都只是一朵浪花吗？

《天使望故乡》为我们呈现的，是一条生命和岁月的大河，阅读它的时候，你仿佛就是站在一条河流面前，你会被它的波涛汹涌、泥沙俱下、迂回曲折所吸引，它唤起的是我们每个人心中不同的记忆和情肠，这时候，你是不会去分辨这河流是什么水质、水位、含沙量的。

河流，是沃尔夫小说中一个很重要的意象，几乎也是他对时间、记忆、生命历程和人类生活的一种理解。这条河流，流淌在沃尔夫心里，也在他的笔端以滔滔不息之势流淌，里面有他所有的眷念和热爱、忧伤和迷惘。沃尔夫在自己的小说中无数次描写河流，时间和记忆的河流，他说："他的人生就像那条河，因为自己的沉淀和前行的不断积聚而丰富，因为自己的不断壮大而充满生机，生活给这条河流源源不断地注入活力，使之更加生机勃勃；而他的生命，带着同河一样的远大目标，

谁不曾像尤金一样活着并成长

现在倾注进了家的港湾，属于他的丰足的庇护所，为了他，扭曲的藤蔓紧紧围绕着他，土地为他结出累累果实、簇簇鲜花，炉火为他猛烈地燃烧。"这诗意化的文字，是沃尔夫对小说主人公，就是作家自己的生命和意识之流的描述。沃尔夫的作品和文字，也正像评论说的那样，犹如"一条由音节构成的密西西比河，处处流淌和翻滚着沃尔夫式的短语，美丽动人，清澈见底，并且也像密西西比河一样，常常滞留污浊。"

《天使望故乡》里的尤金刚学会写字的时候，有一年过圣诞节，他爸甘德让他给上帝写一封信，就像我们的许愿。于是，尤金认真地、歪歪扭扭地写了一封信，父子俩把这封信扔在壁炉里烧了，高兴地跑到屋外看那灰烬飘向空中。上帝的确给了沃尔夫一份厚礼，让他成为一个天才作家，像一颗光芒夺目的流星划过世界文学的夜空。但上帝也给了这个天才一份莫大的不幸，让他正当下笔千言地写着的时候，在三十八岁那年，因为在旅途中染上肺炎猝然离开了。沃尔夫短暂的一生里，共写作出版了四部长篇小说，分别是《天使望故乡》《时间与河流》《网与石》《无处还乡》，还有《远山》《从死亡到清晨》等短篇小说。我认为，沃尔夫的魅力，其实并不在于他的创作在美国文学史上、在评论家笔下处于什么地位，而是在于，当读者阅读他的作品的时候，你能在沃尔夫为我们描绘的这一条绮丽斑斓的时间河流中看见自己，看见自己的生命，看见故乡。

生活的能量和精力

　　和他的异于常人的身高一样，沃尔夫的作品和他的文字，在读者心中是大象般的存在，恨不能风卷残云般漫过现实人生和精神灵魂的每一个角落。他在《一部小说的故事》里说："我们必须从亿万种形式中，从大量的每一件美国生活的材料中，从它熙熙攘攘、千百万人参加的生活的网络、闪光、冲击、野蛮的暴力和盘根错节中；从我们有生以来便很熟悉但至今还没有人用语言表达出来的千百万种细小的事物中；从如云烟般消散的记忆的每一个闪亮和震动中；从我们所记得和忘却的一切事物中；从最后和最深的、古老的、包罗万象的人的头脑中；从这片土地和我们的生活所特有的实体中，寻找出我们自己生活的能量和精力，寻找出我们自己可以利用的语言和组成我们的艺术的物质。"你看，沃尔夫的这一颗作家之心，完全可以用气吞山河来形容，也可以用饕餮来比拟。

　　但我们不要以为，天才就当然是奇异和远离常人的，相反，天才这个词在沃尔夫身上，说的是他对和我们一样的人生，有更广博更深切的拥抱和表达。沃尔夫像一个神经末梢枝杈繁多又格外灵敏的人类生活的观察者和感受者，他那颗熊熊燃烧的赤子之心，时时都想冲破结构、形式、流派这些框架，像孩子一样真诚地贴近他生活中的一切人和事，也像一只风筝永远向往着远远的高高的地方，更像一条大河一泻千里，任意奔涌。

我似乎说得太多了，其实也都无关紧要，对于《天使望故乡》这样的作品，阅读，就是一种美好。我想在这里，为大家读一段《天使望故乡》关于气味的文字，相信你也会和我一样，心跟着这些文字游走和飞扬起来，并且像刘易斯对初出茅庐的沃尔夫说的那句"天啊，你这本书真棒！"一样，我们说，天啊，从来没有想过可以这样来写气味。

这段文字，说的是刚进入学堂学会读书的尤金，开始在忙忙闹闹的家里，独自一人捧着书本坐在火炉前，把自己关在灵魂的深处。他的想象力在广大的世界里无边无际地邀游，他翕动小小的鼻翼，仿佛闻到了这世界上的各种味道。从《天使望故乡》这个小小的片段里，我们就能领略沃尔夫那独一无二的洞察力和语言风格，体会到《天使望故乡》中那个如影随形的有热度的灵魂。

这段文字是这样的：

他还记得昔日圣路易博览会的东印度茶馆，那里的檀香木、印度人的头巾和长袍，屋子里的阴凉和茶叶的味道；他现在还感觉到初次尝到春天早晨露水的欢欣，樱花的香气、清凉爽朗的大地、园子里潮湿的肥土。他也深知春天中午嫩草中晒得滚热的蒲公英会给人带来何等尖锐的兴奋；家里地下室的霉味、蜘蛛网和人不知鬼不觉的土堆；七月里一堆堆西瓜，堆在农夫篷车上的稻草堆里；还有甜瓜和一箱箱的桃子；还有炭火前面烘干橘子皮的又苦又甜的味道。

他记得他父亲客厅里一股闻上去十分舒服的男子的气味；有光滑的皮沙发，扎破了一个大洞里面棉絮都露了出来的；壁炉前油得光亮的木板，被火烤得起泡的；书架上烘得热热的牛皮装订的书；火炉台上那块湿湿扁扁的苹果淡巴菰，上面插着小红旗的；十月园子里烧树枝树叶的烟味；秋天地上棕色疲倦的泥土；夜间金银花的浓香；温暖的金莲花；一个干干净净脸皮通红的农夫，每礼拜来卖牛油、鸡蛋和牛奶；还有又肥又软没有熏透的腌肉和咖啡；露天里一座烘面包的炉子被风吹着；一大碗热气腾腾的豆荚，加上盐和牛油烧的；一间一间关闭、镶着松木板壁的房间，用来贮藏书籍和旧地毯的；长长的白色藤条编的篮子里装着康考德葡萄。

不错，还有学堂里令人兴奋的粉笔和新上漆的小书桌的味道；厚厚的三明治的味道，两片白面包夹着冷肉，涂上牛油的；马鞍匠店里新制的皮革的味道，还有刚有人坐过的暖暖的皮椅子的味道，还有蜜糖和未碾碎的咖啡豆；杂货店里装桶的甜酸黄瓜、干乳酪和其他所有香喷喷的食品；地窖室里储藏的苹果的味道，还有果园树上的苹果以至榨过苹果汁剩下来的渣滓的味道；生梨放在架子上在阳光里晒热，樱桃用糖水在热锅里煮烂了做果酱；还有削木头的味道，新砍下来的木材、木屑和刨花的味道；白兰地酒浸桃子，上面塞满丁香；松树液和碧绿的松针；一匹马新修过掌的马蹄；火上烘的栗子，碗里盛满的干果和葡萄干；烤乳猪和又热又香的脆皮；烧热的冰糖甜薯，上面涂着牛油和肉桂在熔化着。

不错，还有那污浊的河水，秧上熟透而发烂的番茄；被雨淋湿的李子；锅子里煮熟的榅桲；池塘里漂浮着的发烂的百合花叶；沼泽泥地里发臭的水草；还有南方一种说不出来的好味道，又干净又有点狐臭，像大胖女人身上一样；大雨后湿透的树木和土壤。

不错，还有早晨田野里晒热的雏菊的香味；铁工厂里溶化的铁水；冬天马房里马身上的热气和马粪的热味；老橡树和胡桃树；肉铺里各种刺鼻的味道，新切的肉，刚宰的小羊，臃肿的猪肝、磨碎磨烂的肉做成的香肠、血红的牛肉；红糖溶化在苦巧克力浆里；凉饮里碾碎的薄荷叶；一丛雨打的丁香花；圆月之下的木兰；还有山茱萸和月桂树；一根油膏厚厚的旧烟斗和烧焦的橡木圆桶装的陈年布尔本好酒；淡巴菰那种刺鼻的味道；以及石炭酸和硝酸；一条狗的忠实味道；尘封不动的旧书的味道；泉水附近一股清凉的芳草的味道；捏面做蛋糕放的香草精；裂开的大块乳酪。

不错，还有五金店里的气味，尤其是一大箩簌新的铁钉的好味道；摄影师暗房里冲洗照片用的药水；新的油漆和松节油的新鲜味道；荞麦面糊和黑糖浆；一个黑人和他的马匹；灶上煮滚的软糖；腌菜桶里的盐水；南山脚下长得茂盛的矮树杂草；一桶滑溜溜的生蚝；洗刷干净冻藏起来的生鱼；厨房里热得不堪的黑女佣人；煤油和漆布；沙土饮料和番石榴；秋天长熟的柿子；还有刮风下雨的味道；霹雳一声的暴雷；寒冷的星辉，草叶结了冰的脆片；雾以及冬天迷茫的太阳；播种时节，开花以至累累果实的收成。

于是他，沉醉在自己感官所获得的印象中，开始在学堂上地理课时想象到人类繁殖的罗曼史，呼吸到大地喷吐出来的混杂的臭味，每每看见码头上堆着粗壮的木桶就憧憬着里面装有金液的糖酒、浓馥的葡萄酒、醇厚的勃艮第等价值连城的佳酿，同时鼻孔里似乎闻到热带地区的丛林、农场里耕地的泥土气味、海港边咸鱼的臭味，就这样神游在茫茫大地、毫无挂虑的神奇世界中……

好，这只是小学童尤金，也就是沃尔夫在孤独的火炉边闻到的气味，这些气味，不就是世界的气味、人生的气味和生命的气味吗？我时常从小区外的街道上走过，这街道上的小店铺鳞次栉比，一家挨着一家，但我总是戴着耳机或者怀着心事的，不能像小尤金那样闻到各种气味，我是不是丢掉了上帝给每个人的平等的礼物，所以只能让自己的日子变得苍白？

随着尤金的长大和远行，你可以想象他的神经和触角会怎样蔓延，沃尔夫这一位人生的天才捕手，会在他的作品里给我们呈现一个怎样的世界。记得很多年前，当我读到八九岁的他，开始有了所有男人都有的两个心愿，一个是要有人爱他，一个是要成名。他用饥不择食地读来的一堆乱七八糟的东西，为自己想象了无数个英雄救美的故事，那些故事让我快乐得哈哈大笑，想起了我读小学时班上的那些男同学们。

杨绛说，读书的意义大概就是用生活所感去读书，用读书所得去生活吧。读罢《天使望故乡》，我发现，这本书可以唤醒我的贫乏的生活所感，同时也能充实和丰盈我的读书所得。看尤金是怎样生而为人的，我们也随着他重温一遍做人的酸甜苦辣，这就是这本书的魅力和价值。

2020.6.27

时间的漩涡犹如那一处哀伤的息壤

——托卡尔丘克《太古和其他的时间》

█张建建

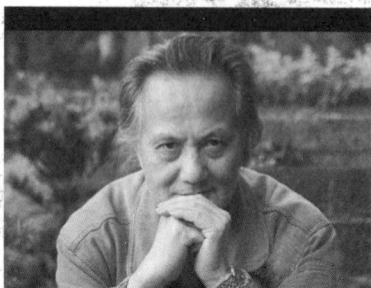

时间的漩涡犹如
那一处哀伤的息壤
—— 托卡尔丘克《太古和其他的时间》

精读堂
第三十四期

千翻与作

直播时间
2020年6月27日
PM 15:00–17:00

扫二维码进入直播

张建建　艺术评论家
居住在贵阳。著有文学批评集《诗性与关怀》等。有绘
画研究与评论若干。

主办
贵州文学院
千翻与作

张建建

艺术评论家。居住在贵阳，著有文学批评集
《诗性与关怀》等。有绘画研究与评论若干。

波兰作家、诺贝尔文学奖获得者米沃什曾经说过，他的家乡立陶宛，经历了乌克兰人、德国人、俄罗斯人的占领，所以他的心灵"既是波兰的，也是波罗的海国家的，乃至全体东欧人"。米沃什还说过："欧洲各国的历史充满了不幸……为了明白这一点，我们必须做的，是去听听存在于波兰人和犹太人对话中的相互指责，以及波兰人和乌克兰人之间的相互指责。""在春天，就让我看见春天，而不是波兰。"这是波兰诗人杨·雷宏尼在1918年发出的呼喊，概括了每一位波兰作家所感受到的那种撕心裂肺的感觉，甚至在今天，我们依然有此感受。阅读托卡尔丘克的小说，如果对于作者的家乡波兰有一点点了解，会对理解她的作品有很大的帮助。

波兰，地处中欧，被称为欧洲的"十字路口"，除了北面濒临波罗的海之外，其国家的三面被当时苏联的几个加盟共和国以及东欧的捷克、西欧的德国环绕。其地理环境决定了波兰的人文环境以及历史命运的颠沛流离。

波兰现在的人口接近四千万，有波兰人、俄罗斯人、白俄罗斯人、德国人、乌克兰人、犹太人等等。全国大部分人口信仰天主教。一千多年前，波兰曾经是一个强大而统一的国家。多年以来，波兰共和国被周边大国和强族反复入侵蹂躏。它受到过蒙古人入侵，条顿骑士团入侵，沙俄入侵，瑞典人入侵，18世纪时又被俄国、法国、西班牙联合入侵，在18世纪后期还曾经沦为俄罗斯帝国、普鲁士王国、奥地利帝国的保护国，被三国予以瓜分。

第一次世界大战期间，波兰复国，成立了第二共和国，同时也发动了对苏联的战争，史称"苏波战争"；第二次世界大战期间，1940年4月，德国以闪电战方式突袭波兰，接着占领了全部波兰领土，臭名昭著的奥斯维辛集中营就建立在波兰境内；1943年，苏联军队在卡廷森林杀害了数千名波兰军官；1944年波兰人发动了著名的"华沙起义"以抵抗德国的占领及苏联的入侵（米沃什曾经描述过当时人们的绝望情形）；1944年苏联军队介入，成立了人民共和国，但是它的百分之二十的国土丧失，并且在苏联的控制下生存；1989年，波兰团结工会以发动大罢工方式与各个党派达成共识，和平地改朝换代，波兰第三共和国建立，波兰恢复了传统的共和国的法统。

波兰也是产生伟大的作家、诗人、音乐家、宗教家的国度。诺贝尔文学奖获得者中的波兰批判现实主义的小说家显克微支（1846—1916），著有《洪流》《你往何处去》（1905年获奖）等等；莱蒙特（1867—1925），1924年以民族史诗《农民》获奖；米沃什（1911—2004，美籍波兰诗人），1980年以诗集《拆散的笔记簿》获奖；辛波斯卡（1923—2012），女诗人，1996年以诗集《一见钟情》《呼唤雪人》等获奖；托卡尔丘克（1962—），女作家，2018年获奖。伟大的浪漫派音乐家肖邦，被誉为"钢琴诗人"，他的音乐是波兰民间音乐在钢琴音乐上的辉煌再现，他逝世于巴黎，遗体葬在巴黎的拉雪兹公墓，但是他的心脏却被安葬在他的家乡波兰；另外就是著名的现代音乐家戈兰茨基，他缓慢深沉的现代宗教音乐对于大众具有启示录般的精神启蒙的力量，其时军政府首脑瓦尔泽斯基将军说，戈兰茨基的音乐比军队的枪炮更具有强大的威力；曾经的教皇保罗二世也是波兰人。

波兰也是充满了民间信仰与女巫的国度：波兰的文化具有东方的特征，民间社会依然存活着神话、预言、通灵的生活方式。虽然在1945年之后国家消灭了所谓的迷信活动，不过，波兰的女巫们通过重新学习，让古老的通灵术重新回到了波兰民间的生活之中。托卡尔丘克被称为"文学女巫"，大概也是因为她的小说写作融入了这一类知识，同时也在以诗意的方式把女巫们与天地神鬼交往的状态予以了充分的实践。

奥尔加·托卡尔丘克，诗人、小说家、心理学家、旅行者，有"文学女巫"的称号，代表作有《太古和其他的时间》《白天的房子，夜晚的房子》《雅各书》。1962年1月出生，

1985年毕业于华沙大学心理学系，曾经在心理健康咨询所工作，当过心理医生，为了四处旅行到处打工。心理学大师荣格的"集体无意识"理论对她有很大的影响，女权主义和女性主义思想也是她重要的理论支撑。1987年托卡尔丘克以诗集《镜子中的城市》而登上文坛，接着以长篇小说《书中人物旅行记》《太古和其他的时间》《白天的房子，夜晚的房子》《云游》等十三部作品的接连出版而引人注目，并且在国内获奖无数。2018年获得重要的布克奖，2019年获颁2018年度的诺贝尔文学奖。布克奖称她为"20世纪90年代波兰文坛出现的一颗璀璨新星"，"《云游》是一部奇妙的、充满智慧、妙趣横生而又极具讽刺意味的小说。"诺贝尔文学奖的颁奖词说："她的叙事富于百科全书式的激情和想象力，代表了一种跨越边界的生命形式。""托卡尔丘克从不认为现实是某种稳定或永恒的东西。她在自然与文化，理性与疯狂，男性与女性，相聚与别离当中，构建她的小说王国。"

《太古和其他的时间》的叙事学

托卡尔丘克的时间：皱褶化叙事

托卡尔丘克自己说："在我的一生中，我一直痴迷于那些相互连接的结构，着迷于我们所忽视的却又偶然发现的互文，以意外的巧合或命运的交汇，螺母、螺栓、焊接接头、连接器——所有那些我在《云游》中所关注的。我迷恋着联想事实和寻求秩序。从本质上说，我相信作家的头脑应是整合的头脑，它顽强地把所有微小的碎片收集起来，试图把它们再次黏合在一起，创造出一个完整的宇宙。"因此在《太古和其他的时间》这一部小说里，八十四块碎片及其内部的巧妙连接，被作家整合为"太古"这样一个世界。

《太古和其他的时间》的文本是由八十四篇短小叙事组成，每一篇文本的样式或许是一个人物的简约故事，或许是某一个场景的描述，又或许是某一段说明式的议论文体，或者干脆就是一个事件的简述。这些章节的内容相互之间没有明显的连续性，就像不同内容的图片拼贴起来的画幅，或者说，就像一块巨大的、跨越了几乎一个世纪的画幅，不过它是被作者揉搓之后堆放在我们面前的一堆布满皱褶的纸团或者布团，我们看到的只能是皱褶被凸显出来的那个部分。这些凸显的皱褶的色彩和图像，大部分是与其他皱褶没有关联的，只有少部分皱褶像是从一个大块图片那里折叠起来并且凸显出来的，因此它们之间有某种相似性。

如果把这些皱褶展开铺开来的话，或许可以看到画幅的全部内容或者它们之间的逻辑。不过，作者为了在有限的篇幅里为读者生产出巨大的阅读空间，她确实没有把八十四个皱褶给理顺出来。我们看到的皱褶的突出部分，就像是每一篇文本才刚刚开始的叙事立马走向结束的紧张感觉。但是，我们感觉到了其中蕴含着的那个巨大无比的底面，那个撑平了的叙事世界。

这些皱褶大约由人物、神鬼、植物、动物、天气、文本、事件以及场景等构建起来。说是皱褶，是因为每一个凸起来的部分都不是单独纯粹的突起物，而是可以为读者赋予想象的诸多意义的空间。因为在每一个短章之中，作者都设置了很多的内容，它们有时是描述，有时是议论，有时是现实与梦幻的交织，有时又是事件与玄想等诸多的内容的并置。每一个皱褶里面可以铺陈开来的内容为整个作品设置了太多的阅读陷阱。这就是当代法国哲学家德勒兹所说的"皱褶"的意义架构的典型范本。

研究者是这样描述德勒兹"皱褶"的概念的：皱褶是无止境的来回运动，那里不只是从一个到另一个的皱褶，而且还会以此作为启动点再次继续。就语言形态而言，皱褶理论，是由问题带着，在破碎、离散、含混且抽象的状态中发展着，它处于中间，止于中间，未完成且不打算完成。从小说写作的角度来说，皱褶论，就是卡尔维诺说的"一种刚刚开始就结束的小说"，它的语言姿态的未完成性质为阅读与写作提供了无尽的遐想空间。

另外，我认为托卡尔丘克受到过哲学家德勒兹影响的具体举证是，全书中我最为印象深刻的——意象"菌丝体的时间"这一个短章。虽然在《太古和其他的时间》全篇中只出现了一次且篇幅只有两页，但是与德勒兹描述意义世界构成的意象"块茎"是如此相似，它们都描述出了意义世界在表面凸显内容之下的千丝万缕的联系。在《太古和其他的时间》这里，

"菌丝体"这一章处在小说中部，大约凸显出作家以其丰富而深刻的想象展开了它对于乡土中的生命体最为感性、最富有诗意的哲学沉思。

拼贴式的文本，最为典型的是《项狄传》，18世纪英国小说家劳伦斯·斯特恩的代表作。这是一部文学史上的奇书，百年以后当现代主义小说兴起，人们意识到，《项狄传》似乎是一次现代小说的神秘预演。普鲁斯特、乔伊斯、卡夫卡、纳博科夫、卡尔维诺等现代大师们都曾经受到过这部小说的直接影响。《项狄传》是完全的非时间性叙事，结构的混乱与杂凑，文体的多样性，一种思想、情绪、事件以及梦幻的漫游或者说是梦呓式的写作。除了现代主义大师们的直接学习之外，后现代小说中最接近《项狄传》文本的还有很多，我认为最为接近的是俄裔加拿大作家萨沙·索科洛夫写于20世纪80年代的小说《愚人学校》。这一类文本的主要特征，即在时间性与非时间性叙事之间游移不定，在事件性与非事件性之间游动，现实与想象或者幻梦之间的交织，角色之间的变幻不定以及交叉出场，令人迷离恍惚，主观视角与客观视角之间的迅速转换，诗意语言与直白语言之间的犹豫不决……其最为重要的是，决定性地移除了单一秩序以及唯一性的叙事逻辑，把语言处在情绪状态之下，或者语言处在日常应用中的"前言不搭后语"状态之下的样式，赋予了小说写作以本体论的价值。由此，当代思想所说的"非同质化语言"被予以呈现。这是阅读《太古和其他的时间》乃至《云游》这一类小说文本所需要特别提出来的。因为它的这种皱褶式结构里面蕴藏有巨大的内容。我们的阅读，是要在看似断续和拼贴的皱褶堆积当中寻找到那个平面展开出来的时刻。阅读的快意，大约也出现在这样的时刻。

就写作一部小说所需要的思想时间以及想象时间，以及作家安排的叙事空间的本质来说，《太古和其他的时间》这个文本本身就是写作者托卡尔丘克自己的时间。因此我们阅读这部小说，就是在阅读作者的时间之中，我们通过阅读而同时在思考、感受、评价着作者的文学时间。我们通过细读这个文本，也是在感受托卡尔丘克所努力营造与建构的一个世界，一个世界的生存或者死亡的进程。在这个意义上，《太古和其他的时间》自然包括了作家托卡尔丘克的时间，这个拥有"通灵者"称号的文学女巫的世界时间。文学，其魅力就在于此，它可以制造时间。

历史的时间：太古的故事之一

我们理解的历史，大约与民族、国家、时代、事件，与事件同时存在的人物所展开在时间之中的状态及其描述有关。这是现代的历史写作观念。即使是所谓普通人或者小人物的历史，因为与民族、国家、时代、政治、战争、灾难等联系在一起，因此也就具有了普遍性意味。我们所说的历史的，即历史中的事件，因此也是一些人在某种时间的连续性之中的展开。在小说里面，历史也就是事件的连续性呈现，自然也离不开人在时间之中的连续性展开。在《太古和其他的时间》这里，它或许就是小说家或多或少地需要呈现的人物和事件的故事性展开。

《太古和其他的时间》的故事，大约可以用波兰乡村"太古"所经历的一次百年起始故事去进行描述。我们在八十四篇短章中那些反复出现了数次的章节中，能够梳理出几乎完整的故事或者历史线索。太古，大概是意译，它的英文词是"nowhere"，无处、任何地方、无名之所、无名之地的意思。因此，太古，它是这个无名之地的几个家庭百年兴衰的故事，也是乡村男女喜怒哀乐、男欢女爱、耕种劳作乃至鸡鸣狗跳的故事。当然，它们的故事也与国家民族的历史大事件共同处在一个时间的系列之中，因此，这些乡村男女由此而具有了历史的、宿命式的生活与命运；也因此作者在一些篇章中以人物行为重复出现的方式揭开历史的连续性描述。

"太古是个地方，它位于宇宙的中心。"在作者的价值观里面，太古的无名特征，是与城镇有很大的区别的："小镇是可怕的，因为它会产生占有和被占有的热望。"因此，在作者的规划图里，南面的"太古与小镇接界的方向由天使长加百列守护"；太古的北面是喧嚣的公路，在作者这里，它是不安宁的，也被天使长拉斐尔守护着；太古村的西面是骄奢华丽的，因为这里有地主庄园和牧师的居住房屋与财产，所以需要有天使长米迦勒守护着；太古的东面是湿地、灌木丛，以及延伸出去的原始森林，在作者看来，这是愚昧以及危险的方向，因此也需要由天使长乌列尔守护。从开篇，作者就把一个无名之地的文明边界及其即将面对的危险揭示出来。这是一个安静的无名之所，是一个无染无垢的洁净世界。作为宇宙中心，作者大概传达出某种乌托邦意义上的愿景，但是，这里又是充满着危险的挑战的地方，欲望、愚昧、骄奢与喧嚣，人类的内心世界以及外部世界的俗世力量从来就是虎视眈眈地压迫着这个所谓无染无垢的宇宙中心。人心，就是世界。所以我们将在小说的讲述当中观看到悲喜的戏剧在太古村中展开。

大约是在第一次世界大战期间或者是20世纪初的"苏波战争"期间，农户米哈乌家、博斯基家，地主波皮耶尔斯基家，"野人、疯女人"麦穗儿，以及太古村的所有我们可以称为"太古一代"的居民们，还都是在波兰农村的自然、充满生命的欲望与热情的生活之中，虽然一样有嫉妒，有猜疑，有偷情，有酗酒打闹，但同时也是有天使护佑着的。咖啡飘香的，花果富饶的，有勤劳生活的，还有努力生育的人群的劳作与忧伤，以及他们的"二代"出生时获得的天使们的加持与护佑。这是太古村的自然生命状态的故事，虽然忧伤却温暖而平静的生命历史。这是一个"不知有晋，无论魏汉"的地方，就像中国人故事里面的桃花源。这里的乐观描述大概是"苏波战争"是以波兰战胜俄国有关。

在小说的一个短章"米霞的小咖啡磨的时间"里面，作者这样描述小咖啡磨的情形：米霞从长凳上观察世界，而小咖啡磨转动着，磨着空空如也的时间。在小咖啡磨的工作中蕴藏着那么多的庄重，以至于现在谁也不敢让它停下来。研磨成了它崇高的使命。因此，作家在这里如此说："甚至有可能，米霞的这个唯一的小咖啡磨是太古的支柱。"如果用小说特别在意的"时间"概念描述这样的状态，那么，这是太古村亘古以来的自然生存的时间，从抽象和抽象所获得的概括性来说，这也是人类亘古以来的自然生命状态的时间段落。这是一种停滞的时间。小咖啡磨被抽象成了某种宇宙运动的象征。

到这个时候，太古，仍然还是一个无名之地，我以为这是作家在强调这样一种感受，人们的生命以及自然的生活形态，确实是不需要命名的。

故事的第二阶段，应该是进入到了第二次世界大战期间的太古村的历史阶段。因为在一个短章里面，出现了1939年的字样。这是一个极为暴力以及残酷的时间。通过标题重复的几个短章的描述，我们看到了作者简约且有力地描述出德国军队的暴行，以及接踵而来的俄国军队轻快却隐含着的另外一种类型的残酷。

"他看到的不是这一场，而是那一场战争。"在小说以"米哈乌的时间"命名的短章中，参加过"苏波战争"的米哈乌又看到了俄国人的军队，但这是另外一场战争，因此，"他眼前重新浮现出大片土地，曾几何时他走过的那一片土地。这一定是梦，因为只有在梦里，一切才会像诗歌的叠句那样重复出现。"历史的叙事，特别是关于战争的叙事，在文学作品里，我以为这是令人惊异的一次描述，血腥的战争，暴力的场景，如诗句一般被人们用悲伤写作出来。如果是诗学意义上的描述，或者如时代久远的歌谣所吟唱的那样，一场战争就是所有的战争，哪怕这里描写的只是1944年苏联军队的入侵战争，但是在作家的眼里，这一场战争，它就是历史上在波兰土地上发生过的所有的战争。

在这一段时间当中，太古村二代们出生并且长大起来，这是米霞、博韦乌、伊齐哈尔、鲁塔、斯塔霞等人物遭遇到了混乱与暴虐的命运故事。太古村的一代和二代们以及逃到太古村的犹太人、波兰人，他们的身体以及生活被饥饿与生存、爱情与剥夺、信仰与背叛、逃离与躲避所驱使，在强奸、枪击、死亡、谄媚、抵抗、掠夺、愤怒、凶残的事件之中。此刻，时间停止了，天际间乌云沉甸甸地压缩在太古的中心。

"夜里她常梦见天空是个金属盖子，谁也没有能力举起它"，这是疯女人麦穗儿在战争开始时的不祥预感。这是一个悲剧时刻，接着她的女儿鲁塔被德国军人和苏联军人强奸了："鲁塔躺在沃拉路上，那条路已成了德国人和俄国人之间的边界。"注意这里的描写，被强奸的女人在作家的笔下成为了"路"，成为敌对军人之间的边界。战争或者暴虐以凌辱女人为开端或者终结，或者说，战争是以女人的身体被碾压而展开。

当世界进入到暴力与血腥之时，人们逃进了森林，女巫式的神秘女人麦穗儿则逃进了世界中心的一个更加隐秘的中心韦德玛奇，这是原始森林的内部区域，是森林恶人活动的地方，也是极为野性的空间象征。痛苦的麦穗儿就在这个神秘的宇宙中心实施了野性并且暴虐的性交合：

> 恶人总是在夜晚来到韦德玛奇……每回这东西趴到她身上，就让她感到一阵恐惧，但同时也感受到一股冲动，她自己也变成了发情的母鹿，变成了野母猪，变成了母麋。除了是一头雌性的动物，什么别的也不是……而那种时候，恶人总要发出悠长、刺耳的嚎叫，整座森林想必都能听见。

小说的这些章节虽然还是以"时间"命名，但是通过作者插入的诸多关于"世界"构成的解说，通过溺死鬼的故事，通过森林恶人的故事，还通过一个每天都在渴望回家的德国军官却被埋在太古土地的故事，通过俄国军人强奸山羊的故事，我们意识到，所有这些叠加、重复、堆砌、性质接近的故事与场景，呈现出来的是时间的空间化。这是太古之外的势力对于太古人的身体暴虐式的交合与凌辱，它是充满毁灭性快感的、一个暴力血腥的时间与历史。因此，在作家看来，时间停滞了，也就是说，这一切，都是正在发生并且不可取消的"现在"的时间。在作者这里，世界的某一个层面也是由这样的状态构成起来，因此它也是一个"当下"的时间。托卡尔丘克的历史观被赋予一种毁灭性状态的样式而被呈现出来。

接下来就是驯服与空虚的时间以及部分太古二代和太古三代们的逃离历史。在苏联式的人民共和国期间，太古村的所有财富被集中起来，概念化的"人民"替代了每一个太古村民，因此地主波皮耶尔斯基的财产和书房以人民的名义被予以征收，他匆忙带走了按字母排序的L之后的书籍，而剩下来的从A到K的书籍被整体征收到公共图书室里并且被陈列起来供村民们阅读，我们注意到，这个图书室的书籍只有A到K的书籍供人们阅读。这是一个太有意味的象征，如果说书籍就是历史，在某种强权的安排之下，人们接收到的只是一半的历史；如果说书籍就是文化，这个时间中的文化也就剩下了从开头到中间的这一半的文化。这一段与米沃什曾经说到过的"专制社会的文化治理一般保护古代文化，遗弃现代文化"是如此相似。

因此，这是一个驯服并且是空虚的时间，人们在这个时间里继续生育、劳动、买卖，人们也在这个时间里恣意地酗酒、打闹，权利成为性行为的力量，阿谀奉承是村民的主要人格。当干部们喝酒炫耀的时候，太古三代的孩子们组成的乐队演奏起共和国的欢快乐曲；而被人们视为脑残的太古二代伊齐哈尔想去出家也被予以拒绝，他的恋人，在战争时期被德国军人和苏联军人强奸过的女孩鲁塔，则报复性地嫁给了她的村庄的管理者。当伊齐哈尔想念他的恋人的时候，他会在祈祷上帝的时候把上帝想象成一位女性，并且对之升起不可遏制的激情。爱情被以宗教原教旨方式予以描写的同时，这是又一例以性的方式象征作者的悲悯或绝望。上帝成为个体的唯一救赎，然而它需要再次人性化，因为它也已经丧失了成为所有人的救赎力量。托卡尔丘克以此做出了有关宗教信仰的自己的回应。

俗世的来临，让不可逾越的太古村的边界被狂热的女孩鲁塔所突破了，而她的恋人伊齐哈尔却死在了天使长们建立起来的不可突破的太古村边界之内。早就逃离太古村的米霞的大女儿阿德卡尔返回了太古村，她看到了太古村荒芜坍塌的景象，知道了太古村一代的人们大都死亡，她的母亲米霞和舅舅伊齐哈尔也已经逝去。在爷爷米哈乌疯狂的小提琴声中，她带着外祖母的小咖啡磨再次离开了太古。此时，太古村另外一个"太古三代"男孩雅内克也在临离开太古时，遵循母亲的叮嘱，在太古的宇宙中心韦德玛奇那里，一块石头之下的泥土上，印下了自己的手印。

非历史的时间：太古的故事之二

皱褶化叙事，就是在连续性的叙事中，同时也在进行着庞大的非连续性叙事。与这一种叙事方式相适应的，大约是一些非历史性的事件、观念、场景、事物，乃至神话、寓言、精怪、鬼神、梦幻、呓语、议论、知识，以及动物、植物、山川河流、雾雨雷电、四季物产等等。作为叙事的对象，这些事物在小说讲述之中承担起的不仅仅是辅助故事的讲述以及衬托气氛、表达情感的作用；不过，在当代叙事作品这里，它们与故事具有着同样的功能，即推动讲述，促进情节的展开，深化观念的表达乃至成为叙事的主体，并且对写作本身呈现出真正有价值的创造。皱褶，如果我们像德勒兹那样把它视作当代意义呈现的思维方式，那么我们理所当然地期待当代作家们也会把它视为当代叙事中重要的叙事路径之一。

托卡尔丘克的《太古和其他的时间》《云游》等作品就是在非历史叙事这个方面具有着重要创造的作品。《太古和其他的时间》的文本里面，每一个篇章都是用"时间"予以命名，譬如"米霞的时间""帕韦乌的时间""鲁塔的时间""地主波皮耶尔斯基的时间"描述人物的活动与事件；还有一些是介于人类与非人类的活动的描述，譬如"恶人的时间""溺死鬼的时间"；另外一类是非人类以及事物的时间，譬如"上帝的时间""游戏的时间"，乃至还有动植物的时间，譬如"椴树的时间""洋娃娃的时间"（洋娃娃是一条狗的名字）等等。时间，是一个存在物的名称，也是一个抽象的概念，人类的知识之中，它不仅仅是对于连续性的描述，也是对于记忆的隐喻，同时也是哲学研究中重要的抽象概念，所以当我们谈论时间的时候，它可能意味着逝去、记忆、懊悔、焦虑、运动、速度，以及连续性的空间形态等。当《太古和其他的时间》里面八十四个短章都被予以了时间性定义的时候，我们就会意识到，在作家这里，所有的描述都可能是记忆，是过程，是运动，是命运，是时间之外的什么东西（譬如上帝）。这个时候，我们明白，作家是在用时间去命名，或者去描述乃至去定义在小说里面出现的所有事物。这个时刻，时间这个概念，就成为了小说里面最为重要的一种叙事策略，它是一种观念化叙事的策略。

当我们阅读小说里每一个章节的时候，不可忽视的是，作者或许是在对于眼下这个章节里面的人、物、神、怪、事等进行着某种观念化或抽象化的进程。当我们读到"小咖啡磨的时间"的时候，我们不仅读到了格洛韦法的农妇的生活时间，我们同时也看到小咖啡磨的转动过程中的，一种"世界安宁"的亘古而缓慢的存在状态，也可以同时演绎出作家对于存在永恒、乡土长存的一种情感。所以在小说结尾，当格洛韦法的孙女阿德尔卡离开太古村时，她带走了外婆的那个小咖啡磨，在出走的汽车上，"她拿出咖啡磨，她开始慢慢转动小把手，而司机则通过后视镜向她投去惊诧的一瞥"。小说结束在"阿德尔卡的时间"这一章，阿德尔卡的时间，把所有的时间联系起来，同时，也把"小咖啡磨的时间"联系起来。

皱褶式的叙事，通过时间这个既具象又抽象的事物，把故事深处的思想和感情逻辑接续起来，因此成为了这一部小说的重要的叙事推动力量。在"洋娃娃的时间"这一节，作者主要描述与讨论了"狗"的时间观，她的结论是，狗的时间永远是现在时，所谓的"当下"。这是更加有意思的观念，忠诚、爱、焦虑、消逝与出现，是狗的时间的深刻内涵，也是忠诚、爱、焦虑这类人类行为与情志的深刻内涵。虽然作者此时在描述的是自然形态的时间，但是她通过非人类行为的描述而强化了对于这一类情感与行为的再定义。这是与人的时间大相径庭的形态。停滞，或者一切都在天地之中，具有同样的特征，作者通过狗的时间与人的时间的比较，而憧憬着一个自然且辽阔安宁的世界，就像小说一开始对于太古村的描述那样，这是太古村人的世界中心，每一个乡村对于居住生活在那里的人们来说，这就是世界，并且亘古永恒。

在乡土观念里，世界本来是有边界的，但是人类的活动、战争、商业、欲望、疯狂、暴力、激情、绝望等等，最后把边界突破了，世界从此不再安宁，正如在太古这个世界里不再鸣响起米哈乌最后奏响的那个小提琴的乐音。

在小说里面，作者还描写了上帝的时间、游戏的时间、溺死鬼的时间，以及植物的时间，这些都是抽象、观念化的对象，天、地、人、神、鬼，诸多事物，通过"时间"的再定义，作者把这些事物的生命性以及人间性或者情感性揭示出来，从而也把这些非历史事物写进了作家自己的历史之中。

在"游戏的时间"这些章节，游戏里描述的世界是由八个世界的圈层组织起来的。每次这个时间的出现，就是对于已经发生在太古村的悲喜事件或者悲喜事物的一种说明书式的概括，似乎这是早就如此的结论，隐喻的却是万古不变的命运。在小说接近结束的篇章，当太古村像"一具兽尸"没落的时候，最后一节"游戏的时间"紧接着就描述了游戏中第八世界的景象，它像是一个咒语："上帝老了。在第八世界里，上帝已经是垂暮之年。他的思想愈来愈缺乏活力，且漏洞百出。他的道变得含糊不清，难以理解。"这时，就像是一曲久远苍凉的民间歌谣突然被故事的讲述者咏唱出来那样，每一层世界中的训诫、教诲和预言，似乎都在为已经发生的悲伤事物而吟唱着一曲哀歌。虽然这一些"游戏的时间"似乎只是一些民间神话传说，但是安排在这样的位置，它们就成为了故事的再次推动者。通过阅读，我感受到的不仅仅是波兰的民间文化知识，而是一曲亘古的哀歌，就像我们围坐火炉边聆听乡野那些哀伤的歌咏与讲述的情形。

托卡尔丘克的这些知识，肯定是来自她的波兰传统，譬如果园里有苹果树和梨树，那么就有苹果树年和梨树年，因此而有了植物的时间，根据果树生长的时间对四季再次划分，或许，这样的时间分期，也启发了作者对于所有事物的时间的发现与挖掘。

这些都是亘古未变的非历史叙事对象，在《太古和其他的时间》这个文本这里，非历史事物还有心理幻觉、梦、精神病意义上的想象等等。作者曾经做过心理医生，精神病意义上的想象在小说中的运用比比皆是。麦穗儿，疯疯癫癫的女巫一样的女人，在作家的讲述里，她被赋予了自然野性的非人式的人物特征，同时也成为村民们的欲望、残暴、野蛮、非人化行为表演的舞台，她是似人非人、似梦似幻的波兰原野森林中厚重且苦难的生命形态的象征。在小说中各种历史事件的讲述当中，一切与暴力、野蛮、性欲、修复、疗愈、命运等相关联的事件发生之时与发生之后，都有她的身影出现。当麦穗儿受到村民男人们的凌辱之后，她会在自己居住的灌木林里，把欧白芷花幻化为英俊男子，并且怀抱着他在太阳底下尽情交媾，这是麦穗儿与太阳光的交合，她以此冲刷掉受辱的痛楚；当她绝望以及丧失生存意志的时候，她会与森林恶人进行狂野的交合，为了达成她与恶人的协调关系，她甚至会把草药、泥土、花朵捣碎为浆涂抹在身体上，为的是不让恶人嗅到自己身体的人的气味，成为原野的一个部分。在这里这成为了一种隐喻，以此而逃脱俗世的暴力与血腥，只有化身为野物。我以为，这往往是作家最为愤怒与痛苦的时刻和表达，同时也成为强悍生命力的一种表征。所以我们看到，在太古村的故事最后，太古一代只有疯女人麦穗儿还活着，她的女儿鲁塔则以其苦难与复仇的激情而突破了太古村的空间边界，出离了这个令人忧伤的土地与森林。一切天使长的守护乃至一切神祇的严厉惩罚，都遏制不住这个苦难女人突破的冲动。

野物一般的生命是突破人间种种禁锢的唯一路径，在托卡尔丘克这里，作家不仅仅是在憧憬一种自然生命的乌托邦状态，这些章节就像歌剧里面那些最为辉煌的乃至最为神圣的宣叙调一样，女作家沉浸在对于女性自然生命的最为强悍的宣示之中。

托卡尔丘克的时间：作者在场的叙事

整部小说，作者托卡尔丘克以其丰富的知识，洞察人间万象的智慧以及对于自然生命的饱满的憧憬，完成了她自己的时间的活动，也就是说，她的书写塑造了我前面说到的"托卡尔丘克的时间"。

正如作家在颁奖词里说到的那样："我也梦想着有一种新的叙事者——一个'第四人称'的叙述者，他自然不会只是语法结构的搭建者，而是能够成功囊括每个角色的视角，并且有能力跨越每个角色的视野，看得更多，视野更广，忘却时间概念。我认为这样的叙述者是可能存在的。"在我看来，"托卡尔丘克的时间"也就是作家所期待的这样一个"第四人称"的书写者。

小说中几乎每一个短章的语言以及与语言相关的描述，插入的神话、梦幻、臆想，乃至评价性语言，我们都可以视为是作家托卡尔丘克自己的时间。因此，我们获得了各种各样的时间：这里是作家的时间，也是历史事件的时间；既是人类的时间，还是死亡者亡灵的时间，还是植物的时间，动物的时间，梦幻的时间，哲学家的时间，民间寓言的时间，欲望的时间以及爱的时间；自然，还包括了通过语言、篇章、叙事、象征、隐喻、对话、描述、场景等等，所实现出来的诗意的时间。时间在这里，被赋予了生长、情感、历史以及诗意的内容，它们交织起来，相互呼应，相互印证，相互衬托，乃至相互对峙，形成了一个各种类型交织起来的时间的漩涡，也是一个情感表达与思想呈现的漩涡。这时我们可以说，《太古和其他的时间》这一部小说，是以此实现了的时间的漩涡。如红楼梦那样，通过"大观园"这样一个孤立的空间意象，将人世间种种悲喜放置在宇宙的某一个位置，由此而实现了一个观念鲜明的空间叙事。

以此我们将再次意识到，《太古和其他的时间》蕴含着一个富饶并且复杂的作家主观时间的世界："托卡尔丘克的时间"是一种母性的时间。正如她在小说中描述几代女性的生育场景的时候那样，每一次生育，都有天使长的护佑与在场；也像她在获奖词中所说："我母亲会说，她悲伤是因为我还没有出生，可是她已经想我了。"由此我们也可以懂得，作家在建构如此一个息壤一般的世界之时，她已经是满怀母性之情在想念她这一个世界的诞生了。"我的母亲——给了我一个曾经被称为灵魂的东西，从而为我提供了世界上最伟大、最温柔的叙述者。"

"托卡尔丘克的时间"也是一种神话与寓言的时间。作家在这个时刻就是波兰民间社会任何一个乡村的故事讲述者，她不仅讲述一些发生着的现实故事，同时她也在讲述她的文明里那些流传久远的神话与寓言。因此她也像波兰仍然活跃着的女巫那样，她不仅为人们营造着一个乌托邦样式的世界以此疗愈着喧嚣的世界，她也像这些女巫那样，把人类文明的某些与现代生活格格不入的文明事象也同时保留下来。通过小说写作，托卡尔丘克在碎片化的阅读时代之中，不仅实现着作家的时代使命，她也在把传统的神话和寓言写作以另外的形式而进行了有效的实践。

"托卡尔丘克的时间"也是一种诗意的时间。在《太古和其他的时间》这里，这是一个通过温柔的讲述而呈现出来的某一种宇宙位置（无名之地）的空间描述，虽然是哀伤的，但也是一个具有像麦穗儿那样有顽强而丰沛的生命力的宇宙。在作家这里，麦穗儿象征着生生不息的女性柔情与炽热的生命。《山海经》有故事说："息壤者，言土自长息无限，故可以塞红水。红水滔天，鲧窃帝之息壤以堙红水。"如果我们把息壤移作人间的比喻，那么在托卡尔丘克这里，这一块息壤就是作家眼前的这些哀伤故事里面的女性，作家赋予女性以息壤一样的生长的神秘力量。通过写作《太古和其他的时间》，作家建构了一处哀伤的息壤，它以诗意的力量将希望注入到这一块坚实的世界，我们已经看到了它如息壤那样，在静悄悄地扩展，静悄悄地生长。这是文学家们再次为我们如今这个喧嚣世界所能够做的一次诗意的承诺。

　　"托卡尔丘克的时间"还是哲学沉思的时间。小说中最为重要的宇宙描述，我认为可以用"菌丝体""小咖啡磨""游戏""四重性"以及"时间"描述出作家的哲学沉思。"菌丝体"是世界内部的意象，它是突破历史与地域的生命体的象征；小咖啡磨，如作者说的那样，"物品总是坚持着保持在一种状态……大凡是物质统统都有这种能力——留住那种轻飘飘的、转瞬即逝的思想的能力"；游戏，通过神话叙事而实现的非理性逻辑，由此而获得了一种对于苦难的接受与理解，即"命运"；"四重性"是一种非自然的哲学命题，一种压迫人以至于疯狂的理性主义分类学，这是米霞的兄弟，怪人伊齐哈尔的死亡之因；另外就是"时间"，托卡尔丘克的时间观是多样时间观，是一种多棱反射世界乃至心灵的"时间水晶"，她以此与波兰女巫们强调的灵魂世界达成了某种共鸣。

皱褶式文体，我们碾平了来看，大约会涵盖如此多样的解读结果。一部小说，由于其多样性的拼贴的写作方式使得文本呈现为内容蕴含富饶的思想与情感的仓库，也因为它的诗意写作姿态而建构起一个富有想象与沉思的世界。

感谢作家，感谢女作家的诗意的书写，感谢写作者的沉思性的书写。

2020.7.25

身体之外

—— 对我影响至深的五位艺术大师

■董　重

身体之外—对我影响至深的五位艺术大师

耶罗尼米斯·博斯、达·芬奇、埃尔·格列柯、王蒙、弗朗西斯·培根

精读堂
第三十五期

千翻与作

董重 1969年生于贵阳，1992年结业于中央美术学院壁画系研修班，2006年创办贵阳城市零件当代艺术工作室，现供职于贵阳市文联，贵阳市美协副主席。1992年至今，分别在北京、上海、成都、重庆、台北、美国西雅图、新加坡等地艺术机构举办个展。作品被上海美术馆、广东美术馆、深圳关山月美术馆、成都当代美术馆、成都蓝顶美术馆、印尼余德耀艺术基金会、新加坡斯民艺苑、荷兰银行亚洲艺术基金会等机构收藏。

董　重

1969年生于贵阳，1992年结业于中央美术学院壁画系研修班，2006年创办贵阳城市零件当代艺术工作室，现供职于贵阳市文联，贵阳市美协副主席。1992年至今分别在北京、上海、成都、重庆、台北、西雅图等地的艺术机构举办个展。作品被上海美术馆、广东美术馆、深圳关山月美术馆、成都当代美术馆、成都蓝顶美术馆、印尼余德耀艺术基金会、新加坡斯民艺苑、荷兰银行亚洲艺术基金会等机构收藏。

今天我讲的主题是"身体之外","身体之外"是我最近在画画时得到的一个概念。我收集了五位艺术史上的大师给大家展开这个主题，以文艺复兴时期为主，其中有三位来自文艺复兴时期，耶罗尼米斯·博斯、莱昂纳多·达·芬奇、埃尔·格列柯，一位是中国的古典绘画大师王蒙，还有一位是当代的西方大师弗朗西斯·培根。我给大家尝试着分析他们作品的一些特点，以及他们对我的影响。

莱昂纳多·达·芬奇（Leonardo da Vinci，1452-1519）

先来看一幅我的作品《夜宴》。这幅作品取材于圣经故事《最后的晚餐》，和达·芬奇有些关系。我在翻画这个故事的时候，用了一种比较暧昧的方式，将中国式的梅花和蓝色背景，与西方那种仪式感的东西放在一起，形成了一种比较暧昧的结果。

达·芬奇是意大利文艺复兴时期的一流大师，他最著名的作品就是《最后的晚餐》和《蒙娜丽莎》。达·芬奇年少成名，在佛罗伦萨的时候，他跟着艺术家韦罗基奥做学徒，很快就树立了自己的艺术形象。不过绘画对达·芬奇来说好像是一种业余爱好，他更喜欢那些机械的东西，比如制造武器、机器、玩具，还涉及飞机。五百年前还没有电脑，可那个时候的达·芬奇就想到了，而且他认为飞机在人类历史上肯定是一种很重要的交通工具。所以画画只是达·芬奇的众多爱好之一。达·芬奇还是药剂大师。他为了让绘画中的人物更逼真，他甚至做了一个功课——解剖了三十多具尸体，而且画了很多解剖图。

达·芬奇《最后的晚餐》画中的场景，是一个大房间中延伸进去一个小空间，耶稣和他的十二门徒坐在这里用餐。从我们的角度看，延伸的空间感特别逼真，这在15世纪之前是不可想象的。中世纪的欧洲，教会控制了文化、政治和经济。在漫长的一千多年里，随着罗马帝国的打开，发生了十字军东征、外族入侵等很多事情，但是那时候的文化艺术，简单来说就是基本风格从来没有发生变化。当时是以拜占庭或者哥特这两种艺术形式为主，比如模式固定的东正教，永远都是那几种颜色和线条，耶稣的形象也一直未变。到了15世纪，这种枯燥的情况才出现一些改观，主要是这个时期工商业比较发达，诞生了新的阶层，这些有钱人需要建立自己的地位，他们的投资方向就是艺术。于是，意大利和欧洲北部的弗兰德斯有了一些新的艺术运动，这些运动震动了整个欧洲。

那么，达·芬奇是如何创造这种空间感的呢？实际上就是"透视"，这是达·芬奇最伟大的成就。"透视"现在是一个很基本的概念，它实际上是一种幻觉。举个简单的例子，铁轨的两条平行轨道永远不可能相交，但在我们的视觉效果中，仿佛在远处它们会聚焦于一个点，实际上这是我们的幻觉，但这种效果是肉眼可见的。这种新艺术相较于以前僵化的宗教题材，就显得非常生动和逼真。

达·芬奇的这幅《最后的晚餐》，现在还在意大利米兰的圣玛利亚修道院餐厅的墙壁上，想象一下那些修道士坐在这幅画前用餐，因为它的生动逼真而带来的那种神圣感和仪式感。但我最感兴趣的，是他画的耶稣形象。看起来很暧昧，像一位女性。一般来说，耶稣的形象要么是祥和，要么就是受苦受难的形象。但达·芬奇画得很暧昧，而且有可能是从一个普通人的形象转换过来的。我并不是很喜欢达·芬奇的画，但是他给了我一种可能性——就是我说的那种暧昧、不可知性。

我在画耶稣这个形象的时候，也画得很暧昧，去掉了鼻子、眼睛。在身体的线条和感觉上，我也试图把它画得不男不女。我发现还有好几个艺术家都是这样，比如文艺复兴时期，德国的大艺术家丢勒画的自画像，我希望把这幅自画像的衣服揭掉，看看下面那个身体到底是什么样子，到底是男是女；还有米开朗基罗这种强悍风格的艺术家，他也做了几个身体不男不女的雕塑。很奇怪，我觉得好像里面有一点我看不透的东西。

耶罗尼米斯·博斯（Hieronymus Bosch，1450-1516）

博斯也是文艺复兴时期的一位艺术家，他的生平很简单，大部分人生都在斯海尔托亨博斯（今荷兰南部）度过，于公元1516年去世。我今天着重介绍他一幅三联画《人间乐园》。

首先我们看到的是一个玻璃球外壳。这幅三联画平常是关起来的，外壳打开以后才能看画的主体。博斯的夫人是药剂师，有些评论家认为，博斯家里有很多玻璃制造的瓶瓶罐罐，所以他对玻璃有独特的感受。这个玻璃球的颜色是灰色的，黑白的那种感觉。它仿佛造了一个风景，里面有动物的遗骸、树、山丘，还有一些怪物，好像还有一只耗子，以及一些机械装置，可以把它打开。

打开以后才是绘画真正的主体部分。这幅三联画分为三部分，由左至右依次是伊甸园、尘世、地狱。

伊甸园画的是圣经中上帝造人的故事。可以看到里面有很多飞鸟、怪兽，还有上帝。只有上帝穿着衣服，其他人物都是裸体，人们坦诚相对。中间的装置叫"生命之泉"，博斯将猫头鹰画在生命之泉的核心。在博斯的画中，随处可见的便是猫头鹰，在欧洲传统文化以及一些民间传说中，猫头鹰是邪恶的代表。那么，博斯是在表达什么呢？大家还可以看到，其中的夏娃造型很奇怪，是一种条状的造型，人物的皮肤看起来很苍白，表情忧郁。生长着禁果的树上面有很多昆虫。博斯在写实方面并不见功底，或者他是有意识地把所有的人都画成这样一种棍状的、条状的造型。

中间部分是尘世，博斯表达的主题是纵欲。上帝说，人生下来就是有罪的。画面充斥了各种奇怪的东西以及一些象征性的装置，有男人和女人，黑色与白色的人，大家在纵情享乐。其中有一个重要的符号——果实。果实一方面作为食物欲望的象征出现，在欧洲文化里，草莓是一种有毒的水果，所以用吞食草莓形容人类的贪婪；而另一方面，水果也作为性爱的隐喻而出现，有一个画面就是人们在发霉的水果下偷情。可以看到，这些人物都是条状的造型，皮肤苍白。人们在跳舞、狂欢、狩猎，或者在进行着某种仪式。那些诡异的鸟与动物，都与人类一样大小，画面上有很多猫头鹰。整个画面都呈现出一种纷争、混乱与不知节制。

在地狱的局部里，大家可以看到旁边这个人的脸，是画家自己。他把自己放在了地狱里面。这表明当时的艺术家已经开始不满足以前的那种工匠身份，他把自己放在地狱里面就是要表达自己要说的东西，表达人邪恶的一面。在五百年前这些艺术家就开始对宗教不是那么尊重了，他们开始有一些自己的想法。在地狱的右下部分中，怪鸟在吞食着人类，又原封不动地将吞下的人类排出体外，扔进深渊中。这一张最出名，很多文学作品的封面都用过它，我记得成都作家钟鸣的一本随笔集的封面就是这张图。地狱部分有着很奇怪的构思，这里充斥着黑暗、燃烧以及痛苦，有一些很奇怪的机械装置，人类在这里负罪，这些造型生动而又恐怖。

博斯在20世纪90年代初就开始影响着我。那时候我刚刚学画不久，父亲送了我一本他的画册，是在延安路的一家书店买的，当时只有那个地方卖外国画册。看到以后，我就很喜欢这个艺术家。90年代初我画了一张很老的画，画的是一个椰子的壳，然后我不自觉地给它加了几条腿，它就变成了一只虫子。这幅画现在还挂在我的工作室里。这些画都是受博斯的影响，包括棍状的人物造型、不那么严肃的耶稣形象、人和动物的对话，他拓展了我的视野。

与博斯同时代的艺术家勃鲁盖尔，喜欢画一些农村场景，但是他的画里同样有一些很奇怪的细节，比如他画的捕鱼图，鱼肚子里有一大堆看起来很诡异的东西。勃鲁盖尔的画功似乎要比博斯好，但博斯的画更有特点。博斯把曾经萦绕于中世纪人们心灵中的恐惧转化成可感知的具体形象，这是很伟大的。而且过了五百年也再没有出现这样的艺术家，他是独一无二的。

王蒙（1308—1385）

中国绘画的最高成就是山水画，而且北宋和南宋时期的山水画最为经典。王蒙是元代画家，与黄公望、吴镇、倪瓒并称为"元四家"，他们的创作集中体现了元代山水画的最高成就。王蒙是赵孟頫外孙，研究中国画的人可能都知道赵孟頫，他是文人画的开山鼻祖，"以书法笔墨"就是他提出来的。王蒙差不多活了七十多岁，做过知州。在中国这些大师里，王蒙很有个人风格，他的画甚至是有点表现性的，他不是太讲规矩。王蒙的字也写得好，很有表现主义的那种感觉。

"元四家"的另一个大师倪瓒，我也很喜欢，有一段时间我的构图很受他影响。倪瓒主要是画那个"一河两岸"式构图，中间是水，两头是山。倪瓒所有的画都有一个近景、一个远景，中间是水。中国这些文人画很好玩，画一个山上很小的茅草房，自己坐在那里喝酒。和王蒙比起来，倪瓒要严谨得多，王蒙就有些松散、随意。

1992年我在中央美院进修，有一位老师，他的专业是考古和古画鉴定，所以他有机会去故宫拍下这些画，然后用来放幻灯片给我们做讲座。当时我对王蒙的这两幅画印象非常深。王蒙同时代的大师倪瓒曾在他的作品中题道："叔明（王蒙）笔力能扛鼎，五百年来无此君。"就是夸赞王蒙的笔力雄劲，世所罕见。王蒙的这些画看起来密密麻麻的，很复杂。其将中国画画得很是复杂，我们现在的人好像画得比较快。

王蒙作品的特点就是结构比较紧密。画山水是要讲究结构的，其中每一块石头、每一棵树、每一条小溪、每一个房间等怎样安排，都是很讲究的。王蒙画这些植被时，用了一些很特殊的技法，其中最重要的一种叫"皴法"。当我们去一个有山有水的地方，看到那些岩石，就会有这种技法的感觉，实际上"皴法"就是一种肌理效果。中国人很有智慧，这些古人用单色作画，以浓淡表现出事物的肌理效果。当我们去看贵州的一些山，就会知道古人作画时一定是观察过的，而不是凭空想象的。

另外一个技法叫作"点"，它通常用来表现植被，比如树、树叶这些东西。还有一种技法叫"晕染"，它可以表达空气、植被的一些层次变化。这些都是中国画最基本的几个技巧，我在一些画里也用了这些技法，晕染、点、还有一些密集的线条，山水画那种黑白的构图色彩，来表达我自己的主题。这种技术和画法，我现在基本上还在用，这种影响可能是一生的，当然我也会有一些改进。

埃尔·格列柯（El Greco，1541-1614）

埃尔·格列柯是希腊人，他在三十六岁的时候移居到西班牙。2014年我在阿根廷看过格列柯的一个回顾展。他作品的一个特点就是：人物是被拉长的，人的比例是不对的，但是看起来是对的、舒服的。所以我回来以后，就临摹了这张耶稣的画。

在文艺复兴如火如荼的时候，希腊很保守，基本上没什么变化，于是格列柯就跑去威尼斯学画。当时的威尼斯画派，已有的标准就是要画得很美、很漂亮。但格列柯不喜欢漂亮的东西，他觉得这些画太娇柔、浮华，太表面，如果用这样的风格来画宗教题材，就没有那种受苦或痛苦的感觉。后来格列柯觉得意大利太浮华，于是去了西班牙，在一个小镇上住下来。

格列柯画中的人物，姿势夸张，而且很压抑，没有空间感，都挤压在一个场景里面，颜色基本上都是单色。格列柯也受米开朗基罗影响，尤其是那种肉体的感觉。大家看格列柯画的这个英雄形象，身体也是拉长的，很有肉感。

格列柯作品的那种平面性，营造出一种很神秘、很神圣的气氛，其效果并不比《最后的晚餐》差。这就是格列柯的风格，后来被叫作"矫饰主义"。直到现代主义时期格列柯才被承认，被毕加索等人奉为祖师爷。中国有很多画家都学他，照着他画的人特别多。

油画是德国、尼德兰那些地方发明的，不是意大利的发明，而是欧洲北方的发明。油画的一个优点就是能比较好地表达细部，可以画得很具体，这是油画这种材料的特殊性能。达·芬奇那张《最后的晚餐》就是油画，当时他与米开朗基罗他们有竞争关系，后来是由达·芬奇来画，不过那张画也有问题，因为达·芬奇画在墙上那块不方便保护，一直不断地在掉，现在都快掉没了。

威尼斯画派当时有一位叫丁托列托的画家，被著名评论家瓦萨里评价为"不会画画，很业余"，因为丁托列托的画黑黢黢的，什么颜色也没有。但是格列柯就很喜欢丁托列托，跟他有一些来往。丁托列托画的《最后的晚餐》，也是黑黢黢的，感觉跟达·芬奇的作品很不一样，没有那么强烈的神圣感。在《伊森海姆祭坛画》中，作者把耶稣画成黑死病那种身体已经长霉腐烂的样子，这个时候人们已经开始不相信上帝了。他们对这个故事的理解是完全不一样的，包括格列柯也是，他们对宗教故事的理解和前面的人不一样，而且用一种他们觉得更有表现力的风格画画。

这段时间我天天在看格列柯，这是我最近的一个小的转折点——开始把绘画的主要重心放在身体本身上来。有一次我听到四川美院的王小剑讲课，他说："不管你画的是写实还是很神圣，只要他没穿衣服，他就是另外一回事。"说得很有意思。

弗朗西斯·培根（Francis Bacon，1909-1992）

弗朗西斯·培根是一位生于爱尔兰的英国画家，于1992年去世，是英国当代最重要的艺术家。20世纪80年代以后，我觉得欧洲只有两三个国家有艺术家：英国、德国以及意大利。超前卫、新表现等重要流派，都来自这三个国家。

培根的工作室很小，而且永远都那么凌乱，后来还因此成为一个著名事件，引起众人的围观。培根的画也有一些很奇怪的东西，乱七八糟的头发、一些奇异的形状，他的画很好玩。在培根最著名的三联画中，有一些线条构成的立方体、圆形、方形，里面捆着一些莫名其妙的东西。前几年我去看过南京美术馆培根的一个展览，展览里全是手稿，他用了很多照片，有一些摔跤手的照片，一些运动员的照片，还有一些政治性的照片，比如说撒切尔夫人讲话。培根用颜料在上面涂抹，就变成现在这种很奇怪的样子。其实培根画画也很业余，他原本是个油漆匠，他的平面刷得很好，这是油漆匠的技术嘛，他的画有些地方总有那种刷子的感觉。他好像总是给人一种不太会画画的感觉。

培根受米开朗基罗的影响很大，米开朗基罗的画很有肉欲感，把每个地方都画得很粗壮的感觉。培根特别喜欢画摔跤手，两个人缠在一起，画那种肉叠加在一起的感觉。培根自己说："照片比绘画重要。"他总觉得照片给他一种魂牵梦绕的感觉，比绘画有趣得多。但我觉得他说的是反话，因为他看了照片以后，他觉得有一些想法是照片这样的东西所不能实现的，所以他又回到绘画上来。

我在画特定一系列画的时候，会专门研究几个艺术家。最近我就在研究培根，看一位叫德勒兹的现代哲学家写培根的文章。培根是一个很复杂的人。培根最著名的肖像画，有人说是用哈哈镜画的，他有一段描述特别好玩，他说："我在镜子里注视着死神每天的工作。"培根总是画自画像，其实他也想画其他人，但是他没有条件。培根长得挺丑，他不可能每天都有模特儿，所以只好画他自己。他可能画了好几百张这样的图像，甚至这都不是一个肖像，就是一个脑袋、头颅之类的，反正不是正常身体能看得见的，而是身体之外的东西。他画一个趴在环状物上的肉体，它们连在一起，并没有谁更重要。培根还画过人和马桶连在一起，椅子和地上的阴影连在一起。

培根对这些物相的态度是一样的，把它们连在一起，然后用一些平面的色彩把它们分开或凸显出来。这种想象力很有意思，我特别喜欢这样的。在20世纪90年代的时候我就受他的影响，画了一张床，我把那个人体和床连在一起。这个就是现象学的梅洛-庞蒂说的那种身体的感觉，它可以用来解释我天生对这有一种合口味的感觉，就是那种身体搅在一起的感觉，我很喜欢这样的东西。

大家以后看画的时候，其实应该看这样的细节，不要去看太大的东西。只有注意这种细节，读画才能读下去。

身体之外

一个好的艺术家一定是从艺术史里面成长起来的，他不是从天而降的，他的功力应该能从阅读艺术史上面体现出来。通过讲这五位艺术家，其实我想表达就是：一个艺术家天分重要，但还是要了解艺术史。我们一定要去了解以前的人或者身边的人，了解这些艺术家在做些什么。我也喜欢研究过去的人，我觉得过去的很多东西都还没研究透，并不是说我们发展到现在这个程度，以前有些东西就过时了。

今天我介绍的这些艺术家，从绘画的本质上看都有点业余，包括我在内，都不是那种技术特别好的人，也不强调技术。我喜欢把几种生硬的东西硬碰硬地放在一起，比如中国的平面，那些梅花，那些背景，然后和西方表现式的东西放在一起。这几样东西放在一起，总是有一个暧昧的结果。

有一个批评家写了一段对我的评价：

董重的新作重新回到了一个经常性的传统题材，梅花和动物，也就是中国传统的花鸟、山水画来了。经典性的题材被赋予了一种实验性的绘画改造，寻求一种对于传统绘画的观念和内在性的吸收，并试图融入一种现代性的形式特征和自我经验，将自我和东西方形式及题材多重地组织在一个平面上，比如欲望、平面性、装饰主义、文人性及原始主义，这使绘画产生了一种新的可能。

我觉得我们现在的艺术家都是按他说的这种方式来做艺术品，只是每个人做出来的都不一样。所以更重要的是，我们现在要怎样去思考，要怎样有一种新的可能性。

受他们的影响，我有一些画就是在画身体的感觉，身体之外，身体长出皮毛。在走向"身体之外"，是身体本身给我这种灵感，有时候我用手机拍一些自己的人体动作，成为创作的灵感和材料。我只在乎这个动作舒不舒服，它最好不要表达什么，虽然它总是有一些叙事的东西在里面，这个无法避免。也许再过几年，这些东西都会渐渐消退，我会把它解构掉，剩下的可能就是皮毛。我可能真的只在乎那个皮毛——身体之外，或者说另外一个身体的东西。

前面我介绍的这几位艺术家其实都是这样，怎样回到艺术的本质上，放弃叙事。我现在对这种东西很感兴趣。谁说当代艺术是要反映现实？我们不能反映身体本身吗？再往后的潮流是虚幻的，没有一个具体目标。

所以我只在乎这个皮毛，它是这样自然生长，它只是这样的。现在的画实际上是把我原来画里的一些元素抽离出来了，然后去掉了一些东西，比如那种平面性，那种蓝色的平面、梅花，把一些我觉得更有意思更难把握的元素抽离出来，比如像这种躯体。然后我想让叙事的东西消失掉，虽然这不太可能，但是我要这样做，让它更纯粹。但它也不是那种表面形式的东西，它一定是有一定深度的，这个深度在哪，我也不知道。我也很困惑，所以才画画。如果我不困惑，那我就不会画画了。

我们命里的那些风筝

——卡勒德·胡赛尼《追风筝的人》

■王 华

The Kite Runner

我们命里的那些风筝

卡勒德·胡赛尼《追风筝的人》

主讲嘉宾：王华

国家一级作家，贵州省作家协会副主席。
著有长篇小说《桥溪庄》《傩赐》《家园》
《花河》《花村》《花城》，小说集《天上没有云朵》
《向日葵》等，发表小说两百多万字。

王 华

国家一级作家，贵州省作家协会副主席。作品散见于《当代》《人民文学》《中国作家》《山花》等期刊，多次被《小说选刊》《新华文摘》《北京文学·中篇小说月报》《中篇小说选刊》等各种选本转载并入选年度选本；著有长篇小说《桥溪庄》《惟赐》《家园》《花河》《花村》《花城》，小说集《天上没有云朵》《向日葵》等，发表小说两百多万字。作品多次获奖，有作品被改编成电影，部分作品翻译到海外。

《追风筝的人》是美籍阿富汗裔作家卡勒德·胡赛尼（Khaled Hosseini）的第一部小说，也是第一部由阿富汗裔作家创作的英文小说，于2003年出版，连续两年位居《纽约时报》畅销书榜首，在美国销量超过七百万册，全球销量超过两千万册，被翻译成六十一种语言。

2007年又被导演马克·福斯特拍成同名电影，影片获得第八十届奥斯卡最佳原创配乐提名。

很长一段时间，因为个人理解的狭隘，我并不看重畅销书。我认为，它们不过是在一个时代，甚至是一个时段比较受欢迎，而且是只受大众读者欢迎的书。就像曾经的武侠小说、后来的玄幻小说，它们的确风行一时，但却很难长命。长时间以来，我敬长销而不屑于畅销，以为畅销必不可能长销，《追风筝的人》一出来，便给了我一重记耳光。

接触到这本书是因为我一位热心的同学，她也是一位很不错的作家。她读完这本书，觉得很喜欢，便推荐给了我。她告诉我说它是一本畅销全球的书，我读完以后回她说："它不像畅销书啊。"她问为什么，我想了半天，也没找到合适的词来回答。我想说它其实很厚重，又想说它其实很唯美，但其实又何止这些？

我们看看世界媒体是如何评价的：

极为动人的作品……没有虚矫赘文，没有无病呻吟，只有精炼的篇章……细腻勾勒家庭与友谊、背叛与救赎，无须图表与诠释就能打动并启发吾人。作者对祖国的爱显然与对造成它沧桑的恨一样深……故事娓娓道来，轻笔淡描，近似川端康成的《千只鹤》，而非马哈福兹的《开罗三部曲》。作者描写缓慢沉静的痛苦尤其出色。

——《华盛顿邮报》评

《追风筝的人》最伟大的力量之一是对阿富汗斯坦人与阿富汗斯坦文化的悲悯描绘。作者以温暖、令人欣羡的亲密笔触描写阿富汗斯坦和人民，一部生动且易读的作品。

——《芝加哥论坛报》评

巧妙、惊人的情节交错，让这部小说值得瞩目，这不仅是一部政治史诗，也是一个关于童年选择如何影响成年生活的极度贴近人性的故事。单就书中的角色刻画来看，这部初试啼声之作就已值得一读。从敏感、缺乏安全感的阿米尔到他具有多层次性格的父亲，直到阿米尔回到阿富汗斯坦之后才逐步揭露父亲的牺牲与丑闻，也才了解历史在美国和伊斯兰世界的分岔……这些内容缔造了一部完整的文学作品，将这个过去不引人注意、在新千年却成为全球政治焦点的国家的文化呈现在世人面前。同时兼具时代感与高度文学质感，极为难能可贵。

——《出版商周刊》评

作者以极其敏锐的笔触让他的祖国栩栩如生。他深入描绘阿富汗斯坦移民在哀悼失去祖国、努力融入美国生活之际，仍然根深蒂固的传统与风俗。此书是一部睿智并发人深思的小说：赎罪并不必然等同幸福。

——《休斯敦纪事报》评

缠绕着背叛与赎罪的小说以阿富汗斯坦近代的悲剧为骨架，不仅仅是一个关于成长或移民的辛酸故事，作者把这两个元素都融入到得之不易的个人救赎宏景之中。所有的这些，加上丰富的阿富汗斯坦文化风情：魅力难挡。

——《科克斯书评》评

我们来说说关键词：史诗、救赎。先来看看这部书的创作背景：主要以1973—1978年的共和国时期、1979—1989年苏联入侵、1996—2001年，塔利班执政为历史背景，同时还写到了纳迪尔国王时期和末代国王查希尔时期，几十年的时间跨度。

我们来梳理一下这个背景：纳迪尔国王时期。纳迪尔在位时平息叛乱，设立新宪法，建立形式上的君主立宪制度，但自己仍掌握着实权。他进行了一些现代化建设：铺设公路，建立银行，并在1931年建立了阿富汗第一所大学——喀布尔大学。但此时国内存在严重的民族问题。1933年11月8日，纳迪尔在参加一所高中的毕业典礼时，被学生卡利克开枪打死。卡利克正来自一个长期受歧视的部族。

末代国王查希尔时期：查希尔十岁时随父亲前往法国读书，记忆力超群，能说波斯语、普什图语和法语，爱好狩猎。他从小受西方文化影响，意识到国家现代化的重要性。他在位期间加强对外文化交流，设立现代大学，开放酒禁。1964年阿富汗颁布新宪法，实行议会制度，解除妇女面罩束缚（布卡），给女性投票、受教育和工作权利，此举沉重地打击了宗教势力，阿富汗逐渐世俗化。"在那几十年里，大批外国技术人员进入阿富汗，而年轻的女孩穿着西方流行的短裙，身穿西装的阿富汗商人开着苏联和西方产的轿车，新式的医院和学校拔地而起，学校里的老师组织男女同学做游戏，大学图书馆里多了许多批判社会和伸张正义的作品，山丘上野餐的男女青年在饮酒唱歌。"

查希尔国王在位的四十年是阿富汗难得的"黄金时代"。山地广布、生活安稳的阿富汗一度被称为"中东小瑞士"。

共和国时期：1973年，查希尔前往意大利治疗眼疾和腰痛，当年7月，他的堂兄、前首相达乌德发动政变，建立了共和国。达乌德给查希尔送信说，阿富汗不再需要他回来。黄金时代就此终结，此后五年里，各种政治势力轮番登场，阿富汗也被易名好几次。

苏联入侵时期：1979年，哈菲佐拉·阿明上台，他曾留学美国，又被苏联人设计诱捕。他上台后先是驱逐苏联专家和外交官，然后废止《苏阿友好合作条约》，最终惹怒了苏联人，他们带着坦克与弹药入驻了阿富汗。

塔利班执政时期：苏联撤退后，各路军阀武装互撕，最终塔利班获得较多支持，在1996年掌控政权。塔利班创立之初，纪律严明，主张铲除军阀、重建国家、反对腐败、恢复商业，因而深得阿富汗平民支持。但是他们奉行原教旨主义，执政后宣称要建立最纯洁的伊斯兰国家，在阿富汗实行严酷教法，宗教警察在街上巡逻，男人续须，女人蒙面，禁止娱乐活动，妇女不能接受教育和外出工作，甚至不能高声说话。阿富汗在塔利班的领导下，经济下行，他们就另辟歪路，做起毒品的生意，人民被迫让出良田，忍饥挨饿，种植罂粟，塔利班还把平民的孩子培养成恐怖分子，向全世界输送恐怖主义，最终引来了美国的制裁，然后激进的塔利班制造了震惊世界的"9·11"事件。

卡勒德·胡赛尼，1965年生于阿富汗首都喀布尔市，1980年，卡勒德·胡赛尼随父亲迁往美国。1993年取得行医执照，1999年开始创作，2003年出版第一部小说《追风筝的人》。曾获得联合国人道主义奖、约翰·斯坦贝克文学奖等多个奖项，并受邀担任联合国难民署亲善大使。

我们可以看到，作者正是经历了查希尔时期、共和国时期、苏联入侵时期、塔利班执政时期等。据作者自述，他和他的兄弟在喀布尔度过的日子就像阿米尔和哈桑的生活那样：夏天的大部分时间都在上学。冬天就去放风筝，在电影院看约翰·韦恩的电影。书中跟他的经历最相似的情节是在美国的日子，阿米尔和他的父亲努力创造新的生活。他和阿米尔一样，是一个来自于阿富汗的移民。他家在瓦兹尔·阿克巴·汗区的房子很大，在那里能举行盛大的派对；他们还去帕格曼野餐。他对童年生活的记忆非常美好。

回到上面的两个关键词：史诗、救赎。我们说，不是只要写了一段历史的都叫史诗。堪称史诗的作品，肯定就不仅仅是畅销书。

那么它到底写了什么呢？

"它不仅仅展示了一个人的心灵成长史，也展示了一个民族的灵魂史，一个国家的苦难史。"而它之所以能够吸引不同民族、不同国家的读者，之所以能感动全世界，是因为它讨论了关于人性和人性的救赎问题。人性救赎，是这部小说的核心。

让我做一次导读。书的第一章就抛出了一个命题——"那儿有再次成为好人的路"。这句话代表了什么？代表听者曾经是一个不好的人，曾经犯下过罪恶。在书里，这是说给书中主人翁阿米尔的话，但在书外，何尝又不是说给所有人的？

在个人看来，这里没有用"重新"而是用了"再次"，并不仅仅是因为语言习惯的问题，更多地，在说明人的复杂，人性的复杂。我们不能随便断定一个人是好人或者坏人，一个反社会分子可能是个十分孝顺的人，相反，一个热衷于慈善事业的人可能曾经杀过人……"再次成为好人"意味着我们可以在成长中不断救赎自己，我们的成长，是一个不断悔过，不断自新的过程。

然而，悔过是需要勇气的，它意味着你必须承认并且面对自己的罪过。这一点，阿米尔活到三十八岁才做到了，我们呢？比他强点儿？还是甚至不如他？

书中有一句非常动人的话：为你，千千万万遍！

电影里的中文翻译是：为了你，我愿去一千次！对于中国观众来说，这更容易明白，但诗韵却给抹掉了。

这句话是阿米尔的仆人朋友（也是兄弟）哈桑对阿米尔说的。阿米尔是一位富人子弟，哈桑则是他家仆人阿里的儿子，两人相隔一年出生，一起长大。这里一开始就出现了等级，一个是资产阶级，一个是无产阶级。我们时常会习惯性地认为，等级能塑造人性，比如高层阶级的骄傲和自信，底层阶级的自卑和畏缩。但这部书颠覆了我们这种狭隘的成见，除了阿米尔内心一直没把哈桑当朋友这一点是等级的罪过，其他地方，我们看不到等级的影子——阿米尔在哈桑面前从来就自信不起来。因为父亲总恨他"铁成不了钢"，总偏爱哈桑，他甚至一直在嫉妒他。而哈桑，则一直把阿米尔当作最好的朋友，一个愿意为他做任何事情的朋友。

第二章有一句话：喝过同样的乳汁长大的人就是兄弟……

阿米尔的母亲死于难产，哈桑的母亲生下他后就跟一群艺人逃走了，他们两人吃的是同一个乳母的奶，所以他们是兄弟。

听听这一段：

哈桑跟我喝过同样的乳汁。我们在同一个院子里的同一片草坪上迈出第一步。还有，在同个屋顶下，我们说出第一个字。

我说的是"爸爸"。

他说的是"阿米尔"。我的名字。

如今回头看来，我认为1975年冬天发生的事情——以及随后所有的事情——早已在这两个字里埋下了根源。

不知道在座的是不是都知道我们民间的一种说法，说的是孩子第一次叫的是谁，就意味着谁的命苦。但我认真研究过，说这话的人往往都是被先叫的人，比如爸爸，比如妈妈。而他们在说的时候往往心里暗藏了得意，因为他们心里其实想说的是自己在孩子心中的重要性。

在阿米尔心里，爸爸最重要。

在哈桑心里，阿米尔最重要。

从这个苗头，便可看出两种人格雏形——一个自私而懦弱，一个无私而勇敢。这就是主人翁所说的"根源"。当自私和无私成为兄弟，就有故事了。

阿米尔和哈桑，一个是上层人，一个是下层人，一个是普什图人，一个是哈扎拉人，一个是逊尼派，一个是什叶派，一个一心只为了利用，一个却全心全意地忠诚。但是，他们却是兄弟。一对儿反义词兄弟。

关于阿米尔的性格缺陷，在第三章有过一段父亲跟他朋友的对话，说的是他和哈桑在外面受到别人欺负的时候，总是哈桑为他挺身而出，而他们回到家，父亲问起哈桑脸上的伤的时候，阿米尔总是谎称"他摔了一跤"。父亲得出的结论是：一个不能保护自己的男孩，长大之后什么东西都保护不了。

懦弱不是错，因为我们每个人或多或少地，都有那么一点懦弱。除非我们生下来就是巨人，那我们完全没有懦弱的理由。但我们不是，我们就是普通人，我们身边总有人比我们高大，比我们勇敢，甚至比我们凶恶。那么我们有时候表现出懦弱有什么问题呢？比如受了欺负哭一哭鼻子，比如挨骂的时候不敢还嘴，比如打不过别人就跑……这些都是可以原谅的。可是有一种情况不行，比如你的朋友在帮助你的时候受到了伤害，别人在因为你受害，而你却悄悄逃跑。

阿米尔就这样铸成了大错：他在目睹为自己追风筝的哈桑被强暴的时候，却逃之夭夭。我们说，就即便这样，好像也还可以原谅。你不就是胆小吗？顶多就是受人瞧不起。

这里作者有一段话为他开脱：

我逃跑，因为我是懦夫。我害怕阿塞夫，害怕他折磨我。我害怕受到伤害……

但是，我宁愿相信自己是出于软弱，因为另外的答案，我逃跑的真正原因，是觉得阿塞夫说得对：这个世界没有什么是免费的。为了赢回爸爸（我总觉得爸爸不应该对一个仆人的儿子那么好，不应该给予一个哈扎拉人那么多的爱，不该那么欣赏他），也许这是哈桑必须付出的代价，也许哈桑是我必须宰割的羔羊。这是个公平的代价吗？我还来不及抑止，答案就从意识中冒出来：他是哈扎拉人，不是吗？

这里我们得看看什么是哈扎拉人，为什么普什图人要歧视哈扎拉人？

这是百度上查到的：哈扎拉族是阿富汗国内第三大民族，属欧罗巴人种和蒙古人种的混合类型。有学者说，哈扎拉是成吉思汗及其后人西征后在阿富汗留下的驻屯兵的后裔。大概就像我们的屯堡人（屯堡人，是明朝军屯户的后代，军屯户属于驻防在此的驻军）。

原来他们不是世居民族。

早在18世纪阿富汗国家形成时哈扎拉人与部分普什图人就有矛盾，哈扎拉人是蒙古族的后裔，普什图人是土生土长的原住民。关于领土历史遗留问题可能也是矛盾之一。

其次是语言或是风俗习惯。早期哈扎拉人是讲蒙古语而非波斯语，而且面貌着装与普什图人也是一眼就能区分的，民族的排异心理可能也占据了位置。

然后是派系。阿富汗是个多民族的国家，除了普什图还有乌兹别克等约有二十多个民族，导致全民族矛盾放大的就是在支持穆罕默德合法继承人这件事上，观点相左，被分成逊尼派和什叶派。1888年和1892年什叶派哈扎拉人两次反叛，都失败了，随后被政府血腥镇压，1893年哈扎拉人第三次反叛失败后，遭到了几乎灭族的屠杀，有半数的哈扎拉人死于非命，其余被迫流亡等等。

如果我们的懦弱行为是可以原谅的，那么为我们的懦弱行为找到这样的理由，那就只能证明我们的人格不纯洁了。到了这一步，如果我们承认了自己的不纯洁也还可以原谅，但阿米尔却假装什么事情都没有发生。他假装没有看到哈桑裤子里流出的血，假装没有看到地上那些被血滴染黑的雪。仅仅如此也还罢了，但阿米尔竟然诬陷哈桑偷盗，将他们父子赶出了家门。这就是错上加错，就是罪过了。尤其，当对方还是一个喊出"为你，千千万万遍"的人，一个可以为他吃土的人。

想起一个关于人的来源的说法，上帝和撒旦较量的结果……

关于吃土，书中有这么一个情节：阿米尔表现出对哈桑忠诚的质疑，哈桑便表示"我宁愿吃泥巴也不会骗你"，这种时候，阿米尔没有感动，而是进一步质疑：真的吗？如果我让你吃泥巴，你会吃吗？

哈桑说，如果你让我吃，我会的。但你真会让我吃吗？

阿米尔说，我当然不会。但其实从他人格的阴暗面出发，却是巴不得捉弄哈桑一下的。他那会儿脑海里浮现的画面是：哈桑是蚂蚁，而他是那拿着放大镜的人。

这就是心魔在作怪。（关于上帝和人的说法）

这时候，哈桑却笑了。他太信任阿米尔了。阿米尔自己对自己说：这就是那些一诺千金的人的作风，以为别人也和他们一样。

就是这样的一个人，阿米尔竟然一直在欺骗他，而且后来竟陷害了他（一开始他用石榴打他）。他自己没法面对哈桑，尤其没法面对哈桑那种绝对的宽容和忠诚。用阿赛夫的话说，哈桑是一条忠实的狗。忠实是狗的美德，但我们往往用它来骂人。

主线就是这么一个故事，后来就是阿米尔对自己的拯救。他虽然人格有缺陷，但他并不是一个没有良知的人。最痛苦的事情，莫过于背负着负罪感活着（人的不能承受之重）。那些没有良知的人，是不会痛苦的。（阿米尔一直痛苦，在向索拉雅求婚的时候……）虽然，对于阿米尔来说，他的救赎有些稍晚了，哈桑都去世了，但又似乎正是时候：哈桑的儿子正陷入狼窝（索拉博在塔利班统治下的一家孤儿院里，而且因为他生得好看，他被阿塞夫带走做了性奴）。阿米尔婚后没有孩子，（是不是老天的意思？）我们之所以要为自己创造这样那样的神灵，就是因为我们本身太微弱……

一部长篇，它要厚重，肯定就不可能是一条单线。本书还有一条副线，这条线属于阿米尔的父亲：一个勇敢、正直，敢于为别人挺身而出的，德高望重的人。

一个曾把自己的儿子抱在膝盖上，告诉他"没有比盗窃更十恶不赦的事情"，说："当你杀害一个人，你偷走了一条性命，你偷走他妻子身为人妇的权利，夺走他子女的父亲。当你说谎，你偷走别人知道真相的权利。当你诈骗，你偷走公平的权利……"

这个人通过自己的努力，变成了富商，在喀布尔很有名望。他广施穷人，修建孤儿院，后苏联入侵，他被迫逃离自己的国家，在逃难途中，还为一位素不相识的女人拼命。

可就这样一个人，你能说他就是好人吗？

阿里虽是他家的仆人，但阿里从小就被他父亲收留在家，视如己出，他和阿里从小一起长大，两人好如兄弟。可他却偷了阿里的妻子，生下了哈桑。

仅仅如此也罢了，可他却为了自己的荣誉和声望，一直将这个秘密隐瞒着，直到他死去，也没有勇气说出来。他对阿里如待亲兄弟，待哈桑堪比亲生子，他到处施舍，修孤儿院，他不惜生命为人挺身而出，一切的一切，都是为了救赎自己那卑劣的灵魂。

当哈桑遭到陷害，阿里提出"他们已经不能在这里生活下去了"，要离开这里的时候，阿米尔的父亲清楚阿里要离开的原因并不仅仅于此，他知道阿里清楚自己的秘密，哈桑遭到陷害只是一个诱因。但他什么都没做。阿米尔提出请新佣人的时候，他曾痛苦地喊过"哈桑哪也不去！哈桑只能在这里，这里是哈桑的家"，可临到头来，他却什么也不敢做。因为公开这个秘密，才是留下哈桑的最无可厚非的理由，但这样一来，他的荣誉、地位，他半生的经营就全毁了。所以，他什么也没做，只在阿里父子离开后，关上了家门。

而且，在祖国遭到侵略的时候，他这样一个堂堂男人，却选择了逃离。所以，其实阿米尔最后在救赎的，不仅仅是自己，还有他父亲。

为什么这样一个人竟做出了这样的事，因为这个故事在讲人的宿命——人非圣贤。

所以，我们千万不要以我们眼睛看到的和耳朵听到的，来给一个人下判断。我甚至认为，我们就不应该用是和非，用对与错来对人下判断。人性永远是复杂的，是善变的。我们能做的，就是每个人心里都应该有一位神明，我们用它来审判并宽恕自己。

网上评价说，这是一部看哭了全世界的书。我一点也不怀疑这种说法。因为故事深入人心，直击每一个人的灵魂。我们试着去想一想，我们一路走来，那些被我们抛弃在人生路上的，我们不敢正视的往事，那些令我们想起来就不禁脸红，不禁想找地缝钻的过往，那些荒唐事，那些不齿的事情，你敢说你没有吗？不敢，任何人都不敢。

虽然有"人非圣贤"为我们开脱，但那又能起什么作用呢？当我们用这句话自我安慰，自我宽恕完了，你的良心就真的安宁了吗？

本书中的风筝这种意向非常棒，事实上，我们的一生就像放风筝，我们的各种欲望、各种感情、我们或好或坏的足迹，我们高尚的或者卑劣的灵魂……虽然看似可以被抛弃在身后，却永远被一根线连着，而线的另一头，是我们牵着的。

中国人也喜欢放风筝，但我好像听过一种说法，就是放放晦气。放风筝就是放晦气，把晦气放走。所以那些断了线的风筝是没人去捡的，都怕不吉利。我们好好想想，晦气是什么？它代表的是恐惧。也就是说，我们是想把恐惧放走，让它随风飘走，不要它再困扰自己。

阿富汗人没有这种说法，但本书中的风筝却无意间成了一种象征：追回断线的风筝，就等于追回再次做一个好人的机会！我们把那些牵着不堪过往，牵着那些因贪婪而生的各种欲望的风筝线割掉就可以了吗？不可以，得追回来，得勇敢面对，并弥补。

人，性本善吗？人，性本恶吗？这个题目本身就是错的，所以，它没有标准答案。那么，我们能做的，就是一步一步地向着善靠近，努力到最后。所以，到最后，阿米尔向索拉博喊出了他父亲曾向他喊过的那句话：为你，千千万万遍！

我认为，每一部小说都应该是一部诉状，小说必须要控诉点儿什么。这部书控诉的是一段阿富汗史吗？一段民族史吗？肯定是。书中有很多让人惊心动魄的细节，比如哈桑夫妇的死，比如体育场的徒刑，比如哈桑和他儿子两代人遭到的强暴，比如喀布尔街头被视而不见的尸体，比如可以卖个好价钱的假腿……当阿米尔父子需要救赎的时候，何尝不是他们的国家、民族需要救赎？

　　但我觉得它更多的是在控诉人性，控诉它的不可操控，控诉暗藏于人性中的那个心魔。这就是为什么它感动了全世界，因为全世界都在这本书里找到了共鸣。

　　这部小说被马克·福斯特拍成了电影。虽说电影比起小说来很素描，很多细节都必须简化，甚至省略，但它依然很感人。所以，我强烈推荐，如果你没勇气去读一部长篇，看看这部电影也非常好。

2020.9.26

海龙囤：一本无字之书

■李 飞

37th issue

精读堂
第三十七期

李飞

海龙囤——一本无字之书

A book without words

主讲嘉宾
李飞

地点：
千翻与作·贵阳亨特店

时间：
9月26日 15:00-17:00

李飞，1976年8月生于云南昌宁，毕业于四川大学考古系，史学博士，研究馆员。历任贵州省文物考古研究所副所长、贵州省博物馆副馆长，现任贵州省博物馆馆长。2012-2020年间主持海龙囤遗址的考古发掘与研究工作，相关成果荣膺2012年度"全国十大考古新发现"，中国田野考古一等奖（2016）等奖项。为贵州省"四个一批人才"（2011），享受贵州省政府特殊津贴（2018）。

李 飞

1976年8月生于云南昌宁，毕业于四川大学考古系，史学博士。历任贵州省文物考古研究所副所长（2010—2017），贵州省博物馆副馆长（2017—2020），2020年3月起任贵州省博物馆馆长。

研究方向为中国西南考古、土司考古。曾长期主持遵义海龙囤遗址的发掘与资料整理工作（2012—2020）。出版论著三种，在《考古》《文物》《贵州民族研究》《贵州社会科学》等杂志发表论文与简报三十余篇，在《人民日报》《光明日报》《中国文物报》《中国国家地理》《贵州日报》等报纸杂志发表学术随笔四十余万字。

　　"精读堂"过去都是分享某一本书，而我们今天分享的是一个遗址。戴冰老师那天给我命题的时候，我本来想讲一讲我对童恩正先生的半月形文化传播带的理解。他说，你挖了海龙囤，就讲讲海龙囤吧。恭敬不如从命，所以，我们今天分享的是一本无字的书。主要有以下四个方面的内容：一、为什么是海龙囤？二、海龙囤谁人所建？三、海龙囤因何而建？四、海龙囤是什么？

为什么是海龙囤：考古历程

　　海龙囤遗址位于贵州遵义老城西北约三十里处，三面环水，一蒂孤悬。从山脚到山顶的相对高差大约四百米，非常险峻。从东面往上走，一条小道蜿蜒而上，共有六关口：铁柱关、铜柱关、飞虎关、飞龙关、朝天关、飞凤关。山顶有一圈城墙环绕。西面还有三道关口：西关、后关和万安观。整个城墙围合的面积大概有0.4平方公里。公元1600年，二十四万明军围攻海龙囤，从农历四月一直到六月初六，历时四十八天，海龙囤才被攻陷。土司杨应龙就在这个早晨上吊自杀，海龙囤毁于一炬。

2012年4月23日，我带领一支考古队上了山。当时海龙囤要申报世界文化遗产，我还在四川大学在职读博，单位打电话，让我回来主持海龙囤遗址的发掘。我们的考古工作就是在这个背景之下开始的。一直到今年（2020年）5月10日，我在山上待了差不多八年时间。

2015年7月4日，在德国波恩召开的联合国教科文组织第三十九届世界遗产委员会会议上，贵州海龙囤遗址、湖南永顺老司城遗址和湖北唐崖土司城遗址联合代表的中国"土司遗址"通过审议，成功列入"世界遗产名录"。

考古工作有一个流程：第一步是进行考古调查；第二步是考古发掘；第三步是考古资料整理；最后一步是撰写考古报告并向社会公布所有成果。2017年初，由于新的贵州省博物馆将对外开放，我离开了工作了十八年的考古所，到博物馆任职，也暂时离开了海龙囤，此时的海龙囤考古报告还没有完成。2018年10月，经当时的文化厅领导同意，我们再度重返海龙囤，重启海龙囤考古资料的整理与报告编写工作。目前，海龙囤考古报告草稿已基本完成，有望在明年或后年出版。

刚上山的时候，面对这么大一座山，工作从哪儿开始呢？颇有望洋兴叹之感。几经考虑，我们选择新王宫作为突破口。2012年至2014年，我们对新王宫这个区域进行了连续三年不间断地发掘，同时也对周边很多地方进行了调查，有很多重要发现。

民间传说，新王宫的修建是由于以前的老王宫缺水，所以土司就把他的办公地点迁至新王宫。通过考古发掘，我们发现新王宫确实应该是明代万历年间兴建的一处土司衙署。它的总共面积约两万平方米，格局非常清晰：通过中轴线，往上就是大门，然后是仪门，左右是东、西两厢，中间有院子，再往后是大堂、二堂。这一部分没有任何文字上的记载，但通过明代衙署的相关资料进行对比，加上每一栋房子在整个遗址当中的位置、结构，结合里边出土的遗物，我们仍可以大致还原它在当时的功能。1600年农历六月初六早晨，土司杨应龙在新王宫内上吊自杀，自杀的地方是土司卧房，第八号房址（F8）应该就是土司的卧房。

播州之役，宣告了杨氏土司在遵义地区的世袭统治的终结，开启了流官治理的新时代。不久，一座崭新的寺庙，落成于新王宫土司衙署的大堂旧址之上，这就是海潮寺。文献记载，是来自山东聊城的进士傅光宅建的。修建海潮寺的目的，民间传说是为了凭吊阵亡将士的亡灵，文献里确有"吊忠魂，瘗遗骨"的记载，与民间传说基本契合。

科学的考古发掘，不同于盗墓，必须对每一件出土文物的出土情况有清晰的交代，用文字、照片、影像、绘图等进行记录。白天在工地现场进行田野发掘，晚上就在驻地里进行繁重的室内整理工作。发掘出来的几乎全是碎片，很少有完整器。其中九号房址（F9），是一间厨房，这里面出土的青花瓷片一共有一万多片，我们对绝大多数瓷片的出土位置绘图和编号记录，进入室内后按编号进行拼合，一共修复出二百多件相对完整的瓷器。由此也通过考古学的手段还原了房子因战火而坍塌，瓷片四溅一瞬间的情景。修复的过程很漫长，有些碎片再也找不到了。F9里出土的瓷器，绝大多数是来自于景德镇的青花瓷器，其中有一部分瓷器是官窑瓷器，做工非常考究，里面出现了五爪龙纹这类的纹饰。这是"官搭民烧"器。

2012年，我还是照片中貌美如花的模样，八年之后，我变成了现在这副很沧桑的模样。但是这八年的付出是值得的。首先，2015年的7月4日，海龙囤成功跻身世界文化遗产，是贵州的第一个，也是目前唯——个世界文化遗产。这期间，2013年1月，海龙囤考古成果入选中国社会科学院"全国六大考古新发现"；当年4月，海龙囤入选"全国十大考古新发现"。2016年，海龙囤入选"全球年度十大田野考古发现"，并获得了"中国田野考古奖"一等奖。海龙囤几乎获得了这个领域有分量的所有奖项，这是我们今天要在这里分享海龙囤考古故事的一个重要原因。这是我讲的第一部分：为什么是海龙囤，即为何我们今天分享的是海龙囤的故事？

海龙囤谁人所建：杨氏风云

海龙囤背后，有一个强劲的家族——杨氏家族。根据文献的记载，公元876年，播州被南诏占领，山西太原有一位名叫杨端的人，应诏入播，把播州从南诏的手中夺了回来。但是很快唐朝就灭亡了，杨端回不去了，于是就留在这个地方，开始了世袭统治。从杨端开始，一直到杨应龙，整整有二十七代，一共有三十位杨氏族人担任过这个地方"土司"。海龙囤的创建人是杨家第十五世土司杨文，到第三十世土司杨应龙时进行了大规模重建，但很快毁于播州之役的战火。

通过多年的考古探索，目前已经发现了其中十余人的墓葬。

最早的一座，是十三世土官杨粲墓。这是一座大型石室墓，很早就被盗了。墓室里有非常繁缛、精美的石刻装饰。1957年进行考古发掘，腰坑里出土了两件铜鼓，是铜鼓八大类型里"遵义型铜鼓"的标型器。杨粲大约死于1230年代，他是杨家历史上非常重要的一位人物，文献记载杨氏"十三传，至粲始大"，他的一系列改革决定了杨家的整个走向，他是实行全面汉化的一个历史性人物，他的墓葬也是目前我们发现的最豪华、规模最为宏大的杨家墓葬。

2014年，在修中桥水库的过程中，考古工作者在遵义新蒲发现了杨粲的儿子杨价夫妇合葬墓。这个墓地里有一座已知的墓葬，是杨应龙的父亲杨烈及其妻子张氏的合葬墓，很早就列为省保单位。在杨烈墓右前方约二百米开外，另有一座墓葬，过去一直被认为是一座宋墓，因为离河更近一些，被称为挨河宋墓。这座墓葬也多次被盗，墓室几乎是空的，过去也没有人把它跟杨氏土司墓葬相联系。正是在清理这座墓葬时，有了一个重要的发现，就是在墓室外发现了记载墓主生平的墓志铭，确认墓主是杨氏第二十一世土司杨铿夫妇。墓志铭中还提到一条重要的线索，那就是杨铿葬在其祖先杨价墓的右边。根据这一记载，我们在周边展开了大规模的考古勘探工作，并最终找到了杨价墓。这是一座土坑木椁墓，里边葬的是杨粲的儿子杨价，及其夫人田氏。因为从来没被盗扰过，这座墓葬中发现了大量的金银器。田氏头枕银质枕头，头戴金凤冠，并有黄金覆面，十分奢华。男室和女室的头部，各有一个头箱，里面摆满了金银器，其中一部分正在省博三楼展厅展出，一部分还在修复过程中。

1972年，考古工作者在遵义高坪发现了杨文墓。这是一座三室石墓，中间葬的是男主人杨文，右边是妻子田氏，左边的小墓是他的妾，是一夫一妻一妾的格局。杨文墓的一个重要发现，是在墓前发现了杨文神道碑。碑文记载，公元1257年时，一个叫吕文德的南宋官员因为抗蒙战争的需要，来到播州，跟杨文见了面，两人商议一起置一城以为播州之根本，"于是筑龙岩新城"。"龙岩新城"就是龙岩囤，就是海龙囤。后来这块碑被杨氏族人主动毁坏了，为什么呢？考古发掘揭示，神道碑出土时，其中两块被用作田夫人墓门的封门石。杨文1220年出生，1265年去世，大约1267年下葬，神道碑应立于此时。田氏1230年生，1290年去世，次年下葬，此时南宋已亡。过去认为，因为神道碑中记载了大量杨氏抗蒙的事实，因此在入元之后，被杨氏主动毁埋。最新的研究表明，神道碑的被毁，可能还与碑文的撰写者有关。碑文可能的撰写者朱禩孙1275年降元，被宋廷惩处。心向华夏的杨氏，必定不能接受，可能在其1276年也降元之前，即摧毁了此碑，不必等到入元（1279）之后。在宋元之交的历史时刻，杨氏家族内部发生了一些事。据《杨氏家传》载：至元二十三年（1286），杨邦宪死后，其妻贞顺夫人田氏带着五岁的儿子杨汉英，入京师见元世祖，世祖赐汉英名"赛因不花"，并将邦宪的头衔都给了他。第二年（1287），杨氏家族发生内乱，杀了贞顺夫人。早在1276年杨氏降元时，"邦宪捧诏，三日哭"，才做出最后决定，可见降与不降，内心很是挣扎。贞顺夫人与元廷的密切互动，可能是她迎来了杀身之祸的主因。也就是说，一部分族人仍不能接受降元这件事。因为至迟从杨粲开始，播州杨氏就以来自山西太原的诗书礼仪之家自居，开始了对汉人习俗的全面模仿，不大待见周边少数民族，比如一直到覆灭前夕，仍不愿意与民族性鲜明的水西安氏（今彝族）联姻。

通过近七十年的考古发掘，杨氏族谱中，从杨端到杨应龙为止，三十任土官中近一半人的墓葬已经被发现，最早就是十三世杨粲墓，也就是说杨粲之后的杨氏诸祖是可靠的。进一步看，杨氏诸祖中，最早被同时期文献记载的是七世祖杨贵迁，苏东坡在元丰四年（1081）的《答李琮书》就提到了贵迁，说"播州首领杨贵迁者，俗谓之杨通判，最近乌蛮，而枭武可用"。其子光震、孙文广等也有记载，表明从七世祖杨贵迁至十三世祖杨粲也是可信的，但他们的身份都是"夷人"。而贵迁之前的杨端、牧南、部射、三公、杨实、杨昭诸祖，只见于晚出的文献，是追记的"历史"，是否真实，还有待考证。从明初宋濂所写的《杨氏家传》中，我们可以看到杨贵迁之前的三条或明或暗的祖源叙事：一条是杨端，一条是杨业（即两宋时期就家喻户晓的杨家将故事），这两条都是明的，都指明杨氏的祖先是来自中原的汉人；另一条是比较隐蔽的牧南—部射—三公的叙事，他们的名讳听起来不像汉人的名字，其中的"牧南"一名，与北宋时活动在这一地带的"木攀""木柜"等"夷人"高度相似，可能才是杨氏真正的祖先。换句话讲，杨氏真正的祖先也应是"夷人"，杨端可能只是一个被假借的祖先，端者，始也，根据元人程钜夫（1249—1318）所撰的《忠烈庙碑》，奉杨端为始祖，是杨粲开始干的事情，"宋嘉定六年（1213），高祖忠烈公（即杨粲）始考典礼，建家庙，以祀五世，奉太师公为始祖"。无论是杨端之裔，还是杨业之裔，都是杨氏的"华夏英雄徙边记"叙事，即一个华夏的祖先因故到了边疆地区，回不去了，便世长其民。《史记》里箕子之朝鲜、太伯奔吴、庄蹻王滇等都是类似的叙事，由来已久，台湾学者王明珂先生称之为"华夏英雄徙边记"，这是华夏周边人群融入华夏核心的模式化祖源叙事。

　　不管杨氏是汉或非汉，至迟从13世纪起，他们已高度认同汉文化，并宣称自己乃汉人，从文化的角度，已高度汉化，并"依汉界为重"，与两宋朝廷开始了频繁的互动。回到海龙囤，在我们根据《杨氏家传》等文献及相关考古发现所整理的这张世系表中，十三世杨文是海龙囤的缔造者，三十世杨应龙重建了海龙囤，并很快毁于播州之役的战火。这是我们今天分享的第二个话题：海龙囤谁人所建？问题是，为何在杨文统领播州的时候，创建了海龙囤？

海龙囤因何而建：斡腹山城

公元1235年到公元1279年间，南宋和蒙古帝国发生了旷日持久的战争，打了近半个世纪。当时南宋的都城在临安，即今天的浙江杭州。宋蒙战争，根据蒙军主帅的不同，可以分为三个大的阶段：第一阶段（1235—1251），窝阔台攻宋之战。双方在四川、京湖与两淮三地展开争夺，激战的重心在长江以北。第二阶段（1251—1259），蒙哥攻宋之战。蒙哥亲征四川，并在开庆元年（1259）战死重庆合川钓鱼城。第三阶段（1267—1279），忽必烈南征。蒙哥的去世使蒙军的大规模扩张转入低潮，忽必烈在稳定内部局势后于淳祐三年（1267）再启战事，并将战略重心转向京湖，一举攻陷宋都临安（今浙江杭州），厓山（今广东新会）海战后，宋灭。

在宋蒙战争的第二阶段（1251—1259），除保留东、中、西三大战场外，蒙军还采取了一种非常规的打法：蒙哥遣忽必烈、兀良哈台带领十万铁骑经由吐蕃远征大理，迂回绕击宋之西肋，成功突破长江而形成南北夹击之势，这就是所谓的"斡腹之谋"。公元1253年，蒙军攻陷大理，将云南作为据点，向东进发，此时战事第一阶段的长江天险被蒙军成功突破，对南宋朝廷形成震慑。

早在淳祐六年（1245）的时候，余玠主持四川防务，当时统领播州的杨文，向余玠提出了"保蜀三策"：在川北驻军，经理三关，拒敌于门户之外，这是上策；在各路险要处，筑山城进行阻击，这是中策；以长江为天险进行防守，江北则任敌往来，这是下策。余玠最终采取了中策，在四川遍建山城进行防御，并听取了播州冉璞、冉琎两兄弟的建议，修筑了合川钓鱼城。这一时期的山城，都集中在长江以北地区。而1253年之后，长江天险被斡腹蒙军突破，东西向的压力加大。宋廷判断，蒙军可能沿长江而下取所谓"汉路"（即南宋朝廷实际控制的汉族地区）东进；或者取"蛮路"，即从少数民族统领的罗闽（今贵州毕节）、播州（今贵州遵义）、思州（今贵州铜仁）一线挺进；或者从广西经湖南东进。于是在理宗的亲自过问下，开始在长江以南地区布置"斡腹之防"，即为抵御蒙军"斡腹之谋"所进行的军事部署，包括派驻军队、修筑山城、拉拢当地少数民族等。海龙囤正是在这样的背景下修筑的。

蒙军的"斡腹之谋"，让宋理宗寝食难安，在京湖（今湖北湖南）主持防务的吕文德受命将防御重心渐次西移，并在宝祐五年（1257）十月进入播州，与杨文商议置一城以为播州根本，于是筑龙岩新城。思州田氏也前置，参与了播州防务。吕文德驻守黄平，以防止蒙军取"蛮路"攻破罗闽、播州、思州后，顺沅水进入湖南。为强化"蛮路"防务，南宋朝廷先后两次拨给银两各一万两，在思、播筑城，对与云南相接、态度暧昧的罗闽则采取笼络的政策。与此同时，朱禩孙在四川宜宾筑凌霄城（1255），史切举在重庆南川筑龙岩城（1256），谢昌元在湖北恩施筑柳州城（1259）。此外，今遵义境内还有养马城、桐梓鼎山城（1258）等。这些城池均分布在长江以南地区，且是在蒙军攻破大理的1253年之后修筑的，均用以抵御突破长江防线的斡腹蒙军，因此均是"斡腹山城"。

综合起来看，海龙囤是在宋蒙战争的第二阶段（1251—1259），蒙军突破长江、占据云南（1253），斡腹东进的背景下，南宋朝廷与地方土官联合修建的抗蒙山城，由于防御的重心是斡腹蒙军，故可称"斡腹山城"。它是以南宋都城临安为中心的层层防御工事中的一环，因此是一个国家防御工程。这是海龙囤初创时的情况，但到后期性质发生了转变。这就涉及我们要讲的第四个问题。

海龙囤是什么：从国家防御到地方性防御

公元1595年前后，到了最后一任土司杨应龙的时期，那时候杨应龙跟政府和周边小土司的关系已经非常糟糕了。有好几次明政府要治他的罪，而且也派人去攻打过他，他也嗅到了危险，所以就在他的祖先所修建的城堡上进行了一次大规模的修缮。我们今天所看到的铜柱、铁柱等九个关隘，清一色都是明代的关口。相应的，与这些关隘相接的城墙，也是明代的。考古发掘中，我们在多个地点发现这类城墙内，还包裹着一类做工相对粗糙的城墙，两者之间存在早晚的关系。

从这张图上看，山巅大城的南北城墙是南宋时期的，因为下临深渊，有山险可据，没有发现明显的明代重修的痕迹。明代的重建，主要表现在东西两端的防御上，现存九关以及与之相连的城墙，都是万历时期的遗迹。为什么这么说？因为飞龙、朝天、万安等关隘上，至今遗有土司杨应龙题写的关名，有纪年，并有"重建"字样。通过建筑材料如砖、瓦、瓦当等的比对，可以确定土司衙署"新王宫"也是在这个时期修建的，目前在所谓"老王宫"（尚未进行大规模揭露，只进行了局部试掘）中发现的建筑材料也集中在明万历时期，所以两者之间不是新老早晚的关系，而应是性质不同。那么怎么确定被明代叠压的城墙是南宋城墙？这要回到杨价墓中。杨价死于1243年，他的墓园应该是在该年之后由他的儿子杨文修建的。发掘时，我们在杨价墓周边发现了一圈垣墙，形成一个封闭的墓园，垣墙土石混筑，顶上覆盖小青瓦，并有瓦当出土，墓葬的填土中也发现了同样的瓦当。在对海龙囤的早期城墙进行解剖时，我们发现了四座门道，门道里出土了大量瓦砾和部分瓦当，与杨价墓所发现的一模一样，表明年代一致。这与海龙囤创建与宝祐五年（1257）的文献记载是吻合的，我们据此可断定早期城墙（含门道），以及城内相关遗址（如构树）正是龙岩新城的遗迹。由此，我们也可以看到海龙囤整体格局从宋到明的变迁，重点是防御线向东西两端延展，这在这张图中反映得很清晰。

也就是说，考古发掘揭示，海龙囤目前仅有南宋晚期和明万历时期遗迹，中间时段的遗存暂付阙如，表明入元之后，到明代早中期，海龙囤可能处于荒废状态，直到万历年间杨应龙的大规模重建。何以如此？我在《土司无城》的演讲中专门讨论过，由于时间关系，今天不展开。前面我们重点谈到杨文神道碑的被毁，对待一块有抗蒙事迹的碑刻，杨氏的态度尚且如此，何况是一座修来抵御蒙军的城堡呢？

万历年间杨应龙为何重建海龙囤？这段历史文献有较为详细的记载，我认为有主观和客观两大因素。客观因素是，在土司制度的后期，由于这一制度存在的一些弊端，改土归流已是大势所趋。播州之役的最终结果，就是取缔了土司的世袭统治，由明朝廷派遣流官来进行治理。贵州在明永乐十一年（1413）建省，就是废除了思南、思州两土司，分其辖地位八府，同时在贵阳设立贵州布政使司，实际上就是一次改土归流的活动。众所周知，土司制度一直存续到民国时期，而万历时期明政府为何选择对播州杨氏动手？这就涉及主观因素，即杨应龙的个人因素，他与辖境内的小土司，以及周边的贵州、四川两省政府都闹僵了，不能相容。随着事态的逐步恶化，至迟在万历二十三年（1595），杨应龙启动了大规模的重建山城的活动。根据文献记载，杨应龙修筑的山城不少于十七座，除海龙囤外，还有养马城、养鸡城、望军囤、龙爪囤等，海龙囤是中心，也是最为坚固的堡垒，所以在最后的关头，杨应龙退守海龙囤。

可以看到，海龙囤前身是一个国家防御工程，到了明代它的性质完全发生了变化，变成了一个地方土官和中央王朝对抗的大本营，成为一个地方性防御工程。万历三大征之役的播州之役一共打了一百一十四天，其中攻打海龙囤就用了四十八天，二十四万明军将海龙囤围得水泄不通，囤上播军大约有几万人，死伤无数，血流成河，所以才会有筑海潮寺以超度亡灵之举。战事的惨状，贵州监军杨寅秋在写给他儿子的信中有所描述（《临皋文集》）。随着万历二十八年（1600）六月初六凌晨，海龙囤被明军攻陷，杨氏一族在播州七百余年的世袭统治宣告终结。次年，播州被分为遵义、平越两府，开启了流官治理的新时代。从此之后的相当长一段时间里，海潮寺僧众成为海龙囤的主人。

海龙囤到底是什么？它的前身是一座抗蒙山城，是一座由政府和当地土官共同营建的国家防御工程；后期，它是地方土司和中央王朝对抗的大本营。从宋到明，它经由了国家防御工程到地方防御工程的历史变迁。其间的漫长岁月里，它可能长期处于荒废的状态，由于中央王朝对地方土司有"土司无城"

的"成例"，土司不得私自营建城池。如今，它是一处世界文化遗产，是土司制度的重要见证和载体。什么是土司制度？用今天的话来讲，土司制度就是中国古代的一国多制，其核心是"齐政修教，因俗而治"，这一制度保障了国家的统一，也保障文化的多样性，有着积极的一面，同时也不可避免地存在若干弊端，因此最终退出了历史舞台。海龙囤所揭示的，有土司对国家的认同，主要反映在衙署的格局，比如中轴对称、门和厅堂的间架数量等，都是中规中矩的；也有对中央王朝的忤逆，比如打破"土司无城"的"成例"，违规营建固若金汤的山地城池，以备不时之需。海龙囤这本无字之书，还有许多细节，有待进一步挖掘。

基于社会学图像的当代艺术

■夏 炎

Image and
Contemporary Art

主讲嘉宾
夏炎

基于社会学图像的
当代艺术

夏炎

1998 毕业于贵州师范大学美术系，同年留校任教；

2005 结业于中央美术学院造型学院壁画系研究生课程班；

2012 毕业于厦门大学，获数字媒体方向工程硕士学位。

现生活工作于贵阳

贵州师范大学美术学院造型艺术系

副教授、硕士生导师

贵州师范大学美术馆馆长

贵阳化纤厂艺术区及纤维空间发起人

夏　炎

1998年毕业于贵州师范大学美术系，同年留校任教；2005年结业于中央美术学院造型学院壁画系研究生课程班；2012年毕业于厦门大学，获数字媒体方向工程硕士学位。

图像学和符号学在当代艺术语境中占据很重要的位置，一些批评家指出，应该回归绘画的本体问题。我觉得基于社会学图像的运用，来对绘画进行系统性的分析，剖析绘画创作的动态、图像方式和符号方式，以及确立未来建构的新结构和新秩序，是十分必要的。

当代艺术和社会学的概念

对于当代艺术的解释有很多种。以时间来界定，显然不够准确。西安美术学院彭德老师写过一篇短文《什么是当代艺术》，可以提炼出几个关键点：

●当代不等于当下（经典的学院派艺术、体现民俗的民间美术、具有共性的儿童艺术都不属于当代艺术）；前无古人，具断代意义。

●国内政治意义中的分期：1840—1919年为近代、1919—1949年为现代、1949年至今为当代。

●新潮美术、前卫美术、实验艺术、先锋艺术。

●当代艺术典型标志是新观念、新形态、新载体。

●走向：跨域传统文化的普世追求、照顾文脉的本土作风。

当代不等于当下，比如，经典的学院派艺术、体现民俗的民间美术、具有共性的儿童艺术，这些都不属于当代艺术。当代艺术还有一个比较重要的、形式语言上的一些特点——前无古人，并且具有断代意义。

从时间上进行分割，大部分体制内的学者就把1949年以来的艺术称为当代艺术。但这只是一个笼统的时间概念，不够确切，以此作为划分依据也没有什么学术意义。

新潮美术、前卫美术、实验艺术、先锋艺术，这四个关键词在某种程度上就等于当代艺术，在那段时间涌现出了这样一些区别于传统、比较前卫的艺术。而当代艺术的标志就是出现了一些新观念，以及新的形态与载体。

在文化层面，还有当代艺术的走向问题，一是跨域传统文化的普世追求，二是照顾文脉的本土作风。目前后者是比较突出的，我认为在很长一段时间内，中国当代艺术的走向会比较明确地体现为强调地域性，然后从中延伸出一些新观念，用新载体表现一些新的艺术语言。这是跟自我存在的环境相观照的。

社会学：有关人类社会结构及活动的知识体系，从微观层级的社会行动或人际互动至宏观层级的社会系统或结构。

社会学属于哲学范畴，我们可以简单地将这种知识体系理解为描述社会的结构和系统。微观层面即个体层面。但是我们今天从社会学层面看到的更多是集体的东西，是怎样从国家这种宏观层面去介入，很少从个人的微观层面去介入。而这正是接下来我将要讲到的这几位艺术家的特点，他们都是基于个人观点去介入社会的。

尼奥·劳赫（Neo Rauch）

尼奥·劳赫1960年出生于莱比锡，20世纪最受关注的德国艺术家。

尼奥·劳赫看上去肌肉发达，身体强壮。德国人工作很用心。我看过一些关于德国艺术家的纪录片，他们进到工作室，沏一壶咖啡，换上工作服、大皮靴，像干体力活一样地，在工作室里满场跑。他们的工作室像工厂一样，很有激情。尼奥·劳赫就是这样。

尼奥是东德人，后来逃去了西德。他作品的一个特征就是东德式社会主义现实和西德式抽象主义结合。

东德是社会主义，尼奥把在莱比锡接触到的这种教育带到了西德。西德那边受美国影响，在这种对撞中，西德艺术家们为了反抽象而抽象，为了反现代而现代。所以当尼奥接触到西德当时很流行的抽象艺术之后，他的绘画也发生了一些变化，他在这种社会主义现实的绘画语境里，介入了一些关于空间、抽象符号的东西，画面中呈现了多重空间，并且带有超现实主义的错位和梦幻感。而且，他还有一个比较典型的特点：叙事性是不连贯、不具体的，完全就像梦境一样，随时可以掐断，随时可以切入画面。所有的空间也没有关联，都是打乱的。

尼奥作品的画面没办法去判断常态的空间，比如房子的内侧和外侧，这里的投影到底是内墙还是外墙，以及这些曲折的房檐。这些东西都呈现为一种莫名的、不可言状的空间构造。

在画面中形成的这些色块儿，是一种拼图式的抽象符号类的东西，尼奥用它来构造一些现实中我们认为是具体的物件的这样一种空间，但其实他表现的是一种悖论，根本不是一个具体的物件，却形成了空间中的物件概念。

也就是说，尼奥用现实主义的画面构造、语言、方式，镶嵌进抽象绘画的色块，在两种文化的碰撞当中，产生了他的典型绘画语言。

尼奥对于树干的画法，很像中国古代工笔勾勒那种飘带，有褶皱感，是软性的东西。很少有人会把树枝塑造成软性的东西，他就完全不拘于这样的物理属性。他把物理属性全部去除，让它变成一个纠缠的、变化的色带，而且是由平面构成的。

他的画面里有一些色彩的碰撞，比如墙壁的黄色跟红色的对撞，人物抛出的彩球，镶嵌的字块，这些都是绘画性跟设计性比较明确的结合。这些塑造都是一些臆想型的，它的空间的存在往往是不合理的，完全带有梦的性质。

还有一些画面具有版画、张贴画的性质，这也是他的典型手段——做版块效果。当时的印刷技术还比较流行套色印刷。在数字技术还没有进入到印刷领域的时候，大量印刷是机械印刷，很多商品的包装都是用这种方式，印一遍绿色，然后换版，再印一遍黄色，再换版，再印一遍红色，就像今天的木刻版画一样。尼奥用这种方式去塑造，比较有趣味性，比如他会将人塑造成葫芦型，像堆雪人那种。这些人物的叙事方式，就像我们在那个年代的背景之下产生的一些日常叙事，带有典型的底层人文的气质，呈现普通人的生活方式以及他们的生活形态、面貌。同时尼奥也会加进一些神话的角色，比如加上一些翅膀之类。

空间上的悖论，像电影的蒙太奇手法，这些画面不会被确定地假定在某一维度，它一定是多维度的。以空间的这种变化强调其多变性，是典型的现代主义的空间构造方式。同时，尼奥的绘画性也非常突出。比如他使用灰色这种很脏的色调，用替换的方式切割空间，让它形成类似于房子的建筑。但其实它的本质就是一个带有弧形的、几何形态的立方体，然后用色块的方式去镶嵌的空间。

这些都是典型的现代主义时期的一些特征符号。但是他并没有那么标志化或者标准化去制作这些作品。他为了反现代主义，所以他的东西就会看起来脏、乱，不那么标准，也不那么精致。在尼奥作品的展览现场，可以看到一张巨幅油画，大概有三米多高，上面画有被掏空的山，这种掏空就是反精致、反经典的一种方式。在古典技法里面，大家很少会看到破掉的山或者被破坏掉的空间。但是在尼奥那个年代，没有什么不可以被破坏。我也曾经画过一段时间破掉的山，当时有人问我，这个是什么寓意？我说可能就是骨子里面就想破坏掉一些东西，想把一些已有的秩序破坏掉。我估计尼奥的想法应该也是这样，就是要打破常规。从一些观察的对象开始，他就在寻找那种不同常态的东西，寻找那种撕裂的、破坏掉的，被切除、切割的伤痛感。可能这也是一种寓意，他要寻找这种痛点。

格哈德·里希特（Gerhard Richter）

格哈德·里希特1932年生于德国的德累斯顿。基于照片的写实绘画、抽象绘画、极少主义倾向的绘画与雕塑风格。

里希特在个人语言方面走得更超前一点，他更尊重客观图像。而尼奥·劳赫有更多的主观色彩，比如色块的介入，空间立体化的介入，以及梦境、梦魇的表达。

毫不夸张地说，里希特画出来的图像比相片还要真实。我指的不是写实性，而是指他的图像更接近于真实这种属性。我觉得他的这种属性甚至超过照片。因为相片会破损，而油画的色彩很润泽，过渡也很自然。从他的作品里我们就能够感觉到这种真实感。他作品里这种边缘的模糊性，带来了可触碰的真实感。

里希特是一个勇于变化的艺术家。我在二十多岁学画画的时候，很多老师跟我讲，画画一定要找到一个风格、一个属性，形成某种符号之后，最好就一辈子不要变了。这就是你的个人符号，这是确定不变的。就这样画一辈子，即使有变化，也是微变、微调。那个年代很多人都这样讲。

但是我发现一个问题，没有乐趣。我觉得我坚持不下去。就只做一件事，一直做，我觉得毫无意义。所以我当时非常纠结，因为我所认识的身边比较厉害的人，他们的风格都是固定的，完全是一成不变地画一辈子。我不知道这种绘画玩一辈子有什么意义。但我还是冒着风险尝试着去改变。直到在20世纪90年代末期，我见到里希特的作品，我就释然了，原来绘画是可以变的。里希特可以说是从头变到尾。我们观察现代艺术，从19世纪80年代一直到20世纪30年代，欧洲现代艺术的脉络也是这样一路变化着走过来的。毕加索也是一个典型，一直在追求变化，甚至颠覆。

里希特画的蜡烛，其语言特征就是物体边缘的模糊化处理。因为他要跟超级写实主义区别。写实主义画得非常逼真，于是他就模糊化。还有一个特征就是用灰色的画面，相当于把我们所见的现实场景纯度降低，而带来一种历史感、时光感，就像老唱片的感觉。他的灰色画面又区别于尼奥·劳赫那种纯度比较高的单版套色、具有设计感的波普艺术，而且他还在具象和抽象之间转换。所以里希特的能量超大，他是一个超级有战斗力的艺术家。而且他很单纯，他知道他要什么。经常的情况是，艺术家画东西的时候把事情弄复杂了，本来只是画一张桌子，最后可能桌子上的某一个褶皱或者某一个其他的细节把他吸引过去，之后的两个小时都在搞这个东西，主题可能只画了半个小时，所以有时候主次不分，或者附加信息过多。而里希特往往直接呈现，他啥也不画，就画蜡烛跟火焰。这就是他比较厉害的地方。

里希特画的黑白老相片，他对边缘线的处理，以及这种可见的模糊笔触的方式，这些特征都是他的典型绘画手段。他甚至不加掩饰地向我们宣示，他就是用这样的方式在制造图像，制造这种社会结构的图像。有的作品模糊得更厉害，完全是把图像建好之后，用刮板刮模糊。当然，他刮的方式不像他现在做抽象符号这么粗暴，那个时候他刮得很细腻，在不是太破坏人物造型的情况下去刮擦，让它柔和，让空间跟人物肖像混合、模糊，形成一种老旧的、逝去的、抓不住的、即将消失掉的感觉。所以这种真实感其实就是来自于感觉它要消失，但是又能依稀可辨。他把观者的情绪完全带动起来，这种动感也是照片很难实现的。

里希特对静物的塑造方式跟他对人物的塑造其实是异曲同工。首先也是模糊边缘，其次是对色调做减法，减到最低，不要让色彩的冲撞减弱画面的图像感。因为他要的不是一种色彩关系的表达，他要的是一种由图像而产生的观念输出，对于历史的反省，对历史过往和时空的挖掘。

里希特对一些普通场景，以非常有趣的方式制造某种排列，这是绘画里比较常见的方式，即规则感、规律感。里希特不断地对作品刮擦、刮擦，到后面连形象都不要了，后期的作品就比较靠近他的抽象绘画。这种塑造能力一定经过大量的训练工作，才可能有这样的表现手法，在做了减法之后，还能够把空间、物体的质感，那么准确地去表达、表现，这个是需要功夫的。这种语言体系后来也成就了很多艺术家。里希特就创造了这样一种独特的刮板方式，颜料放在画布上之后，用钢板直接刮，刮擦形成冷暖色的对照肌理。这样形成的依稀可辨的空间构造是完全依赖于个人经验的，观者有怎样的经验就会见到怎样的图像，里希特完全是把这个空间交给观者自己。

大家可以去想象一下这种边缘线，在中国的美术学院里面，绝大多数学生都掌握不了。因为看不见。大家不知道应该是这样的，不知道我们所看见的人的边缘线是模糊的。你总以为那就是一个实体，所以画成的都是一条线。但是你认真看，盯着看，你会发现，所见到的这个地方永远不可能是一条直线。

在里希特的画里，毫不夸张地说，今天的相机最厉害的人像模式也就他这个水平，把后面的景致模糊掉，前面的凸显出来。把20世纪六七十年代都已经玩烂了的绘画技术应用到我们的社会实用技术里面，其实需要四五十年甚至更长时间。

中国的工科在设计上比较差，我觉得就是因为他们的人文学科太差，不懂美，不读人文类书籍，只看工具书。当然这个不仅仅存在于理工科，我们美院的很多老师也只看工具书。今天的社会人讲究的是效率，他们不知道，很多其他的东西就像是辅食，对于我们的成长是很有帮助的。

里希特像文献综述般把社会基层的个体肖像集中在一块儿，让他们构筑成那个时期、那个时代的一种文化属性的东西。人本身就是很重要的文化属性，他们所带来的精神面貌，所呈现的精神气质，其实就构成那个时期的典型社会属性。

里希特逃到西德学习时，常模仿一些艺术家的风格，他的老师博依斯总是不停地否定他。里希特也是一直在触碰，一直在实验。有一次课堂上，博依斯拿出两位正在竞选的德国政治家的头像，让同学们选。大家选完之后，博依斯打开打火机把两个政治人物头像都烧掉了，他说了一句话：你们应该选择艺术。然后说，今天的课就上到这，就走了。博依斯对里希特影响很大，博依斯很明确地给他的学生们传达一个信息，一切的事物，包括政治，都只能是你的艺术语言、艺术工具，艺术是最主要的。里希特也终于明白了艺术的本体地位，它不在于他物当中，而在于自己的本体中，他自己所具备的东西才是他的语言。所以他开始以自己原有的方式进行创作。博依斯给他很多次选择，走进他的工作室，如果一句话不说，里希特就知道自己失败了，直到他画出来鲁迪舅舅这一批二战时期的照片画，博依斯停顿下来，跟他说了一声：你终于找到了，我给你做了个展。那是博依斯对里希特第一次讲那么多话。这种好老师，一次点拨就够了。

里希特画画现在用的是一块板子，就这样刮。他的每一张画像都是这样刮出来的，所有画面中的空间、肌理、色彩的对撞，所有的视觉感官统统交给观者了。因为他没有一个具象的表达对象了，所有东西都是观者自己带来的形象，你见它什么就是什么。颇具玄学意味，这也是中国人最喜欢的。我估计未来几年里，里希特的抽象绘画在上海应该会拍出天价。

吕克·图伊曼斯（Luc Tuymans）

吕克·图伊曼斯1958年生于比利时莫特赛尔，现生活于安特卫普。

图伊曼斯出生于比利时。他在安特卫普的一所高校里教书。他提出的概念有点东方哲学的意境：所见非所得，对视觉持有坚决的怀疑精神。只有怀疑之后才能主观化，否则无限的客观化形成的结果就是，描绘者完全被客观对象抓走，没有立场，没有观点。

图伊曼斯的工作方式是截取、放大图像，通过曝光式的色彩处理将图像精简至只剩轮廓，也就是曝光过度。这种高曝光的方式会形成一种空落的背景。他的图像会有一些真实的集体记忆的展现，这就是图伊曼斯作品的人文含义。

图伊曼斯的大部分作品没有用画框，即便是布也是用那种薄布。他都是用墙面贴好画出来，然后直接撕下来。我们可以看到，他起稿的方式当时是借助了一些光学设备。比如那张工人工作的场景，应该就是用一个时间段拍的两个角度，把工作的场景模糊到极致。过度曝光，让画面感觉色彩的纯度、空间背景都不在了，没有景深。感觉就是一个灰不溜秋的东西，被晒过一样。去年我见到中央美院有几个油画系的学生，他们的毕业作品就是用强光照树，然后拍下来，再把它转换成画面，就是从这个体系来的。我觉得图伊曼斯做得更好，央美的学生是倾向于现实化地呈现场景，没有做减法，或者叫非人性化的，是一种物理呈现。而图伊曼斯的画作一看就知道是人为处理过的，至少在色彩的纯度上降落了，然后空间的维度上也降落了，以及细节的模糊化处理，我认为这些都是人性化的处理，是一种诗意的处理。这样一种减法的方式是很有必要的。

图伊曼斯的一些画作很有意思，床头台灯是一个简单的三角形，就这么一个很简单的造型，什么都没有交代，甚至他画的线是歪歪扭扭的。有一次我指导一位学生，我说，你那个线能不能拉得流畅一点？但看看图伊曼斯，这个不流畅也是对的，只是学生的那种不流畅跟图伊曼斯的这种拙味是两种绘画语境。图伊曼斯把整个画面都控制在一个维度，而那位学生可能在语境的统一性的控制上还需要下功夫。

高曝光的这种构成，会让你去想象空间当中空气的存在。我想到大学时一位老师讲的一番话。所有的绘画对象里面，最难画的是什么？他说，我画了一辈子，最难画的东西是空气。

怎样去建构物体跟空气的这种关系？只有通过做减法，或者归纳到某种语境里面，空气才能显现。比如把它归纳为蓝调、冷调，归纳为一个空间推移的、有明确透视关系的语境。中国的古典绘画里没有空气这个说法，但是古典技法一直都有。古典绘画里的仙鹤，为什么会在它后面画几根带子？有人说那就是空气，是鹤飞翔的轨迹。结果科学家用高速摄影机拍摄到，真的能见到这个线，鹤在飞翔中拉粑粑的时候，它排泄形成的液体跟它的粪便会形成一条白色的色带。中国的古人把这些观察放到了对空气的描绘里面，空气的动感就出来了。

图伊曼斯画20世纪80年代德国那种极简主义的家居，在这之前的纳粹时期的图案是比较复杂、繁复的，纳粹倒台之后，这种北欧的极简主义的东西很快就在德国社会里得到了全面发展，它们更经济实惠，更趋向于人性化，更简洁，更具有现代主义的这种文化特性。

图伊曼斯还画过一幅《十字医院》，没有主体，就画了一个阴影。我觉得那时候除了他没有人敢这么画，所以他很了不起，就画地面上的一个影子。他的另一幅建筑画的感觉很像北京。在北京经常会觉得有这种孤寂感，很空旷的天空，万里无云，然后夕阳落在地平线的时候，那种金光闪闪地落在玻璃墙上。这种强度和反差带来那种孤寂感，我觉得很奇怪，按道理现代性的属性对我们来说应该是更亲切的。这种画法也是很少见的，色彩这么丰富，画得这么复杂，冷色和暖色的揉擦以及过渡，还有一些明暗的对照，对空间的塑造，画得都很细腻，都是轻轻柔柔这样擦出来的，没有哪个地方是很果断地这样一笔扫过去的。像中国绘画的写意，他的大部分作品其实是写意的方式。比如这幅画的花，是他典型的写意作品，这种色彩的方式，有水墨的感觉，全部加了黑色，包括这个红色也是加了黑色的。其好处就在于让画面减了一个维度，维度降下来之后，这种平面的二次元的东西就会显现，然后增加了画面构成的这种乐趣。花的造型很奇怪，不是那种正常的造型，而是非常态的一种美感，一个丑的三角形，那种拙味有点像八大山人。

典型的中国水墨全是晕染的，让所有的线法钝柔，这也是我现在绘画的方式。所有的线画了之后，一定要倒回来用水给它过一遍，把线炸开，让线条不确定，不能让它收在一条线上。全部晕染开，让空间的侵略性更大一些。一定要有侵略性，不要保守。这种侵略性发生之后，空间也就灵动起来了，你中有我，我中有你。图伊曼斯的画法就是中国水墨画的那种感觉，刮、染，所有的线条都是笨笨的，他画的这些窗帘都是不对称的，不是那么精致，但又不能说它很粗糙。他对于空间的这种描述还是很准确的。他用绘画的方式去诠释典型的现代主义。我最近上课也是在给学生训练这个东西，做减法，不要画这么多细节，就画墙面、地面、顶面的空间就可以了，不要画空间当中产生的这些杂物。杂物越多，证明杂念越多，杂念越多，证明欲望越多，欲望越多就代表你可能不能集中注意力做一件事情。所以一定要会减法。

图伊曼斯的作品是典型的德国表现主义的后期作品，只不过他是用自己的语言方式，把色彩的纯度降低，然后用高曝光的方式去塑造一些社会图像。他的体块塑造能力很强，我们从中可以看到一些他对细节的塑造能力。我们毕竟不是在做工笔画，我们用的现代绘画的语言工具里最重要的其实就是体积、体块、空间的表达。图伊曼斯的所有对象都是在塑造体块，所以我们绘画千万不要养成习惯去勾，而是应该去扫。这都是绘画里惯用的一些当代语言方式，现在也很少有人用笔去勾勒，更多是用排刷、扇形笔，太多地方是需要去把它揉掉、扫掉的。

图伊曼斯惯用的方式是，画到一半停下来，不画了。有时候他对人物的塑造就像把它还原成一个雕塑，没有色彩关系，只有体块的关系。这也是一种语言的翻译吧，用绘画语言形态去翻译一个雕塑，形成了一些很莫名的语言表达。画到一半停下来，把色彩统一在一个维度里，也是在做减法。尽可能把多的细节掩盖起来，这时候人物的其他特性就能显现了。

近期创作：《打虎队》

这张画的素材，来自于1956年的榕江打虎队。我一个朋友把榕江县志里的这张图片发给我。这是一个真实的历史事件。香山一带出现老虎伤人事件，1956年3月5日，榕江县城的县政府组织一些退伍军人和武装部的干部，组成一个打虎队，他们提着枪在香山附近打死了两只老虎。我从前年接到这张图开始画，到今年才画完。

我的绘画方式是怎样的呢？国外的这些艺术家用降色，我是增加颜色，把色彩的纯度提到最高，也有曝光失灵的感觉，提高到绿得发油，像油菜花那样的。所有人物的边线都不是太确定，所有的块面也不是太确定。这里面所有的细节，基本上我是用了设计学的概念，以体块、线条、体积去塑造，人物的面部都是一些面，很少有线。即便有线，像枪的这个带子，这些线都不是直接拉下来的，而是画一笔顿一下，再接着拉，不要一次拉到位。我就是想把这种连贯性去掉，然后再把空间中的这种流畅性降弱一些。因为我这幅画毕竟不是那种很顺滑、很工业化的那种图像。工业图像就是几何化、球体化，而自然图像里面形成的很多东西都不是那么的润泽、光滑和规则。

这幅画后面的树叶，我全部是用团状、块状来塑造，你找不到单片的叶子，我没有去塑造细节，而是大概交代一个体块跟空间的关系就可以了。老虎的画法我也没有去画传统的感觉，而是一个类似于立体主义的，甚至倾向于抽象性的色块，去拼接成了一只老虎。当然，这也跟这张图片的细节看不清楚有关，所以画的时候我把它的细节降到最低，也让它的可辨识程度降落。

关于真实，我觉得有时候真实是不可触摸的，我要呈现的东西如果过于具体的话，很可能这幅画的真实感反而没有了。这几年以来，公共性题材是我创作规划的一个重点，我希望我的作品带有一定的公共性概念，它是一个社会的截面，让大家在其中都能找到自己的属性。

2020.12.26

站在茶席旁的天心

——解读冈仓天心《茶之书》

■甘 霞

站在茶席旁的天心

——解读冈仓天心《茶之书》

甘霞，女，硕士、高级经济师。持续从事茶文化行业16年
贵阳市翰林职业技术学校校长，茶聖堂九段甲级茶道官
中共贵阳市黔阳明文化产业发展有限公司党支部书记
当代贵阳【阳明书院】联合发起及创办人
贵阳【翰林茶院】品牌合伙人
【茶聖堂】品牌联合创始人
荣获全国百姓学习之星、全国百佳茶馆十佳经理人荣誉
全国终身学习品牌"传习道"学习带头人
全国终身学习品牌"共享黔茶 传习茶道"学习带头人

甘 霞

女，硕士、高级经济师。持续从事茶文化行业十六年。贵阳市翰林职业技术学校校长，"茶圣（圣）堂"九段甲级茶道官，中共贵阳市黔阳明文化产业发展有限公司党支部书记。

当代贵阳"阳明书院"联合发起及创办人、贵阳"翰林茶院"品牌合伙人、"茶圣（圣）堂"品牌联合创始人。荣获全国百姓学习之星、全国百佳茶馆十佳经理人荣誉。全国终身学习品牌"传习道"学习带头人。全国终身学习品牌"共享黔茶 传习茶道"学习带头人。

饮茶既是一种日常生活，也是一场审美体验。饮茶即修行，修行即修心，无心之人，亦无茶。原来茶道的本质在于我们本身，而不在外。

关于《茶之书》

各位朋友们下午好。不知道大家平时喝茶吗？

我第一次接触茶，是我爸爸那斑驳的搪瓷大茶缸，抿一小口，满嘴苦涩；后来，随着我对这个行业不断学习和了解，才慢慢了解到中国茶文化的博大精深。当我还在读大学的时候，怀着一颗虔诚之心，开始学习茶道并从事兼职，至今已经和茶结下了十六年的不解之缘。至于为什么要从事这个行业？那要从2004年的一天说起，有一次我给来自外地的来宾讲茶，他们说，茶嘛，肯定是日本的茶道做得最好。那时我刚刚步入茶行业，还是一个小白，听到有人鼓吹日本的茶道为正宗，心里虽然有很多问号，但压根是不服气的，为什么一提到茶道，就说那是日本的国粹呢？直到后来，我读到了这本《茶之书》。

世界上排名前三的茶书：陆羽的《茶经》、冈仓天心《茶之书》、美国威廉乌克斯《茶叶全书》。《茶之书》的影响力遍布全球，在所有关于茶的书籍中，地位仅次于陆羽的《茶经》。该书我读过多次，感受天心优美的语言，发现《茶之书》本质上不是一本茶书，而是冈仓天心为了在纷繁纵横的世界进程中确立日本自己的文化价值观。

为什么要学习这本书？蔡春华老师认为："当冈仓天心满怀深情地守护'大和之心'时，难道我们不也应当好好守护我们的'中华之心'？"我认为学习《茶之书》不仅是研究日本茶道的必备之书，也是对现阶段中国茶文化"如何走出去"的启示之书。

冈仓天心（Okakura Tenshin，1863—1913）

1916年，亚洲第一个获得诺贝尔文学奖的诗人泰戈尔来到日本五浦，吊唁他于三年前去世的友人——冈仓天心。他写了一首诗：

你的声音

朋友啊

在我胸中回荡

侧耳倾听

犹如丛林间

那低沉的海响

在泰戈尔的诗文中，流露出对冈仓天心无尽的怀念。冈仓天心是日本明治时期著名的美术家、美术评论家、美术教育家、思想家，被称为"日本近代美学之父"。1901年，冈仓天心曾在一个美国资助人的建议下去访问印度，在印度他见到了印度教的大师维韦卡南达，又通过他的撮合，结识了印度大诗人泰戈尔。在印度期间，冈仓天心就住在泰戈尔家里。这次行程和1893年对中国的寻访，对冈仓天心文化观、东方艺术史的研究影响深远。

冈仓天心出生于日本横滨的一个藩士家庭，他的父亲原是一名武士，让冈仓天心拜长延寺的住持为师，学习《大学》《论语》《中庸》《孟子》等汉学经典。冈仓天心七岁时就开始学习英文，他用英文写下的《东洋的理想》（*The Ideals of the East*，1903）、《日本的觉醒》（*The Awaking of Japan*，1904）、《茶之书》（*The Book of Tea*，1906），并称为冈仓天心的"英文三部曲"，前一部刊行于伦敦，后两部刊行于纽约。其中，《茶之书》的影响最大，有法语、德语、西班牙语、瑞典语等多种译本，并入选美国中学教科书。冈仓天心不仅是日本现代美术的开拓者和指导者，也是东方文化的鼓动家和宣传家，在向全世界宣传日本及东方文化、强调亚洲价值观对世界的进步作用方面做出重要贡献。

《茶之书》是冈仓天心的文化宣言，他用日本茶道传递出来的审美，就是向当时逐渐西化的世界宣传，想向全世界展示东方人的传统文化。

同样对日本近代文明有过重要贡献的福泽谕吉，更是提出日本应该"脱亚入欧"的政治观点，而冈仓天心则提倡"现在正是东方的精神观念深入西方的时候"的文化理念。

《茶之书》（*The Book of Tea*，1906）

《茶之书》，是使日本文化走向世界的书，能让日本人以及东方人认识自己的文化。

——日本文化观察家李长声

冈仓天心的《茶之书》，把世俗形下的饮馔之事，提升到空灵美妙的哲学高度，甚至视为安身立命的终极信仰。

——台湾作家蔡珠儿

《茶之书》是冈仓天心在波士顿写的一本关于茶的书籍。很多人在看完这本书后却感到，这并不是一本完完全全讲茶的书啊！20世纪初，日本通过日俄战争，向西方人证明，日本脱亚入欧并非停留在口号上。而冈仓天心也在此期间提出了"亚洲一体论"。想假借茶这一种全世界都喜爱的饮料作为载体，对外表达建立日本文化新秩序的雄心。

《茶之书》（徐恒迦译文版）共有七章，分别是：仁者之饮、饮法流变、禅道渊源、茶室幽光、品鉴艺术、莳花弄草、茶道大师。我们会发现，这本书直接表述日本茶道的篇章并不多，就算提及也更像是点到为止。与其说这是一本茶书，但其本质可以说是关于日本文化哲学的书籍。书中提及的，无论是香道、茶道、花道、剑道、武术道，最终都可以归结为茶道，茶道才是日本文化的起点。

茶道是一种追求，是在日常生活的污浊之中，因对美的倾慕而产生的。本质上，茶道是一种对"不完美"的崇拜，是在众人皆知不可能完美的生命中，为了成就某种完美而进行的温柔试探。

——《茶之书》

在不少中国人看来，品茶就是忙里偷闲，苦中作乐。唐朝诗人皎然，他曾这样写道："一饮涤昏寐，情思爽朗满天地；再饮清我神，忽如飞雨洒轻尘；三饮便得道，何须苦心破烦恼。"而日本对"道"的追逐，皆是从四叠半的榻榻米上开始的：在不完美的生命当中，去为了成就某种完美而进行的温柔试探。

生命是无常的，无常才是我们生命运动的规律和本质。其实这也是佛教禅宗思想的一种践行。在纷繁复杂的世界中，去感受无常的过程，会让你更去珍惜当下的很多事物。

冈仓天心认为，对晚清时期的中国人来说，喝茶不过是喝个味道，与任何特定的人生理念并无关联。国家长久以来的苦难，已经夺走了他们探索生命意义的热情。茶对于中国人似乎并没有寄托任何思想信念在里面，而在冈仓天心看来，茶道其实是中国道家思想的化身。在日本，茶道成为了一种"唯美的信仰"。

日本茶道是什么？冈仓天心在《茶书》中，把日本茶道理解成了一种吸收了中国哲学思想的审美艺术。公元805年日本"留学僧"来到中国学习了中国的茶及栽种的方式，把茶籽带到日本，几经周折终于成功培植出了茶。又通过一代又一代日本人，践行禅宗思想，才有了日本茶道的极大成者千利休。茶道是一出即兴的表演，佳茗、花卉、书画编织出它的经纬。千利休创造的草庵，也是卓然出世的和平之所。入口非常低小，每个人需要躬身屈膝，跪行而入，以通过不到三英尺高的矮门，不论来者身份的高低贵贱，都需如此而为。即使是武士阶层，都要卸下刀，然后低下头，才能进入。也正是如此，冈仓天心写道："人们若不能感知己身不凡之中的渺小，多半也会忽略他人平凡之中的伟大。"

《茶之书》第二章追溯了茶在中国演进的三个时期和东传日本形成日本茶道的过程。他详细介绍了陆羽的《茶经》，用细腻的笔意表述了对中国古人情怀的景仰，把唐、宋、明三个时期茶的演进概述为"茶的古典派、茶的浪漫派和茶的自然派"。末段，他简洁地用一句话写道：茶道即道家的化身。

"在生命的荒漠中，茶室是绿洲一片，疲惫焦渴的旅人在这里聚首，共享艺术的甘泉。"茶室是心灵的一个驻足点，那就需要茶室在环境中营造出这样一个氛围，然后让品茶人去感受。所以，不同时期，人们对于茶道的理想不尽相同："宋人的茶道理想不同于唐人，正如他们对生活的观念不同。他们的前辈努力将茶作为一种标签，赋予其象征意义；而他们则尽力将其具体化，融入生活点滴。"

第三章从道家和禅宗的思想和仪式中探寻茶道的精神根源，精妙地阐述了"禅茶一味"的意涵。茶道的全部理想，实为禅宗从微小之处见伟大观念的缩影。道家奠定了茶道美学理想的基础，而禅宗，则将这一理想付诸了实践。因为日本茶道主要是靠僧侣一代一代地传承，他们形成了一个非常严格的规程。所有伟大的茶师都是禅的弟子，他们尝试将禅的精神引入生活的实践。于是茶室，以及茶室中所用的茶道器皿，皆反映了一定的禅宗教义。

第四章讲茶室。冈仓天心向"在砖石结构建筑传统熏陶下的欧洲建筑家们"介绍以木材和竹子为材料的日本茶室的"微妙之美"。日本的艺术作品缺乏对称性，这种审美趣味源于禅道两家理念的影响，与儒家根深蒂固的二元思想不同，道与禅本质上更注重追求完美的过程，而并非完美本身，只有当一个人能够在心灵中把世间的不完美变得完美时，他才能发现真正的美。生命与艺术的蓬勃生机，源自它们向完美发展的可能性。

日本茶道中哲学思想的体现，主要是在茶道严格的仪式。客人在进入茶室前，先要经过"露地"，是指茶室外面庭院的一条小路。然后，客人来到石钵前，用勺舀水，洗手漱口，寓意是净身净心。日本的茶室，也是空之屋，满足当下所追求的美感之外，不做多余的装饰摆设，因此放的都是临时的物品。茶室确实是间"虚空之所"，它刻意留下一些未竟之处，作为一处崇拜"缺陷"的圣地，体现不完美。正是不完美的空间，让你感知完美。

第五章讲品鉴艺术。没有比艺术上的灵犀相通更为神圣的事了。在心灵交汇的那一刹那，艺术欣赏者超越了自我。那一刻，它时而存在，时而消失于天地之间。当你没有认同它的概念时，你并不能去体味它的东西。正如王阳明先生曾经带他的弟子去南山，弟子问，南山的花开花落与我的心有什么关系？王阳明先生就说，你未看此花时，此花与你的心同寂。人们有时与茶的关系就是寂的状态，当我们用兼容并蓄的方式思考当下我们所熟知的艺术鉴赏，认真去感受艺术品的时候，会发现其实就像"伯牙驯琴"，是一个逐渐承认它的一个过程。只有在当下，在伯牙驯琴的那一刻，我们才能感受它的存在。

第六章讲花道。在欧洲与美洲，每日被采摘下来装点舞会与宴会，而隔日就被抛弃的花朵不计其数，与这种对生命的全然漠视相比，日本花道大师的罪过就显得微不足道了。至少后者还知道尊重自然的节制，在深思熟虑之后才会选定牺牲者，并对其死后的残骸致以敬意。

第七章讲茶师之死。丰臣秀吉看到千利休的茶室草屋之后，知道千利休已经找到了日本的茶道思想，丰臣秀吉非常害怕，最后他下令让千利休切腹自杀。唯有以美而生之人，能以美而死。千利休的死，恰恰让日本茶道得到了一种生，这种生使得他的茶道光芒确立了。

日本茶道

日本茶道的历史

日本茶道源自中国，由遣唐使传入日本。

15世纪，奈良和尚村田珠光创立了"茶道"这一概念。

16世纪后期，茶道高僧千利休承了历代茶道精神，创立了日本正宗茶道。

日本茶道是在"日常茶饭事"的基础上发展起来的，它将日常生活行为与宗教、哲学、伦理和美学熔为一炉，成为一门综合性的文化艺术活动。

说到日本茶道，大家可能会觉得很严苛，日本的茶艺展示是需要预约的，我去日本的时候，他们就会跟我说要预约半个月，有的甚至要预约三个月。日本茶道的仪式具体是怎样的？客人在进入茶室前，先要经过"露地"，洗手漱口，进入茶室、一举手，一投足，都有讲究。我们的生活需要仪式感。仪式感的本质就是敬畏。有敬畏之心的时候，你才会敬畏天，敬畏地。

侘寂是现在日本美学的一个体验，简单来说就是沧桑美。这种沧桑美体现得最多的地方就是日本茶道。你会发现他们的茶室和外面的楼宇会形成一个鲜明对比，他们更喜欢用有缺口的茶碗，这种反差和残缺会让你看到岁月本质的痕迹，是一种沧桑的美。简单来说，侘寂指的是一种直观的生活方式，强调在不完美中发现美，接受自然的生死循环。

19世纪，日本人曾经背着四十公斤黄金专门到中国去买青花瓷，后来他们还花了一百二十公斤黄金，再次到中国买这样的茶碗，然后放在他们的博物馆中，作为国宝。为什么花大价钱买中国二流的器具，因为他们的审美观念，他们要建立自己的文化秩序。

日本茶道的精神

和：和睦，表示主客之间的和睦。

敬：尊敬，表示上下之间关系分明，有礼仪。

清：纯洁、清静，茶室茶具的清洁、人心的清净。

寂：表现为佛教中心的寂静、空寂，在积极意义上是"无"。

日本茶道中还提倡"一期一会"，以省视此时此刻我们当下的一生。同样的话，不同时刻我们的感受是不一样的。任何在时光中流浪的平凡，被不平凡的目光凝视，哪一个不是侘寂之物？是不平凡的你，参透这平凡的真相，却依然怀抱情感和热爱。

对日本茶道的反思

周作人先生在为《茶之书》做的序中提到："茶事起于中国，有一部《茶经》，却是不曾发生茶道，正如有《瓶史》而不曾发生花道一样。"

日本茶道的道，是因茶入道。茶是凭借，是工具，是修行，因之见性见佛见禅，和敬清寂，不在此间，不可言说。中国的饮茶，就在凡间，就在此处，一饮一啜，只是日常。就像与一位好友对坐相伴，苦乐甘忧，娓娓道来。

在中国，很多人会认为茶艺师是青春饭，适合十七八岁的小姑娘，以花里胡哨的形式，去展现它的美。日本的茶道大家，他不只是茶人，更多是建筑家、文艺家、书画家、陶艺家。在日本、韩国，经常会有六十岁以上的茶人为你冲泡，每每端到这样的茶，我会觉得很沉重。

中国文化源远流长，我们口袋里不光有老庄，还有孔子、孟子……这些思想更需要我们在座的有识之士去把它导入沃土。换一种看法便是换一种活法，当我们心中有茶的时候，相信我们的生活会不一样。

中国人不常提"道"，但是中国人把茶视为一种沟通天地的生命。人行草木间的时候，追寻与天地万物为一体，追求的是天人合一、在不完美的生命中感知完美。日本茶道是陋外慧中，中国茶道是秀外慧中。

喝茶，是简单的事；喝茶，也是复杂的事。从简单到复杂，从复杂回归简单。茶，有四层境界。第一层境界便是解渴。唐代诗人卢仝曾在诗中写道："一碗喉吻润，两碗破孤闷。"第二层境界是品茶，感受茶叶的色、香、味、形。在喝过这么多茶之后，我还是觉得中国的茶最好喝。第三层境界是茶艺。茶艺包括茶叶品评技法、对艺术操作手段的鉴赏，以及品茗美好环境的领略。当品尝好茶时，期望在青山翠竹，小桥流水，幽居雅室的环境，享受艺术的盛宴。

第四层境界是茶道。中国茶道包含饮茶之道、饮茶修道、饮茶即道三义，讲究廉美和敬。我把茶道的三境界和王国维先生的人生"三境界"结合起来思考。第一境界"昨夜西风凋碧树，独上高楼，望尽天涯路。"这是为求学与立志之境，此为"知"之大境界。最初学习茶道，一直在做各类加法。第二境界"衣带渐宽终不悔，为伊消得人憔悴。"此为"行"之境界，经历各种学习，在茶路上的实践，才走向明心见性之路，回到了中国茶道的起点和本源。第三境界"众里寻他千百度，蓦然回首，那人却在，灯火阑珊处。"为"得"之境界，功到自然成。回归大自然，回归生活本身，发现无处不在的美。

饮茶既是一种日常生活，也是一场审美体验。饮茶即修行，修行即修心，无心之人，亦无茶。原来茶道的本质在于我们本身，而不在外。

2021.3.27

梦在光芒与幽暗的交界

—— 海子的诗歌谈片

█ 赵卫峰

梦在光芒与幽暗的交界

——海子的诗歌谈片

41th issue

精读堂
第四十一期

赵卫峰，70后，诗人，诗评家，著有诗集4部，评论集4部，民族史集2部，曾主编出版《中国诗歌研究》《漂泊的一代·中国80后诗歌》等10余部。贵州民族大学文学院客座教授，贵州师范大学西南文化与民族文学中心特约研究员。曾获贵州省政府文艺奖等。中国作家协会会员。

赵卫峰

70后，诗人，诗评家。

著有诗集四部，评论集四部，民族史集两部，曾主编出版《中国诗歌研究》《漂泊的一代·中国80后诗歌》等十余部图书。

贵州民族大学文学院客座教授，贵州师范大学西南文化与民族文学中心特约研究员。曾获贵州省政府文艺奖等。中国作家协会会员。

三十二年前的昨天，海子去世。至今，海子仍然是中国诗界绕不过去的路碑，一个拥有数代粉丝和关注者的焦点诗人。有一次，因诗人汪国真去世，在回答《贵州都市报》访谈时我也强调过，将近半个世纪里，两位诗人创下了作品接受及流行度、诗集发行量甚至是模仿抄袭度、研讨话题量等多个纪录。这种情况，和时代环境、传播环境的生成变化有关。但是从某种角度也说明，他们对于"与诗歌有关的中国人"之巨大影响力。

所以我们今天的交流，其实很有难度。关于海子的诗歌众所周知，相关研究及定论亦数量众多。同时，海子也并不像此前各位老师在"精读堂"谈论介绍的小说家们那样，相对更有一致的公认度。这么说，并非否定海子是一位大诗人，而是我自己的切身感慨，也就是因为文体的差异，在如何达成共识方面，诗歌始终没有小说文本那么现成和容易。

关于海子，对他的肯定当时是一边倒，后来，也有质疑。诗歌文本的盖棺定论通常是需要足够的时间来检验，而问题在于，诗人与读者关于诗歌的阅读、理解，却又并非一成不变而是动态的。我们都会有这种体会，比如海子的同一首诗，十年前的感觉与十年后的理解会有不同。因为参照物的变化，因为认知、写作经验、时代环境的变化等。

我们先看一首海子的诗，这首诗广为人知，大多数文学与诗歌爱好者或许都会背诵，或至少能熟记其中的句子——

面朝大海，春暖花开

从明天起，做一个幸福的人
喂马、劈柴，周游世界
从明天起，关心粮食和蔬菜
我有一所房子，面朝大海，春暖花开

从明天起，和每一个亲人通信
告诉他们我的幸福
那幸福的闪电告诉我的
我将告诉每一个人

给每一条河每一座山取一个温暖的名字

陌生人，我也为你祝福

愿你有一个灿烂的前程

愿你有情人终成眷属

愿你在尘世获得幸福

我只愿面朝大海，春暖花开

很多年前，这首诗就被房地产界移去套用做了广告语。当然，这首诗肯定不是先感动了房地产企业家，而是感动了有诗情诗心的人们。海子的北大校友，现在的著名诗人臧棣，2014年曾在一篇发在《文学评论》的关于海子诗歌幸福主题的论文里，花两千余字来分析过这首诗，《文学评论》杂志是中国评论界排位第一的刊物。

而在二十年前，有反对者在网上提出异议时提到，摩罗在《书屋》杂志上的题为《体验爱体验幸福》的文章里，对这首诗"赞美的篇幅少说也有一千五百字"，而反对者也花了较大篇幅对这首诗进行批评，得出"海子的诗逻辑混乱、语言拉杂、病句百出"的观点。这篇文章接着又引起更多人的反批评。

这似乎也是一种奇怪现象。海子能不能批评呢？

就这首诗。摩罗说："打动我的不是激情，也不是一般意义上的美感之类。打动我的是这首诗的平静和朴素，以及在平静和朴素之后像天空一样广阔无垠的爱和幸福。"

这种评判没错。不过臧棣的理解更为深进。也就是说，"面朝大海，春暖花开"意味着一种告别，一种从头开始、全新开始的心愿，也是对新的自我、新的人生的召唤，这也是这首诗能更大限度被接受的原因，即这首诗的感召力。并且，它围绕的中心词"幸福"选择相对是巧妙的，无论尘世如何沧桑，人生如何变化多端，幸福，正如爱情这类概念，始终是人心所向。

我认为这首诗确实不算是海子完好的作品或是代表作。

现在我们回看这首诗，仿佛如梦，仿佛光芒与幽暗交界处喜忧参半的梦，能看到其中的矛盾感是明显的。一方面，诗人想要自我觉醒，仿佛来自"闪电"般的顿悟，闪电在此像一种神示一种来自高处的犀利的光，海子想把幸福想象落实到俗世——"喂马、劈柴、周游、关心粮食和蔬菜"；但同时他又惯性地回升到非尘世状态：原来我只想表达祝愿、祝福，我自己仍然只想"面朝大海，春暖花开"。诗人其实已经不能返回现实世界了。这首诗写于1989年1月，两个月后，诗人就去世了。

现在看，海子的很多短诗都有些类似倾向，即他对现实世界、现时环境即便不那么认同，但也不会很强烈地去呈现反抗、怀疑，他宁愿适度规避，宁愿尝试着"以梦为马"、以语言为车船，去自我寻找平衡的方向与目标，以达和谐。从这点看，海子是一个很善良的人。他对世界即使有意见，而且这种意见并非是针对自己的——他也不会愤青般咬牙切齿。他本质上更像是"文青"。"文青"其实是一个可贵的值得珍重的词，它的内核是善。

下面我们看海子这首——

思念前生

庄子在水中洗手

洗完了手，手掌上一片寂静

庄子在水中洗身

身子是一匹布

那布上沾满了

水面上漂来漂去的声音

庄子想混入

凝望月亮的野兽

骨头一寸一寸

在肚脐上下

像树枝一样长着

也许庄子是我

摸一摸树皮

开始对自己的身子

亲切

亲切又苦恼

月亮触到我

仿佛我是光着身子

进出

母亲如门，对我轻轻开着

将"前生"寄于"庄子"，真能逍遥游，返璞归真，物我相忘相谐吗？应该不能。我更愿意将这首诗看作是一种情爱表达。我并不以为海子对道家思想有特别的兴趣，海子应该更像是一位在存在与虚无间徘徊不定的杂食包容型诗人。他在现实里应该并非左右逢源，在诗里，在想象里，在梦里，却又可以如鱼得水。

在诗里，海子虽然自比庄子，但应该说他其实不是对具体的宗教在意，而是对历史文化知识都有广泛兴趣。但是，看来他同时又确实是有些传统道学的意味，他迂回地前进，甚至是绕道而行，自怨自艾，甚至有自虐情结。这不像鲁迅，不那么直面人生，横眉冷对。如果不科学地说，这似乎也妨碍了海子成为"大诗人"的可能。他在路上张望，浮想连连，梦游一般，但动不动就会想要后退撤退，这有点像对成长中的小小孩，对外界好奇又倚墙扶壁，小心翼翼。

小心翼翼也相当于敏感。其实，凡人都敏感，文学人、诗人更是，但是，对什么敏感，为什么敏感，敏感后又如何？海子是太敏感，敏感得脆弱，敏感得随时随地。这让他的诗，感觉就像一片很薄的石片而不是石头，或像易碎的瓷器。

对了，刚才我说到"小心翼翼"，都忘了海子这首《明天醒来我会在哪一只鞋子里》的诗，首句就用了这个成语。一个很敏感的诗人，其实可能是更有创造力的；他可能时常都在做梦，在梦游，人梦合一，也在不断迷惑：明天醒来我会在哪一只鞋子里？类似的想法或许我们都有过，而海子将之写成了诗。当然，举诗为例，并不是说例诗就一定是佳作。

海子有很多好诗好句，但并不是每个作品都完好。这首《明天醒来我会在哪一只鞋子里》有点长，我就觉得写得不好。等会大家可以网上搜搜看——在网络里，海子诗歌多首都单列成了百度百科，注解、评说，论文提要，一应俱全。这现象似乎有点奇特。

这也是今天我们谈论的一种诗歌现象，或说海子诗歌的一种意义，即它们让人关注！海子和他的诗歌在一定程度上，让诗歌这种古老的精神物种持续受到关注。而有关注就有更新的可能。

就这首诗看，选入多个选本，包括中学生阅读本，光是专业评论就有多篇，有些题目是这样的：《生活在别处——海子〈明天醒来我会在哪一只鞋子里〉别解》《生命之问，存在之思——海子诗歌〈明天醒来我会在哪一只鞋子里〉赏析》《海子〈明天醒来我会在哪一只鞋子里〉的存在主义解读》。但海子写时怎么想的，这就无从知晓了。

反而我以为像这种诗就是佳作。它写于1989年2月2日：

黑夜的献诗——献给黑夜的女儿

黑夜从大地上升起
遮住了光明的天空
丰收后荒凉的大地
黑夜从你内部上升

你从远方来，我到远方去
遥远的路程经过这里
天空一无所有
为何给我安慰

丰收之后荒凉的大地
人们取走了一年的收成
取走了粮食骑走了马
留在地里的人，埋得很深

草杈闪闪发亮，稻草堆在火上
稻谷堆在黑暗的谷仓
谷仓中太黑暗，太寂静，太丰收
也太荒凉，我在丰收中看到了阎王的眼睛

黑雨滴一样的鸟群

从黄昏飞入黑夜

黑夜一无所有

为何给我安慰

走在路上

放声歌唱

大风刮过山冈

上面是无边的天空

丰收之后，一片荒凉！太黑暗，太幽暗，太孤独，太寂寞，太让人想到陈子昂的"念天地之悠悠，独怆然而涕下！"

我以为这首是海子佳作，当然只是个见。大众的看法、专业的鉴赏、诗人们的理解，会否达成一致呢？显然不能。如果能，大家面对的诗歌就不是诗歌而是通俗易懂的标语。实际上，专业研究与少部分有较高鉴赏力的诗人的看法，是自己关于诗歌的认识——海子的诗歌成为了可能的合适的例证而已，有时，也是评论者为完成评论而自圆其说而已。

那么，当我们阅读海子时，也像阅读其他诗人的诗作，最直截了当的方式，就是直接感受，先忠于自己的感受。这就有点像遥望远山，看山是山，或看山不是山，都是自然的，因为视力不同，心情不同，年龄不同，所见就会有区别。

而海子诗歌引发众多不同角度、程度的看法，本身是有积极意义的，至少，让诗歌或诗歌中某些部分受到持续关注。

1978年以后，中国诗歌进入到一个现在常被赞扬、肯定和怀想的黄金时代，其实这一时代还包括美术、小说与散文诗。新诗的传统内容、样式和观念呈现都发生了显著变化，诗歌流派的涌现，诗歌民刊内刊不计其数，那时，一个边地一个贫困县的中学，甚至诸如粮食局之类都会有诗歌刊物。那时，诗歌观念其实也多元多样，可以说，就是在近二十年里，中国诗人把诗歌的各种探索实验尝试都玩了一遍，其实最具影响力的是朦胧诗与第三代。这似乎是后来者晚生者的遗憾，也就是：世纪之交以来的中国诗歌，其实仍然是在20世纪后期种种实践基础上的再推进，进行着局部的变化或比如技术方面的改进，这也让后来的诗人如70后、80后的写作创新难度无形中加大。

而联系到海子，我偶尔会想到类似的话题。如果他不早逝会不会被发现或像现在这样被大面积地接受和认可？如果他不是恰好有一群同样有写作成绩的诗友的推介，他是否会被边缘化？这类话题其实也有人提及。人生在世，必然也偶然，可以不探究这些方面了。评论家张炯曾这样评价："他创造了仅仅属于自己的意象系列，他的诗歌语言与此前流行的新诗潮的语言全然有别。他建立了属于自己的诗歌风格。他是当代最具有独创性的一位诗人。"张炯的评价相对很准确到位。

而既然是独创性，应该是参照，但不是唯一的方向。或者说，海子诗歌的另一种意义，就是在让中国当代诗歌持续受到关注的同时，其具体文本应该只是一种参考，更不能成为反复模仿的对象。我的意思是它的作用是基础性的，而不是目标性的。实际上直到今天，对海子诗歌的仿制现象，仍有存在。客观而言，海子创造了诗歌的"海子时代"，这是一种阶段性诗歌现象，我们阅读它、谈论它，是回忆一个或一类诗人，而并非要反复学习模仿其诗歌的形式、内容和表达方法。我们要汲取的营养，是诗歌精神，是对真善美的辩证与坚持，对诗歌梦的执着。

独创性也是一种更大的包容性，即海子可以划归于任何流派，但他的写作其实又关涉各种所谓诗歌的流派。比如说，他也可以是知识分子写作，他继承着中国传统，民族性与现代性交融，他的诗里也存在口语运用。也就是说，海子是一个集大成的写作者。或者，他并未意识到自己有意无意成了一种集大成的实验者。同时，他又只处于这种实验的初期阶段而未完成。他其实一直在做准备或想做着这份集大成的事业，这种梦想终于没来得及实现。他早早去世了。所以可以认为，海子诗歌已有呈现出夺目的光芒，如果有种种局限，只是因为年轻的他早早离开了。

海子让我觉得有点遗憾的是，他的诗没有，或者还没来得及关注现实、介入现实。20世纪80年代中后期，中国环境已然变化多端，他也生活工作在一线城市和中心城市的北京，但在他的诗里几乎没有呈现城市文化景象、工商文化迹象，或者说他并不关心，或者说暂不能分心？他的梦，他的诗歌，整体看来，确实立足于一个渐行渐远的农业文明环境，以及由阅读而来的他所理解的知识帝国。所以我说他不是鲁迅，不是北岛，也不是韩东。

由此，我觉得臧棣的看法也是客观和准确的："海子是一个有着严重局限的大诗人。一般而言，诗人都想克服他的局限；但我觉得，海子对他自己的局限的克服，是以放纵局限的方式来施行的。某种意义上，海子的局限反而成就了他。"

年轻是人生的多梦时段。有时我想，僧人有梦吗？僧人的梦与常人有何不同？如果把海子比作孤独的苦行僧，他的梦想是什么？当然可以笼统说就是乱麻般的诗歌梦。但海子的诗歌梦，主体又是什么呢？

多年来，太多的研究观察对此有所涉及，并就海子诗歌里的一些关键常用词比如麦子麦地、村庄、幸福、太阳等形成诸多学术文章。现在看来，无论说海子是诗歌"乡土中国"的最后守灵人，还是传统诗歌文化乌托邦的终结者，都可以，都合理。从某种角度说，在诗歌面前，所有的读者都是公平的。

但是诗歌阅读的种种沿袭性问题又是始终存在的。我们不妨稍微换个调子，即海子的诗歌该怎么读？这一首真如评论家所言？这一句是什么意思？诸如此类。这也是多年来不断有人问到我的问题。对于更多的读者，海子诗歌仍然是存在阅读理解障碍的。

关于海子诗歌的评论，主要来自专业专家阵营包括较高知识层次的诗人与读者。中国诗歌评论通常正面肯定为主，仿佛进入评论的诗人、诗歌其前提都是因为有所成绩、值得肯定、可以推介，这几乎是种惯例了。评论通常是从精神高度、观念与知识传达、形而上意义比较等方面进行解析和理性评价，但是往往又会忽略和淡化诗歌文本构成基本的方面。比如情感与技术——这有点吊诡，两方面都是诗歌文本的基座，却常不被重视。或者偏向于安全常规情感的褒奖，比如被评者的乡情——通常是真挚、浓厚、强烈等等。

我的意思是，如果大家光看海子的诗歌文本，而不联系他与众不同的人生情况，不管诸多关于他的介绍性文字、评论性文字，结果会如何？我的意思还是，被定论定型的海子的优点亮点，其实也是共性的属于中国诗人的大面方向。而他个人的优势与特色，其实还是情感与技术方面。技术不用多言，其实网络上有人搜集的央视主持人白岩松说的话挺到位的："海子写过'今夜我不关心人类，我只想你'，这句诗有哪个字你不认识吗？但是他把我们熟悉的汉字重新组合在一起，诞生了'人人心中有，个个笔下无'的意境。"

也就是说，如果说海子是数十年来中国最优秀的抒情诗人，这并不为过。

但是在中国，在后来的中国诗坛，如果单纯将一位诗人定性于抒情诗人，仿佛有点掉价，仿佛显得不高深高级、不那么玄乎。这可能与中国人习惯性的内向内敛的内在性格和知识崇拜的心理有关。即使我们的平凡人生始终是由生老病死，爱恨情仇，酸甜苦辣等带有感情色彩的鸡毛蒜皮构成，但在文化传统主流界面，它一直鸡毛蒜皮。下面先看一首诗——

打 钟

打钟的声音里皇帝在恋爱
一枝火焰里
皇帝在恋爱

恋爱，印满了红铜兵器的
神秘山谷
又有大鸟扑钟
三丈三尺翅膀
三丈三尺火焰

打钟的声音里皇帝在恋爱
打钟的黄脸汉子
吐了一口鲜血
打钟，打钟
一只神秘生物
头举黄金王冠
走于大野中央

"我是你爱人
我是你敌人的女儿
我是义军的女首领

对着铜镜

反复梦见火焰"

钟声就是这枝火焰

在众人的包围中

苦心的皇帝在恋爱

每个读者对于这首诗应该也是各有看法。单看里面比较有情感色彩的字词如"恋爱""爱人"似乎不难理解，但要能准确说明它在写什么，会对进入这首诗的效果事倍功半。那么，如果就将之归为一种、一次情感表达，是不是能更好进入它呢？

不科学地说，小说主要是事情，诗歌是情感。阅读诗歌，先就是对文本的情感的触碰，悦目而赏心，如果没有至少的触碰，一首诗，对于阅读它的眼睛是无效的。情感当然包括多种，乡情、亲情、爱情、友情，人间常情；每种情感都自然而然，就看怎么表达。

海子可谓罕见的情感表达高手，其中又以爱情为主，当然也包括不具体的"大爱"。海子相当部分不在明面上指向"爱情"的诗歌，也可以先视为广义的爱情诗。这样阅读，或许可以就能更好进入。

这里想说，海子诗歌的又一种意义，即他让中国诗人重新正视情感这个问题！或说个人性情感表达。笼统言之，如果朦胧诗的情感是某种"大而空"，海子的个人质地更明显的情感表达相对而言就有了变化或矫正。当然并非就是说海子之前的诗人、他同时代的诗人就没有情感涉及与呈现，而是指海子更集中、更虔诚、更有效——在阅读接受和传播层面。从这看，他也是个真实的人、老实的人，他忠于情感，并且重要的是，他不羞于表达情感。

再看一首诗——

亚洲铜

亚洲铜 亚洲铜
祖父死在这里 父亲死在这里 我也会死在这里
你是唯一的一块埋人的地方

亚洲铜 亚洲铜
爱怀疑和飞翔的是鸟 淹没一切的是海水
你的主人却是青草 住在自己细小的腰上
守住野花的手掌和秘密

亚洲铜 亚洲铜
看见了吗？那两只白鸽子
它是屈原遗落在沙滩上的白鞋子
让我们——我们和河流一起穿上它吧

亚洲铜 亚洲铜

击鼓之后 我们把在黑暗中跳舞的心脏叫作月亮

这月亮主要由你构成

关于《亚洲铜》的阐释，有评论家曾以《作为文化反思的文本》等为题有过专论。奚密认为，亚洲铜的颜色和质地隐射中国北方坚硬强悍的黄土地，海子眼中的中国（东方）是一块深藏在亚洲大陆下的坚实的矿苗。崔勇进一步认为，《亚洲铜》一诗是海子在20世纪80年代中期对"文化寻根"热的呼应，是海子独特的文化反思的一个文本。崔勇说，诗的第一节表明我们的主流文化的特质是一种"埋人"的文化，最后一节表示要创造"月亮"这种全新的文化。这些定义，或许也会让人觉得怎么那么玄那么牵强？

还有论者认为，海子本意是要表达一种飞翔或远行的愿望。我同意这位论者的解释：黄土地是冷酷的，同时又是具有生命力与繁殖力的。他想通过一定的方式激活（击鼓）黄土地沉睡的生命力，让它最富生机的心脏（月亮）旋转舞蹈，引领我们向上，像永恒的女性带领我们飞升一样。至此，诗人与黄土地的关系已不再是单纯对抗性质的了，他感受到从土地深处，黑暗深处涌出的力量，仿佛寻到一种支持，他更加坚定有力。

而与我交流的年轻人并不这么想。或者说，他想不到这么"深远"、这么多！我当时觉得无法回答他，只好说，就把亚洲铜当成想象中的身体吧，至少别去管亚洲或铜应该是什么。我这样的回答，是否以弗洛伊德式的揣测一下子把海子这首诗拉低了呢?

其实也没有。我以为，诗歌如果写风景，可以面对不同的视角。何况身体并不肮脏低级，没有身体何来灵魂，身体同样可以让人深刻和自我升华。怎么看，当然在于阅读者自身的精神尺度。动辄就把诗歌朝形而上意义上看，诸多时候并不合适。既然正如上面我就说过海子忠于情感，那么阅读时，先忠于自己的感觉也无妨。诗歌总在寻找它的读者，它和读者的关系是双向选择。

以此类推。海子诗中出现那么多"麦子"的意象，也曾让专家们从意义高度方面定义不少。或许我们也可以先视为肉体及器官的虚拟。是的，正如他诗里的村庄、坛子之类，可以意会。麦子可以指代女性，也可以转化为自己的化身。

当然，也不能完全这样解读，因为仅仅如此，海子也就不是海子了。他不仅是诗人，还是一位高级知识分子。而诗歌，无论如何发泄、抒怀，它有意无意都有"个人化"的自我救赎成分。一个诗人，无论他什么身份、什么地位、什么文化程度，当他写诗和读诗时，诗歌的净化功能就会油然而生。这是诗歌的奥秘所在。

有人看到金灿灿的大片麦地，会心旷神怡，会高举手机拍照，画家会画他所理解的画，诗人也会写诗，而思考者也会由此评价海子说"麦子的光芒在他的语言中闪耀"，海子通过麦地"找到了自身生命与大地的对应关系"等等。是的，评论家所认为的也没错。"体现海子的个性和人格魅力的意象就是'麦子'。'麦子'意象之于海子，犹如'太阳'之于艾青、'雨巷'意象之于戴望舒、'荒原'意象之于艾略特，是深具价值的独特创构。""'麦子'之于海子，就是自己人格的写照，是自己对故乡、心灵归宿的憧憬的象征，是海子不畏任何挫折、挺直脊背的顽强精神的见证。这就像梵·高画笔下的向日葵，满是活力激情，张扬的个性而不失本性，是内心追求乐观的显现。""'麦子'的意象已经升华为一种民族的精神。"而当我们阅读时，可以先忠于自己的感受，如果你没有认为"麦子"意象之于海子是深具价值的独特创构，也没有错。

　　刚才说到海子当时是位年轻诗人，他生长于水稻遍布的江南，"江南"是中国甚至东亚经济文化富裕之区。他选择了"麦子"这种作物，或许最初应该有某种偶然性，有情爱方面的原因，也有个人写作的癖好或习惯，久之，则固化为一种精神寄托体现，正如——如果它先是身体，后来已超于身体，这方面，相信在座的诗人们都有体会。每个写作者都会有些自己喜欢和常用的事物或意象。20世纪90年代中期我曾与贵阳诗人黑黑交流过海子诗歌中"麦子"的另一层意义即女性身体及器官象征，当时我们的交流带有随意的成分。其实不只是"麦子"，海子诗歌里的相关性爱意象并不少，比如钟、井、河流、陶罐、月亮等。这些意象，也表现出海子选字遣词的习惯，即它们仍然是历史文化背景里的"陈词"或乡土环境中的产物——想想，它们的肤色，是不是都显得有不同程度的"幽暗"感觉呢。

这类意象反复运用，抽象变形，就会在运用中意义附加，多种情感糅合形成新的象征物。譬如，海子这首《麦地与诗人》写道："麦地／别人看见你／觉得你温暖，美丽／我则站在你痛苦质问的中心被你灼伤／我站在太阳痛苦的芒上／麦地／神秘的质问者啊"，"当我痛苦地站在你的面前／你不能说我一无所有／你不能说我两手空空／麦地啊，人类的痛苦／是他放射的诗歌和光芒！"后来，中国诗歌里一度小麦村庄蔚然成风，是海子生前一定想不到的事。"人类诗意地栖居在大地上。"这是海子很喜欢的诗人荷尔德林的名句，大地上不只有村庄与小麦啊；当然这不能怪海子。

说到情感，爱情主题是海子抒情诗里相对最完好的部分。虽然专业研究者并不怎么着力于这部分。我们的文学与诗歌，长期以来并不强调个体情感的重要、多样性或以爱情为表现主题。当然这种情况在近二十年已经有显著的可喜变化了。越来越多的人已经真正认识到，情感及爱情这些与生、与身俱在的东西原来对于生命、生存、生活及存在都非常重要。21世纪以来也涌现出的大批优秀抒情诗人，其中女性诗人成绩斐然。当然，让人苦笑的是，结果也众所周知，矫枉过正，抒情本能地在网络时空转变成矫情秀滥情风。

爱情与性爱和生命、身体、死亡意识等的延伸，能较好体现人性的多样性复杂性，本身就等于或构成了诗歌的生产力。爱情的起伏会带来人生的幸福感，也会带来非幸福感外的种种体验与喜怒哀乐的想象。海子是一位拥有丰富想象力的诗人，在意象使用上不拘一格，譬如一些词如"庄子、亚洲铜、哲学家、菩萨、国王"等，在他或恣意或用心地挪用下常会形成陌生化的效果。

　　而总体看，海子的爱情主题甚至是整个抒情写作，仍然存在着一种反复对立的阴柔的矛盾感，既俗世又非现实，有幸福更有忧伤，一边自我摧毁一边自我救赎，不时溅现与生俱在的伤悲与不可得不可挽回的忧郁。由此可见他的作品也总体呈现"幽暗"质地，这同时也是海子诗歌的力量所在。其实，也是诗歌的力量所在。不绝对地说，诗歌这种东西其实就是一种喜忧参半的梦想，既幽暗又闪亮，它总是不快乐不满意的样子。看他这首诗——

爱情诗集

坐在烛台上
我是一只花圈
想着另一只花圈
不知道何时献上
不知道怎样安放

如果一个人真的幸福感足足、无忧无虑，没有伤感没有情绪，诗歌与他通常就是无关的。所以，也可以说，敏感的、不安的海子始终是一个忧郁的诗人。

"爱情"在他这儿，和性格相互作用着，成为表达诗情诗意的动力，同时也造成阻力，特别是当诗人想到更上一层楼，超越小我的、自我的、常规的情感，广涉家国情感、世界情感时。"今夜，我不关心人类，我只想你"，而明天呢，又会在哪一只鞋里？

史诗或长诗写作是海子作为知识分子的更上一层楼的梦想与诗学追求，正如其太阳主题系列的多部长诗，在努力靠近这高远的"光芒"——这一抽象的逻辑的"虚无"世界的同时，他又不得不努力平衡年轻身心自带的情意、情绪、情感本能，抒情已经是他的习惯或另种本能，他必须解决好情与理的冲突、情与思的矛盾。

结果，正如有学者客观指出的，海子"集大成"式的史诗尝试相对而言是失败的，最终，总量约三百首的抒情短诗成了海子写作的成就体现。海子卡嵌在光芒与幽暗的交界处。这也是他生前想不到的事。有的专家虽然认为海子的长诗创作对传统长诗或史诗有所突破，但又基本上是个体抒情诗在体积内容上的自我重复、叠加或扩张，可以把它视为一种"心灵史诗"。实则仍然是认可海子的"抒情诗"。

刚才说，在后来的中国诗坛，如果单纯将一位诗人定性于抒情诗人，仿佛有点掉价，说起来都有点嘲笑感，特别是中国诗歌行进到"第三代",情感的有无与如何呈现成了一种界限和审美的判断尺度。第三代的口语诗人是拒绝"情感"的——其实是追求情感的另类表达式而已。但对于海子却不掉价。

如今看,海子的诗歌仍然是有感召力、说服力、感染力和共情度的。换言之,海子是特定历史时期无与伦比的抒情诗人,20世纪后期中国新诗潮独特的代表人物,反过来,传统抒情诗也因之而焕然一新,获得更新的可能。这也是我们今天谈论海子诗歌的意义之一,他把抒情诗推到了一个极致层面,就这点看,他的创造性当之无愧是中国诗歌史上的真正重要的人物。

而他成败皆因"情感",这,又延伸出另种意义,即他让后来的诗人在情感辨识和表达上,有了另辟蹊径的自觉和创新的可能。

无论成败,海子已经去世三十二年了。正如另一位北大校友西川所言:"他在那里,他在这里,无论他完成与否他都完成了。"也就是年轻海子的写作无论成熟与否,如今已然定论、定性、定型了。而即便如此,他仍然还是一种诗歌奇迹——我并不愿意提及"神话"这个词。没有一位当代诗人能像他这样持久地受到关注,就像小麦,年复一年一茬茬地更新。

那么我们今天还在阅读他,谈论他,是为什么呢?

首先是,海子虽然离去,诗歌倔强存在。在海子的诗歌面前,仍然有很多很多的诗人与读者能在他的诗中找到同感,能看到一些光芒,以及幽暗的影子。从这点说,海子诗歌如今仍然是鲜活的。

其次，我想起同样也已去世的评论家陈超的话：在当下，当平面化的诗歌写作成为诗坛主导潮流时，海子对精神问题的专注探询，具有某一角度的启示意义。事实上，这个启示意义是长期性的。精神问题也包括情感方面，这并不矛盾。海子诗歌仍然是诗歌文化关于真与善、关于情感等方面的参照坐标。

再次，如果诗歌是一种梦想，今天的诗歌越来越普遍地浅显、简单、单调，欠缺思考、独立精神和真情实感——那种有相对升华度的艺术化的真情实感。也就是说，今天作为梦中人梦游者的诗歌写作者太多太多，太多太多的他们已经越来越不海子了。

前些年我写过一篇文章，认为当代诗歌大部分已经渐趋实用化、工艺化，它越来越不像精神界的善意的真实的礼物，而更似虚荣伪劣的商品。那就更需要海子的存在，我们今天还在谈论海子，其实是对一种诗人、对一种诗歌精神的回望和致敬。哪怕它只是一种神话，只是西西弗斯或与风车对抗的传说。哪怕它只是梦。

只要有梦，就有可能。其实，今天我们谈论海子，也表明，我们至少是有梦的。谢谢大家！

梦在光芒与幽暗的交界

2021.4.10

光与微尘下的孤独

——莫兰迪绘画

李剑锋

光与微尘下的孤独
——莫兰迪绘画

主讲嘉宾

李剑锋

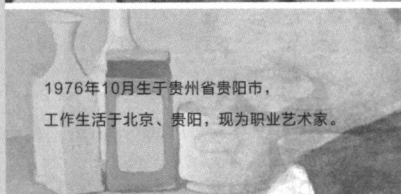

1976年10月生于贵州省贵阳市，
工作生活于北京、贵阳，现为职业艺术家。

李剑锋

1976年10月生于贵州省贵阳市，工作生活于北京、贵阳，现为职业艺术家。

各位尊敬的来宾，首先感谢戴冰先生的邀请以及"五之堂"书店提供了这样一个平台来给大家分享莫兰迪的绘画艺术。在这里请允许我自我介绍一下，我是一位独立艺术家，主要从事当代绘画艺术创作。以前工作室在北京，贵阳这里也有工作室，属于两个城市两边跑。现在主要是在贵阳搞创作。现在我就以自己的个人创作经验以及艺术视角来分享、讨论莫兰迪的绘画艺术，在这过程中会涉及艺术史、文化形态等诸多方面，这样才能多视角地来了解和分析莫兰迪的一生。

首先介绍一下莫兰迪。莫兰迪全名乔治·莫兰迪。梵·高在1890年举枪自杀的这一年莫兰迪在意大利出生了，他出生于意大利的中北部城市——博洛尼亚。博洛尼亚在意大利属于一个中等大小的城市，很富裕。很多人可能不太了解博洛尼亚，它是一个具有很深文化底蕴的城市。世界上的第一所大学就诞生于意大利的博洛尼亚，时间大概在欧洲的中世纪，是由当时的教会资助建立的；博洛尼亚还诞生了欧洲最早的美术学院，创建于16世纪。当然这个地方也涌现了大量的文化名人，比如说意大利第一个诺贝尔文学奖获得者卡尔杜奇就诞生于此；博洛尼亚还出了几位罗马教皇；喜欢足球的朋友都知道有个很有名的裁判，叫科利纳，他那标志性的光头大家一定能记住。文化对于一个城市乃至一个国家民族来说极其重要。那么什么是文化呢？我认为文化就是一种生存结构，不同的生存结构导致了不同的思维方式，从而体现出不同的文化形态。莫兰迪就在这样一个具有深厚文化底蕴的城市出生了。莫兰迪出生在一个很普通的家庭，没有很深厚的背景，更没有皇室和贵族的血统，他的父母也是极其普通的市民。

　　莫兰迪从小就对绘画非常热爱。他时常给父亲说，他想要成为一个画家，但是他父母总是反对莫兰迪学画画，这跟艺术史上的很多艺术家很相似，比如说塞尚的父亲就希望自己的儿子继承他的家业，或者说成为一名律师，或者成为一名医生；马蒂斯的父亲也是这样，希望他成为一个有名望的人，但是这些人毅然决然选择了艺术。因为选择艺术作为事业意味着动荡和不安，甚至有可能吃不饱饭，所以说莫兰迪的父亲非常反对他学画画；但是莫兰迪还是坚持自己的理想，他父母最终选择了默许。莫兰迪在十六岁这一年考上了博洛尼亚美术学院，进入美术学院后他接触了早期文艺复兴大师的作品，受到乔托、波提切利等大师作品风格的影响，学院的经历给了莫兰迪一种安宁甚至是保守的气质。

十七岁这一年，莫兰迪的父亲不幸去世，这对莫兰迪来说打击非常大，不仅仅是失去了父亲，还有家里的所有经济负担都落在了莫兰迪身上。因为莫兰迪是家里的长子，后面还有三个妹妹，他的母亲基本上是一个家庭妇女，没有什么稳定的经济来源。这个时候莫兰迪除了上课以外，业余时间还要教授小孩子画画。就算毕业以后，也没有到巴黎去发展他的艺术事业，即使那个时候世界艺术的中心从17世纪开始就一直在法国巴黎。他的同学、同行，当然还一些成名的艺术家都会选择到巴黎去发展；但是莫兰迪只能默默地留在了博洛尼亚，因为他的家境不允许他到巴黎去闯荡，所以他只能选择成为一名小学美术教师。除了平时上课以外，业余时间创作的同时还要教授小孩子画画以补贴家用，所以说生活对于他来说是极其艰难的。莫兰迪的这段经历让我联想到历史上很多文化巨擘都有教授孩子的经历。比如说大哲学家康德、黑格尔、谢林在没有成名之前都当过家庭教师。但不管怎样的艰辛都不可能埋没一颗发光的金子，最终照耀人类的文明。

莫兰迪在第一次世界大战时被迫服役，不情愿地卷入了那个让他终生难忘的战争。有些艺术家也有这样的经历，包括英国的一位伟大画家叫斯宾塞，他也参加过第一次世界大战，他目睹了战争的那种残酷和血腥，以及家破人亡。莫兰迪在服役两三年以后，因为受不了那种战争带来的创伤，他被批准获得退役。战争对于莫兰迪来说，也带来了他轻微的抑郁症，这个是他生活经历当中留给他的很重要的一个痕迹，也是他选择宁静与内心的安然的一个潜在因素。

莫兰迪的工作室很小，大概只有十几个平方，并且住在画室里，所以他的作品的尺幅都非常小，也就是20×30cm、30×40cm这样的尺寸。他不像有些艺术家，比如说毕加索，他的画室非常大，而且在很多地方都有工作室，在巴黎有，西班牙马德里也有，甚至纽约都有他的工作室。但是莫兰迪终身都在自己的公寓里画画。莫兰迪住的这种公寓是意大利很常见的那种老式建筑，他住的这个公寓设计很特别，跟我们现在这种房子结构完全不一样，他这个房子是一间套着一间的，而他住在最里面这一间，母亲和妹妹们住在外面的两间，他每次要到画室时都要穿过母亲和妹妹的房间，并且每次都要敲门，得到允许后才能到达自己的画室，每天都重复着这样的劳作。他的整个画室跟卧室是连在一起的，就在这样一个只有十几平方米的画室，莫兰迪创作了一千多件油画、水彩、版画。

2020年12月，北京木木美术馆展出了莫兰迪八十几件作品，主要以油画为主，还有他的铜版画、水彩画，比较完整地展现了莫兰迪的艺术历程。虽然很遗憾由于这次疫情我没有去成，但莫兰迪的原作我有幸见过一些，尺幅都不大，很精彩，以小见大，恢宏的气势隐藏在那宁静的方寸间。跟我们见到的画册上的印刷品完全是两码事，因为印刷品完全隔绝了与画家对话的隐秘的空间，而凝视原作可以搭建观者与画家心灵的桥梁，追寻另一种灵性，如宗教般的仪式感。

莫兰迪终生都对瓶瓶罐罐产生莫名且深厚的情感，他认为万物都应该安静地在它的位置上，物的细节变得不再重要，这些器皿逐渐变成了抽象化的观念。长年积累的灰尘却不去清扫，并且用颜料涂上他想要的某种灰色调，更不会让家人触碰他的这些器物，让它们和光线与空气生活在一起。这也是后来的研究者想揭开这神秘的面纱的原因。这让我进一步联想到当代艺术中的装置艺术，同样是面对这些物件，我们会被这些物件、器皿带入到"静物联想"，进入追问本原、终极思考的神秘感知空间。莫兰迪对后来的时装设计、家居设计甚至建筑设计影响很大，主要来自他的这种色系搭配。莫兰迪终身都没有结婚，可以说孑然一身，把自己的生命全部交给他热爱的艺术。

我们来看一下莫兰迪早期的作品。他终身只对一个题材发生兴趣，专注于简单的主题与内省；所以有必要从莫兰迪早期作品来进行研究，让大家知道他的艺术轨迹。每一个艺术家都有一段这样的探索过程。莫兰迪早期作品留下来的不多，据美术史研究发现莫兰迪在1916年以前的作品都被他大部分毁掉了。我们从早期的几张作品来进行分析，比如说，这些作品就是他早期参照的一些艺术家，比如模仿契里柯的作品。契里柯是意大利另一个很伟大的画家，出生于希腊，父母是意大利人，他和另外两个艺术家组成了"形而上"画派，对后来的超现实主义影响深远。莫兰迪虽然受到契里柯的影响，但还是留下了自己的痕迹——他试图在"形而上"的画面中堆放他一直深爱的物件，这些器物是他潜在梦境的外物，并且把这种编码隐藏在某种语言伪装起来的图像中，为后来的作品打下伏笔，通过这张早期作品来研究莫兰迪的心理状态尤为重要。

莫兰迪还受到立体派的影响。他的另一张早期作品很显然受到立体派的影响，模仿的痕迹还是比较明显，似乎看到了毕加索和布拉克的影子，也看到莫兰迪逐渐找到了色彩不同的块面，棕灰色调慢慢形成。很遗憾，莫兰迪早期作品留下的非常少，只能从这些蛛丝马迹当中看到艺术家学习的过程。艺术家其实终身都在模仿，有可能是自然，也有可能是他人。就像我们孩童时期，学步车总在身边，随着逐渐地成熟，学步车也就慢慢扔掉了。就是这些早期作品让我们看到了莫兰迪整个创作生涯的一个上下文关系。

好，我们讲一下静物画的演变及历史地位，这样便于我们全方位地解析莫兰迪的绘画。因为分析一个艺术家，仅仅是讲他的作品会显得比较平面化，不够丰富也没有节奏，所以有必要寻找它内在逻辑以及存在的合理性，这非常重要。15世纪、16世纪的文艺复兴是一种社会文化思潮、文化现象，而并非单纯的文学及艺术的技法。"人的发现和世界的发现"是那个时期哲学思想的主题，艺术家、文学家对人的探索达到了高峰，人文主义的思想家从哲学和神学的角度论证了人的崇高价值。所有的这些文学家、艺术家认为人创造了这个世界，人不再是匍匐于神脚下的被造之物，而是上帝创造的杰作，世间最宝贵的生灵，同时也发现了人的价值包括尊严、才能和自由。所以说人在文学、绘画创作当中得到了一个很重要的艺术定位；而静物只能是陪衬或者是一种被遗忘的道具，它可有可无，也可能不可或缺。它在整个文艺复兴的绘画史中只能是一个从属地位。所以说如果要得到皇室、贵族、教会认可的订件，那必须是人物作品，而静物创作在那个时代是得不到认同的。历史发展到了17世纪时期，对于欧洲来说，那是一个大航海时代，是资本主义萌芽时期。荷兰于那个时期在政治、经济、文化上取得了一个显著的发展，同时也完成了国家资本的原始积累。老百姓的生活逐渐富裕起来，人一旦在物质上是取得了一定的成就，那么就会对精神领域产生诉求。人类发展的历史是精神、图像、文本、物质并存的历史，人类发展到今天一定是靠精神存活下来的。

那个时代，皇室、贵族、教会垄断着某种精神领域，并且保持着这种绝对的权力，平民、中产阶级在取得了物质财富的同时也想拥有自己的精神价值和对美的追求。这个时候荷兰的平民、中产阶级就会在闲暇之余去欣赏艺术作品，并且购买他们喜欢的作品。在这些作品中肖像画的订件是最昂贵的，其次是风景画，相对廉价的就是静物画了。这时平民会花很少的一部分钱去追逐他们心中向往的美，这也是人类的本能。静物画便成为他们猎取的对象，而静物作品的表现在艺术市场是参差不齐的，我们来看这些早期的静物作品，当然也不乏一些精品之作。

那个时代的荷兰是什么样子？在维米尔笔下的荷兰城市的

风貌，非常宁静、优雅，城市化进程非常高，手工业很发达，中产阶级逐渐崛起，也可以通过维米尔的风俗画中看到那个时代中产阶级的富裕。历史是丰富的，是由许多的枝干组成并汇集到主线，我们在讲莫兰迪时不免会讲到一些艺术史上发生的事件以及艺术家，最终会回到我们的主题上来。

17世纪荷兰出了三位伟大的画家：哈尔斯、伦勃朗和维米尔。请大家注意，这三位艺术家创作的题材都是以人物为主的肖像画、历史画和风俗画，他们作品的赞助人多为当时的贵族和新兴的资本家。我们看这一张作品，它实际上是一个订件作品，美术史上赫赫有名的《夜巡》，是伦勃朗的巅峰之作，也是受到争议的作品。作品创作于1642年，现藏于荷兰阿姆斯特丹国立博物馆。它表现的是当时阿姆斯特丹射手连队的群像画，构图极具舞台效果，人物安排得错落有致，且明暗对比强烈，层次丰富，富有戏剧性。近处有两个人，其中一人身穿黑色军服，披着红披巾，头戴黑色礼帽，另一人穿着黄色军服戴着黄色帽子。其他人则或持长枪，或挥舞旗帜，或互相交谈，队伍出发时的紧张气氛跃然在画面中。但这张作品完成后雇主们并不满意，开始发动市民们不择手段地攻击伦勃朗，这件事在当时的阿姆斯特丹闹得沸沸扬扬，而酬金也大幅度的缩减，而从此后就很少有人来找伦勃朗定制集体肖像了，画商们也疏远了伦勃朗。但是这些是非丝毫没有对他造成影响，反而更坚定了伦勃朗的信念，后来由于请不起模特，他唯一的模特就是他自己，最后他孤独终老，为后世留下了许多伟大之作。

荷兰另一位伟大的画家维米尔描绘了当时荷兰的风土人情及肖像画，代表作有《戴珍珠耳环的少女》《倒牛奶的女仆》等。维米尔是荷兰最伟大的画家之一，但却被人们遗忘了两个世纪之久。维米尔的作品大多是风俗题材的绘画，基本上取材于市民平常的生活。他的画面温馨、舒适、宁静，给人以庄重的感受，充分表现出了荷兰民众对那种洁净环境和优雅舒适的气氛的喜好。他的绘画形体结实、结构精准，色彩明朗和谐，善于表现室内光线和空间感。

我们简单介绍了荷兰黄金时代的艺术和艺术家，依然可以看出静物画的从属的地位，从17世纪到19世纪的两百年中，静物画一直没有摆脱配角的角色。

那么我们说19世纪印象派这个时期是一个很重要的画派，待会我们会着重来讲。塞尚是美术史中极其重要的艺术家，对现代艺术影响深远。塞尚跟莫兰迪有着千丝万缕的关系。那么塞尚，应该是承上启下的一位伟大的画家，因为我们刚刚说了，在文艺复兴前后，静物画的历史地位是极其低的。风景画在18世纪以前它的历史地位也不高，到了康斯泰勃尔、透纳这一代艺术家，把风景画推到了一个历史的高度。那么到了印象派以后，特别是到了塞尚这个历史时期，也是后印象派时期，他把静物画提高到了一个前所未有的历史高度。塞尚一直对文艺复兴以来的那种科学、理性的观看方式提出了质疑，对"视幻觉"产生了不信任，也对早期印象派所追求的"感觉"或主观化的"印象"表示了不认同。于是，他放弃了对真实客观世界的再现，从而去寻找更为稳定的内在结构。他把所表现的风景、静物人格化了，甚至把景、物推向了一种神的崇拜。

人类的历史从另一个角度讲也是对神崇拜的历史，人呼求神，神回应人。而塞尚也把自己卷入到了另一种历史的维度中，所以说塞尚把自己看到的这一切，苹果、风景等等都泛神化了。塞尚在户外写生时可能是怀着一种对神敬畏的心境，也可能是一种焦虑和强迫。当他面对圣维克多山（巴黎郊外的一座山丘）时他一画就是八十多张。他认为圣维克多山就是他心目中的神，用手中的笔来敬畏它。塞尚在描绘圣维克多山时用色彩解构了文艺复兴以来对色彩的认识，分割了颜色的块面。并用表现历史画、风俗画的叙事性构图借鉴到他的风景画和静物画当中，使得在印象派以前描绘风景、静物的构图注入了活力、波澜，使得很平整化的画面中有了奇幻和叙事的色彩。我们知道，浪漫主义的代表德拉克洛瓦和籍里柯，他们把这样一种叙事性的绘画演绎到了巅峰，充满了大量的这种冲突的构图，而塞尚就把这种金字塔的构图，把非线性的构图延展到了他的静物作品的创作中，在小尺幅的作品中看到某种史诗般的宏大。所以说，塞尚对莫兰迪的影响是极其深远的。

莫兰迪一生很少外出旅行，用另外一种说法就是游历。他只去过瑞士的苏黎世，在苏黎世参观塞尚的作品展，除此以外他还去过罗马和佛罗伦萨，四十岁以后就没有去过别的地方。他非常地向往一种稳定，想过一种"结庐在人间，而无车马喧"的生活。莫兰迪、塞尚在性格上的孤僻源自一种渴望，一种被认可的渴望；但塞尚的那种孤僻跟莫兰迪不太一样。如果莫兰迪是主动地选择了一种孤独，那么塞尚包括梵·高是被动地选择了孤独，因为塞尚、梵·高，包括高更，他们想获得某种认可，但是总被那种中心、权威所排挤在边缘。莫兰迪主动选择了边缘化，远离喧嚣终日用灰调冷暖编织于那些不值一提的日常中，这也是莫兰迪寻求的一种安然。那么我们看一下莫兰迪跟塞尚的联系，这是莫兰迪1928年的写生作品，这幅风景借鉴了塞尚1887年创作的那幅《圣维克多山》，同样，他跟塞尚在构图上都运用了三角形的构图，一种不稳定的画面。从色彩上讲，莫兰迪的色彩更趋向于一种平稳趋势的结构，运用了结实的笔触来塑造山体和沉闷的蓝天。那么塞尚的色彩更趋向一种颤动，一种色块的分割，充满了一种破坏的情绪。色块分割、大量补色的运用正是塞尚的一个很重要的特征，也把色块的边界包围在某种场域中，这也是塞尚走向二维平面很重要的分水岭。我们说，文艺复兴时期人们的观看历史都是趋向于一种科学的，趋向于一种理性的，建构了一种三度空间的视幻觉，并用叙事的形式呈现在观者面前，真实地释放着事先被营造的幻觉。塞尚一直在对抗这种幻觉，最终走向二维平面，这让我想到美国的批评家格林伯格说的："绘画的二维平面性是绘画艺术唯一不与其他艺术共享的条件，因此，平面是现代绘画发展的唯一方向。"所以说塞尚对后来的现代绘画，比如立体主义以及后来的未来主义影响深远。当然也影响着莫兰迪。

我们刚才一直在讲塞尚，这让我们不得不讲印象派和后印象派以及他们之间的内在联系、外在的区别。19世纪末有一批年轻画家梦想进入官方沙龙的展览，但始终被沙龙排斥在外。1863年，学院派画家拒绝马奈的作品在官方沙龙的展览中展出，并嘲笑说给这帮落选的年轻画家举办"落选者沙龙"。马奈从未参加过印象派的展览，但他深具革新精神的艺术创作态度，却深深地影响了印象派的画家，可以说是印象派的奠基人。马奈的作品跟经典的作品有联系，但同时又有很大的区别。他描绘的都是他身边的好朋友，极其平凡、真实的人。马奈早期作品总是从传统中寻找灵感。沙龙那时候展示的绘画很多都是矫情、装饰的绘画，题材多为那种神话故事和做作的肖像，还有一些历史题材的作品，整个气氛笼罩着一种虚伪、矫情，没有丝毫的真诚。最终这些艺术作品和艺术家都被艺术史所抛弃。

我们来看一下马奈的这张《草坪上的午餐》，他的这件作品是画家的一幅得意之作。画中一个是他的好友德加（另一位伟大的印象派画家），一个是他自己，还有他的情人，这些都是极其普通的人，并把他们安排在巴黎最普通、最常见的场景——草地午餐，这一反常态的表达方式是对古典绘画常见的教化和情感主题的讥讽与挑战。技法上也摒弃了传统的厚涂法，而选择了轻快、明亮的薄画法；远处女人和近处食物的处理完全不符合传统的透视原理。当然马奈还有一张代表作《奥林匹亚》，这幅作品风格、技法跟当时的传统艺术和学院派是格格不入的，因为那时艺术上能表现的人体都是极其唯美的，而马奈却用一个风尘女子作为模特，整个姿态是一种慵懒侧卧的风姿，在构图上效仿了戈雅的《穿衣的玛哈》和提香的《躺着的维纳斯》，并以"奥林匹亚"为这幅画命名。这幅作品问世后艺术界一片哗然，并受到了保守派的猛烈抨击。我们现在来看《奥林匹亚》已是艺术史中杰出的作品，但那个时代是不能接纳这样的绘画的，因为马奈描绘的是一名妓女，一个地位低下，相貌平凡颧骨高耸，身材极其普通，不够丰润甚至是平胸的女人。他挑战了人们的传统价值观和审美，讥讽着那个时代的权威、制度。正是这样的作品美术史隆重地接纳了它。

莫奈当时在勒·阿弗尔港描绘了日出的清晨。太阳刚刚升起的时候，由于画家要在很短的瞬间，将早晨的风景在光线还没有变化前完成作品，因此画面不可能描绘得很细腻。当学院派的画家和媒体看到这张作品时，认为很粗糙，过于随便，甚至认为是一张未完成的作品，并讥讽他是"巴比松"的画家，意思就是：那是一群根本就不懂绘画的画家，《日出·印象》完全是凭印象胡乱画出来的，这些画家都是"印象主义"。没想到这些嘲讽反而成全了这些画家，"印象派"由此而诞生。文艺复兴一直到19世纪，艺术家的作品都在工作室完成，而"印象派"的出现使绘画从工作室走出到户外，这是一个历史性的跨越。

19世纪是一个伟大的时期，那个时代是工业、科技大发展的时代。照相术的出现打破了绘画作为记录、叙事、造像的历史合法性和唯一性。因为绘画在那个时代，实际上就是起到人物造像和历史记载的一个功能。那么这时候照相技术打破了这种平衡，这种技术的出现也标志着科学技术试图取代人工技艺的可能，绘画已不再具有唯一性。科技的发展还涉及油画颜料的制作工艺。19世纪以前油画颜料都是通过艺术家自己研磨完成的；那么到了19世纪，由于工业化和科技进步及机械化的批量生产使得管装油画颜料出现了，这就使得我们的油画颜料不再需要手工研磨了，可以在画材店购买，这便于更多的画家携带着画具、颜料到户外去写生。

从另一个角度讲，如果没有科技的发展，也就没有印象派在历史上取得的成就。印象派并不依靠扎实的素描功底为基础作画，而是在自然中捕捉瞬间的光影、形象，以个人感受和印象来作画。画家们往往抓住一个具有特点的侧面去完成画作，所以他们必须用急促、短小的笔触和色彩直接涂抹在画布上，他们只能更多考虑作品的整体效果，放弃细节的刻画。印象派的作品以粗放的笔法去作画，作品也不需要更多的修饰，是一种笔法率真的画法。它与经典绘画讲究的精准造型、色彩的和谐性完全呈现出相反的方向。特别是色彩，相较传统绘画的统一、和谐，印象派采取在户外阳光下直接描绘景物，追求以思维来揣摩光与色的变化，并将光谱所呈现的各种色系去反映自然界的瞬间变化，把色彩解构了。除了印象派以外还有一个后印象派，我们在这里讲一下印象派和后印象派的区别。首先从历史断代上讲，印象派的活跃时期是从1874年到1886年，那么后印象派从1886年一直到1905年这段时间是最活跃的时期。我们从技法上分析，后印象派除了继承印象派急促、细碎，并且分割的笔法和对光影的瞬间捕捉以外，后印象派更多地运用了黑色的轮廓线。大家在观看塞尚的作品时会发现人物、风景、静物的轮廓都有很明显的黑色边缘线，而且非常明显。之前的印象派在阴影的处理上，一反传统绘画用象牙黑来表现阴影而改用明亮的青、紫等色。而后印象派又对黑色产生了莫名的兴趣，他们受到了来自东方艺术的影响，因为东方的审美追求的是平面的，任何造型都用线条来表现。在19世纪末，不少曾受到印象派鼓舞的艺术家开始反对印象派，他们不满足刻板而片面的光和色，强调作品要抒发艺术家的情感，开始尝试色彩及形体的表现性。后印象派的艺术家将绘画的形和色发挥到极致，几乎不顾及任何的题材和内容，主观地去感受塑造客观现象。

当时西方艺术家通过贸易往来看到了日本的浮世绘，浮世绘是日本的风俗画，是日本江户时代（1603—1867）兴起的一种独特的民间艺术，主要描绘人们的日常生活、风景和演剧。这种艺术形式对后印象派影响很大，浮世绘的特点就是用色艳丽、无影、平涂，并且主观大胆，取材广泛。由于浮世绘是版画，所以整个绘画的造型都有很明显的边缘线，这个很重要的特征被后印象派画家普遍采用，这也使得艺术家的作品由三度空间走向了二维平面，并且大胆地运用了黑色，特别是墨黑。传统的经典绘画和印象派绘画基本上不用黑色。但是到了塞尚、梵·高这里他们大胆实验着各种语言的可能性。很多人认为古典绘画的背景是黑色，其实不然。它是层层罩染的结果，它由很多颜色构成，比如说宝石翠绿、熟褐、玫瑰红等等，全然不是我们所看到的黑色，如果你一旦用了黑色，这张画就很沉闷，没有通透感。后印象派也深深影响了后来的表现主义绘画，把黑色边缘线作为艺术家宣泄的情绪。

后印象派实际是指塞尚、梵·高、高更的艺术观念和艺术创造。严格意义讲，后印象派不是一个画派，他们之间不是团体，也没有联合开过画展，也没什么宣言，只是三人都脱胎于印象主义又有着共同创作的倾向而已。塞尚主张摆脱文学性和情节性，充分发挥绘画语言的表现力，推动了欧洲纯绘画观念的流行和形式主义绘画的发展，被誉为西方"现代绘画之父"，对后来的立体主义、未来主义影响至深。梵·高的作品含有深刻的悲剧意识，他大胆地探索、自由地抒发内心的感情，追求强烈的个性和独特的形式，远远走在了时代的前面。后来的野兽派、德国表现主义，以至于20世纪初出现的抒情抽象派，都从梵·高的艺术中得到了丰厚的营养。高更受到象征主义文学观念的影响，作品充满了原始艺术抽象性、神秘性和象征性，结合他纯粹的艺术趣味，平涂的构成形式，还有浓郁的装饰效果，形成了鲜明的艺术特征。他推动了近代象征艺术的发展，对后来的超现实主义产生深远的影响。

艺术家终其一生都在表达着自己的情绪，并且把它记录下来。这让我联想到象征主义的另一位画家博纳尔，博纳尔的绘画艺术受到高更的影响，他接受了印象派的客观性，却拒绝了像印象派画家那样纯粹依赖于肤浅的感觉和对画面的布局思考。博纳尔从性格上讲也是一位孤僻害羞的人，与人交往容易紧张，但内在有一种不退缩的精神，坚持自己的理想而不放弃。他总是在描绘曾经见到过的景物，过去发生的瞬间感受，他也被誉为"色彩魔术师"。他跟毕加索都是同时代的画家，两人彼此相识。毕加索总是在嘲笑博纳尔，说他是一个只会抒发小情绪的懦弱之人，没有勇气走出巴黎，终日躲在公寓里画他的花草风景和不停洗澡的妻子。可是博纳尔依然我行我素，根本不在乎他人的闲言碎语，照常记录着他的"小情绪"。在立体主义和抽象主义盛行的年代，博纳尔依然选择做自己，守住自己内心的那份安然，而不是跟随潮流。潮流就是当你还没有爱上它时它已悄然地登场了，而当你想拥有它时，它则很快像垃圾一样被清扫出门了。所以艺术家不要轻易被潮流所左右，在纷繁中做回自己，而不是成为他者。

在这里我简单讲一下经典绘画，了解一下那个时代艺术家的作画方式。我举两个艺术史上的案例。一个是文艺复兴时期的伟大画家汉斯·霍尔拜因，另一个是新古典主义时期的代表画家雅克·路易·大卫。他们在各自的时代都有一定的代表性，这样有助于我们对莫兰迪绘画的进一步分析研究。汉斯·霍尔拜因是德国文艺复兴时期伟大的画家，出生于16世纪德国的奥格斯堡。从小跟随父亲老汉斯·霍尔拜因学画，十七岁的时候来到瑞士巴塞尔发展，十九岁那年为巴塞尔市长夫妇作肖像画，一举成名。后来旅居英国，通过托马斯·莫尔的推荐成为英国国王亨利八世的御用画家。这个时期霍尔拜因创作了一系列优秀的作品，《托马斯·莫尔》《亨利八世》《丹麦的克里斯蒂娜》《大使们》等是他的代表作。

我们来讲一下霍尔拜因的代表作《丹麦的克里斯蒂娜》，这张作品又叫《米兰公爵夫人》，现收藏于英国国家美术馆。当时英国国王亨利八世为了迎娶新王后，很多大臣就纷纷推荐，托马斯·莫尔就推荐了米兰公爵夫人，她是丹麦和挪威国王克里斯蒂安二世女儿，这位公主十五岁时，嫁给了米兰的斯福尔扎公爵为妻。公爵早逝，她就成为了一位寡妇，独自住在王宫中。亨利八世多方选择后决定米兰公爵夫人为王后的候选人。在那个时代没有照片，没有互联网，更没有手机，只能通过画家的高超技艺把人像记录下来。于是在1538年的时候亨利八世派遣霍尔拜因到米兰为克里斯蒂娜画像，作为亨利八世待选的王后画像专用。霍尔拜因花了三个小时，画了一幅克里斯蒂娜的素描手稿带回了英国，亨利八世看了后非常满意，可以说是春心荡漾。于是霍尔拜因把这张手稿拿回到工作室创作成了一幅油画作品。亨利国王看了油画后决定迎娶克里斯蒂娜为王后。当然最后由于政治上的原因，克里斯蒂娜没有成为亨利八世的王后，但霍尔拜因为后世留下了这幅不朽的作品。他用精湛的技艺把这位年方十六，面色苍白，身材修长的女性神态准确无误地抓住了。当时公主正在为她的丈夫服丧，所以除了戴一只指环外，没有任何的首饰，全身只穿了一件发光的黑色天鹅绒长袍，沉郁苍白的脸上，深情安静，微微丰腴的脸还未脱去稚气。在霍尔拜因的作品中，很少有这样简朴而又不着意刻画的作品。

我们再简单地介绍霍尔拜因的另一幅代表作《大使们》，这张作品又名《两个外交家》，是一幅双人全身的群体肖像，据考证左边的这个人是法国驻英国的大使丁特维尤，右边的这个人是外交官、主教塞尔维。画中的人物对称式地分列于杂物台两侧，姿态类似于照相，显得呆板，画面虽然工整但并不俗气。霍尔拜因着力表现人物的社会地位、性格特征和心理状态，吸收了意大利式的肖像技法。显然，画家并未矫揉造作地去故意美化、粉饰他们，而是以直观的、高度写实的手法记录了自己的感受。但是，贵族气息和矜持也给作品带来了僵化的痕迹，这与迎合当时宫廷趣味的"矫饰主义风格"有关。画面中有一个扭曲的骷髅头实际就是今天广角技术中物体成像变形而已，是一种"视觉陷阱"。但在当时很少有人能看出，是画家个性的流露，也是隐喻着死亡、神秘，暗示着生命的流逝和人生的危机。所以霍尔拜因承受了巨大的压力，如果这种视觉游戏被雇主识别出来，后果是很严重的。

我们另外讲一下18世纪一位很重要的画家——雅克·路易·大卫，大卫是法国著名的画家，他的画风严谨，技法精湛，是新古典主义画派的奠基人。其代表作有《荷拉斯兄弟的誓言》《苏格拉底之死》《马拉之死》《拿破仑加冕仪式》等伟大的作品。在这里我不讲他的作品，而是讲一下大卫的创作方式。大卫的作品非常宏大，叙事性强，人物造型严谨，色彩丰富而和谐，并且充满着强烈的舞台戏剧效果。1797年大卫成为拿破仑一世的首席宫廷画师，他的作品受到了人们的追捧，可以说很畅销。那么他又是用怎样的方法来创作这些巨型油画的呢。可以给大家解码一下，大卫的工作室就像一个大的影棚，或者准确地说更像一个20世纪八九十年代的影楼，里面有各种的道具、服装，还有不同背景的舞台；画家大卫会根据画作的需要聘请不同的模特，穿上不同历史时期的服装，站在各种背景的舞台上摆着各种姿态，来做画家的模特，以适应画面的需要，很像拍电影。大卫的学生和助手很多，其中最有名的就是安格尔，后来也成为美术史上赫赫有名的大画家。这些学生会帮他完成各种工作，比如绷画布作画底、摆弄各种道具、布景，帮助画家画一些背景和不重要的静物。传说大卫的另一张不朽之作《雷卡梅尔夫人像》（是一张未完成之作），它的背景和落地油灯就是安格尔画的，他的整个工作室就是一个团队。画家会用素描手稿的形式把这些场景及人物动态画下来，然后用九宫格放大到画布进行着色，中途的时候还会请模特再来一次，进行准确的造型校对，这很像今天在影棚里拍人像摄影。大家看一下我右手边上这张素描作品，就是《荷拉斯兄弟的誓言》这张画的素描手稿，左边是完成的作品，他的创作方法就是以上说的这种方法。还有一张《安托马克的痛苦》的素描手稿非常精致，并且按比例放置到画布之上，最后着色、调整、收拾画面。所以在这里介绍的两位伟大画家都是典型的在工作室创作的画家，跟印象派画家的工作方式是迥异的。那个时代的艺术家对素描基本能力要求非常高，否则根本不可能进行创作的。

我们再回过来讲莫兰迪，为什么要讲美术史上的这些案例。就是用靶向分析来研究你要了解的艺术家，他们一定有内在逻辑联系和上下文关系，这便于更深入了解莫兰迪的作品。从以上的美术史佐证中可以看出，莫兰迪最初沉迷于印象主义，对塞尚的静物和风景画颇感兴趣，模仿过立体主义的风格，同时也借鉴过契里柯"形而上画派"的画风，在这一系列的学习的过程当中，逐渐找到了自己的灵，艺术家在学习、借鉴的过程是不断认识自我的过程，锻造成为自己，而不是成为他人的附庸。

莫兰迪一生的创作题材都是围绕着几只瓶子、罐子和博洛尼亚郊外的风景。他花了一辈子的时间研究这些瓶瓶罐罐和周围的景色。当人们问及他的创作时，莫兰迪说："那种由看得见的世界，也就是形体的世界所唤起的感觉和图像，是很难的，甚至根本无法用定义和词汇来描述的。事实上，它与日常生活中所感受的完全不一样，因为那个视觉所及的世界是由形体、颜色、空间、和光线所决定的……我相信，没有任何东西比我们所看到的世界更抽象，更不真实的了。"莫兰迪的艺术能给以人们温柔的精神慰藉。他关注的是一些细小的题材，反映的却是整个宇宙的状态以及时间的形状。莫兰迪的水彩作品淡雅不乏生动，如宋人般的高雅、求"理"，也如元人的求"逸"。正如他一生孤寂、平凡，厮守着他生活中的器物，演绎艺术的真谛。

看莫兰迪的油画作品时，会不由自主地全身心地安静下来，直透人的心灵。这种宁静是莫兰迪看似随意摆置的各种方向的笔触和力量相互制约、相互抵消的视觉平衡，也是莫兰迪追求的艺术方向。他的绘画几乎从来不用鲜亮的色彩，只是用那些看似灰暗的中间色调来表现物象，这些色调恰是最为丰富的变幻，最难驾驭的野马，可在莫兰迪的手中总是显得轻盈、信手可拈。一切不张扬，静静地释放着最朴实的震撼力和直达心灵的愉悦和优雅。

莫兰迪这种力求探寻最平凡状态中深层次意识的艺术追求和精神境界，在有意无意间与中国传统文人士大夫的精神高度地契合了，两种精神逻辑模型暗含了"士甘贫乐淡"的隐性价值倾向。正像莫兰迪过世多年后，人们在他翻阅的书中发现收藏家购买他作品却没有兑现的支票。他对物质的淡漠，正如巴尔蒂斯这样评价："莫兰迪无疑是最接近中国绘画的欧洲艺术家了，他把笔墨俭省到了极点。他的绘画别有境界，在观念上同东方艺术一致。他不满足表现看到的世界，而是借题发挥，抒发自己的情感。"莫兰迪通过静物、风景，探寻实现物象和内心自然的距离，表现出了一个纯化的精神世界。莫兰迪以智慧和感受隐藏了抽象的观念并创造了自己的艺术形象。他把自已熟悉的物件置入极其单纯的画面中，以造成最奇特、最简洁以及最和谐的气氛。从莫兰迪的画上，人们似乎难以发现灾难的影子，感觉得到的似乎是时间造成的变化。

2021.4.17

《薄伽梵歌》的人生哲学与现代人的生活

■ 闻 中

《薄伽梵歌》的人生哲学与现代人的生活

主讲嘉宾 闻中

中印古典思想研习者，哲学博士，任职于中国美术学院。浙江省老子研究会副会长，浙江省图书馆"文澜讲坛"主讲人，中国华夏文化促进会专家组成员。英国伯明翰大学与印度辨喜大学访问学者。主要著作有：《梵学与道学》《印度生死书》《行动瑜伽》《吉檀迦利》《从大吉岭到克什米尔》《太虚大师演讲录》等十多部作品。

闻 中

中印古典思想研习者，哲学博士，任职于中国美术学院。浙江省老子研究会副会长，浙江省图书馆"文澜讲坛"主讲人，中国华夏文化促进会专家组成员。英国伯明翰大学与印度辨喜大学访问学者。主要著作有：《梵学与道学》《印度生死书》《行动瑜伽》《吉檀迦利》《从大吉岭到克什米尔》《太虚大师演讲录》等十多部作品。

　　人是这样子的，眼睛一闭，世界就消失；眼睛一睁开，世界就出现。这叫"闭目见空，睁眼看色"。这个色和空就在我们眼睛的一睁一闭当中进行了非常重要的转化，感官世界，原本起于感官的运作。

　　我们有时候会把太多的色——就是我们的世间相，带进了我们本来应该是空的生命当中，于是会带来不一样的生命苦恼，成了痛苦的源头；甚至进入夜色披覆的睡梦当中，连在黑夜里都是睁大了眼睛的，失去平安。这些累积起来的烦恼，就以种种方式进入到了原本属于空的世界。这一点在中国的古代和在印度的瑜伽哲学当中，都会有深入的分析，看得非常清楚。欧洲一直到了19世纪末20世纪初的时候才出现了一个对人类潜在意识世界的理解，也就是大家都知道的弗洛伊德的出现，有了《梦的解析》这样一类书籍的诞生。

但是，在中国和印度，两三千年以前，他们已经发现了心灵的秘密：如果人的睡梦是空性的，他就获得了彻底的平安，身体就被疗愈；而各种世间相的烦恼与杂染——佛家也叫作色尘，就不会侵入你内在的平安。但我们不是。我们会把很多看见的、听到的，甚至想到的，全部转移到我们内在的空性世界里；于是，我们的意识就不清净，进而造成我们行走于人世间的无力感，仓皇无助。因为那种内在的平安看不见，这个时候，就非常需要我们向古典的智慧求教。譬如《薄伽梵歌》。

这一次，有幸受戴冰先生邀请，来到"精读堂"现场跟贵州的朋友相会。

我这次来贵阳是有过考虑的，在这个世界的行走当中，我们每个人都有自己固定的轨道。我相信诸位都会有这方面的经验。有时候，轨道突然做了一些计划外的变动，就需要一些比较、参照和寻求，然后来重新确认。我来这里，就有时间上的冲撞与变化，后来，我还是觉得要来，重返贵阳。因为这是我第二次来贵阳，我要确认这一次是有意义的见面，故而在心里做了一些念头的管理——我来这里应该要与贵州的朋友做一些深度的交流。所以，从昨天下午下飞机开始，真的就马不停蹄地，连晚餐都没有停过地，一直聊到了夜里十点多，连续聊了五个小时。

昨天夜里，回到宾馆，我决定还是要做一个ppt讲义，因为如果没有ppt，纯讲印度的经典哲学，那会让不熟悉印度哲学、印度文化的朋友听起来比较模糊。若听了今明两天的讲座，只是一个模糊的印象，那意义就会减色很多很多。所以，今晨早起，也是在匆忙当中，再整理了一遍ppt，希望能够帮助大家理解我今天要讲述的内容。

但是，还是有一点小小的遗憾，我不知道投影会是这样的距离，故我的ppt的字体稍显小了一些；幸亏我的声音还算清晰，所以，我尽量用我的声音来弥补某些文字小而看不清楚的缺憾。希望大家通过我的声音和ppt，能够尽量对我今天想传递给诸位的内容，有一个精确的把握，这个是一开始我需要向大家交代的，也表示歉意。

我刚才说到"意义的确认"云云，乃是基于我自己长年的思考中获得的，自己认为可以作为人生宗旨的一些信条、信念。譬如，我觉得人跟人是应该要相会的，而不能是孤独地坐守书斋——那就类似躲在山洞、悬崖当中过人世的日子。确实，我也曾经动过这样的念头，所以不是随便说说，而是一番基于个人经验的甘苦之言。后来我明白了一个重要的道理，即人跟人是要相会的，就像一个孤立的字母，原本没有意义，字母跟字母的组合才会成为词汇、句子和华美的文章，产生了意义，产生精神的世界。同样，人和人也是这样，不能孤立地躲在一个角落来宣布自己人生的价值，那个价值会很虚空，不免有自欺欺人的嫌疑。因为你没那么圆满的时候，还是要求助于世界的行走，求助于人与人的相会，尤其是心与心的相会，它能够产生不可思议的人生经验，甚为美妙。这是我在这些岁月里明白的一个道理。

所以，我当年在印度从喜马拉雅山上下的时候，我给了自己这么一个叮嘱——我要深入这个世界。这涉及我个人的一些经历，我觉得一开始，还是有必要给大家做一点简单的介绍。

我通常愿意把自己叫作中印古典思想的研习者，这意味着这是我探索文明的一种实践的路径。所以，我曾经有一段岁月是在印度度过的，还发心去山中拜访一些隐修士，在喜马拉雅山的山高林密处与他们一起生活，也引发了一些思考。昨天晚上，我与贵阳的一帮朋友基于一本《行动瑜伽》谈了五个小时。其实，我也想告诉诸位，我的那些思考形成的《从大吉岭到克什米尔》其重要性或许并不亚于《行动瑜伽》，只是昨天话题未及此。很可能，这是我目前能够给出的最好礼物。

在《从大吉岭到克什米尔》这本书里面，我重新思考我们个体的意义，无论是在社会人群当中，或者说在社会人群之外，作为个体的你，其意义与价值的基础究竟在哪里？这一点，印度的修道传统对我们的启发会很深刻。

《薄伽梵歌》里的阿凡达信仰

我今天要讲的题目，叫《〈薄伽梵歌〉的人生哲学与现代人的生活》，也就是我们当下的生活。这个题目大家一看就知道，我不希望把古典的学问就作为古典的知识来处理，而是尽量把它还原到今天人们的普遍启示当中，这大概是这一题目的用意。

这次讲述的内容，我会先做一个引言，然后对印度的经典《薄伽梵歌》的精神主旨进行一些有深度的阐释，这是今天的任务。

《薄伽梵歌》是非常重要的印度典籍，正如每一个文明都有它的核心的经典，构成体大思精的元典。我们会比较熟悉中国的文明元典，譬如"五经"系统，譬如我们会涉及"老庄孔孟"为代表的轴心文明形态，其中分为两支：一以道家为主，一以儒家为主，构成儒道互补这样的两类传统；其根本精神，大体上开启于《易经》的天人之学。

而我们若是在印度文化里面，也用一部经典来呈现，那只能是《薄伽梵歌》。《薄伽梵歌》是极为罕见的一部综合性的圣典，文字简约而深邃，共十八章，七百颂。文本很短，却真是海纳百川、烟波浩渺，义理深透，既可治心，亦可治国。用老子的话说，就是"万物得一以生，侯王得一而以为正"，故《薄伽梵歌》今天已经成了全球著名的文明经典。

如果对世界著名的大学稍做了解，你会发现《薄伽梵歌》是他们不可绕过的一部经典，无论是牛津、剑桥，还是哈佛、芝加哥大学。其受欢迎的程度，勉强能够与之媲美的，在中国经典中，我想就是《道德经》了。但是，《道德经》的综合性分量似乎跟《薄伽梵歌》还有一些距离，因为《道德经》的维度还是稍显单薄，不如《薄伽梵歌》的综合博大。如果拿《薄伽梵歌》来指导自己人生行动的决策，它的精神就化为重要的"行动瑜伽"的实践；如果拿来冥思与修身，它就化为"神定瑜伽"的隐修，也可以构成一种与超越者联结的宗教精神，形成"虔敬瑜伽"；还有令所有人都叹为观止的智慧系统，犹如佛教的《金刚经》一般的大智度，化身为文殊师利的慧剑，斩断所有的幻象，即"智慧瑜伽"。总之，这是一个极为重要的人生指南与智慧的宝典，故而在全球非常受欢迎，甚为重要。

我们在讲印度文化的时候，可能不会忽略当代流行文化中的印度元素。譬如著名的电影《阿凡达》，其基本精神就来自《薄伽梵歌》。名字"阿凡达"（Avatar），就是一个梵文。阿凡达是什么意思？该梵文即"化身"或"拯救者"的意思。有点像西方人所讲的弥赛亚（Messiah）；有点像基督再来，从另外一个神界的维度降临至人间的维度，来帮助世人的化身。这就叫Avatar。而印度人的这一信念，就来自《薄伽梵歌》，因为《薄伽梵歌》里面，就有一位伟大的Avatar，他是谁？他叫克里希那。

在《薄伽梵歌》里面，克里希那明确地告诉他的弟子阿周那，我不是这个肉身，你不要以为我是刹那生灭的无常之子，我不仅仅是这个文明世界里一个简单的肉身存在，我还是超越这个宇宙的永恒者，那才是我的真实身份。所以，我是一个化身而已；我来到这里，是有一个目的的，我创造出我自己，是要来扶持这宇宙的正法。这是《薄伽梵歌》的第四章里，克里希那亲口告诉他的弟子阿周那的。很多人读到《薄伽梵歌》这些内容，会很诧异；当然，最诧异的，肯定是阿周那本人了。

因为，当时的克里希那是这样告诉阿周那的，他说，我在宇宙创世之初，把智慧传给了太阳神毗婆薮，太阳神再把智慧传给了人类始祖摩奴，摩奴又把这种智慧传给了太阳王朝的甘蔗王，甘蔗王再把智慧往下传，在互相传授下，王仙们都知道了它；但由于历时太久，传啊传啊，这个智慧就断掉了，终于失传了。

瑜伽的行动智慧从此在人间消失了。于是，"我"为了唤起人们最高的知识与行动，"我"又重新化身为人，进入这个时代，出现在你面前。因为你是"我"的崇拜者和朋友，就在这个俱卢之野，就在此时此地，我要把所有的秘密，这个古老的瑜伽，至高之秘义，毫无保留地告诉你。

于是，吟诵出这么一部《薄伽梵歌》。

在印度，所有人都知道《薄伽梵歌》的重要。人们从出生那一天开始，一直到临终之际，都需要《薄伽梵歌》的智慧，也就是克里希那的话语。所以，印度人称为薄伽梵（Bhagavan），也就是克里希那；而Gita，就是这一支神圣的歌。或者，我们也可以叫作"神之歌"，它是神的曲子、神的歌唱，所以有些人又把它理解为"天颂"。在中国的文化里，一般用"天"来代替这种神秘的、超越性的人格。

可以说，没有《薄伽梵歌》与《薄伽梵歌》的精神，印度很难成为一个统一的国家。因为印度的人种差异、区域差异与语言文字的差异实在太大。古时候，我们称作五天竺。唐僧当年去印度取经之时，就发现自己所去的根本不是一个国家，他在《大唐西域记》里面就记载了一百一十五个国家。其中，1947年独立以后的印度，也就是现在的印度疆域里面，大体上就与唐玄奘所记载的七十五个国家吻合。所以，因为历史原因，这是很难成为一个统一的国家的复杂文化。然而它们最终能够成为一个现代国家，我想，其原因虽然不少，但很重要的原因之一，也应该是必不可少的原因，就是他们所依靠的是一种共同的对克里希那的信仰。所以《薄伽梵歌》，使得这个多民族国家，没有像今天的欧洲那样，邦国林立，成为一个一个小的国家。

印度人幸亏有对Avatar的信仰，虽然语言相差很大，地区与人种也有很大差异，还是成就了一个统一的现代政府，形成今天的印度共和国。

而这个文明的源头，即阿凡达的信仰来自哪里呢？来自这样的一座山：喜马拉雅山。它在佛教里面叫作"须弥山"或"须弥世界"。神话中的须弥山，还原为现实，就是庞大无比的喜马拉雅山，里面有很多高峰。与北麓不同，它美极了，其画面宛如天界。

我当时在山中走动的时候，身处无穷尽的美景，充满鸟语花香，开满奇花异卉，山中有一个个巨大的冰雪所化而形成的湖泊，具有超世间的面容。这是印度文化形成的背景。伟大的喜马拉雅山，就是大地的顶轮。你知道，高，容易让人产生神往。在瑜伽文化里面，会告诉我们，解脱之门，就藏在最高处，在人的身体上，就对应头顶，这里出去，就是解脱之门、自由之门，其他所有的门，都是轮回之门。

所以瑜伽练到最高的境界，就是要把自己内在的生命直接从头顶出去，需要非常强大的自控生命能量的这种手段、这种深度的冥想与专注力。这一点在《薄伽梵歌》的第六章与第八章，有非常重要的提醒，此处不赘。

人生的困厄

生命是不按照人们的愿望发生的，我们的大多数愿望是不能实现的，这就叫人生不如意事十之八九。哪有什么岁月静好，万事如意，有的都是兵荒马乱、人事艰难。

那么，这个时候要应对种种不如意，就需要很深的人生艺术与对生命的洞见。其中，洞见最深的就是这些圣人带给我们的永恒智慧。

就人生的追求而言，陶渊明有一句诗很形象，叫作"种豆南山下，草盛豆苗稀"，这就是我们的人生常态。你带着万丈的雄心、充满美好的愿望，要种好多好多的粮食；在南山下努力，尽所有的力量，却"草盛豆苗稀"，结出来的，都不是你愿意看到的，这就是我们人生的结果方式——不如你意愿的事情出现了，这个时候，你仍然能自在吗？仍然有欢喜心吗？仍然能够如如不动吗？一般人是经不起这种考验的，所以就容易变成一位悲观主义者。但是，你如果意识不到这种困厄是人事之常，你也无法深刻起来。

所以，为什么佛陀悟道后明白的人世的道理，第一个就叫作众生皆苦！佛陀悟到的第一个谛，叫苦谛。谛就是真理，苦就是烦恼。苦难的真实，就是这个世间相的一个必然结构，并非偶然，我们不能回避诸法无常和众生皆苦的问题。所以，他有此一结论：苦的世界，也叫娑婆世界，苦海无边。

不过，我们要知道佛陀讲这话的时候，并非出于悲观，只是他不虚伪，不做人生的伪装，而是用实相告诉我们，此种人生的结构。为什么说佛陀不是悲观主义？因为他的教义就是灭苦除苦之道，他要解决苦的问题，叫作离苦得乐，这才是佛陀的要旨。

佛教绝非悲观主义。有人误认为佛教为悲观，甚至理解为西方的叔本华那样——人生是彻底无望的，人生就是一场苦难之旅，是彻头彻尾的错误，但佛陀不是这样的。

叔本华说，人生是由苦难贯穿一生的，偶尔出现少量的快乐日子，是为了让你跌入更深的苦难当中，进入无聊。所以，人生，要么就是得不到的苦，要么是得到后的苦。得到的苦就叫求不得苦，得到以后的苦就叫无聊之苦——要么求不得苦，要么无聊之苦。他说，这就是人生的常态，因为你一旦无聊，你就要重新来追求，又出现新的轮回，继续是要么求不得苦，要么无聊苦。人生就是这样的一种永恒的结构，像钟摆一样在求不得与无聊间摆动。这是叔本华的结论。

所以叔本华是真正的悲观主义者，佛陀却非如此。佛陀告诉你苦谛，再解释苦的原因，叫集谛，然后就是灭去苦因，即找到灭苦之道，解决之后，证得了人生的大欢喜，就是如来涅槃境界。这就叫苦、集、灭、道，佛陀提供的四圣谛。这是非常了不起的一个Avatar，一个圣者觉悟到的人生人世之实相。

佛陀只是被印度文化哺育的悟道者，并不是一个孤立的存在，他在印度的文化史中出现，后又消失了。

印度文化认为人世是一个苦海。

这个苦，首先是基于人的智慧不够，而带来各种错误的认同。这是问题的提出。你有什么样的错误的认同呢？首先你误以为世界就应该如你之所愿，这是一个错误的认同。然后，你误以为你的身体、你的心意或你所有的念头是你自己。这是第二个错误的认同。其实你对"自己是谁"这个问题是缺乏理解的深度的，于是，你就把所有的假我当成了自我，所有的对象，当成了主体。这是一个很深的人生误认。还有，你对世界的错误理解——以为世界就是平安的，是自在的，是如意的。你不知道世界是个迷宫，极为复杂的迷宫，里面藏着各种怪物，藏着各种各样的像希腊神话里面那种牛头蛇身的怪物，这些怪物首先是藏在我们内在生命里面的欲望，那种欲望宰制了你人生的自由、欢喜的源头。这是很核心的两个误认：世界如森林，心意如迷宫。但是你对它们却没有一种正确的认知。如果你知道人生是苦，知道世界的无常，用这种低谷的认定来垫一下底，然后你再进到人生与世界当中，就不会有巨大的落差。尽量减少一些期待，但是要增加你的行动力。是的，学会增减之道。有时要减少，有时要增加：增加的是你的行动力，你的勇气、智慧与慈悲心；减少的是对世界的期待，对世界完美主义的期待。这是非常重要的保护自己平安的一个信念处理。人生的误认是遍在的，对自我的误认更是遍在。

我记得，英国有一个小说家写了一个故事，大意是说：人的一生要遇见四个人。他要说的是，我们经常对自己有误认。他说，一个人一生当中，是要遇到四个人的：第一个人是他自己，第二个人是他爱的人，第三个人是最爱他的人，第四个人是要跟他共度一生的人。他说，人生的悲剧在于，后面的三个人不是同一个人。你爱的人不是爱你的人，然后你爱的跟爱你的，都不是跟你共度一生的人，人生就出现了悲剧。

但是，悲剧的原因其实是没有遇见第一个人，即第一个人就是他自己。如果人生中的第一个人你没有遇见，没有跟自己有一个正式的、真正的、深度的遇见，那你所有遇见都可能会是错的。你以为他是你爱的人，后来发现不是；你以为他是爱你的人，你最后发现也不是。而且都不是共度一生的人，你会发现那种完全的误解、误认。所以，这就是人生的第一个大问题——了解自己。这是特别重要的，我们对人生的误认，是自我的误认，这是刻骨的悲哀的源头，富有启发性。

《薄伽梵歌》的人生哲学与现代人的生活

生命道上的沿路花开

如果你明白了世界是这样的一个结构，人生有很多虚假的想象，无数的小我、假我会成群结队地来绑架你的真实生命。若无防备，你就会被卷进去，卷进无常。于是，一个功课，就是你怎么跟无常相处？

曾经有一位叫作佩玛·丘卓的美国尼姑，也是当代重要的佛教徒，她有一本书，就叫作《与无常相处》。此书特别好。你需要懂得一个重要的人生转化，就是原来的一些教育，原来的一些观念，包括你那种自以为是的对世界的了解与误认，全部都要破碎掉，这个叫山河破碎。也就是佛陀所谓的"凡所有相，皆是虚妄"。

山河的破碎，是为了什么？不是变成虚无主义者，而是为了世界的重组，山河要重建，重组你的观念世界。这在《金刚经》的第三十品、三十一品、三十二品的最后三品里，都在讲这个道理。世界碎为微尘，然后你要借由微尘重组一个个世界；于是，你就能够带着百倍的勇气进到人世间，而不是躲开人世间。然后就像中国的庄子所讲，你的内在转化才能得其自由之身。《庄子》一开篇，就是在告诉人的自由在哪里——自由在你内心世界的翻转，就像一条鱼变成一只鸟：鲲化为鹏。这是在哪里完成的？在内在的世界！不是在人群当中、在世界当中完成的，而是内在的一个翻转。这是在告诉我们心灵世界的转化，古典的文化中都有类似的一些认知。

印度的《薄伽梵歌》也是。它又给到我们一个启示：我们的人生追求的，其实不是完美，人生不是完美的。但是换一个词，我就叫它为圆满，人生要追求圆满。如果用英文来对照的话，或许可以理解为being，理解为一种存在性的、整体性的、如如不动的样态。这就叫作being，叫作完美；但是，完美是静态的。

你要追求的其实是圆满，圆满就是你自我超越的一个真实路径，层层超越，永不懈怠，叫作becoming。人生是一个becoming的这种勇气百倍的行动，借此而得以人生的盛大与圆满；而不是一种静观的期许与静止中的完美状态。你越带着完美主义的期许，你人生的力量越会丧失掉。而且你对世界是非常单一的遇见，看不见的世界太多了。becoming，就是这种带着圆满的、一个动态式的人生，你会看见很多很多……

圆满有什么价值？首先你要知道，在时间当中它是在变化的；而关于时间，本就有"此一时、彼一时"的说法。在时间当中，未来的形态属于现在的未知世界，是不能全部被看见的，这并不是坏事情，而是好事情。这就增加了生命的丰富和延展，可以打开更多不同层次的自我，这样的一个人生的状态，其实是最理想的一个状态。我把它叫作"沿路花开"。

诗人泰戈尔在他的《飞鸟集》里面有一句诗，我很喜欢，他说：

你不要为了采集一束花而犹豫不决，徘徊不前，往前走吧，沿路花开。

这句话的用意是很棒的，它让我们去经验、去品尝、去深入地探索与体察世界的丰富性、自我的丰富性。生命从来不是靠守成，而是靠精进才能看见更多更盛大的礼物，破除虚无，创造意义。

这一种状态，其实也是中国《易经》的道理。《易经》的最后一卦，居然就叫作"未济"。搴舟中流，不登彼岸，物终不可穷也，故受之以未济——一个未完成的状态。人生是一个未完成状态，生命永远是一个进行时态，这就是becoming的状态。这个状态特别美满，它比静止的完美要伟大、要刚健、要壮阔与丰盛。我们大多数人都会有一点点成绩，要采集一束鲜花，也要守住这一鲜花。但他不知道鲜花是会枯萎的。有多少的鲜花枯萎掉了呢？事业一熟，就枯萎；爱情一熟，就枯萎；孩子如果想守住，这孩子将永远成熟不了，变成一个枯萎的生命状态；自己与人生梦想一旦相守，就开始枯萎；理想一旦实现，觉得这就是我追求的全部，它就开始了生命的没落与枯萎。若是不知道"沿路花开"的道理，人生都是这样枯萎掉的。而"沿路花开"就是《薄伽梵歌》里面的行动精神，也就是中国人的"乾卦"——"天行健，君子以自强不息"的精神；也就是我们这里所讲的人生追求；就是becoming而不是being的姿态。要记得，being就是你的本来面目，故无需担心，你不会丧失掉任何的完美，你只会不断地增益与得到，绝对不会丧失，因为这是你本来的面目。

佛家所讲的本来的面目，讲的就是西方哲学的being，就是众生皆有的佛性或自在天；但是，我们得先让人性变得丰盛。既然佛性是你的本来面目，你自然是不用担心的；所以，你就带着好像不完美的状态来展开圆满式的人生追求，人生就会变得美妙。你既有一份对自我的真正信赖与信仰；同时，你又要有各种人生的一步步登高——走一步，再走一步，这样的一个真实路径，峰回路转，不断地看见。

所以我们把这句话理解一下，就是完美意味着停滞和执着，而圆满意味着一种流动，一种生命登高的美好的境界。

有一部著名的电影，叫作《冈仁波齐》。它是中国人拍的，很多人会被里面的某些朝圣镜头震撼，那么多人成群结队，不远千里万里一路叩拜过去，拜到冈仁波齐峰。在座的也许也曾有人到冈仁波齐朝拜过、转山过，每一年会有好多中国人跑那里，也有好多印度人跑那里。因为此山特别神圣，山的神圣性其原因我们今天不细讲，总之特别不一样。所以，很多人不远千里万里会来这里，但是不要忘记的一点是，这种外在的朝圣，如果不能唤醒你内在的朝圣，这种外在的朝圣终究还是一种迷信。

我想讲一个什么道理呢？就是说，你拜到了麦加，这是伊斯兰教的圣地；拜到了菩提伽耶，这是佛教的圣地；拜到了耶路撒冷，这是基督教的圣地；你拜到了冈仁波齐，这是藏传佛教和印度教的圣地。在所有的朝拜过程当中，如果不能唤醒你朝向自我的内在朝圣，这全然就是迷信，它不能真正解决你的人生问题。换言之，如果宗教不给你一个非常清澈的对自我的深入了解，而只是一种外在的依靠，依靠佛、菩萨、耶稣、耶和华、安拉来保佑你，来成全你，这就变成一种迷信式的下坠。如果通过这样的外在朝圣，唤醒你内在的觉醒、内在的智慧，而且有非常高的生命勇气，这种宗教叫作正信。

宗教绝对不是让人迷迷糊糊地有一个外在的信靠，然后蒙蒙昧昧地过你的宗教人生。不是这样子的，真正的宗教，一定让你非常清澈地认识到天人之际、命运的全部真切的来和去。一种深度的认知，不能缺乏智慧。信仰如果不能促成智慧的开启，那么这个宗教可能会落入迷信的层次；虽然迷信有时候也是好的，不过它的层次实在太低。就像我们中国有很多的佛教徒，其实它就是层次太低的信仰，它更没有开发出佛陀所示的最重要的礼物，那就是般若智慧。如果般若智慧没开显出来的话，那就变成相似佛教，甚至变成了我们今天所讲的佛系了，没有了解佛教的正见。那么外在的宗教究竟是干什么用的呢？外在的神圣的庙宇，或者是一座圣山，譬如冈仁波齐，你对它的朝圣是为了让你看见自己。整个世界是一面镜子，让你来看清自己，来看自己有多大的可能性。这是来自印度的《薄伽梵歌》这部伟大经典的告知，它告诉你，一个激烈的战场也是为了让你看清楚自己，这个世界是让你看见你自己的。如果浓缩起来，就是一句话：整个世界是一面镜子，让你看见一层一层的自己。

这是根据《薄伽梵歌》里面的数论哲学：宇宙是为了自

我存在的，所以世界不是别的，他只是认识我们自己的一面镜子。于是人生需要建构的，就不仅仅是一种外在的行走和创造，不仅仅是外在的朝圣，更是一种内在的行走和创造，或者我们叫作内在的朝圣，也就是通往自我。人类文明当中那些最高深的学问都是为了生命的大圆满而展开的一方朝圣和不同层次的看见。这是内在的寻觅，内在的朝觐。这个时候我们将一起借着印度人提供的智慧，进入一方内在心灵之维的朝圣，这就是《薄伽梵歌》的一个价值系统，它的精神主旨之所在。

当然，这里我们要把《薄伽梵歌》在印度文化的特殊地位，用伟大的商羯罗大师的话做一个介绍。在此之前，我们要知道，在印度的历史上，有三个人物最是厉害，大体上是：第一个是佛陀，第二个是商羯罗，第三个是辨喜。这三个人分别开创了三个时代：

第一个人物就是佛陀，他创造的是佛教的世界，开创了一个时代的轴心，是印度文化的巅峰人物，这是不能否认的。

第二个人物是商羯罗大师，他把后佛教时代的印度精神进行了重组，在中世纪转化为印度教的资源，延续了到今天差不多一千五百年的印度教文明。

第三个人物，是在商羯罗一千多年后才出现的辨喜尊者。辨喜尊者何等人也？就是他把瑜伽、吠檀多的哲学，当然包括了《薄伽梵歌》这样的印度知识全球化。他是全球化的先知，属于"东学西渐"第一人，参与了现代世界文明的运动。

这三个人特别重要，我们这里谈一下商羯罗对《薄伽梵歌》的评价。他曾说，如果一个人能够虔敬地诵读《薄伽梵歌》，他将会抵入一个神圣的居所，抵入毗湿奴的居所，他将从恐惧和悲伤的世俗的品质当中彻底地解放出来。我们都不免会有恐惧和悲伤，但是，带着一种很高的虔敬去诵读《薄伽梵歌》，这个诵读当然不能是蒙昧地诵读，要了解这个话里面的启示性力量，如果你能读懂那些只言片语，就能化开我们所讲的这种悲伤和恐惧。

你看近代印度的民族独立，就是甘地带领的非暴力运动，而甘地其实是有很多的恐惧和悲伤的。诸位若是看过《甘地自传》，你就会看到甘地的成长——他是如何获得行动的勇气与力量。你会发现，他就是诵读《薄伽梵歌》一书，《薄伽梵歌》是他重要的思想资源，对甘地而言，没有比这个更重要的。甘地后来自己也注解了一部《薄伽梵歌》。这是极好的书，是值得我们翻译出来的一本书。

商羯罗还说，人可以在恒河里面洗澡，据说能够带来神圣的感觉。印度人特别喜欢洗澡；但是你要懂得，你在恒河里洗一千次，洗一万次，还不如在《薄伽梵歌》里洗一次，你阅读一下就是清洗一次。《薄伽梵歌》在商羯罗的灵性世界是特重要的源头，可以一洗物质生活的无数污垢。

《薄伽梵歌》为什么这么重要呢？按照印度人的信仰系统，他们是这么理解的：这就是Avatar的话语，神亲口说出来的，不是借助中介，是神直接用自己的话语讲出的。那么，一旦产生这种信仰，这本书的智慧与力量就源源不断地传递到信徒的心灵中。

商羯罗说，如果说只有一部圣典，那就是克里希那唱出来的《薄伽梵歌》；如果说只有一位可以崇拜的神灵，那就是克里希那；若只有一个圣咒，那就是克里希那的名字，"哈瑞克里希那"，称颂这个名字；若只有一种义务，那就是把爱奉献出来，赋予至高的可崇拜的主克里希那；那就变成对克里希那的崇拜传统。这是《薄伽梵歌》的重要。

《薄伽梵歌》是克里希那亲口唱颂给阿周那听的。那么他主要讲了哪几个话题？激起了人们普遍的勇气和智慧。他到底是讲了一些什么问题，其中最重要的，大概包含这五个大问题。

第一个问题，"我是谁？"这个问题很深。Who am I？是一个很深的问题，只是我们自己都把它答浅了。这是第一个问题。

第二个问题，"为什么我会在这里？"我觉得这个问题常人是不会问的。阿周那若无巨大的难关，也不会开口追问。在某种人生的关口，比如说你遇到困惑，遇到巨大的打击，你有时候会问，我为什么在这里？我怎么会在这里呢？当然这个问题可以浓缩到我们这个人世间，我们为什么会出现在人世间？可以小到一个城市，譬如为什么我会在贵阳？可以小到我们"精读堂"的现场，我为什么会在这里？今天，此时此地，我们的相会，为什么会在这里发生？这个问题是需要追问的。

它是偶然吗？是必然吗？于是，你会追问出很多很多的可供思考的路径。而《薄伽梵歌》要问的就是"你为什么出现在这里？"这个问题具有普遍性，有前因，有后果，因果甚深。

总之，这个问题不简单，你来此是有使命的，来此人世间一定是有一个你要完成的使命，这在中国的文化里面可以叫作天命。

在印度文化里，你通过了解自己才能做最有价值最有意义的事情。我来一次没有那么简单，并非偶然，这就树立起了一个特别庄重的姿态，一种极为重要的创造性的心态，叫作"为什么我会在这里"。

第三个问题，"神圣者或神，究竟是怎么回事？"中国人很容易忽略掉这个问题，但印度人永远都在问这个问题——神在哪里？神到底意味着什么？辨喜尊者从十几岁开始，一直到二十一岁，这么长的岁月里，他就问这个问题：神在哪里？你见过神吗？逢人便问。每次他一遇到了不起的人也会问，你见过神吗？一个个问过来，结果这个问题让很多人答不出来。每一个人的嘴里都在讲神，包括基督教的那些信仰者也都会讲上帝。但是，如果你问他，你见过神吗？这个问题会让他立刻气馁，他确实没有见过神，他只是通过别人的话来相信神的，但不是通过亲证来证得神的，这很重要。

什么叫信仰？什么叫亲证？我相信我们在座的都会对"光明"有一番亲证——诸位相信太阳是会发光的。你说不需要相信，我已经亲证了，这叫亲证。对一个瞎子，你让他知道光明的存在是蛮困难的，因为他无法亲证，所以会说，你要相信光明是存在的。这个时候就需要相信，但是相信充满很多不确定的迷雾，充满知识的盲区与信仰的盲区，甚至出现了邪教。邪信，是非正信的信仰。

好了，印度人会告诉你神是什么，神究竟是什么，这是他们认为非常重要的问题。中国人叫作天问。屈原，伟大的楚国诗人，他有一篇《天问》，这个《天问》其实就在问：神究竟是什么？屈原有类似的品格：追问终极的依据，不简单地追问人世间的价值与意义系统。人生的这个基础在人世间是得不到终极的依靠的，那终极依靠在哪里？这就算是形而上的追问，对天的追问；印度人是对神的追问，神是什么？这是非常重要的第三个问题。

第四个问题，"我与神圣者究竟是一种什么样的关系？"

神圣者在印度人普遍的信仰系统里面是存在的。那么这个神，到底是怎么表达的呢？可能有很多很多的表达。你不要认为神是耶和华，而不是安拉；神是安拉，而不是克里希那；神是克里希那，而不是中国人的天道。（或者说如果你认为中国文化里没有神，说明你对中国文化深层次的东西没有理解。中国人是有强烈的宗教性的，但它不是以宗教组织、宗教化的生活来表达，里面有非常高的对神的理解。无论是儒家还是道家，这个话语不是用god这个词来表达的。）如果这样的话你就落入到了名相当中，这是宗教纷争的原因。神不在人类的语言系统里面，但是所有的语言系统都有可能表达出神的一部分真相。

于是就有了这么多的信念。宗教当中的信念参差不齐，你不可能求得了一个绝对化的统一，就会懂得尊重其他的宗教。况且，很多的宗教也不是这样来规定与理解的。印度人为什么这么宽容？因为他有这个信念。中国人在这方面也很宽容："道可道，非常道"在《道德经》中，是一句多么伟大的精神；"道并行而不相悖，万物并育而不相害"，中国人在《中庸》里说出这样的话语来。

印度人认为神和真理只有一个，但是不同的文化，不同的语言，用不同的方式来表达它。这是在《梨俱吠陀》里讲出来的，当这样的话语出现的时候，文化就带有各种宽容，各种彼此之间的尊重，心胸就大。我觉得这也是中国与印度的文化为什么长寿的秘密，它永远不会导致意识形态的绝对化。

神在哪里？这是《薄伽梵歌》里面一个很重要的命题，它的回答是：神是遍在的，但是，他更是居住在美好的事物里面。

回到第四个问题——我跟神是什么关系？这个问题也是要追问的，这个问题如果不追问，你是确立不起你个体生命的价值依据的。如果神真跟你没有关系，你就像一个孤儿无怙一样；你就像一滴水离开了海洋，一只鸟儿脱离了天空，一棵树木离开了森林一样，没有本质的依托，而这个依托恰恰就是解决你生命内在意义、通往神圣人格的路径。它是在你先天的许诺里面就具有的。这就是《薄伽梵歌》里面所讲的第四个问题，非常深邃，告诉人们：世界与存在界最高的主体，就是我们的真我，其实也就是神！神并不仅仅居住在远方的天国，太阳系外面的星空，或者说是物质世界背后的创造者，同时入驻在我们每一个生命里头，这才是神。从这里也看出了神的普遍性，在《薄伽梵歌》里面得到了淋漓尽致的表达。

于是你真实的生命就是神。只是他现在乔装打扮，以现在这样一种无常的、有苦难的、有烦恼的，充满各种瑕疵的这么一个人世形态展开，他要扮演一出宇宙的大戏——在《薄伽梵歌》里会把这种理解表达出来。

然后，第五个问题，"我们是否有可能过一种充满灵性的生活？"神就意味着你的灵性世界，你有没有可能过一种灵性的生活呢？印度人认为，人不仅仅过物质化的生活，人要懂得怎么把物质转化为灵性，把灵性提升为理性这样一个精神结构，永远要不懈地追问，最终走上真正的瑜伽。所以，《薄伽梵歌》告诉你，瑜伽就是通往灵性的不同道路。

这个瑜伽，当然就不只是我们今天通俗的理解，印度人提供了四种瑜伽：行动、胜王、奉爱与智慧——四种救赎之道。

这是《薄伽梵歌》里面的五个问题，也是人生的五大问题：我是谁？为什么我在这里？神圣者或神究竟是怎么一回事？我跟神是什么关系？我们是否有可能过一种充满灵性的生活？如果是，那究竟如何可能——通过提供不同的道路通往神圣者——通往世界与通往自我两种道路齐头并进。《薄伽梵歌》教会我们在生命的苦难当中如何走向自我的觉悟。

《薄伽梵歌》第九章的第十四句话是这么说的：时时想起我，记住我的名，记住我的荣耀。

我们在这个世界当中，在物质生活的追逐当中，在财富和名望的追逐当中，只要不忘记那种召唤，那就都是平安，是没有根本性的问题会击溃你的。就有点像是在世俗的追求当中，你有了一个最重要的灵性保障，保护你不会被世界所伤害。但是，如果你没有了这种追求的话，那么你对物质的追求，容易陷入一种苦恼的陷阱当中；如果你有了这个挂念与记忆，对物质世界的追求是没有问题的，物质追求是美好的，不需要否定它，而是需要超越它。因为物质的追求并非不理性，物质是可以通往灵性、通向精神世界、通向宗教的神圣之途，人一点也不需要封闭住自己的真实世界。

首先，你要"时时想起我，记住我的名，记住我的荣耀"。虽然，在印度的文化里面，"我"好像专指主神克里希那，其实不然，我们不需要被一个语言所遮蔽，它只是名相——克里希那，一个名词而已。神不仅仅限于这一名相，里面那一种宗教或形而上学的追问，是任何一个人都具备的：忆念我的名，忆念我的荣耀。所以大家就会知道为什么在佛教里面会有一个重要传统，叫作专念"南无阿弥陀佛"，当专注地念诵这一句话，里面就隐藏着灵性的秘密，不宜小看了。

西方人说耶稣基督"Jesus！"中国人说"天哪！"我们要知道，这种呼唤里面，隐藏着内在的秘密。因为这样的一种呼唤，就有希望将物质化的世界转化为灵性的道路。当然我们一般人都是无意识地去做这样的一件事情；但重要的是，你要有意识地做这件事情，彼时，人就不会轻易陷入尘世所织就的罗网当中，这是一个很重要的告诫。

当然不仅仅是名字，名只是其中一种方式。实际上是有不同的通往神圣者的道路的，但有了名字也很好。我们在这里，如果能够想起，能够用这种方式记念，所在的这个地方，就是一个神圣的地方。我虽然在杭州，你们虽然在贵阳，有些人可能在洛杉矶，但是，因为这种记挂与专念，杭州就不仅是杭州，洛杉矶就不仅是洛杉矶，贵阳也不仅仅是贵阳，而是每一地，皆成了每一个人都有可能与神相会的宇宙庙宇。我们在这个地方，如果脑子里有这种念想，就立刻要转化。这个转化是靠深度的信心转化而来的，这就是"鲲化为鹏"。"北冥有鱼"的那条"鱼"可以转化为自由的大鹏鸟，这就是灵性转化的秘密。不要把它只当成一个故事来阅读，庄子所要谈论的，就是人怎么进行灵性世界对物质世界的翻转，借由另外一个维度，来拯救此世界的各种困扰。

因为苦难有原因，苦难就是我们只活在一个维度当中，譬如活在物质的维度当中。希腊哲学里有一个重要的人物就是柏拉图，他可能是最重要的二元论哲学的代表，他认为有一个理念世界（本体世界），还有一个现象世界（物质世界）。从这样的两个维度看，人生的苦难只活在现象界。但如果你既活在现象界，又通过觉性而活在本体界，你就有了一种救赎的希望。但这也仅仅是希望，你是要去练习的，是需要实践的，这种实践和练习就是一些方法，在印度叫作"瑜伽"。

瑜伽的意思就是联结。中国人用两个字来表达联结：一个叫和，一个叫合，两个都读hé，所以叫"和合"。一个是横向的联结，和谐的"和"，一个是纵向的联结，合一的"合"。天人要合一，万邦要协和。这两个字都是借由"联结"，突破了一个个小我的格局。单纯的一个存有，懂得联结就让你变成一个大我，变成更高的一种整体看见。这里面就隐藏有一种灵性的路径，横向的联结，就是行动瑜伽；纵向的联结，就是奉爱瑜伽。这一类的生命转化，就把一个个有困厄的、有挑战的人世生活，转化为如一座座圣庙一样，熠熠发光。你做的可能是世俗的行为，但这个行为的背后，却是因为这个信念的存在，它的物质性就被转化了，这就叫作瑜伽的秘密。在《薄伽梵歌》的第九章里面，就是这样告诉我们的：人世的秘密就存在于人世的结构当中，所以，一切都可以神圣化，就看我们的心灵品质。

其实，中国古人，尤其是儒家的孔子有很多这样的启示性话语。譬如《论语》中说的"祭如在，祭神如神在"，再譬如他说的"知我者其天乎"等等，里面就隐藏着类似于《薄伽梵歌》的精神。

你在做这样的一个事情，心性要准备好，心念要管理好。如果有了这种准备和管理，虽然你所做的是世俗的行为，但是，它就具有了一种灵性的品质。甚至是扫地、做饭、洗一件衣服、接送孩子去上学和放学，这些全是世俗的行为；但是，如果有了一份我们刚才讲的联结精神，这些都会化为灵性的事物。当然，联结有不同的联结。其中一种就是我们刚才所讲的——忆念神性的荣耀和名号，你就会把这个事情，即世俗的行为，作为祭品一样祭给神。

这种灵性转化，它就是一个快乐的源头。如果没有这种转化，我们就只是活在一个维度当中，活在物质的世界里面。所以无论是什么事情，我们做各种努力、奋斗、追求，一件一件具体的事情，这都不可避免地会产生深沉的业力纠缠，带来烦恼；况且，因为你总是想从世界当中获得至大的平安，但这个平安是没有依据的，世界是不稳定的、不确定的世界。我相信这两年，无论是对我们贵阳的人，还是对全中国，甚至对全球不同的人，大家都会发现这个物质世界很不稳定，地位、财富、家庭、情感生活等等，都很不稳定。

去年（2020年）疫情发生后，中国的离婚率猛增！原来，夫妻从来没有真实地面对过，一旦面对，发现问题是如此地严重。情感不稳定，家庭生活就不稳定。财富不稳定，在疫情当中，连性命也不稳定，多少人突兀地死去。我们每一个人都在上一堂课，这是佛陀在菩提树下悟道所开示出来的无常之课。在这个世界当中求绝对的平安，是危险的。如果如意，岁月静好，那很好，这是齐天洪福，佛菩萨保佑，是平安的；但有时候却保佑不了，挑战很大。我们忘了这一点，只是在这一个维度当中追求，要求得永恒的情感，要求得稳固的财富，得一个被众人一直羡慕的名望，总之，你是想在这个无常变动的物质世界中，试图建立起一个永不毁坏的城堡。

在《薄伽梵歌》的第十六章中，就直接告诉我们，若是只活在一个物质的维度里面，不知道无常的真实义，这样的人，就是魔性的。魔，倒不完全是一个贬义词，它是中性的表达，表达了一种迷茫、迷惑中的人性，试图在无常中永驻；或者说，想把无常缔造为永恒，这就是一个缺乏智慧的妄念，就是魔性。

具有魔性品质的人，往往不知道该做什么和不该做什么，他们不纯洁，无规矩，也不诚实。他们说世界不真实，没有根基，没有神，没有秩序，他会讲出各种各样的话语来；他们被无知欺骗，被幻想迷惑，纠结在虚妄之网中；他们以感官沉迷在感官享受的愉悦中，他们将堕入污秽的地狱；他们自命不凡，刚愎自用，骄横傲慢，一味沉迷于财富等虚幻事物的追逐当中。这些意思很形象，表达出了我们当代一些中国人所追求的一种人世迷雾。

那么什么叫神性人格、神性品质呢？不是说不去追求这些东西——若只是这样的话，你就落入另外一个极端了；而是说，在这样的一个物质化的追求当中，要确保灵性世界的存在——一种坚定的忆念，一种联结。这种纵向的联结会给我们带来超世界的平安，带来一份清醒与节制。于是，也许就在此生，你就拥有了充满自在的心灵平安。

在《薄伽梵歌》里面，确实也有这样的一种很具体的方法，它是对我们于人世间做成功一件事，让自己的家族与家族的财富得以延续的世间法的秘密，即它所提供的"行动瑜伽"的哲学：不执着于求得那个结果，虽然那个结果往往是最丰盛的秘密。无论是求财富、求学问、求事业，无不是一样的道理。所以，行动瑜伽的行动哲学，确实帮助了世界上的各种人做事情，无论是政治领域、商业领域、经济领域，还是我们的教育领域等等，都会有一样的启发。

我知道在座的有不少人是读过《行动瑜伽》的，这个行动瑜伽就是我们入世的妙法，但是我又担心，我们在读这个书的时候，以为这就是全部的秘密了。不是的，这显然还不够深透。所以，我在汉语版的《行动瑜伽》后面，再附加了两个附录。这两个附录，其实是通向更深沉的大海的，而不再是一个小小的池塘。所以记得小池塘，世间法的行动之秘密，同时还希望阅读者能够不忘更高更深邃的事物，那就是最伟大的觉醒。

人有三重觉醒，第一种觉醒，是我们每一个人都会在日常生活中经历到的，就是从睡梦当中觉醒；第二种觉醒，叫作从生死当中觉醒。一般人是很难理解的。原来你不在生的里面，如果你有强大信念的话，你肯定也不会在死亡里头，因为已经联结上了本体。无论它是佛性也好，还是柏拉图哲学的本体也罢，或者说印度教的克里希那，你要念兹在兹，念念不忘，这就是"不生不死"的秘密。所以，在《薄伽梵歌》的第八章，就告诉了我们死亡的秘密：死亡后是有不同的路径的，有些通往轮回，有些通往永恒。而通往永恒的最高路径，就是临终那一刻念克里希那的名字，他就把你直接接到不生不死的梵城里头。这是在第八章里面讲的，不要落入名相当中。

这个方法就是你要从生死当中觉醒；但是，生死毕业也是轮回的一部分，还有重新出生，重新死去，所以这是不究竟的。那么就有了最后一层觉醒，从宇宙的大梦中觉醒，从宇宙的劫初劫灭当中觉醒。这个觉醒，就被叫作涅槃，是最终极的觉悟，也就不再有灵活之说，再无轮回之苦。

这三种觉醒是通过什么来获得的呢？尤其是最深层次的觉醒，要依靠何种路径获得呢？借由《薄伽梵歌》以及佛陀的教诲，我们知道，唯有智慧才可以，印度人叫它"般若"。唯般若才能促成人们一劳永逸的觉醒，解决所有的问题。

当然，觉醒是人的本性，属于being；而非觉醒的则属于人世的因缘，属于becoming，有它结构性的命题需要一一解决，无可逃避。正如诗人泰戈尔在《飞鸟集》中所云：

我的未完成的过去，从后边缠绕到我身上，使我难于死去。请从它那里释放了我吧。

但是，我们应该知道其中的道理，这是非常棒的事情。我们时时莫忘，念兹在兹。行走人世自然会有苦难、会有挑战，而这种苦难与挑战却再也不会真正地打击到我们的真实生命，不会的，你的信念如果足够坚定的话，不会击倒你。这就是人从世界的困厄当中，苦海当中，得以脱身的一艘智慧之渡舟，能够渡过苦海，抵入灵性的彼岸，拥有一份灵性世界与世俗世界的圆融，正如泰戈尔在《吉檀迦利》里面所云：

> 我的眼睛向无穷的开阔处张望，最后闭上了双眼，说："哦，原来你在这里！"
>
> "呵，你在哪儿呢？"这句问话和呼唤，融入了万千的泪流，与你确定的回答，"我在这里！"——这种彼此应和的宇宙洪流，无边无际地漫延开来。

就此，我们就会这样说——"我曾经受苦过，曾经失望过，曾经体会过无数的生生死死，但是，我却以我在这一伟大的世界里面的创造为我的快乐"。这种精神，应该就是以《薄伽梵歌》为代表的印度经典，所给予我们的人世期许，这里面隐藏着一个了不得的人生应答。

诗歌的玫瑰

—— 穆旦

■ 张晓雪

嘉宾：张晓雪

活动时间
5月29日
15:00

诗歌的玫瑰

———穆旦

穆旦

1918年-1977年

原名查良铮，曾用笔名梁真，祖籍浙江省海宁市袁花镇，出生于天津。现代主义诗人、翻译家。

嘉宾介绍

张晓雪，女，笔名晓雪，诗人，职业编辑，中国作协会员。

现任河南省诗歌学会副会长，《莽原》杂志副总编、编审。

著有诗集《醒来》《落羽》《画布上的玉米地》，评论集《编辑与发现》。曾在《人民文学》《花城》《钟山》《十月》《诗刊》《上海文学》等海内外文学杂志发表诗歌文学评论数百（篇）。获奖数次。并以英、法、日、韩等多种语种入选海内外多种文学选本。

张晓雪

女，笔名晓雪。诗人，职业编辑。中国作协会员。现任河南省诗歌学会副会长，《莽原》杂志副总编、编审。著有诗集《醒来》《落羽》《画布上的玉米地》，评论集《编辑与发现》。曾在《人民文学》《花城》《钟山》《十月》《诗刊》《上海文学》等海内外文学杂志发表诗歌文学评论数百首（篇）。获奖数次并以英、法、日、韩等多种语种入选海内外多种文学选本。

沃尔科特曾经说过："无论诗人的生平经历多么独特，终究都会化为扉页上的一串椭圆形肖像。一种是自然面相，一种是精神肖像。"

今天我把穆旦两个肖像合二为一，称之为诗歌的玫瑰。在幽暗之处静静开放，静静凋零，留下了永恒的炽热与芬芳。我给大家介绍穆旦，就是我们一起读他，读他的书。我把要了解的内容分为以下四个部分：一、我为什么要介绍穆旦，二、穆旦的诗作，三、穆旦的译作，四、穆旦与家人。

我为什么要介绍穆旦

我钦佩在残酷的人生境遇下，在残酷的外部环境中，仍然能保持旺盛创造力的人，除了绝顶聪明、勤奋用功外，他能以一种平常心态去面对萧瑟、冰冷、恶意和黑暗，他超乎寻常的承受能力，使我每每感动、落泪、不能自已，并成为我不能忘怀的人生力量。

穆旦一生出版诗集八部，翻译诗歌名篇达二十多种，上千万字，还写有少量的论文。让我们看看这些文字都是在什么情况下、什么样的地方诞生的：抗日救亡颠沛流离的临时大学；出征缅甸的抗日战场；从地狱中生还后，带着战争的创伤时；接受劳动监督，白天打扫厕所，干繁重的体力活，晚上回来俯身的书桌上；在一次一次被抄的家，书籍、手稿焚毁，生活用品、被褥、衣服等被洗劫一空时；在被集中改造，批斗了一天，深夜归来面对满地烧残烧剩的书，蜷曲下来继续工作的一个狭窄的地方；在拉煤、担粪，带病坚持沉重的超负荷的劳动改造后，回家伏案的小台灯下；"自愿"打扫厕所，在从事繁重的图书整理而分得的第六学生宿舍底层背阳处的水房小屋里；在寒冷的冬夜，骑自行车去居委会为儿子打听招工消息，昏暗中摔断了右腿，整整一年时间，架着双拐，每天挪向的黑木椅、小书桌，有时是小床……

难以想象的是，英俄浪漫主义诗歌在一个中国翻译家手中、心中诞生时，复杂的痛苦仿佛从来没有阻断过他斑斓的追求。也有人说，假如没有诗歌、翻译日夜陪伴着他，很难想象他还有活下来的希望。

他就是穆旦（查良铮），现代诗人、翻译家，一个最为坦率、真诚、严肃，却绝不悲观的人，没有之一。

我的外国诗歌启蒙阅读来自普希金、雪莱、济慈、拜伦、布莱克、叶芝、奥登、艾略特、邱特切夫等等，这些是我接触的最早的译诗，出自一人之手，无论是英文还是俄文，都是"真正用诗翻译的诗"，他是一个充满诗才的人，对原文有着深刻理解，对汉语精通，注重练字，文字功夫深邃，使阅读者时时刻刻都能感受到原诗的风格、色彩和氛围。

在我日积月累的阅读中，也曾接触过港台和海外诸多诗人翻译家的各种版本译作，同样是翻译以上诗人的作品，在表现力、语言的精准度、清新度、弹性上全然不是我最初阅读的那种兴味。多少年来，当我重读这些外国诗人的作品时，唯一的版本仍然是从未改变的选择，那就是查良铮的译作。别的版本，尤其是当代译诗，从来不是我信任的那种文字。有人说查良铮的翻译成就无论在数量上还是质量上都为他赢得了中国最优秀的翻译家之一的荣誉。但对我的阅读启蒙来说，他就是我心目中的唯一，没有之一。

多少年来普希金的《自由颂》《假如生活欺骗了你》，诗中跳动的激情和灵性，从未离开过我的写作生活。此时此刻，让我们来重温一下其中的一首诗：

假如生活欺骗了你

假如生活欺骗了你，

不要忧郁，也不要愤慨！

不顺心时暂时克制自己，

相信吧，快乐之日就会到来。

我们的心儿憧憬着未来，

现今总是令人悲哀：

一切都是暂时的，转瞬即逝，

而那逝去的将变为可爱。

1825年

（查良铮译）

在穆旦短短的五十九岁生命中，无论遭受过多少挫折和磨难，译诗和诗歌创作在他心里从未有过绝笔。他的同学，诗人、翻译家王佐良先生认为，穆旦"最好的品质"正是同时代其他大多数诗人所缺乏的，即敏感、真诚、尖锐、丰富、深刻、新颖，他的诗篇饱含深度，厚积感受力，不让任何浮词、时髦词、文言词进入，无旧词的陈朽，白话口语的表达则去其杂芜，尽显诗歌的色彩和韵律。他在"九叶诗派"中是最具才华、最具影响力的诗人，是走在最前面的诗人，没有之一。

让我们来看看他晚年的一首诗，《冥想》这首诗里最后两句，对我们每一个人都会有启示，它让我们记住，过普通的生活，就足以幸福、足以幸运。

冥 想（节选）

把生命的突泉捧在我手里，

我只觉得它来得新鲜，

是浓烈的酒，清新的泡沫，

注入我的奔波、劳作、冒险。

仿佛前人从未经临的园地

就要展现在我的面前。

但如今，突然面对着坟墓，

我冷眼向过去稍稍回顾，

只见它曲折灌溉的悲喜

都消失在一片亘古的荒漠，

这才知道我的全部努力

不过完成了普通的生活。

1976年5月

有的苦难假如你不曾经历过，就很难理解诗中的含义。当诗人历经磨难，身心耗竭，最后的片刻仿佛是过上了普通的生活。那时候的他，即便把自己放在一个最渺小的位置上，也无比艰难。有人说这是他生命尽头的彻悟，我认为这不是彻悟，这只是一种切肤的感受，是只有经历过的人才会有的那种沉重、悲伤的感受。

说到这里，有的作者肯定有疑惑，在介绍穆旦的时候，一会儿是穆旦，一会儿是查良铮。到底他什么时候用穆旦，什么时候用查良铮？在此，顺便给大家梳理一下他的名字。穆旦一生用过四个名字：查良铮、穆旦、梁真、慕旦。他用笔名穆旦，始于1934年，在南开高中发表杂感《梦》开始，当时他十六岁。这个笔名的来历是把他的查姓上下拆开，取谐音穆旦。以后凡是创作诗歌，都沿用下来。他的堂弟查良镛也是把镛字拆开，取名金庸的。这同族两兄弟，在中国文学史上都留下了耀眼的光芒。

1958年，穆旦因莫须有的罪名接受机关管制。管制期间，不能发表诗作，那么诗人就以本名查良铮，发表大量的翻译作品。但他真正的翻译活动从1953年就开始了。在一个特殊的年代，特殊的遭遇使他重新回归本名。也就是说多数情况下，他的翻译作品都用查良铮，诗歌作品都署名穆旦。

穆旦生于1918年4月5日。祖籍浙江海宁，此地在近代出了王国维、徐志摩、穆旦三位大诗人。袁花镇上的查家祠堂，曾悬挂着清朝康熙皇帝亲笔题写的一副楹联：唐宋以来巨族，江南有数人家。由此可见，查家曾是名满大江南北的望族。

穆旦童年时候就善于独立思考，聪明好学，功课成绩优异，并有着不入俗流的性格。在查家，每逢过年过节，大家庭中照例都要祭祖，拜供桌，随后子孙都按辈分长幼依此跪拜。但轮到穆旦，他坚决拒绝行叩头礼。他对封建礼教有着天然的抗拒，爱国之情也是天然的、发自内心的。也就是说，一个孩子从小就有自己的判断力，敢于坚持自己的选择判断，这很了不起。因此，大家庭的叔伯们称穆旦为"赤色分子"而宽容对待他，实则是对他独立个性的默认和尊重。

在认识少年穆旦的过程中，留给我印象最深的一件事，是与诗歌有关的。还是小学生的穆旦，喜欢按自己的理解，把读过的书给大家庭的弟妹们讲。有一次，穆旦给弟妹们读唐代大诗人杜牧的七言绝诗"清明时节雨纷纷"时，他是这样读的："清明时节雨，纷纷路上行人，欲断魂。借问酒家何处？有牧童，遥指杏花村。"他把一首完整的古诗，经过重新断句、排列，摆脱了形式上的束缚，变成了一首自由的现代诗。韵律、节奏感的改变，拓宽了整首诗意境，重要的是他在这首诗里配置的个人感情，是世上独一无二的。不得不说他身上的诗歌天分真的是与生俱来的，天生的，灵动之极。

穆旦少年聪慧，青年英俊、沉静内敛，一袭白色的长衫，有时是一身西服，书卷气十足，是同时代传统读书人中最有风采的一位。但凡这样的江南才子，多少都会有点骄傲、自私和偏执。但穆旦的同学却是这样回忆他的：温柔敦厚，沉默寡语；生活简朴，在物质上一无所求；饮食极其简单，穿着更为朴素。可是他对公益事业和帮助别人的事情却非常慷慨。1953年，当时经济处于困难时期，国家号召大家购买国债，在这件事上穆旦毫不犹豫，倾尽所有去购买。

对朋友他最热情、真诚，是公认的可以信赖的人。巫宁坤是他西南联大和留美时期的同学，南开大学的同事。在"鸣放"会上因言获罪，被流放至北大荒。1961年夏天，巫宁坤全身浮肿，奄奄一息，在准获"保外就医"后，一贫如洗的生活加上工资失窃，一家老小的生活陷入了极度困顿中。他只好发电报给穆旦，穆旦立刻汇来了超过他失窃数字好几倍的钱。"文化大革命"期间，巫宁坤全家被遣送到老家农村，生活又一次没了出路。穆旦在身处逆境，经济紧张的情况下，仍慷慨解囊相助，帮助这家人渡过了难关。

除此之外，他还尽自己所能在学术、精神和生活上帮助同学杜运燮，帮助去世了的南开同事、副教授董庶的家属和独子很多年。最令人感怀的一件小事是，穆旦自远征军归来，故意将全新的毛料外套忘在生活困难的同学家。有意送给别人，又不让对方有失自尊。这种真诚与厚道，令同学日后意会，并在记忆中珍存了一生。

穆旦从青年时期开始，因为求学和工作，远离家乡，但他经常写信或者设法寄钱回去，承担起父母和妹妹的生活。即便再遭受不公，也从未减弱过作为一个儿子的孝心。在恋爱问题上，穆旦是一个真诚、深沉而富有责任心的人，绝不朝三暮四、逢场作戏。对妻子周与良忠诚，体贴。不染世俗的势利和骄骄之气。文人身上那种多变、求异、慕新的蠢蠢之举，在他身上都找不到，是一个十足的谦谦君子。

他对孩子言传身教，疼爱有加。四个孩子成长于动乱年代，受父亲罪名的牵连是必然的，但他常常拿母亲教导他的话教育孩子"做人要有骨气，要冷了迎风走，饿了挺肚行""要好好念书，明辨是非"。他的每个孩子都继承了父亲的外语专长，艰难岁月，父亲就是他们的全科教科书，全科老师。虽然他也常常为孩子们的处境和前途担忧，但从不放松对他们学习的支持。小女儿查平有艺术天才，热爱琵琶弹奏；可是有些时候哥哥姐姐要读书、补习功课，不愿听到很响的琵琶声，想阻止她。家里只有很小的两间平房，当时穆旦从他工作的房间走出来，说，爸爸喜欢听，到爸爸房间来练习。就这样，他在女儿的琵琶声中修改译诗。

因为对孩子的爱，因为对诗歌的极度专注、热爱，在小小的房间里，他弥合了一个普通的父亲和一个伟大的翻译家之间巨大的沟壑。所以，穆旦，有人称他是"下过地狱的人"，但他却是朋友、同事、家人的天堂，他是人间、世俗中，最踏实、最温暖、最真实的诗人翻译家，没有之一。

四个"没有之一"，回答了我为什么介绍穆旦。讲到这里，一定会有人疑惑，查家是名门望族，穆旦一路成长一定有优渥的家庭供奉，何以坎坷困顿至此种地步？穆旦一定像电影《无问西东》中的那个富家子弟沈光耀一样，是投身于民族危难中的富家少爷，佣人跟着，用度奢侈。其实不然，由于为官和经商的缘故，查家中的一支，也就是穆旦祖上，于清代就从海宁迁至天津。穆旦出生时，查家大多已衰败了。穆旦的档案里有他自述的一个简单的成长史，虽然字数不多，他的身世在这里一目了然：

我在1918年二月二十四日（阴历）出生在天津城内一个没落的封建家庭里，祖父（原籍海宁）做过前清的县官，死后留下一所房子由各房儿子合住，还有一笔不大的财产。父亲在天津法政大学毕业，在天津地方法院做书记官有二十多年，收入微薄，以此养活一家人。母亲未受教育。我家共有父、母、一姐、一妹和我自己。大家庭的生活中有祖母，叔伯数人，姑姑，堂兄弟等人合住，经济各自独立……大家庭的生活方式是封建式的，敬神，尊长，重男轻女，这一切都使我不满，但还有更深刻的原因使我不快乐。父母经常吵架，生活不宁，父亲的粗暴使我对他愤恨，母亲经常受压迫，啜泣度日。还有，在大家庭中，我们这一房经济最微寒，被人看不起，这给我留下深刻的印象，我当时即立志要强，好长大了养活母亲，为她增光吐气。我的向上爬，好与人竞争，对于权威、专制和暴虐的反抗，崛起的个人主义，悲观的性格，便都在这种环境中滋生起来。

　　穆旦这段自述，使我们看到了他的出身家境和少年心境。据此我们便找到了一条他志在超越和独立个性的清晰线索。

穆旦的诗作

　　1996年，中国文学出版社出版了"20世纪桂冠诗丛"之一《穆旦诗全集》，整套丛书包括了"20世纪各大语种一流诗人"，穆旦是唯一入选的中国当代诗人。有评论家说"其创作实绩和献身诗歌艺术的精神无愧于桂冠的荣誉"。他的诗深邃、醇厚、有浓烈的西洋味道，很有他自己的风格。

对于很多读者，穆旦的诗恐怕早在中学阅读题目上就见到过。我知道有很多中学语文老师专门讲解他的诗，我的中学老师和大学老师都讲过穆旦的诗歌《赞美》，虽然不同时期理解不同。直到现在很多大学教授、语文老师都是他的拥趸，很多毕业论文以他的作品为主题。从我读大学到现在，那些研究穆旦诗歌的论文从未中断过，不计其数。

穆旦短短的五十九岁生命，经历的却是近百年来中国最艰苦、最残酷的时期。我们来看看他诗歌诞生地：西南联大、野人山原始森林的九死一生、参加远征军入缅甸作战、解放战争、"文化大革命""反右派"斗争、政治迫害、身体病痛……

他的诗歌记录了诗人一生经历的若干历史时期和重大事件，这些事件无不牵涉民族的命运和国家的危机。另一方面他的诗歌真实地反映了诗人自身在成长、成熟，不断追寻自我、改造自我和发展自我的精神历程。在他不到二十岁的时候，他写下了第一首成熟的诗篇：

野 兽

黑夜里叫出了野性的呼喊，
是谁，谁噬咬它受了创伤？

在坚实的肉里那些深深的

血的沟渠，血的沟渠，灌溉了

翻白的花，在青铜样的皮上！

是多大的奇迹，从紫色的血泊中

它抖身，它站立，它跃起，

风在鞭挞它痛楚的喘息。

然而，那是一团猛烈的火焰，

是对死亡蕴积的野性的凶残，

在狂暴的原野和荆棘的山谷里，

像一阵怒涛绞着无边的海浪，

它拧起全身的力。

在黑暗中，随着一声凄厉的号叫，

它是以如星的锐利的眼睛，

射出那可怕的复仇的光芒。

1937年11月

　　这首诗只有短短的十六行，有人称它为"一曲生命不息
的野性赞歌"。黑夜里充斥一声野性的呼喊，当剧痛袭来，灾
难深重的民族、年轻人的身体中都藏着一头野兽，注定为了求
生存要反抗、复仇。这是只有青春才会迸发出的激动人心的形
象。正当写情书、摘鲜花的年龄，可是华北平原已容不下一张

小小的平静的书桌了，穆旦已然写下这首诗，用如炬的宣言代替了个人的小情思。

在这首诗中，既可以找到英国浪漫派诗人布莱克的《虎》的影子，也有奥地利现代派大师里尔克的《豹》的启示。但是，"野兽"超越了"虎豹"那静态的象征和晦涩的玄思。可以说穆旦的诗歌艺术一开始起点就很高。

穆旦的生命轨迹是多舛而艰险的，但由于他对外语、外文的精通，由于他在清华园遇到了影响他一生的启蒙老师，便直接受到了西方文学的熏染，使得他的部分诗歌充满着英美浪漫主义风格。

1937年，在五岳之一的"南岳衡山"临时大学（由于北平战乱，北京大学、清华大学、南开大学临时撤离至湖南长沙，合并称为"临大"），一位来自英国的青年教师威廉·燕卜荪，有着"数学头脑"的现代诗人，同时也是一位犀利的批评家。也就是他，第一个让穆旦等同学读到了奥登充满激情的《西班牙1937》。他还特别推崇威廉·布莱克，常说布莱克是继莎士比亚、弥尔顿之后英国最伟大的诗人。这位英籍教师，在临时大学条件极差，既没有图书，也缺少教材的情况下，凭记忆把莎翁的作品打印出来，分发给学生做教材。因此，除了喜欢拜伦、叶芝、雪莱之外，穆旦也特别喜欢布莱克，他后来的写作技巧、风格、语言，很明显地受到这位英国现代诗人的影响。燕卜荪的启发、熏陶和培育，使穆旦对诗歌的认识站在一个很高的起点上，为后来的翻译工作准备好了最有价值的铺垫。让我们来看看他优美的诗歌。

春

绿色的火焰在草上摇曳，
他渴求着拥抱你，花朵。
反抗着土地，花朵伸出来，
当暖风吹来烦恼，或者欢乐。
如果你是醒了，推开窗子，
看这满园的欲望多么美丽。

蓝天下，为永远的谜蛊惑着的
是我们二十岁的紧闭的肉体，
一如那泥土做成的鸟的歌，
你们被点燃，卷曲又卷曲，却无处归依。
呵，光，影，声，色，都已经赤裸，
痛苦着，等待伸入新的组合。

1942年2月

繁花胜景中，极度铺张的是青春的热烈，但这种生命的勃发又处于限制中。春天是自由者的天地和乐园，却是被禁锢者的远景。战乱年代，当青春的激情不能释放时，这春天的诗意多么令人痛苦。"泥土做成的鸟的歌",多么传神的象征,有歌声,却不能飞翔。欢乐和痛苦是诗人不断变化的情绪。摇曳、渴求、拥抱、反抗、伸、退、点燃、蜷曲、归依,不断出现的动词使诗歌的语言充满内在的张力。我喜欢在诗歌中更多地使用动词,也鼓励作者使用动词,因为它可以成倍地加强语言的张力。

因为穆旦的中国古典文学根底深厚,又大胆尝试现代主义表现手法,使他的新诗极大地拓宽和丰富了中国现代诗的内涵和表现力。

谢冕先生说:"穆旦把充满血性的现实感受提炼、升华而为闪耀着理性光芒的睿智……让人看到的不是所谓'纯粹的技巧'的炫示,而是给中国历史重负和现实纠结以现代性的关照,从而使传统中国式的痛苦和现代人类的尴尬处境获得了心理、情感和艺术表现上的均衡和共同。"这样的评价仿佛是针对他的诗歌《被围者》。

后来者评价他对中国新诗最大的贡献是塑造了"被围者"形象。他真实记录了抗战时期中国孤立无援的情状,同时"被围者"又被视为一个人的自我,写出了中国知识分子在强大的社会和文化传统的包围中而难以突围、难以自救的悲剧氛围。有人认为,穆旦塑造的"被围者",它的深刻性远远超过中国诗歌史上"倦行者"和"追梦人"形象。关于中国诗歌史上"倦行者"和"追梦人"也很有意思,大家如果有兴趣可以做一些延伸性研究。

不得不说，自新冠肺炎疫情以来，被围者的情状仿佛又在重演。历史总是惊人地相似，虽然今天与七十多年前相比早已物是人非了，可人性却从来不曾改变过。让我们来看看他的诗歌：

被围者（节选）

一个圆，多少年的人工，
我们的绝望将使它完整。
毁坏它，朋友！让我们自己
就是它的残缺，比平庸更坏：
闪电和雨，新的气温和希望
才会来灌注：推倒一切的尊敬！
因为我们已是被围的一群，
我们翻转，才有新的土地觉醒。

1945年2月

从语言的艺术性、语言的意外和张力，内心的关联度和新诗对求新意识的追求来看，七十六年前的穆旦已经完成了我们现当代诗人对新诗的那种探索和追求。王佐良先生曾评价说："在普遍的单薄之中，他的组织和联想的丰富有点似乎要冒犯别人了。"七十六年后的今天，我们对新诗的写作依然在尝试和受挫的阶段，面对数量庞大却乏有经典惊世之作的现实，每个人都不知所措。穆旦就是先锋，走在新诗前面，已经很远很远了。

早在1947年，九叶派诗人之一唐湜读了作家汪曾祺的许多文章，深受触动，他在上海找到汪先生，想给他写篇评论。汪曾祺，这位穆旦在西南联大的同学，"冬青文艺社"的战友，同为沈从文先生的得意门生，却拿出来一本《穆旦诗集》给唐湜，说："你先读读这本诗集，先给穆旦写一篇吧，诗人是寂寞的，千古如斯。"唐湜细读之后，按捺不住心中的触动，在1948年写下了一万多字的《穆旦论》，以至于唐湜后来归入九叶派诗人当中，成为同道之诗人。

关于九叶诗派，需要给大家顺便介绍一下，因为九叶诗派中的最重要诗人是穆旦。它不是源于20世纪40年代，而是自1981年出版了《九叶集》后，由此得名。"九叶诗派"主要是1945年至1949年之间，在国民党统治区发表诗作的九个年轻人，他们是穆旦、辛笛、杭约赫、陈敬容、唐祈、唐湜、杜运燮、袁可嘉、郑敏。他们并非一个统一的组织，也不在一个地方活动，遍布京津、上海、西南、西北各地；也不具有相同的职业，有的抗战复原做教师，有的办报纸和进步刊物。他们关心时事和民生疾苦，渴望自由和民族解放。他们没有明确地打出结社组团的旗号，艺术个性也各不相同，但是他们的诗歌创作却表现出相似的美学风格。他们的诗歌形成了颇具特色的艺术流派。他们创作较多地受到西方现代派诗歌的影响。九叶诗派成员了不起的地方是，他们不但是杰出的诗人，还是至少掌握两门外语的翻译家，个个都有自己的经典翻译和诗歌代表作。

回到诗歌。作为职业编辑，我对穆旦其中一首诗最为敏感，就是这首《退稿信》。这首诗写于1976年11月10日，也就是他去世的前三个月。在这首诗中，我有太多感同身受，竟被四十年前的穆旦痛快说出。

退稿信

您写的倒是一个典型的题材，
只是好人不最好，坏人不最坏，
黑的应该全黑，白的应该全白，
而且应该叫读者一眼看出来！

您写的故事倒能给人以鼓舞，
要列举优点，有一、二、三、四、五，
只是六、七、八、九、十都够上错误，
这样的作品可不能刊出！

您写的是真人真事，不行；
您写的是假人假事，不行；
总之，对此我们有一套规定，
最好请您按照格式填写人名。

您的作品歌颂了某一个侧面，

又提出了某一些陌生的缺点，

这在我们看来都不够全面，

您写的主题我们不熟稔。

百花园地上可能有些花枯萎，

可是独出一枝我们不便浇水，

我们要求作品必须十全十美，

您的来稿只好原封退回。

1976年11月

这首写于1976年的诗，是对一个特殊时代文艺专制的反抗，带有人民的意志性，而非抒发个人的一己私见。歌功颂德粉饰太平，塑造英雄人物的文艺标准，绝对不是诗歌的要求。绝妙的讽刺语气，具有政治讽刺诗的犀利和鲁迅式的深刻与幽默。有时候大家对某种现象有可能是心照不宣的，有能力辨别不一定有能力说出，或者不愿意说出。随波逐流的人是多数的，就此而言，穆旦是个例外。

另一首诗也特别有味道。这是穆旦在生命的最后几年，生活历经了数不清的碾压，但又一次次站起来的他，写下的独有的感受。

苍 蝇

苍蝇呵，小小的苍蝇，
在阳光下飞来飞去，
谁知道一日三餐
你是怎样的寻觅？
谁知道你在哪儿
躲避昨夜的风雨？
世界是永远新鲜，
你永远这么好奇，
生活着，快乐地飞翔，
半饥半饱，活跃无比，
东闻一闻，西看一看，
也不管人们的厌腻，
我们掩鼻的地方
对你有香甜的蜜。
自居为平等的生命，
你也来歌唱夏季；
是一种幻觉，理想，
把你吸引到这里，
飞进门，又爬进窗，
来承受猛烈的拍击。

1975年

初看这首诗的时候，阵阵心酸涌上心头。这首诗以荒诞加戏谑式的手法将丑恶作为现实的本来面目展现出来。穆旦以苍蝇自比，以机智的语言写出了自己对人生的思考和生命的担忧，看似站在世界的边沿，但他思考的却是社会的中心地带——生命。即便是一只苍蝇，也不放弃生活，并渴望生命的平等，实为对生命存在的虚妄和残忍现实的悲剧性超越。

这首诗，我特别佩服穆旦举重若轻的表现能力和脱离俗套的语言表达能力，这种寓生命于艺术的诗篇，放在今天，也是绝无仅有的。

与这首《苍蝇》一样，下面这首《停电之后》，亦然体现着穆旦诗歌写作的深层次素质。

停电之后

太阳最好，但是它下沉了，
拧开电灯，工作照常进行。
我们还以为从此驱走夜，
暗暗感谢我们的文明。
可是突然，黑暗击败一切，
美好的世界从此消失灭踪。
但我点起小小的蜡烛，
把我的室内又照得通明：
继续工作也毫不气馁，

只是对太阳加倍地憧憬。

次日睁开眼，白日更辉煌，
小小的烛台还摆在桌上。
我细看它，不但耗尽了油，
而且残留的泪挂在两旁：
这时我才想起，原来一夜间，
有许多阵风都要它抵挡。
于是我感激地把它拿开，
默念这可敬的小小坟场。

1976年10月

这首诗因为其纯熟的表现力，而全然不见雕琢的痕迹。阳光、电灯、蜡烛，不同的光源，三重意象交叠，又与内心形成三重呼应，技巧尖锐而圆熟，节奏从容舒缓，岁月和淡淡的苦涩融于自然的流动中。这首诗让我看到了光芒下的苦涩和晦暗，明明处处有光却感觉世界漆黑一片。我特别感慨的是即使到了晚年，在即将离世的头一年，穆旦的诗才仍是无可企及的。

现在，如果问读过穆旦诗歌的人，多半都会提到他的诗歌《赞美》。《赞美》写于1941年，在一个时期成为他的代表作，被后来人视为诗歌经典。感受一首诗，如果先了解写作背景，对它的理解就会更加深刻。让我们回忆那样一个年代：1941年的沿海都市里装点着舶来的文化和商品，国外归来的知识阶层谈论着另一种生活方式。与此同时，广袤的原野和贫瘠的村庄，正在饱受侵略者的蹂躏。一边是先进文明对落后社会的冲击，一边是民族命运国难危亡的压迫感，有的人设法在战乱中为自己寻求安定的生活，有的人则最终战死沙场。这时候，对于负有忧患意识、同情心、悲悯之情的穆旦来说，关心现实胜过苦涩呆板的标语口号和贫血的辞藻。他说："我们所生活着的土地本不是草长花开、牧歌飘散的原野。"抗战使中国人民需要一种"新的抒情"！穆旦一生不依附任何政治意识，但在"诗和现实的关系"上，他有着清醒的笔触。

诗人的现代感实际上也是时代感。在哪个时代记录哪个时代的事物、社会、自然。蔡元培先生说过，在哪个时代说哪个时代的话，说自己的话，不说别人的话。也就是说你的语境一定要是当下的，而非遥远的。说到这儿，给大家说一个小插曲。我不久前参加一次改稿会，有一位诗人写到一个细节，大概是女孩子向男朋友赠送定情礼物，掏出了一块绣着鸳鸯的手帕。我跟他说，这种表达实在是很遥远的事了，远到古代。现在我们随便打开京东和淘宝，香奈儿、迪奥、FILA、NEW BALANCE、资生堂、妮维雅、华为等高中低品牌，随便一件礼物都不可能是鸳鸯手帕。他写另一个细节是，说女孩子是大户人家的女儿。大户也不是现如今的语言，现在称大户都是富二代、土豪，官二代等等，所以，这位作者的作品是缺乏当下生活经验的，缺乏与现实的联系。单纯靠想象，脱离实际、脱离语境是一种不负责任的态度。

回到诗歌《赞美》。经过理性与感性的思辨，经过悲伤后的警觉，穆旦写下了这首诗，于1942年刊登在"西南联大"社刊《文聚》上。《赞美》一经发表，便引起轰动，奠定了穆旦不仅有"第一流的诗才，也是第一流的诗人"的地位。他的同学好友巫宁坤评论这首诗"悲壮滴血的六十行长诗《赞美》，歌唱民族深重的苦难和血泊中的再生"，它承载着整个时代的、整个民族的忧患和希望。

几十年后，这首"现代诗歌第一人"（北京大学教授谢冕语）的代表作被选入中学语文课本。让我们来欣赏穆旦诗歌：

赞 美

走不尽的山峦和起伏，河流和草原，
数不尽的密密的村庄，鸡鸣和狗吠，
接连在原是荒凉的亚洲的土地上，
在野草的茫茫中呼啸着干燥的风，
在低压的暗云下唱着单调的东流的水，
在忧郁的森林里有无数埋藏的年代。
它们静静地和我拥抱：
说不尽的故事是说不尽的灾难，沉默的
是爱情，是在天空飞翔的鹰群，

是干枯的眼睛期待着泉涌的热泪，

当不移的灰色的行列在遥远的天际爬行；

我有太多的话语，太悠久的感情，

我要以荒凉的沙漠，坎坷的小路，骡子车，

我要以槽子船，漫山的野花，阴雨的天气，

我要以一切拥抱你，你，

我到处看见的人民呵，

在耻辱里生活的人民，佝偻的人民，

我要以带血的手和你们一一拥抱。

因为一个民族已经起来。

一个农夫，他粗糙的身躯移动在田野中，

他是一个女人的孩子，许多孩子的父亲，

多少朝代在他的身边升起又降落了

而把希望和失望压在他身上，

而他永远无言地跟在犁后旋转，

翻起同样的泥土溶解过他祖先的，

是同样的受难的形象凝固在路旁。

在大路上多少次愉快的歌声流过去了，

多少次跟来的是临到他的忧患；

在大路上人们演说，叫嚣，欢快，

然而他没有，他只放下了古代的锄头，

再一次相信名词，溶进了大众的爱，

坚定地，他看着自己溶进死亡里，

而这样的路是无限的悠长的

而他是不能够流泪的，

他没有流泪，因为一个民族已经起来。

在群山的包围里，在蔚蓝的天空下，

在春天和秋天经过他家园的时候，

在幽深的谷里隐着最含蓄的悲哀：

一个老妇期待着孩子，许多孩子期待着

饥饿，而又在饥饿里忍耐，

在路旁仍是那聚集着黑暗的茅屋，

一样的是不可知的恐惧，一样的是

大自然中那侵蚀着生活的泥土，

而他走去了从不回头诅咒。

为了他我要拥抱每一个人，

为了他我失去了拥抱的安慰，

因为他，我们是不能给以幸福的，

痛哭吧，让我们在他的身上痛哭吧，

因为一个民族已经起来。

一样的是这悠久的年代的风，

一样的是从这倾圮的屋檐下散开的无尽的呻吟和寒冷，

它歌唱在一片枯槁的树顶上，

诗
歌
的
玫
瑰

它吹过了荒芜的沼泽，芦苇和虫鸣，

一样的是这飞过的乌鸦的声音。

当我走过，站在路上踟蹰，

我踟蹰着为了多年耻辱的历史

仍在这广大的山河中等待，

等待着，我们无言的痛苦是太多了，

然而一个民族已经起来，

然而一个民族已经起来。

1941年12月

因为时间的原因，我只介绍穆旦先生一四十六首（组）诗里面这七首诗，其实还有更多的诗值得我们去研读，去珍存。这些诗仅作为一次导读，后面大家可以慢慢通过去图书馆或网络查阅他的诗集来阅读。

穆旦的译作

老舍先生说："恋什么就死在什么上。"过去我认为是针对英国大提琴家杜普雷说的。匈牙利大提琴家史塔克有次乘车，听见广播里正在播放杜普雷演奏的大提琴曲，当时并不知道是谁，他说，像这样的演奏肯定活不长久。一言成谶，这位与神魂共舞，拼却性命的英国演奏家，在四十二岁那年过早地离开了人世。而她演奏的大提琴声音至今还在世上回响。这使我想到穆旦，翻译伴随他成长、恋爱、漂泊、失落、挣扎，为翻译，他一样拼却了性命，在五十九岁那年便早早地枯萎了。老舍的这句话何尝不是他的人生写照？尽管也有特殊时代的原因。

穆旦的翻译，其基础毫无疑问是在西南联大外文系学习时奠定下的。1935年，十七岁的穆旦高中毕业时同时被三所大学录取，最后选择了清华大学外国语文系。我们看看那时候清华大学的教育目的——培养"博雅之士"，熟读西洋文学名著，了解西洋文明精神。专业上的训练，为穆旦为此后的文学翻译做好了专业性的铺垫。所以考上一所好大学，意味着事业的高起点。可是，在战乱的年代，一张平静的书桌对于一个热爱学习的人是多么奢侈的东西。1937年，当抗日战火烧到了北平、天津，清华大学、北京大学、和天津南开大学三所高等学府被迫南迁。在湘江江畔的湖南长沙，合并组成"国立长沙临时大学"，简称"临大"。烽火弥漫中的大学里，先让我们看看穆旦的课堂上站立的都是哪些教授：冯友兰、朱自清、闻一多、钱穆、金岳霖、陈寅恪、柳无忌、威廉·燕卜荪等大儒、大贤林立，如雷贯耳。想想现在的高校，所有教授加起来的总和，其影响力和分量也难以企及这其中的任何一位。

在艰苦的条件下教授们一边讲学，一边从事学术研究和著述，并开展各种学术、文艺活动。在南岳学习一个月，超过在北京一个学期的收获。在后来继续南迁昆明的路途上，穆旦经历了"世界教育史上艰辛而具有伟大意义的长征"，从湖南到贵州最后到昆明，步行三千多里，沿途除了熟悉民情、考察风土、采集标本、锻炼体魄，他还悄悄坚持着一段穆旦式的学习计划，就是背随身携带的一本英文字典，背一页撕一页，最后到达昆明西南联大，一本字典撕完了，全装进自己的脑袋里。包括后来他在美国芝加哥大学留学学习俄语时，也是以此种方式学习的。一个天才，支撑他的其实是超人的勤奋和惊人的意志力。现在，我都拿穆旦的学习精神为例，激励我上初中一年级的女儿，当然还有我自己。

在顶风冒雨，翻阅山岭的路上，穆旦经常陪伴并照顾一位他尊敬的老师，一路就近请教，一路深得这位先生的启迪与帮助，他就是闻一多先生。想想那时候，穆旦虽然求学条件艰苦，但他的老师各个如洪钟大吕般地存在于他的身边，思想启蒙和学养基础都在极高的起点上。有一句最平常的话叫学以致用。在战争年代，英语口语和笔试都极其优异的穆旦也派上了用场。可是这个用场不是别处，是战场。一介文弱书生真的能上战场打仗吗？不但能，而且他干的是间接指挥打仗的活儿。当时中英美联合作战，出征缅甸抗击日本侵略，国与国之间的官兵需要沟通，中国教育部就下令在内迁大学里招募学生，穆旦和同学杜运燮等即为"西南联大"输送的从军翻译人员。可以说世界上没有哪一所大学是以参军报国为学历的，穆旦当年干这份工作，纯粹属于报国之心。他曾经跟随过杜聿明、罗佑伦两位国民党高级将领当翻译。据穆旦夫人周与良说，这两位将军非常喜欢文学，经常和他谈论文学、诗歌，非常喜欢穆旦写的诗。由此，我仿佛看到了在血性的战场上闪现出的一点人性光芒。

但真正到了战场上，那种残酷却是我们难以想象的。他参加过"自杀式的殿后战"，穿越野人山原始森林，受蚂蟥吸血、啃噬，穿过白骨遍野的杂草、丛莽。经过一次断粮八天居然又活了过来的奇迹。撤军印度后，因饥饿之后的过饱又差点死去。这种悲惨的人生经历，对一个年轻的生命来说到底意味着什么？他会看淡生命吗？或者这些经历会使他此后的生命更加坚韧吗？

王佐良曾经说过，穆旦并没有在别人面前讲过他经历过的骇人听闻的悲惨遭遇，他似乎对这一切很淡漠。现在想想穆旦活下来实在是个偶然。一个深受战争创伤的人，自然会变得沉默寡言。回想起他所经历的一切，多少噩梦一定是挥之不去的，如果不是内心强大到一定程度，精神分裂也是很正常的事。许多经历过战争的人，孤独的内心是常人无法理解并打开的，更不要说进入了。

可是比这一切更残酷的是，多年以后，有人竟荒唐地把穆旦这段义勇抗日经历当成"罪证"，什么"罪证"呢？——"历史反革命""蒋匪的英文翻译"。这些含冤的罪名使他背负终身，直到去世。我在想，如果说因为翻译给他带来了种种"死法"，这段荒唐的罪名便是第一种"死法"。

还有翻译带给他的第二种"死法"吗？有，那就是他的翻译著作。

1950年，穆旦在美国芝加哥大学修完《英国文学》《俄国文学》课程，获得文学硕士学位回国。他说过这样一句话："祖国和母亲是不能选择的。"穆旦实际上是发自内心的传统爱国知识分子，包括他的妻子周与良。1953年，穆旦夫妇被分配到南开大学。当时两人都为副教授。想想两位多么卓越的留美人才，在国家最困难的时候回来，内心得有多纯粹才会做出这样的决定。一开始他们住在周与良父亲周叔弢家，一起骑自行车逛旧城南市，欣赏民间艺人表演，一起故地重游他的母校南开中学。直到1954年穆旦和周与良搬到南开大学东村70号，三间平房内，在这里开始了他们二十二年不平静的生活。此后多年，这个地方被后人纪念、缅怀，最深切、最痛彻的顾念都留痕于此处。

我们都知道，穆旦是一个勤奋的人。归国后，他已经开始夜以继日地翻译当时苏联高等教育部用作大学文学系和师范学院语言及文学系的文学理论教科书。这本书的名字是《文学原理》，由三部书组成。作者是当时苏联的文艺学家季摩菲耶夫。为什么要翻译这本书？而且赶在1948年出版。因为它是马上成立的新中国迫切需要的大学文科教材。由于穆旦精通俄语，文学功底深厚，文笔流畅，这本书风行一时，发行量很大，五次再版，发行三万四千册。那时候人口基数少，学生基数更少，这样的发行量太惊人了，放到今天也是个巨大的数字。一直到今天，不计其数的再版，成为高等文科教育的经典教材和教授们的经典参考书。这一笔珍贵的财富，因为一个人的存在，他做了这件事，而使一代一代人受益。与此同时，穆旦还以查良铮或笔名梁真，翻译了俄国诗人普希金和其他外国诗人的诗集。来看看他从1953年到1958年中，翻译了多少书。五年中，穆旦一人出版的译书竟然有十几种之多，此外，还在报纸上发表了很多译文和译诗。译文精彩传神，被国人大量购买传颂，直到今天仍然不断地被再版、编选。要特别提出的是，这些译著能够大量出版，与同时代巴金夫妇，这对坚定的欣赏者和支持者有着直接的关系。想想当年，巴金和夫人萧珊完全是出于对文学的热爱和对好作品的追求，才在上海办了一个平明出版社，巴金先生曾说过："我不过是想认真做点工作，为读者多印几本可读的书，为一些见面或未见面的朋友帮一点忙，使他们生活得更好一点。"他同时也完全是出于对穆旦才华的欣赏和尊敬才接连出版他的译作。这种爱护文学、呵护知识分子的情怀，这样的社会责任心，如果能够放到今天，我们可以多看多少好书啊，而不是太多超量的无用的垃圾。所以那一代人的德行和才华是经得起时间的检验的。我特别怀念他们。

王小波先生写过一篇文章，叫《我的师承》。在这篇文章里，王小波坦承自己的文学师承是来自那些优秀翻译家的译著，查良铮和王道乾便是其推崇备至的两位翻译家。是他们发现了现代汉语的韵律，并创造了纯正完美的现代文学语言，径可烛照后人。王小波年轻时，偷偷地读到过傅雷、汝龙等先生的散文译笔，这些文字都是好的。但是最好的，他认为还是诗人们的译笔。他说查先生和王先生对他的帮助，比中国近代一切著作家对他帮助的总和还要大。现代文学的其他知识，可以很容易地学到。但假如没有像查先生和王先生这样的人，最好的中国文学语言就无处去学。另一方面，王小波还为这些优秀的翻译家在现代文学领域未受重视感到愤懑，称"我国的文学次序彻底颠倒，末流的作品享有一流的名声，一流的作品却默默无闻"。这种现象好像不是哪一个时代独有的，古代、当代，不胜枚举何其多。杜甫不也是死后多年才被发现、承认的吗？

回到当年。穆旦在南开大学，是公认的"业务拔尖""课教得好""受学生欢迎"的副教授。这么优秀的人才，要说应该如鱼得水，如沐春风，备受器重才是。可是有一句话叫"木秀于林，必遭风摧之"。一个朝气蓬勃的年轻人，靠自己勤奋努力接连出了那么多译著，对事业单纯地投入和热爱，全然不会考虑人性的复杂和阴暗。人在一个相对封闭的环境中，你一切的努力和收获某种程度上就是招致嫉妒的祸根，如果再遇上一个心胸不够宽阔且可以暂时左右你命运的前辈领导，你的优秀就是对他的冒犯。正应了那句话，"你的存在就是对别人的伤害"，即便你从未伤害过谁。这样一个环境，对于从不说假话，天真正直的穆旦来说，实际上是异常危险的。随时都被人盯着，随时都会有厄运降临。

1954年穆旦在政治运动中终于无可逃脱地被安上了几种"莫须有的罪名"。我细细统计了一下，共有以下三种：1.和同事一起为一位贡献突出的老教授说话，向领导提了一些挽留意见、建议，被认定是"反党反革命小集团"。2.在批判《红楼梦》研究的错误时，穆旦虽未发言，但与发言的同事（这些同事发言时被认为有些言辞冒犯了领导）过从甚密，被认定是"反党反革命小集团"。3.就是上面说到的，充当"伪军官""蒋匪军的英文翻译"，最后被法院宣布为"历史反革命"。细思极恐，因为翻译了很多著作，而冒犯了一个人（这个人也是老一辈翻译家，当时是南开大学外文系主任，他的很多回忆文章从未提及过穆旦及其遭遇。他翻译过《简·爱》《被侮辱与被迫害的人》，在此隐去姓名）。在黑白颠倒、是非混淆的年代，为国效力的穆旦不但没有等到勋章和嘉奖，反而被迫害、被治罪。令现在的人每提及此事，无不齿冷。

穆旦的罪名，让我想起了去年（2020年）年初，一个使用频率最高的名词"极左"，对于"极左"们来说，或许是趁此机会给别人戴上一顶负有罪名的帽子用来泄私愤，可是对于穆旦来说，这种凌辱却让他的一生尝尽苦头。那时候，六十多年前，他最深切的体会是：要讲几句真话竟会这么困难。但他仍然坚定地认为：做人还是凭良心好。

四十岁的穆旦，从此被逐出了大学课堂。在写作和翻译的黄金时期，被发落到图书馆"监督劳动""接受机关管制"，降级、降职，打扫图书馆楼道和厕所。一夜之间从留美教授变成了普通保洁员，被原来的保洁员监督劳动。

这时候，穆旦决心自己解放自己；而翻译便是他的门户，用来关闭外面的乱世。他在1963年着手翻译俄国早期象征派诗人邱特切夫的抒情诗，瞒着家人把译稿寄给了人民文学出版社

（那时候萧珊已蒙冤离世，巴金先生也一样遭受政治迫害。欣赏他的人故去，再无支持与保护，悲伤至极）。因为当时的身份，没有出版社敢出他的著作，直到二十二年后，穆旦去世八周年之际，才由外文出版社出版。周与良接通知去领稿酬时，无论如何也不敢相信竟然有这种奇迹发生。她与我心里的疑惑一定是一样的，究竟是哪位编辑在动乱年代还坚定地珍存着穆旦的译著手稿？当这位编辑拥有销毁稿件的裁决权时，他为什么选择了默默保存？每每想起这位编辑，对这位饱有稀世良知并且对杰作拥有鉴别能力的人，我都会肃然起敬。可惜到现在我还不知他到是谁，我想有一天我一定会找到线索弄清楚。我也是职业编辑，我常想，这件事实际上对我、对每个编辑的职业精神都构成了深刻的反思和拷问。

而在此后，1964年和1965年的这两年中，他把所有的业余时间都用于修改、继续翻译拜伦的代表作——长篇叙事诗《唐璜》。"文化大革命"前夕，终于完成了两万多行初稿。

1966年，"无产阶级文化大革命"开始了，穆旦和他家像多数知识分子的遭遇一样，被批斗、被闯入、被洗劫。一家六口人被强迫搬进仅有十七平方米的小屋。五十多岁的老翻译家白天淘粪、送肥、铲土、打墙拔草、修猪圈，做一切超负荷的体力活。到了晚上，他蜷曲于闷热的小屋一角，把锅碗瓢盆整理到一边，小台灯下，一直翻译到深夜。从1962年起，早已抛舍了"穆旦"诗人身份的查良铮，"耗工费时最巨，花费心血最多"的是对《唐璜》翻译；中间又重译、修改普希金等诗人的作品。

　　某一个冬日晚上，因替大儿子打听招工消息摔伤、误诊，本应卧床休息，穆旦却每天吃力地架着双拐，一步一挪地走到书桌前。冬天小煤炉也常常因为不及时添煤而熄灭，冰冷对他来说全无感觉，他在工作的时候也是常常忘记了吃饭喝水。了解穆旦的人多少都会疑惑，动乱年代，一个对翻译倾尽性命的穆旦，难道不知道这些书稿前程未卜吗？尽管他多次说过"中国总有一天会需要知识，需要艺术……这是我喜爱的工作。我懂得，中国需要诗"。可心里怀着的难道不是渺茫与绝望吗？我认为，在某种程度上，穆旦对翻译的痴迷，也是身在苦难中的精神寄托。只能说每个人的精神寄托是不一样的，有的人是金钱、权力、酒色，而穆旦是翻译。一如他说过的话："……人只能为理想而活着……只有理想才能够使生活（生命）兴致勃勃。"

　　另一方面，据说当时许多工厂里的工人热爱普希金的诗，并去南大打听译者穆旦。不能出版的译稿，被朋友传抄，被社会上暗流涌动的文学爱好者传阅、诵读，尽管有的读者也许只是热爱普希金、拜伦、济慈、雪莱……不一定留意译者穆旦，或者偶尔也有学生去找穆旦，说是普希金介绍来的。但这种种与他关联的读者反应，使穆旦感受到一个苍白的时代正在被自己的劳动隐隐启蒙，这种精神鼓舞和暂时的安慰在当时一定是巨大的。

　　他只是默默地不停息地做着，一如他在鲁迅杂文集《热风》扉页上写了一句话："有一分热，发一分光，就像萤火一般，也可以在黑暗里发一点光，不必等候炬火。"穆旦最后的日子依然是在译诗中度过的，在每天十几个小时的紧张译诗工作中，度过了他生命的最后一年。除了完成《唐璜》之外，重新修改翻译《普希金抒情诗选集》《拜伦诗选》《欧根·奥涅金》……他把过去本来就译得很好的诗又花了很多的工夫重新修改，常常为一个句子，一个词，夜不能寐。我找到了普希金的一首诗《寄西伯利亚》，对照这首诗的前后译本后，对如何处理诗歌的意蕴，就有了一个参照性范本。

前译本：

寄西伯利亚

在西伯利亚的矿坑深处，
请坚持你们高傲的容忍：
这心酸的劳苦并非徒然，
你们崇高的理想不会落空

"灾难"的姐妹——"希望"
正在幽暗的地下潜行，
她会激起勇气和欢乐：
渴盼的日子就要降临。

爱情和友谊将会穿过
幽暗的铁门，向你们伸出手，
一如朝向你们苦役的洞穴
我自由的歌声缓缓进流。

沉重的枷锁会被打断，
牢狱会颠覆——而在门口
自由将欢笑地把你们拥抱，
弟兄们把利剑交到你们手。

1827年

（查良铮译）

后译本：

寄西伯利亚

在西伯利亚的矿坑深处，
请把高傲的忍耐置于心中：
你们辛酸的工作不白受苦，
崇高理想的追求不会落空。

灾难的忠实姊妹——希望

在幽暗的地下鼓舞人心，

她将把勇气和欢乐激扬：

渴盼的日子就要降临。

爱情和友谊将会穿过

幽暗的铁门，向你们传送，

一如我的自由的高歌

传到了你们苦役的洞中。

沉重的枷锁将被打掉，

牢狱会崩塌——而在门口，

自由将欢欣地把你们拥抱，

弟兄们把利剑交到你们手。

1827年

（查良铮译）

　　从重译的诗稿看出，穆旦对艺术多么较真，多么苛求。语言流畅、精到，不着痕迹地展开。这既是在时间、阅历中的感悟，又是一个人的偏好与严谨，尽可能把艺术做到尽善尽美。感觉他所做这一切像是带着使命去完成的，和一般意义上的翻译有着本质的区别。

　　穆旦曾经对妻子周与良说，"我已经译完了值得介绍给中国读者的诗篇。该译的诗都译完了，译完了又去干什么呢？"

他仿佛来人间就是为诗歌而来的。穆旦在最后的日子里曾经对生命有过朴素的感悟，仿佛是替我们每个人说出的："人生太短，二十年一闪而过，再这么一闪，咱们就都没有了。咱们混想不到就六十岁了，这个可怕的岁数从没有和自己联系起来过。好像还没有准备好，便要让你来扮演老人，以后又是不等你准备好，就让你下台。"

在这样悲观的心境下，唯一放不下的仍是诗歌。他子女的回忆录里有这样的记述："1976年冬的一天，父亲将写好的一封信装入信封。这又是怀着一线希望写信询问《唐璜》出版情况。他不顾天寒风冷，坚持要自己去邮局发信。我们送他出门，看着穿着蓝色旧棉袄棉裤，戴着一顶破旧棉帽，架着双拐的父亲，消失在阵阵北风中。"这似乎印证了他晚年写下的名句"我全部的努力不过完成了普通的生活"。

查英传和弟弟妹妹们至今依然记得父亲最后的日子："2月26日凌晨三点，父亲永远离开了我们。他留下的最后一句话，是让我们去休息；嘱咐我们保存的唯一遗物，是一只帆布小提箱。他在入院前几天，曾对小平说：'你最小，希望你好好保存这些译稿。也许要等你老了才可能出版。'"（"小平"是穆旦最小的女儿查平）后来，几个孩子在整理父亲遗物时，发现箱子里整整齐齐放满了译稿。"每部译稿的封页都清楚地标明了题目或是哪一部译稿的注释。"而在这些译稿中最大最厚的一部标明是《唐璜》和《唐璜注释》。"这部千余页稿纸的译稿虽然纸张粗糙且灰黄，但文字工整，多数稿纸上都有许多

诗歌的玫瑰

修改，封页上有一行字：‘1972年8月7日起三次修改，距初译约十一年矣。’"让我感慨的是一部书在极其糟糕的人生境遇下翻译出来，呕心沥血竟然用了漫长的十一年。

据我了解，我认识的当下大多数译者（一定是译者，我心里很少承认当代翻译家的称呼和他们的著作），一些人在急功近利的情况下，一天能翻译十二首诗，也就是说十天就可以完成一本书。很多译者头戴无数光环，可文本粗糙，单是中文就不过关。是完全没有水准也不对谁负责的。所以，我只能读穆旦，唯有读他方可感受到人类的真情和艺术的鲜活。

穆旦去世三年半之后，1980年秋，《唐璜》终于得以出版。

1985年5月28日，一个雨后的上午，穆旦的子女把父亲的骨灰安放在香山脚下万安公墓的一块朴素无华的刻着"诗人穆旦之墓"六字的墓碑下，墓室中同葬的，还有一部《唐璜》。我记得同样故去的王小波说过一句激励我们的话，大概是这样的：穆旦和王道乾那代人的作品是比鞭子还有力量的鞭策。提醒现在的年轻人，记住他们的名字，读他们译的书，是我的责任。

那么此后，让我们每个人尽可能分出自己一点时光去静静地读穆旦、读查良铮吧。

穆旦与家人

通常情况下，介绍一位诗人、作家或翻译家，只介绍他们的成就、荣誉和逸闻轶事，很少涉及他们的家人。但穆旦是个例外，一是查姓家族的传奇性；二是穆旦的文学成就与家族世风、诗教密不可分，他个人的志向和对社会的认识也与家族多舛的命运密不可分。多少年来，他与家人丰富的故事，使得很多学者、专家趋之若鹜，潜心研究。

前面讲过，查家自唐宋以来，是名满大江南北的望族。仅明清两代起，通过科举进入仕途的数目就十分可观：明代，进士六人，举人十七人；清代，进士十四人，举人五十九人。查家真正创造了"一朝十进士，叔侄五翰林"的神话。据说"南查"这一支前后光女诗人就有八位，诗歌鼎盛的场面非一般家族可比。诗歌方面，以穆旦先祖查慎行为代表，查慎行生于康熙年间，是一位正直而有才华的诗人，因文坛政界的遭际受到打击和摧残。他的诗歌以"旅途见闻感受与自然风物为多，诗风宏丽稳惬，亦有沉雄踔厉处"。查慎行的诗在他那个时代就很有名。他的后人武侠小说家金庸先生，在《鹿鼎记》中的回目，就全部出自查慎行的诗句。例如，第四十三回"身作红云长傍日，心随碧草又迎春"。从这两句诗的意境可看出，这是作者的顺遂之作。后来查慎行因遭遇文字狱，再加上年事已高，病卧家中，将这两句诗置于另一首诗作中，改为"身作红云长傍日，心如白雪渐成灰"。全然是另一番彻悟与凄苦的心境了。

祖辈的成就和人生遭遇对穆旦俨然是极为重要的诗教传统。这种滋养和传承实际上像一张网一直在查姓家族扩展、延续。远的不说，让我们看近的。在一张照片里，因为金庸先生的拥趸雅俗兼具，数量众多，因此把他放在中心的位置上，便于理清每个人之间的关系。个个都是栋梁，个个都赫赫有名，从影响国家精神到影响个人心灵，无不囊括。金庸的姐夫钱学森是我国航天之父；表姐蒋英是女声乐教育家、女高音歌唱家，是著名军事教育家蒋百里（名方震）的女儿，钱学森的妻子；蒋百里是金庸的姑父。徐志摩是金庸的表哥，代表作《再别康桥》。不过金庸好像不太喜欢他风流不羁的性格。琼瑶，著名的言情小说家，金庸姐姐的外甥女，琼瑶叫金庸堂表舅。金庸的堂弟：查良铮，现代主义诗人、翻译家。堂哥查良钊，著名教育家，历任北京师范大学教授兼教务长、河南大学校长、河南教育厅长。金庸的妹夫曹时中，国际著名建筑结构专家和建筑"纠偏大师"。

有人说查家祖上占了好风水。海宁这个地方位于长江三角洲杭嘉湖平原，素有"天下粮仓，人间天堂"之美誉。海宁自古民风淳朴，经济发达，本来就是人文荟萃的地方。也有人说查家基因好，基因强大。

这两点按通俗的说法就是命好。除此之外，我认为之所以查家学风昌盛，人才辈出，还有后天的原因。比如家族的文化传承，家族成员互相影响，互相成就。再有就是姻亲门当户对也是很重要的因素之一。本来基因就好，再找一个好基因的伴侣，基因更加优良，家族更兴旺。所以对于我们这些后来的旁观者来说，查家现象也是一种启示：好的姻亲可以成就一个人，亦可以成就一个家族。在婚姻选择上，穆旦也沿袭着大家族的好传统。与周与良的结合虽然不是初恋，却是最合适的选择。穆旦和周与良的姐姐周珏良是西南联大的同学，周与良毕业于北平辅仁大学生物系，后又到燕京大学生物系攻读研究生。她们的父亲周叔弢是中国古籍收藏家，文物鉴藏家，著名的政治家、实业家，1949年后历任天津市副市长、天津市国际信托投资公司董事长、全国人大常委会委员、全国工商联副主席、全国政协副主席等职。周与良是名副其实的大家闺秀，性格温和，稳重有教养，可谓才貌出众。由于穆旦与周珏良是同窗好友的缘故，穆旦与周与良有缘相识并互相欣赏。此后1948年两人又一前一后，到美国芝加哥大学留学，并在佛罗里达州的小城杰克逊维尔正式结婚。实际上，很大程度上是因为周与良先期留学行动带动了穆旦去美国留学的决心。热恋中的人，在理想和追求上，追赶对方的愿望总是最强烈的。

前面介绍了穆旦的七首诗，各种代表性题材，各种情感都有，唯独没有爱情诗。下面这首诗是热恋中的穆旦写给即将出国的女友周与良的。九叶派诗人，翻译家袁可嘉先生说："新诗史上有过许多优秀的情诗，但似乎还没有过像穆旦这样用唯物主义态度对待多少世纪以来被无数诗人浪漫化了的爱情的。"这的确是切中肯綮的见解。穆旦的目的不在于一般性表白和抒情，而是把爱情中的人常有的理性与非理性、幸福和伤感交织在一起，来呈现爱情的真相。

诗八首（节选）

你底眼睛看见这一场火灾，
你看不见我，虽然我为你点燃；
唉，那燃烧着的不过是成熟的年代。
你底，我底。我们相隔如重山！
从这自然底蜕变底程序里，
我却爱了一个暂时的你。
即使我哭泣，变灰，变灰又新生，
姑娘，那只是上帝玩弄他自己。

1942年

开头两句，"一场火灾"，这种非理性的表达太地道了。想不出写热恋的句子还有哪些能超越此种炽热的表达。天才，即使热恋也如此高级。让我们回到穆旦夫妇美国留学。在芝加哥大学研究生院，汇集了来自中国的优秀人才，例如，学物理的李政道、杨振宁，都是穆旦夫妇的同窗好友。穆旦和杨振宁、李政道、巫宁坤等人还成立了"研究中国问题小组"。巫宁坤和穆旦等都主张学成回国。1952年，当周与良获得了芝加哥大学微生物博士学位后，两人开始办理回国手续，当时美国政府不允许理科博士生回中国大陆，他们时时刻刻都围绕着自己国家的利益来决定人才的去留，我培养的人才必须为我之需才行。因此穆旦夫妇如果选择留下，他们可以留在美国南部教书，当时南部教育人才紧缺；当然也可以搞科研。但是穆旦夫妇回国决心已定，经历很多曲折。最后才找到一位犹太籍律师，向美国移民局疏通，承诺周与良的生物专业与化学武器无关，并声称定居香港，这才终获放行。

与穆旦相偕回国后，周与良在生活上是一位堪称典范的贤内助，在穆旦遭受政治迫害，自身受到株连的灰暗时期，从未有过对丈夫对家庭的疏离和背叛。这是那个特殊年代多少分崩离析的知识分子家庭所不能相比的。人在低谷的时候，雪上加霜是经常发生的事，不被亲人嫌弃、抛弃反而是极少的。那个年代，因为政治原因，夫妻反目、互相揭发的事再平常不过。

事业上，1953年周与良回国后为南开大学讲授真菌学、普通微生物学等等，她所著的《真菌学》一书，已成为高校的通用教材。六十八年后的今天，南开大学微生物系已成为国家重点教育科研单位，这与周与良前期艰辛的开创是分不开的。但是，就像她这样一位毕业于素有"培养大学教授的大学"之称的芝加哥大学博士，在南开大学工作三十年，因受穆旦政治迫害的牵连却一直是个副教授头衔，直到20世纪80年代，这种不公的待遇才得到迟来的纠正。想象一下1953年，当时的中国会有几个博士呢？会有几个留美博士呢？会有几个微生物留美博士呢？会有几个留美博士真正愿意回来为祖国效力呢？现在看那时的周与良真的像稀世珍宝一样的存在。但有时候命运仿佛与才华无关，人生的境遇也仿佛早已注定。

那是在改革开放的1981年，李政道回国访问，分别多年的好友已是美国著名的物理学家，受到国家领导人邓小平的接见。当他了解到穆旦夫妇遭遇到的不公正对待后，希望会见穆旦夫人。周与良婉拒了，理由是坚持让校方在"穆旦"问题上给一个说法。是啊，那时的周与良以什么样的身份会见国际友人李政道呢？一个"历史反革命家属"吗？迫于国际影响，迫于各方压力，南开大学这才公开为穆旦平反纠错，并在天津烈士陵园举行了隆重的追悼会。穆旦的另一位同学杨振宁先生无论在美国还是中国大陆，所到之处功成名就，殊荣备至。无论是生命的宽度或是生命长度都令世人慨叹、仰慕。如今，杨振宁先生年届古稀，九十八岁高龄，且身心康健，而穆旦却已离世四十四年，周与良离世也有十九年了。周与良健在的时候写过一篇文章叫《永恒的思念》，有一段文字是这样写的："他走时，只有五十九岁，如果天假以年，现在仍健在，他又能写出多少好诗，翻译多少好书，更不要说与我畅游黄山了。"穆旦去世前一年答应周与良，等腿做好手术，恢复了，陪她游黄山。与昔日同窗对比之下，命运之悬殊，境遇之不同，差别竟然如此之大，实在令人唏嘘。而另一位名满天下的查良镛（金庸）同属浙江海宁查氏一脉，是同辈的叔伯兄弟。金庸先生一生乐居香港，名扬四海，死后哀荣备至。而穆旦先生在才华上绝不比其堂弟逊色，1952年坚定地回归祖国，却长期遭受不公正待遇，逝世后也少为世人所知，想来多么令人痛切。

　　关于穆旦那些坎坷的岁月，有人说是生不逢时，有人说是选择性错误。无论是哪种情况，那一切都已过去，时间再也不会重来。穆旦被平反后，南开大学同事来新夏教授写了一篇悼念文章《怀穆旦》，文中有一段是这样描述他的："穆旦虽身处逆境，但一直孜孜于他所喜爱的翻译事业。穆旦从回国到逝世二十年，几乎没有过上一天舒心的日子，主观的向往和客观的反馈，反差太大，不论做什么样的诠释，穆旦终归是一个悲剧人物。这不仅是穆旦，其他人也有些类似情况，但都没有穆旦那么沉重，那么透不过气来。穆旦生前万万没有想到他的身后却赢来无穷的赞誉和光荣——他的名字和诗作不仅在老一辈人中，也在青年中流传。他的成就得到了公允的评论，正如著名评论家谢冕所写的'一颗星亮在天边……'。"

实际上对于穆旦夫妇归国这件事，穆旦的子女从青少年时期就不能理解。那是1973年4月的一天，南开大学校方通知穆旦，美籍华人王宪钟先生来天津要约见他。穆旦和夫人孩子查平一起到天津第一饭店，和西南联大老友谈了两个多小时，并送给王先生一册1957年出版的普希金的《欧根·奥涅金》。此后几天，孩子们议论这件事时，不免流露出抱怨情绪：在美国生活那么好，为什么要回来当"牛鬼蛇神"？王先生这次回来，受到贵宾般的接见，而父亲却从牛棚"劳改"刚回来。或许是出于父亲的责任，他必须做出回答或解释。他告诉孩子们"美国的物质文明是发达，但那是属于蓝眼睛、黄头发的，而我们是黄皮肤、黑头发"，"物质不能代表一切。人不能像动物一样活着"。那时候，大儿子查英传虽然学习优秀，但因为受父亲牵连，只有下乡一条路。1970年查英传小小年纪就告别了父母到内蒙古五原县景阳林公社"插队落户"。穆旦觉得对不起孩子，不再吃鸡蛋，说是要留给小英回来吃；一块洗脸毛巾用了多年也不让换，说是要等到小英回来时才换。小英偶尔冬季农闲回家，穆旦会利用一切时间教授小英学英语，逐字逐句讲解《欧洲史》。大女儿查瑗初中毕业就到一家小塑料厂当工人，只要回到家里，穆旦便辅导她学习英语，每天背英语单词，教她阅读第一本英文著作《林肯传》，教她翻译著名的英国儿童文学《罗宾汉的故事》。最小的女儿查平当时在技校当钳工。小儿子查明传体弱多病，是唯一留在穆旦身边读书的孩子。

多年以后，事实证明，穆旦的子女都遗传了父母的好基因，即便身在逆境中，也能把父母的言传身教发挥到极致。兄妹四人在1977年至1982年恢复高考后，先后都考上了大学，并出国留学。查氏子女后来通过自己的努力，在各自的领域都成为了优秀人才。长子查英传，1953年生于天津，1970年至内蒙古五原县插队落户，1978年考入内蒙古大学电子学系。现在美国生物医学，航天、航空电子仪器设备研制领域工作。次子查明传，1955年生于天津，1984年天津中医学院毕业。留学加拿大麦吉尔大学人体营养系，获医学营养学博士学位，现在加拿大从事营养学研究和中医诊治。长女查瑗，1957年生于天津，1974年初中毕业后在天津市塑料厂当工人，1977年考入北京大学化学系，1986年获美国哥伦比亚大学化学博士学位，现在美国医药研究和检验管理领域工作。次女查平，1960年生于天津，1986年在天津外语学院毕业，1989年获美国罗吉斯大学幼儿教育系硕士学位，现在美从事幼儿和小学生教育。

说到这里，就像一个电影的结局，或许正是观众希望的一个结局，在屏幕上徐徐往上移动。这一切苦尽甘来仿佛是对一个苦难、卓越的灵魂最好的告慰。致敬我们的诗人，诗歌的玫瑰——穆旦！

2021.6.26

十年一觉扬州梦

——杜牧的诗兴风流与中国人格

■ 张锐强

活动时间
2021年6月26日15:00

活动地点
千翻与作·贵阳亨特店

嘉宾：
张锐强

十年一觉扬州梦

——杜牧的诗兴风流与中国人格

张锐强，河南信阳人，工科背景，从军十一年，三十岁退役后写小说。在《当代》《人民文学》《十月》发表长中短篇小说两百万字。多篇作品被《小说月报》《小说选刊》《中篇小说选刊》《北京文学·中篇小说月报》以及年度选本转载。著有长篇小说《浪淘沙》、《钱眼》、《杜鹃握手》，非虚构作品《诗剑风流——杜牧传》等十余部。二十一世纪文学之星、齐鲁文化之星。先后获得齐鲁文学奖、泰山文艺奖、全国煤矿文学乌金奖、《中国作家》鄂尔多斯文学奖、《山花》杂志双年奖。曾在在央视七套"讲武堂"栏目开设"名将传奇"和"书生点兵"系列讲座。

现为青岛市作协副主席。

张锐强

河南信阳人，工科背景，从军十一年，三十岁退役后写小说。在《当代》《人民文学》《十月》发表长中短篇小说两百万字。多篇作品被《小说月报》《小说选刊》《中篇小说选刊》《北京文学·中篇小说月报》以及年度选本转载。著有长篇小说《浪淘沙》《钱眼》《杜鹃握手》，非虚构作品《诗剑风流——杜牧传》等十余部。

张锐强是21世纪文学之星、齐鲁文化之星。先后获得齐鲁文学奖、泰山文艺奖、全国煤矿文学乌金奖、《中国作家》鄂尔多斯文学奖、《山花》杂志双年奖。曾在央视七套"讲武堂"栏目开设"名将传奇"和"书生点兵"系列讲座。

现为青岛市作协副主席。

公元803年是唐德宗贞元十九年。那一年长安大旱，京兆府万年县安仁坊内，杜牧呱呱坠地。中晚唐重要诗人以及跟杜牧关系密切的政治人物中，韩愈三十六岁，刘禹锡、白居易三十二岁，柳宗元三十一岁，元稹、牛僧孺二十五岁，李德裕十七岁，李贺十四岁。喜爱唐诗的人们还要分别再等上十年与九年，才能爬梳出李商隐和温庭筠的名字。

杜牧出身于官宦世家。远祖是被称为"杜武库"的杜预，曾祖杜希望终于西河（今山西汾阳）太守任上；祖父杜佑位极人臣，当了宰相，他的儿子、杜牧的父亲杜从郁因而可以门荫入仕。关于杜从郁的任职，有段小故事。拟转任左补阙和左拾遗，都被谏官叫停，但他的品级反倒由从八品上阶连升六品，当了秘书丞。一般而言，制度与官位都有延续性。但拾遗与补阙这两个官职都是唐代独创的。初设于武则天登基之初，职责是"供奉讽谏、扈从乘舆"。拾遗从八品上，补阙从七品上。虽然官品不高，但却是皇帝的近侍之臣，要参加早朝，属于常参官，颇为清贵。他们分属中书门下二省，中书省的称为右拾遗和右补阙，门下省的则是左拾遗和左补阙。其中左拾遗这个官名最为响亮，因杜甫担任此职时，"利用职权"替宰相房琯说话，被贬出朝堂，否则我们未必能读到《三吏》《三别》。

左补阙不合适，将其品级降低二等，转任左拾遗如何？依然无法通过。反对意见认为虽然官品不同，但职责一样。父为宰相，子为谏官，一旦朝政有所疏漏，儿子岂不是要议论父亲的得失？最终杜从郁只能改任秘书丞。秘书丞并非秘书，可以说是图书管理员，尽管在皇帝的图书馆，从五品上，比拾遗和补阙高得多，但重要性不及。唐代官员不能只看官品。品级高可能俸禄低。这逻辑虽有明暗，但道理古今相通。

杜牧的童年记忆有两种味道：书香和药苦。《通典》作者的孙子，印象自然是"万卷书满堂"。因杜从郁从小就身体不好，家中经常弥漫着熬药的味道。遗憾的是，那些药并未能有效地延长杜从郁的生命。他最终在驾部员外郎的任上病卒。当时杜牧最多不过十五岁。顶梁柱的倒塌，让他不得不直面贫困的威胁。他们的三十多间房子，全部变卖或者抵押，给了债主。安仁坊地处长安城中的黄金地段，价值不菲，从侧面可以看出债务之重。毫无疑问，他们借的是高利贷，因当年根本没有官方利率，不仅民间放贷成风，州县政府也都有公廨本钱用于放贷，所谓"捉钱"。收益的七成供给低层级的佐史，剩余部分作为官员俸料。

既无钱维持生计，又无房可供存身，生活还怎么过？年老的奴婢病饿而死，年轻力壮的撇下主人自谋生路。只有一人不忍，带着几百卷书，想方设法照顾他们。无处立足，便栖居延福里的家庙。那里的柱子已经倾倒，荒凉破败。有个不知名的长兄，可能就是《樊川文集》中多次提到的杜慆，大约一直在杜从郁家生活。他年纪大些，骑头瘦驴，像乞丐一样游走于亲朋故旧之家。杜牧与小他四岁的弟弟杜颐只能吃野菜度日，晚上甚至连照明的蜡烛都没有。

困苦中的杜牧并未屈服。他尽力照顾年幼的弟弟，先让他吃饱，并且督促他读书。杜颐自幼多病，视力不好，母亲曾一度禁止他读书。如今怎么样既保护弟弟的眼睛，又不荒废他的学业，可真是让杜牧这小小的长兄挠头。没有办法，他们只能抓紧时间，趁天明读书背诵。夜色四合之后，哥儿俩再默默记诵刚刚读过的书。黑暗之中墙倾屋塌、四面透风的延福家庙，除了偶尔的鼠奔之声，一派死寂。文学家杜牧的童年生涯，又增加了两个关键词：饥饿、黑暗。而且这种悲惨经历并非一天两天，而是整整三年。

兰桂齐芳

无论如何穷困，杜牧哥俩都没忘记读书。这种努力在唐文宗大和二年（828）终于见到成效。杜牧参加进士科考，金榜题名。

　　杜佑和杜从郁都是门荫入仕的。尽管杜佑当了宰相，但未曾考中进士，也有遗憾。当时法律规定，进士及第者全家免除徭役，其他杂科仅免本人。也就是说，一旦进士及第，便可以享受原本是五品以上官员才有的权利。进士科每年仅录取三十名左右，甚至还有一人不取的例子。以每人工作三十年计算，做官的进士不过千人，而唐初的官员总数接近两万，后期更多。上自帝王下到州县长官，无不礼重进士，慢慢形成这样的社会观念：缙绅虽位极人臣，不由进士者，终不为美。以至岁贡常不减八九百人。其推重者谓之"白衣公卿"，又曰"一品白衫"；其艰难谓之"三十老明经，五十少进士"。可以这么说，重视进士就是当时官场上的普世价值。唐高宗时期的薛元超虽已位极人臣当了宰相，内心依旧有三大憾事："始不以进士擢第，不得娶五姓女，不得修国史。"而他的三个遗憾，杜牧至少会弥补两个，且进士及第的过程极富传奇色彩。

　　虽然经过安史之乱的破坏，但社会公信犹存。故而如此重要的考试，考卷并不糊名。考官不仅不封闭，杜绝外界影响，反倒积极接受推荐，由此形成两个特殊现象。一是公荐，"故事，知举官将赴贡院，台阁近臣得荐知所知进士之负艺者，号曰公荐。"关系密切的朋友还可以给考官提供特殊帮助，谓之"通榜"。因阅卷量实在太大：三天考三场，贴经、杂文和策论。令人难以想象的是，这三场考试竟然都是淘汰制，实际也就是三轮。上轮通过之后，才能进入下一轮。《文献通考》卷三一《选举考》中有这样的表述："（进士）试一大经，能通者试文赋，又通而后试策。"贴经成绩现场可出，首轮淘汰不存在技术障碍，可次日的杂文，无论是箴铭论表，还是诗赋，都难以现场批阅。举子数百人，近千份考卷，考官的眼球哪里够用？只能请了解情况的朋友事先予以提醒。从某种意义上说，当时进士考试最重要的过程不在考场之内，而在考场之外。既然可以公荐和通榜，那么考生事先必须大造舆论，以便赢得关注。最常见的方式就是行卷：向有影响的人物呈送诗文。行卷之后没有回音，隔段时间再次呈送或者去信催问，所谓温卷。关于此事，最美妙的唐诗，自然是朱庆馀的《近试上张籍水部》：

洞房昨夜停红烛，待晓堂前拜舅姑。

妆罢低声问夫婿，画眉深浅入时无？

这是给著名的乐府诗人、工部水部员外郎张籍在考试将临的关口的温卷之作。如果你不懂得画眉对于唐代仕女的重要性的话，夸赞此诗好，很容易流于泛泛。唐代的画眉可不像今天这样用眉笔随便描描画画。看看传世经典名画《簪花仕女图》，以及出土墓葬中的唐代仕女形象，你就会发现当时女人的眉毛要全部剃掉。额前的头发也要剃掉一部分，让发际线上移，然后重新勾画。这就是中晚唐的时尚"开额"。这片精心拓展过的空间，是女人争夺男性关注宠爱的重要战场，也是体现其自身匠心与美感的重要舞台，当然马虎不得。朱庆馀以此作比，再合适不过。在灿烂的唐诗星河中，朱庆馀只留下了这一颗。如果不是绞尽脑汁煞费苦心，可能连这样一颗都未必能留得下来。而奖掖后人，也能留下美名。比方杨敬之，他很欣赏项斯的才华，因而这样写道：

几度见诗诗总好，及观标格过于诗。

平生不解藏人善，到处逢人说项斯。

因此缘故，项斯不仅顺利及第，后世也有了"说项"一词。如果没有这首诗，没有这种美意，谁会知道杨敬之与项斯？

积极推举杜牧的，是散文家吴武陵。他中进士的经历也很传奇。元和二年（807），他参加科考，考官是礼部侍郎崔郢。按照惯例，放榜之前，崔郢拿着二十七人的中举名单请宰相李吉甫过目，所谓呈榜。李吉甫对吴武陵印象深刻，早已列入黑名单，因而还没接榜单便问他的结果。本来吴武陵已经落榜，但崔郢误以为李吉甫属意于他，便毫不迟疑地撒谎说已经高中。恰在此时，宦官前来传皇帝口谕，趁李吉甫接旨的工夫，崔郢不慌不忙地在名单最后添上吴武陵的大名。而吴武陵放榜时见自己的名字排在最后，竟然还能口出豪言："想不到崔侍郎今年把榜排倒了。"意谓他本来该是状元。其人就是疏狂如斯。所谓是真名士自风流。

却说大和二年（828），崔郾的弟弟崔郾主考，事先百官置酒为他壮行。正喝得高兴，吴武陵忽然骑头瘦驴前来求见。此人名声在外，又是哥哥的门生，崔郾当然要重视，立即将他引到旁边的房间谈话。刚刚落座，吴武陵便递上《阿房宫赋》："你德高望重，马上要为国选才，我怎敢不尽点心意？前些天我在太学，看见很多学生围在一起，交口称赞这篇文章。我看这个杜牧确有经国济世之才。你身为主考日理万机，恐怕未曾读到。"说着便高声吟诵起来。崔郾读后，也连连赞叹。后面的故事就精彩了。为保持原貌，还是请看《唐摭言》的原文。吴武陵直接开口替杜牧索要状元。

"请侍郎与状头。"郾曰："已有人。"武陵曰："不然，则第三人。"郾曰："亦有人。"武陵曰："不得已，即第五人。"郾未遑对。武陵曰："不尔，即请此赋。"郾应声曰："敬依所教。"既即席，白诸公曰："适吴太学以第五人见惠。"或曰："为谁？"曰："杜牧。"众中有以牧不拘细行间之者。郾曰："已许吴君矣。牧虽屠沽，不能易也。"

这个细节可真是精彩。有贤敢于并且愿意荐，有司也敢于并且愿意纳。这种建立在对个人人格魅力充分信任基础上的"交易"，实质也是大唐气度盛世心胸。

杜牧最终果然排名第五。三十三人里名列第五，看似走了后门，其实非常公正。因为别人全都籍籍无名，包括状元韦筹。这跟二战名将艾森豪威尔类似。他从西点军校毕业时的一百六十四位同学，后来有五十八人升为将军，被誉为"将星云集之班"。艾森豪威尔当时的毕业成绩如何呢？不过第六十一名。

杜牧最厉害的成绩并非中进士，而是高中制举。所谓制举，即"制诏举人"，以皇帝名义专门举办的选拔人才的考试。各种贡举都以尚书省的名义举办，所谓"省试"，制举显然要高其一头。那一年的制举共设三科：贤良方正能直言极谏科、详娴吏理达于教化科、军谋宏远堪任将帅科。杜牧参加的是第一项。最终榜单可谓人才济济，郑冠是中国历史上唯一一个文武双料状元，他先于长庆三年（823）以状元登进士科，此次又通过军谋宏远堪任将帅科的制举，比武状元的含金量还高；郑亚跟元稹、白居易一样，先后通过科举、制举和吏部的科目选，后来成为名诗人李商隐的幕主，其子郑畋最终入相；南卓的《羯鼓录》与《教坊记》一样，是研究唐代音乐艺术、宫廷生活和社会风气的重要典籍。总共二十二人上榜，后来裴休、马植和崔慎由三人入相。三十三人中进士只有杜牧放光彩，跟二十二人中制举出了三个宰相，是制举更能出人才吗？未必。这种想法恐怕是本末倒置。因为朝廷格外重视制举结果，所以出人更多。

这是大唐的最后一次制举考试。时间一长，很多人将吏部的科目选博学鸿词误以为是制举，因博学鸿词科是制举的常用科目。吏部的科目选是每年选官时举办的专门考试，也很严格，像韩愈那样的狠角色，都挫折过三次。但尽管如此，还是不能跟制举相提并论。不过当年的制举考试之所以史册留名，原因并非它是最后一班地铁，也不是出了三位宰相一位双料状元，更非才子杜牧中选，而是刘蕡落第。

刘蕡字去华，幽州昌平（今属北京）人，博学多才，尤精《左传》，性格耿介，疾恶如仇。他的对策直指长期祸乱朝政的宦官，痛陈兴利除弊之策，抨击宦官把持军权："军容合中官之政，戎律附内臣之职。首一戴武弁，疾文吏如仇雠；足一蹈军门，视农夫如草芥。谋不足以剪除凶逆而诈足以抑扬威福，勇不足以镇卫社稷而暴足以侵轶里闾。羁绁藩臣，凌于宰辅，隳裂王度，汩乱朝经。张武夫之威，上以制君父，假天子之命，下以御英豪。"刘蕡直言不讳地说，长此以往"宫闱将变、社稷将危、天下将倾、海内将乱"。药方直指病根，病根当然会做出反应。刘蕡的对策多么精彩，宦官们的反应就有多么强烈。他们立即向中枢施压。手握大权的中尉仇士良，甚至要找刘蕡进士及第时的座主杨嗣复的麻烦：

（刘蕡）对策以直言忤时，中官尤所妒忌。中尉仇士良谓杨嗣复曰："奈何以国家科第放此风汉耶？"杨嗣复惧而答曰："嗣复昔与刘蕡及第时，犹未风耳。"

人心总是公平的。考官冯宿很欣赏刘蕡，但慑于宦官淫威，非但不敢录取，甚至都不敢上呈皇帝。消息传出，舆论大哗，成绩第二的李郃是前一年的进士科状元，反应尤其激烈："刘蕡下第，我辈登科，能无厚颜！"随即上疏，要求将自己的名额让与刘蕡。当然，这不会有结果。刘蕡最终被贬为柳州司户参军，和柳宗元一样，都落寞地屈死在那里。其事迹光耀史册，人人敬仰。毛泽东同志对刘蕡的策论也表示激赏，并于1958年赋诗一首：

> 千载长天起大云，中唐俊伟有刘蕡。
>
> 孤鸿铩羽悲鸣镝，万马齐喑叫一声。

一同高中制举的还有李甘，他是杜牧的终生好友，将来二人会形成鲜明对比。

杜牧通过末代制举，成绩是第四等，似乎不大好听，但其实不是。制举成绩共分五等十级，但一二等几乎从来不曾有过，就像明经科分甲乙丙丁四等实际只有丁等，进士科分甲乙二等实际只有乙等，制举的第三等就相当于头等，因而杜牧的成绩实际是次等。根据诏令，三等及第三次等，"委中书门下优与处分"，授予好官美差；四等的两级由"中书门下即与处分"，马上授予官职。之所以强调"即与处分"，是因为唐代六品以下的官员，不能一直当官。任职期满后，都要停止几年，然后再谋取当官机会，所谓"守选"。进士及第也只是获得出身，不能马上出仕，须当守选三年。守选之"选"，便是参加吏部的科目选考试。所以唐代很多官员要么二十多年没等到官位，要么六十多岁还只是个县尉。唐人墓志铭上经常有高洁不仕之类的字眼，那是真正的鬼话。实际原因是他一直没能通过吏部的科目选。而一旦通过制举，便可立即获得职位。所谓释褐入仕，意思是脱掉平民穿的白色或者黄色布衣，依照品级穿上不同颜色的官服。

诗兴风流

通过制举的杜牧不必守选，立即当官，且此后一马平川。先从江西观察使沈传师幕府的推官、淮南节度使牛僧孺幕府的巡官回朝担任监察御史，再从宣歙观察使崔郸幕府的团练判官回朝担任比部员外郎兼史职；出刺黄州、池州、睦州后，第三次回朝担任司勋员外郎、史馆修撰；为提高收入，三次请求外放，最终被派往湖州担任刺史，一年多后回朝就任吏部考功司郎中、知制诰，但不久便卒于中书舍人任上。他五十年的人生虽然短暂，但却可谓占尽风流。

今人对风流一词的理解颇为狭隘，甚至猥琐，几乎专指情色。但细究其实，它本有美好的含义，指风度特异、仪表行为突出。正如毛泽东同志笔下的"风流人物"。杜牧的诗文，很早就表现出了原本意义上的风流。细读《樊川文集》可以发现，他的传、录、论、辩、序、记、书、启、表、碑、志，各类文体都不乏精彩之作。甚至包括他任中书舍人之后的职务作品，代替皇帝写的简短制书，也随时闪现亮点。只可惜这些光芒都被《阿房宫赋》覆盖，所谓大树底下不长草。单论诗，也很早就表现出了大家气象。比方这首《题宣州开元寺水阁阁下宛溪夹溪居人》：

> 六朝文物草连空，天淡云闲今古同。
> 鸟去鸟来山色里，人歌人哭水声中。
> 深秋帘幕千家雨，落日楼台一笛风。
> 惆怅无因见范蠡，参差烟树五湖东。

草连空一语双关。从水阁上远望，草色连绵接天，但"空"不仅仅是天空，还是空门之空吧。然而这都是观者多情，天淡云闲，丝毫不为所动，自古如此。这首诗在杜牧文集中颇为突出，知名度甚高。尤其是颈联，意象开阔，对仗工稳，宋代魏庆之的《诗人玉屑》激赏不已，认为"双句有闻"，与温庭筠的"羌管一声何处笛，流莺百啭最高枝"，并为"锵金戛玉"。可仔细推敲，这个说法并不贴切。

首先需要说明的是，"锵金戛玉"这个成语的含义，是指声音有节奏、响亮动听。其中"金"并非金器，而是古代的行军乐器"钲"，亦即"鸣金收兵"一词中的"金"，铜质。纯金硬度不高，很难敲响。否则金玉并举，非但贾宝玉讨厌，文人雅士也不会喜欢。因时至今日，金所蕴含的高贵意味逐渐淡去，堕落痕迹不断增强，富而不贵而已。尽管金玉之说并无俗气，"双句有闻"、两诗并立云云亦失精准：杜牧写声音是一明一暗，以动作对声音；温庭筠则都是明写声音，境界大有差别。而且杜诗的颔联也颇为经典。尾联虽然被山峰对比得略显低平，但又是点题照应之笔。古往今来，大家都能读出此诗的表层意向，如在寺庙跟前谈论天空，以及范蠡远走江湖。但很少有人能听出作者的弦外之音。要知道范蠡是功成身退。前提是功成。说得再明白一些，此处的"功成身退"不是一般意义上的偏正词组。它的正在前，偏在后。

此时的诗人，依旧不能忘怀功名。太上立德，其次立言，其次立功。德与言不好把握，不如功名，是个天然的抓手。"人歌人哭"的典故出自《礼记·檀弓下》。《赵氏孤儿》中的孤儿原型、晋献文子赵武有新房落成，大夫张孟前去祝贺时说："美哉轮焉，美哉奂焉！歌于斯，哭于斯，聚国族于斯！"喜庆吉祥的时刻提到哭，看似不祥，但赵武立即对道："武也得歌于斯，哭于斯，聚国族于斯，是全腰领以从先大夫于九原也！"意思是他能避开刑罚的灾祸，在新宅中安享善终，追随祖先归葬于九原。典故本身虽为中性，甚至不乏积极色彩，但单独下此四字与"鸟去鸟来"对仗，给人的感觉则完全不同，至少有双关之意。而谁能在鸟去鸟来的欢乐动感里，从水声中听到人歌人哭？只有诗人，胸怀壮志而无法寄托的诗人。当此时刻，面对千古兴亡，他体会到了功名的虚无正如秋风夕照，但依旧不能相忘于江湖。之所以说这首诗格外难得，是因为当时杜牧还很年轻，正当壮年。他在宣州逗留的时间虽然更长，但标志性诗句不算多，而在扬州的短暂逗留，所留笔墨影响深远。《寄扬州韩绰判官》几乎可以说是扬州的历史文化名片：

青山隐隐水迢迢，秋尽江南草木凋。
二十四桥明月夜，玉人何处教吹箫。

"草木凋"还是"草未凋"，广有争议。清代文字训诂名家段玉裁便力主"未凋"说。单就一句而论，自然是"草未凋"更有韵致。但杜牧此诗是"厌江南之寂寞，思扬州之欢娱，情虽切而辞不露"，凋落正好营造寂寞氛围，因而"木凋"似乎更加切题。当然，对于今日的扬州而言，最重要的并非"草木凋"或者"草未凋"，而是"二十四桥明月夜，玉人何处教吹箫"。这景象深深地刻在我少年时期的梦想之中，直至今日。

相形之下，《题扬州禅智寺》影响小些，但笔力丝毫不弱：

雨过一蝉噪，飘萧松桂秋。
青苔满阶砌，白鸟故迟留。
暮霭生深树，斜阳下小楼。
谁知竹西路，歌吹是扬州。

作为诗人，杜牧最大的风流，便是用这样的诗句作为钉子，将无数文化地标牢牢地嵌入后人的记忆。在和州乌江，有

《题乌江亭》：

> 胜败兵家事不期，包羞忍耻是男儿。
> 江东子弟多才俊，卷土重来未可知。

即便李清照那样的大家，也只能在此基础上花样翻新。而杜牧在黄州（今湖北黄冈）担任刺史期间，则有这首《赤壁》：

> 折戟沉沙铁未销，自将磨洗认前朝。
> 东风不与周郎便，铜雀春深锁二乔。

千年之后的黄冈，依旧为杜牧和苏轼的到来而感到荣幸吧。杜牧曾作为监察御史分司东都，《金谷园》随即流传千古：

> 繁华事散逐香尘，流水无情草自春。
> 日暮东风怨啼鸟，落花犹似堕楼人。

在洛阳怀念跳楼的绿珠，而在秦淮河边的桨声灯影里，却只能对漂亮的歌女讽刺感慨：

> 烟笼寒水月笼沙，夜泊秦淮近酒家。
> 商女不知亡国恨，隔江犹唱后庭花。

作为土生土长的长安人，八字尚无一撇的阿房宫都能被他写得活灵活现，劳民费财的华清宫岂能忘怀。苏轼与他崇敬的前代诗人杜牧穿越时空的交流，不仅仅在于赤壁，也在于荔枝。四川荔枝对阵岭南荔枝：

> 长安回望绣成堆，山顶千门次第开。
> 一骑红尘妃子笑，无人知是荔枝来。

如果没有这种广义上或曰美好意义上的风流，杜牧狭义上的风流不会流传下来，也不会成为我们今天的话题。大家总有化腐朽为神奇的力量。把无奈、悲哀甚至猥琐、丑陋全部撤除，只留下千古名句、文坛佳话。

生活风流

这首先要从沈传师的幕府开始谈起。沈传师是书法名家，其父沈既济拥有"黄粱美梦"的版权。不过最终影响杜牧文学创作的并非沈传师，而是其弟沈述师。《张好好诗（并序）》以及为李贺作品集所作的《李长吉集序》，都与沈述师有直接的关联。前者为他的始乱终弃摇头，后者则被他忠于朋友之托而感动。

张好好是洪州（今江西南昌）的官妓。她没有薛涛的诗才，但却有曼妙的歌喉。那时她还很小，年方十三。沈传师带领一干幕僚到滕王阁宴集，张好好奉命唱歌助兴。滕王高阁临江渚，佩玉鸣鸾罢歌舞。景美人美已经醉人，更何况酒酣耳热之际，还有曼妙的歌喉。张好好一曲歌罢，大家都惊为天人。沈传师尤其满意，赞不绝口，赏赐她天马锦与水犀梳。宝剑赠烈士，红粉送佳人。天马锦的用途不必多说，但水犀梳的用处却需要饶舌两句。它最主要的功能恐怕还不是梳理头发，而是装饰。从众多的唐代绘画以及墓室壁画上可以看出，当时女性习惯于在发髻上插梳子作为装饰，不带把的。有的在发髻正前方一上一下对插两把大梳，有的插在发髻后方。《宫乐图》中有位吹笙的仕女，发髻前面一上一下横插两把梳子，两侧再各插一把。杜牧看不上的元稹，有诗《恨妆成》曰"满头行小梳"。这在今天是不可想象的，尽管那些梳子都比较漂亮。

　　从此以后，使府无论在城北的龙沙还是城东的东湖赏玩，都会叫张好好随行。后来沈传师调任宣州，也将她带了过去。美能让瞎子开眼，张好好的人气当然很高。她的倾慕者就包括沈传师的弟弟沈述师。张好好十六岁那年，被他纳为妾室。杜牧与沈家兄弟都有私交，因而跟张好好再熟悉不过，曾经写诗赠她夫妇。从《张好好诗（并序）》可以看出，杜牧对她颇为欣赏，应当是暗有好感。

　　杜牧也一同到了宣州。如果说他的风流在《张好好诗（并序）》中仅有隐晦的蛛丝马迹，那么在宣州便已留下白纸黑字的证据，即这首《宣州留赠》：

红铅湿尽半罗裙，洞府人间手欲分。

满面风流虽似玉，四年夫婿恰如云。

当春离恨杯长满，倚柱关情日渐曛。

为报眼波须稳当，五陵游宕莫知闻。

四年夫婿，可见相恋已久，而且却要如云飘散。比起扬州，宣州的放荡生活仅仅是个序幕。在这个问题上，淮南节度使牛僧孺简直是在怂恿他的下属。《太平广记》对此有详细记载，今人也一直津津乐道。说是每逢幕府巡官杜牧冶游，身后总有牛僧孺派出的便衣兵士暗中保护。两年后，杜牧回朝担任监察御史，牛僧孺为他饯行时说："以侍御史气概达驭，固当自报夷涂。然常虑风情不节，或至尊体乖和。"杜牧有点不好意思，本能地抵赖："某幸常自检守，不至贻尊忧耳。"牛僧孺笑而不答，令人捧出一只小书篓，当着杜牧的面打开，里面全是便衣的秘密报告：时间详细，地点完整。

牛僧孺的长婿苗愔是杜牧的制举同年，但这并不能解释他如此厚待杜牧的原因。杜牧平生志向远大，喜爱谈兵，出将入相才是他的抱负，最终之所以未能成功，恐怕也与之有关。但我们暂且放下，先看其从不掩饰的风流：

落魄江湖载酒行，楚腰纤细掌中轻。

十年一觉扬州梦，赢得青楼薄幸名。

四句二十八字，可谓通俗易懂，唯一的典故只是"楚王好细腰，宫中多饿死"。但通俗不等于俗，或曰大俗可能即是大雅。此诗在文学史中如此强势，长期强烈的光照甚至导致了"青楼"一词的基因变异。"青楼"一词入诗，始于曹植的《美女篇》："青楼临大路，高门结重关。"指美丽女子居住的宏伟建筑，含义美好。《太平御览》中，青楼又指南齐建立的"仙华、神仙、玉寿诸殿。"齐武帝建的兴光楼外涂绿漆，人称"青楼"，此时的青楼还只是中性词。后来南齐朝政昏暗，帝后淫乱，此地藏污纳垢，"青楼"含义渐变。在诗中以青楼借指妓院并非杜牧首创，南朝诗人刘邈即有诗句"倡妾不胜愁，结束下青楼"；李商隐也有诗句"黄叶仍风雨、青楼自管弦"。但流布最广者的，还是杜牧的这首《遣怀》，其影响足以覆盖一切。爱与别离如影随形，于是就有了这两首《赠别》：

娉娉袅袅十三余，豆蔻梢头二月初。
春风十里扬州路，卷上珠帘总不如。

多情却似总无情，惟觉樽前笑不成。
蜡烛有心还惜别，替人垂泪到天明。

风流的杜牧当然要处处撩妹，不仅自己撩妹，还鼓励下属撩妹。《早春赠军事薛判官》有这样的句子："弦管开双调，花钿坐两行。唯君莫惜醉，认取少年场。"大概这个薛判官不甚积极，杜牧又替歌妓给他写诗，反过来撩他。当然，这些游戏之作不走心，也就没有流传的力量。

就这样，杜荀鹤跟杜牧产生了八卦关系。杜荀鹤字彦之，号九华山人，池州石埭人（今安徽石台），在晚唐诗坛名气不小，有《唐风集》流传于世。《山中寡妇》是其代表作：

> 夫因兵死守蓬茅，麻苎衣衫鬓发焦。
> 桑柘废来犹纳税，田园荒后尚征苗。
> 时挑野菜和根煮，旋斫生柴带叶烧。
> 任是深山最深处，也应无计避征徭。

乱世之象，在诗中表现甚明，毋庸赘语。《小松》浩叹生不逢时，也颇有影响：

> 自小刺头深草里，而今渐觉出蓬蒿。
> 时人不识凌云木，直待凌云始道高。

杜牧跟杜荀鹤有什么关系？宋人周必大的《二老堂诗话》有这样的记载："《池阳集》载，杜牧之守郡时，有妾怀妊而出之，以嫁州人杜筠，后生子，即荀鹤也。此事人罕知。"

计有功编著的《唐诗纪事》中也有类似记载。尽管元代辛文房的《唐才子传》对此予以采信，但《四库全书总目提要》引清代薛雪《一瓢诗话》，对周必大予以驳斥：

污蔑樊川，已属不堪，与彦之尤不可忍。杨森嘉树曾引《太平杜氏宗谱》辨之，殊合鄙意。

杨森引用的《太平杜氏宗谱》已不可考。所以无论正说反说，都没有直接证据。然而历代《池州府志》《石台县志》以及贵池茅坦杜氏宗谱，对此均有明确记述。如果我们不考虑这些正说反说的证据，只读杜牧本人的诗作，对此恐怕很难质疑。而薛雪所谓的"污蔑"，已是典型的清代观念。从朱熹开始，儒家礼教越来越缺乏人情味，越来越空洞干瘪乃至吃人，到清代已经进入崩塌的前夜。薛雪所谓的"污蔑"，在唐代顶多不过是茶余饭后的谈资，有人不齿，也有人视为佳话。他的反驳与如今已经无法查考的杨森的辨证，虽出自善意，但不免一厢情愿，失之徒劳。

杜牧有两个儿子。长子曹师名晦辞，次子柅柅名德祥。晦辞后来做过淮南节度判官，算是追随父祖的踪迹。这不仅仅指官职，也指习性。他的浪漫多情比起乃父可谓后来居上。《唐语林》记载，他去扬州赴任途径常州时，因与官妓朱娘离别而掩袂大哭。刺史李赡说："此风声贱人，员外何必如此！"随即将朱娘送给他。散席之后，晦辞衣服都顾不得换，便跑回舟中告诉妻子，而其妻也不妒忌，大概已经习以为常。相形之下，次子德祥似乎更能为父增光。他在唐昭宗时代出任礼部侍郎，知贡举，亦有名声。可惜他们在文学上都无建树。出于善良的愿望，我们更希望杜荀鹤是杜牧的私生子。无论如何，杜牧的文学事业和成就，需要后辈继承。

八卦不是目的，目的在于发问。杜牧如此风流，他有没有给他妻子写过诗呢？没有。唐代官员就任一般会带着家眷，但杜牧的两任妻子，在他的诗中都没有出现过。为什么？

朋友圈

在杜牧之前，韩愈与柳宗元尽管政见不甚相容，但道义相交；元稹与白居易更是史上最好基友。而翻翻杜牧的朋友圈，很有意思。他格外推崇李杜韩柳，对当时文坛最热门的"元白"却很不感冒。杜牧的《唐故平卢节度巡官陇西李府君墓志铭》中，有一大段批评元白诗作"纤艳不逞"的话，在文学史上颇受争议：

（李戡）所著文数百篇，外于仁义，一不关笔。尝曰："诗者，可以歌，可以流于竹，鼓于丝，妇人小儿，皆欲讽诵，国俗薄厚，扇之于诗，如风之疾速。尝痛自元和已来有元、白诗者，纤艳不逞，非庄人雅士，多为其所破坏。流于民间，疏于屏壁，子父女母，交口教授，淫言媟语，冬寒夏热，入人肌骨，不可除去。吾无位，不得用法以治之。"欲使后代知发奋者，因集国朝已来类于古诗得若干首，编为三卷，目为《唐诗》，为序以道其志。

这简直要把元白的诗作视为"三俗"，甚至还想"用法以治之"。拿今天的观点看，这是严重干涉文艺创作自由的想法，因而早已有人对此表示关切。明朝胡震亨的《唐诗谈丛》即是一例："使诸公仕路相值，岂有幸哉？"

这段话究竟出自杜牧，还是出自李戡，坊间多有争议。《四库全书总目提要》认为这是李戡的原话，杜牧只是转述。但是又说"或牧尝有是语，及为戡志墓，乃借以发之。"无论这段话是否出自李戡，毫无疑问，杜牧对此都持赞同态度，否则不会写进墓志。统共就那么长的篇幅，字字句句都必须带有足够的信息才不致浪费，因而后人对杜牧此论的观点，并不统一。南宋刘克庄认为杜牧也经常写男女艳情，与元白差不多，此为五十步笑百步。明代杨慎的《升庵诗话》更是引杜牧诗作，以子之矛攻子之盾："牧之诗淫媟者与元白等耳，岂所谓睫在眼前犹不见乎？""睫在眼前长不见，道非身外更何求。"这是杜牧写给张祜的诗句。毫无疑问，他对白居易、元稹诗作的评价有失客观公允，私人成见的含量甚高。据《云溪友议》记载：

先是李补阙林宗、杜殿中牧，与白公辇下较文，具言元、白诗体舛杂，而为清苦者见嗤，因兹有恨也。白为河南尹，李为河南令。道上相遇，尹乃乘马，令则肩舆，似乖趋事之礼。尝谓乐天为嗫嚅公，闻者皆笑，乐天之名稍减矣。

按照惯例，年龄大级别高的官员可以乘肩舆，结果白居易反倒骑马，而李林宗乘肩舆。这对顶头上司显然有失尊重。而且他们还嘲笑白居易是"嗫嚅翁"。这应该是对白居易的反讽。因白居易曾经这样笑话过窦巩。窦巩颇有诗才，但平时跟人说话只见嘴唇动，不闻声响。"嗫嚅"二字，无非是说他懦弱怕事，说话吞吞吐吐不利索。这样描述一个行辈级别年龄都高于自己的官员，颇为失礼，也不公道，因为白居易根本不是那样的人。他甚至敢于当着唐宪宗的面说"陛下错"。考虑到白居易跟杜牧的恩公牛僧孺、沈传师都有深厚的友谊，是前者的制举考覆官，后者的制举同年，杜牧这种表现颇不寻常。他与白居易之间必定有个人恩怨。最初的根由，有史家认为白居易曾经讽刺过杜牧的祖父杜佑贪恋权位、年龄很大了还不肯退休。《秦中吟》中《不致仕》一诗，便是具体的子弹。《司天台——引古以儆今也》，也很有可能是影射杜佑。陈寅恪先生便认为，古以司徒上应三台之中台，故"谴在中台"则"宜黜司徒"。这个司徒，应当是指杜佑。

杜牧拉黑的不仅仅是元白，还有跟元白过从甚密、积极参加新乐府运动的李绅。在诗坛上，李绅名气不大，但《悯农》二首，却是有口皆碑：

其一
锄禾日当午，汗滴禾下土。
谁知盘中餐，粒粒皆辛苦。

其二

春种一粒粟，秋收万颗子。

四海无闲田，农夫犹饿死！

李绅字公垂，身材不高，人称"短李"，乃李党中坚。任翰林学士时，便与李德裕和元稹并称"三俊"。开成元年（836）六月底，他由河南府尹调任宣武军（治今河南开封）节度使，赴镇当日万余人沿街相送，到白马寺时，许多人挡在车驾前面泣涕不止。写出《悯农》的诗人，还真的未必有德政。李绅后来格外奢侈，官声一般，否则不会有"司空见惯"这个典故。《云溪友议》也记载，李绅发迹之前，经常到李元将家中做客，且尊之为叔。而发迹之后，李元将反过来巴结，主动降低辈分，但以弟或者侄自居，李绅都不满意，直到他自称孙子。所以这些百姓的表现究竟是自发还是组织，难以考辨。而他的副手、河南府少尹严元容，已深恶痛恨，因而鞭打送行的胥吏百姓。杜牧当时担任监察御史分司东都，也派御史台的吏卒阻止，强迫他们拆除饯别的祖帐。

对元白的态度，可能是出自文艺观念，或者是对白居易批评其祖父的反击。对李绅，现在看来就很像党争。李绅是再标准不过的李党。而杜牧向来被目为牛党，因为牛僧孺的关系。

杜牧当然也有诗坛好友。许浑、赵嘏、张祜跟他都有唱和。许浑是杜颛的进士同年，笔下有名句"山雨欲来风满楼"。他经常写水，被讥为"许浑千首湿"。赵嘏跟项斯是进士同年，"残星几点雁横塞、长笛一声人倚楼"一联贯穿千古，被杜牧称为"赵倚楼"。相比之下，他们都算是后进，杜牧此举有提携的意思。在道义的薪火相传中，当初吴武陵的举荐之恩，杜牧回报得可谓得当。蒯希逸、孟迟、严恽、元处士、沈处士以及卢秀才，都曾感受过他的温暖。这些唱和之作中，我最喜欢下面这首，是写给李郢的。李郢是余杭人，字楚望，与诗僧清塞、贾岛关系密切，诗名重于一时。他的诗好到什么程度呢？《唐语林》上有一则轶事可为旁证。他与别人争聘一位美貌女子，女方难以决断，便让他们两家各备一千缗，先到先得，结果两家的礼金同日抵达；女方无奈，又让他们两人各赋诗一篇，结果李郢如愿。这样的诗人，杜牧当然要结交。大中四年（850）冬至日，时任湖州刺史的杜牧向李郢发出隆重邀请，即《湖南正初招李郢秀才》：

> 行乐及时时已晚，对酒当歌歌不成。
> 千里暮山重叠翠，一溪寒水浅深清。
> 高人以饮为忙事，浮世除诗尽强名。
> 看著白蘋芽欲吐，雪舟相访胜闲行。

跟孟迟、严恽等人一样，李郢虽有诗界微名，但尚为白身。而已是从三品高官的杜牧并不嫌弃，格外热情。他的确尽到了文学前辈扶持后进的责任。然而还是有件事格外令人遗憾，那就是他没有理睬李商隐和温庭筠。

晚唐三杰

晚唐最亮的两颗诗星，毫无疑问当是李商隐和杜牧。李商隐比杜牧小十岁，蹭蹬五年，方才于开成二年（837）进士及第。跟杜牧一样，他也被无端卷入"牛李党争"，因而仕途偃蹇。尽管会昌二年（842）又通过了吏部书判拔萃科的考试，但直到大中三年（849），还只是盩厔（今陕西周至）县尉，很不正常。此前他本是桂管防御观察使、杜牧制举同年郑亚的掌书记，后来郑亚坐李德裕之党而被远贬，他只得落寞归京。京兆尹赏识其文才，让他留在京兆府负责典章奏疏，代理参军事。换成如今的说法，就是临时借调，帮助工作。主要是起草公文，类乎高级秘书。作为宗室子弟，李商隐与杜家有遥远的姻亲关系，故在诗文中称呼杜牧的堂兄杜悰"杜七兄"和"外兄"。尽管曾与杜悰有过往来，但在此之前，"小李杜"这两大诗星的运行轨道尚未交集。大中三年（849），杜牧和李商隐都在京师，李商隐写了两首诗赠给时任吏部司勋员外郎的杜牧。论及杜牧的总体定位时，这首《杜司勋》每每会被引用，只是引用虽多，但误解更多：

> 高楼风雨感斯文，短翼差池不及群。
> 刻意伤春复伤别，人间惟有杜司勋！

《诗·郑风·风雨》有句："风雨如晦，鸡鸣不已。"高楼风雨可能是实情，但更是国家衰落的象征。此时读到杜牧的诗文，李商隐不觉感慨万千。感慨自己命途多舛，更与杜牧同病相怜。第二句的典故来自于《诗·邶风·燕燕》："燕燕于飞，差池其羽。"表面看来，"不及群"是自谦才力不逮，但其实恐怕是感慨"诸公衮衮登台省、广文先生官独冷"，感慨"冠盖满京华、斯人独憔悴"。

最大的误解往往来自于最核心的部分。此诗的第三句便经常被人断章取义，只提"伤春伤别"，但忽略了"刻意"二字。李商隐是精于诗词的方家，只有他懂得杜牧伤春伤别诗文背后的感时伤事和家国之思。换句话说，杜牧的儿女情长往往只是表面文章，军国大略才是宏旨。李商隐认为，只有杜牧精于此道。换言之，也只有他能这样正确地理解杜牧。他是杜牧的知音。还有一首律诗《赠司勋杜十三员外》：

> 杜牧司勋字牧之，清秋一首杜秋诗。
> 前身应是梁江总，名总还曾字总持。
> 心铁已从干镆利，鬓丝休叹雪霜垂。
> 汉江远吊西江水，羊祜韦丹尽有碑。

诗中特别推崇杜牧的《杜秋娘诗》，并且以梁朝的江总比喻杜牧。提起南朝姓江的文学家，人们首先会想到《恨赋》与《别赋》的作者江淹，"江郎才尽"的主人公。江总的文学成就可能不如江淹，但在政界和文坛更加威名赫赫。身为亡国丞相，他一生遭逢坎坷，后世也饱受争议。用干将莫邪比喻似铁的人心，也只有李商隐能想得出来。而什么样的风霜岁月，能锻炼出这等境界？你尽可以想象。第六句是对杜牧的安慰。由此可见，两人见过面，杜牧大概还曾习惯性地感叹衰老。双方都是名人，因而李商隐的这两首赠诗影响很大，常被引用。但翻遍杜牧文集，却找不到回赠的痕迹。而与此相映成趣的是，杜牧向来看不上白居易，李商隐却自称是白的"及门弟子"，并于大中三年（849）为白居易写了《白公墓碑铭》，并在其中夸奖了当朝宰相、白居易的堂弟白敏中。而时任池州刺史的杜牧急于回朝，却被平调到更远的睦州（今浙江建德），便发生于白敏中当政时期。

在文学史上，杜牧与李商隐并称为"小李杜"。李在前杜在后，这种排名无关乎成就，主要是平仄需要，并与李杜呼应。而在唐代，人们也有类似的同列比拟：此前一年，亦即大中二年（848），杜牧终于从睦州回到朝堂的那年冬天，牛僧孺卒于洛阳寓所，各地纷纷展开祭悼活动，京兆府也不例外。而李商隐写的祭文深受委托者推崇，京兆尹认为与杜牧的同题文章"并称双璧"。如此双雄并立，却未能像李杜那样交游酬唱，形成文坛佳话，实在令人遗憾。

我们不禁要问，杜牧没有和诗流传的原因究竟何在？细究史实，恐怕有和诗但失传的可能性小，杜牧压根儿未曾理会的可能性大。之所以如此，是因为杜牧像当时的很多人那样，瞧不上李商隐。如今人们对李商隐的第一印象肯定不错。因为那并非诗人本身的真实印象，而是被其诗作虚化美化乃至格式化的印象。那些缠绵悱恻的寄内诗，张力十足的无题诗，你没法不被打动。久而久之，作品便悄然淹没颠覆作者，所谓喧宾夺主。这本是文学作品的魅力所在，也是文化感染力的体现，更是读者的善良愿望，但毕竟不是真相。时人对李商隐的评价恰恰相反。他在两《唐书》本传上的口碑很差，差得令我不忍落笔，甚至同情其身世、怜惜其才学的张采田与冯浩也未脱窠臼。其核心是两个关键词：无行，背恩。根本原因，无非是所谓的"去牛就李"：他受知于牛党的令狐楚，后来却进入李党王茂元的幕府，并娶了王的女儿。这所谓的"去牛就李"实在是天大的冤案，是史书上无数例人云亦云、以讹传讹的代表。令狐楚或许可以归入牛党，但王茂元跟李党完全不沾边儿。这一点后人多有辩诬，傅璇琮先生的考证可为代表。也就是说，时人并不把王茂元视为李党，事实上他跟牛党成员的交谊更深。可惜令狐绹（令狐楚之子）后来跟李商隐交恶，不断诋毁于他。这些负面评价既影响了时人的印象，也造成了写《旧唐书》的史官的误解，《新唐书》则继续谬种流传。令狐绹与李商隐交恶的确伏笔于王茂元幕府事件，但根本原因不是王茂元的党派色彩，而是李商隐在此期间的失礼。令狐楚提携李商隐经年，李商隐最终科举及第也是因为令狐绹的举荐。而且科考之前，令狐楚还特意提供了经济资助，李商隐得以买件新棉袍，换下穿了十年的旧袍子，以抵御科考期间的严寒。因而放榜之后，他立即给恩师写信，报捷致谢。当时令狐楚身体不好，很想念李商隐，多次邀请他入幕，但李商隐都没有答应，理由是要回济源老家探亲。等回到长安，依旧迟迟未到兴元（今陕西汉中），直到令狐楚病危的消息传来。恩师丧事一毕，他便加入王茂元的幕府，并与其女完婚。这中间的时间空白，就是令狐绹的心病。但造成二人绝交的关键因素，的确还是党争。只不过标杆人物并非早已亡故的王茂元，而是杜牧的制举同年、桂管防御观察使郑亚。他是标准的李党。大中元年（847）二月，李德裕已经降为太子少保分司东都，此时李商隐突然加入郑亚的幕府，跟随远贬的他前往桂林。期间李德裕将自己的文书奏章编成十五卷，寄给郑亚，请他作序，而这些工作，自然是掌书记李商隐的职责所系。他起草完成，送呈幕主改定。除了改骈为散的文字修饰，郑亚主要删除了李商隐拟稿中的赞誉，以适应当时的政治气候，比如"成万古之良相，为一代之高士；繁尔来者，景山仰之"。后来奉命起草《上李太尉状》，李商隐对李德裕依旧无比推崇："太尉妙简宸襟，式光洪祚，有大手笔，居第一功"；并赞誉他的文章"言不失诬，事皆传信，固合藏于中禁，付在有司，居征诰说命之简，为帝典皇坟之式。"这位朦胧诗人此后跟随的幕主卢弘正、柳仲郢，均与李德裕有较深的关系。也就是说，在牛李党争谢幕的时刻，李商隐选择了下跌的李德裕，而杜牧的选项依旧是牛僧孺，可巧牛僧孺正在上涨途中。村上春树在耶路撒冷发表获奖感言时曾经说过：以卵击石，在高大坚硬的墙和鸡蛋之间，我永远站在鸡蛋那方。最后关头有人选择失败者，也有人选择胜利者，似乎是高下立判，但行文至此，我们首先应该做的恐怕不是道德评判，更非盖棺论定。我们最应该谴责，或曰感慨的，还是历史的吊诡，党争的无情，政治的无聊：杜牧这样一个自认为被党争祸害经年的著名诗人，竟然也会"加害"另外一个被动卷入党争的著名诗人，还有什么能比此事更加可怜可悲可叹？不仅如此，李商隐对李党的长期坚定倾向那时并未表现出来，他追随与李德裕有较深关系的卢弘正和柳仲郢，以及在李德裕灵柩北归期间奉派前去路祭，都是后来之事。当时的情况是，他回到长安，又替京兆尹起草祭文，隆重悼念牛僧孺。当此时刻，在杜司勋眼中，这李县尉不是"无行"，还能是什么？那篇祭文越精彩，他的摇头恐怕就会越坚定。我们还可以看到，李商隐的两首赠诗体例不同，题目有异，不是一次完成的。应该是首次赠诗未获回音，失望之余心犹不死，再度提笔，并且拉长篇幅，由七绝改为七律，以期获得汲引奥援。结果呢？还是沉默。当年杜甫对李白的热情多少有点入不敷出，而今杜家的贸易逆差终于被杜牧一举扭转。

李商隐申请加好友，杜牧没有通过。同样，温庭筠的好友申请，他也没有理睬。这是三年之后，亦即大中六年（852）的事情。当时杜牧已离任湖州刺史，当了中书舍人。中书舍人号称宰相判官，就任时几位宰相是要一起把他送到办公室的。两《唐书》列传中曾任中书舍人的共二百七十九名，超过六成迁转为六部侍郎。他们名义上属于中书省，其实也是皇帝的高级秘书。在这个位置上，杜牧的影响力当然更大，因而温庭筠寄希望于他。

温庭筠是初唐宰相温彦博之后。相貌奇丑，人称“温钟馗”。上帝没有赐予他美丽的容貌，但却赐予了非凡的文才：科场考诗赋，律诗八韵，据说他叉手八下便能完成，因而人送外号“温八叉”；他精通音律，词风浓艳绮丽，语言工炼，格调清俊，诗与李商隐齐名，号称“温李”；温李与段成式都排行十六，又号称“三十六体”。

温庭筠一生不得志，放浪纵酒，出入欢场，依红偎翠。相貌丑陋又自负其才，难免心理扭曲。他对权贵的蔑视，很难说完全无此成分。因为能诗，经常自告奋勇替旁边的考生当免费枪手，结果上了黑名单，屡试不第。大中六年（852），温庭筠向杜牧致书求援——《上杜舍人启》：

某闻物乘其势，则彗泛画涂，才戾于时，则荷戈入棘。必由贤达之门，乃是坦夷之径。是以陆机行止，惟系张华；孔闿文章，先投谢朓。遂得名高洛下，价重江南。惟彼归荑，同于拾芥。某弱龄有志，中岁多虞。模孝绰之辞，方成笺奏；窃仲任之论，始解言谈。犹恨日用殊多，天机素少。揆牛涔于巨浸，持蚁垤于维嵩。曾是自强，雅非知量。李郢秀奉扬仁旨，窃味昌言。岂知沈约扇中，犹题拙句；孙宾车上，欲引凡姿？进不自期，荣非始望。今者末涂怊怅，羁宦萧条，陋容须托于媒扬，沉痼宜蠲于医缓。亦尝临铅信史，鼓箧遗文，颇知甄藻之规，粗达显微之趣。倘使阁中撰述，试传名臣，楼上妍媸，暂陪诸隶，微回木铎，便是云梯。敢露诚情，辄干墙仞。

这篇短文，处处典故，但引用得都很自然。西晋的文学家张华，就是见斗牛星宿之间有紫气，最终出土龙泉、太阿两柄宝剑的那位文学家，他发现的不只是这两柄传世宝剑，还有陆机陆云两兄弟。张华对陆机激赏不已，称赞其"才多"，甚至这样表述："伐吴之役，利获二骏"，好像二陆的价值超过江东六郡八十一州。孔闿无名时，谢朓读到他的文章，便四处推荐，说他名声未立，正需鼓励。在温庭筠眼中，前辈表达这样的善意，就像从地上拾取小草那样简单。因而他迫切希望杜牧能拉他一把。古代下乡宣布政教法令时，常常摇动木舌铜铃，以引起注意。"微回木铎，便是云梯。"温庭筠这话既切实又无奈。因为政府和官员几乎垄断了所有的资源。所有希望的管道，最终只有一个出口，这是谁都没有办法的事情。

一味乞求当然不是才子风范。类似的事情杜牧干过很多，态度都是绵里藏针，不软不硬。温庭筠也是如此。他在文中暗以南宋神童刘孝绰和东汉的王充自比。只是"李郢秀奉扬仁旨"一句费解，疑有脱字或者衍文，也许指的就是前文被杜牧隆重邀请招待的诗人李郢秀才。他奉扬的是什么"仁旨"我们也不得而知，有可能是杜牧对温庭筠诗文包含批评的正面评价。温庭筠获悉后立即顺水推舟，写成此启，但结果十有八九还是竹篮打水，因杜牧文集中丝毫没有相应的痕迹。

一部中国史，亦即一部遗憾史。如果晚唐三杰能齐集长安，如果他们能像李杜高适那样漫游齐赵诗酒酬唱，那种诗情与浪漫，想必能够照亮长安这座势利的都市——这个不折不扣的名利场吧。杜牧拒绝李商隐的原因不言自明，但不搭理温庭筠的原因，还得卖个小小的关子。

东方人格

两《唐书》本传称杜牧"刚直有气节"。气节二字杜牧当得起，刚直恐怕不匹配。制举考试中的刘蕡算得上刚直，杜牧的制举同年李甘也算得上，唯独杜牧不行。

唐文宗大和九年（835），三十三岁的杜牧离开扬州，回朝担任监察御史。他的父亲杜从郁没有当成言官，而他当上言官之后，又未曾建言。当时朝堂上的政治气候就像许浑的诗——山雨欲来风满楼。主要是李训、郑注爬升太快，成为牛李二党与宦官的共同目标。李训出自陇西李氏，本名仲言，是宰相李揆的族孙，李逢吉的从子。他也有进士出身，神情洒落，辞敏智捷，善解人意。因卷入宰相间的政治斗争，以诬告罪被流放，后来遇到大赦，回到朝堂走宦官的门路，逐渐满血复活。郑注既无门第又无出身，身材矮小，眼睛近视，虽是江湖医生，但有点医术，并非简单的江湖骗子。行走江湖日久，已能口舌生花，进入名将李愬的幕府担任衙推，就是雪夜入蔡州生擒吴元济的那位。监军王守澄很讨厌郑注，已起杀心，但李愬建议他们直接接触一下，说是若见后还不喜欢，杀之未晚。

见面之初，王守澄满面怒容。"及延与坐语，机辩纵横，尽中其意，遂延于内室，与语，促膝相分，恨相见之晚。"李愬随即将郑注提升为巡官，让他跟幕宾同席。后来唐文宗得了"风疾"，大概就是心脑血管病，郑注一出手，又是立竿见影，从此飞黄腾达。

唐文宗对这二人格外信赖。因他们有共同的目标，诛杀宦官。这是唐文宗的第二次努力。虽然首度努力已经失败，宰相宋申锡差点丧命，但唐文宗剪除宦官、收复河湟、平定河北的愿望依旧强烈，而李训、郑注对此有充分信心。他们接连撵走三位宰相，然后李训火箭式升为兵部侍郎、知制诰、翰林学士，郑注守太仆卿，兼御史大夫，也当了翰林学士。翰林学士编制六人，虽无固定品级，但却是皇帝的私人顾问兼秘书，号称"天子私人"。皇帝对他们极为恩宠，凡有内宴，所赐酒食与宰相一样。据岑仲勉先生统计，从德宗到懿宗，九朝共有翰林学士一百五十四人，其中五十三人升任宰相，超过三成；九朝宰相共一百二十一人，翰林出身者接近半数。因此缘故，翰林学士素有"内相"之称。他们的主要工作就是顾问承对，起草诏令。最大的便利，是可以随时出入宫禁，这一点宰相都做不到。他们二人联手，更兼手眼通天，完全掌控朝局。因而传言纷纷，都说郑注旦夕便要拜相。干预这种事情本来是御史的职责。但杜牧对此没有任何公开反应。而他的好友、制举同年、而今御史台的同僚李甘，却已挺身而出。他在朝堂上公开说道："宰相者，代天理物，先德望而后文艺。注乃何人，敢兹叨窃？白麻若出，吾必坏之。"

阻挡郑注就阻挡郑注，干吗要难为"白麻"？这涉及公文用纸制度。桓温诏令公文一律用纸取代竹木简牍时，规定重要公文用加染的黄纸书写避免虫蛀，一般公文用白纸。唐代造纸技术全面普及，纸张品种繁多，原料、质地、色泽各异，公文用纸制度更加规范。比如皇帝赏赐征召敕书用白藤纸，慰劳军旅敕书用黄麻纸，赐新罗渤海等国王的敕书用五色金花白背纸，将相的告身亦即任命状用金花五色绫纸。郑注若拜相，必定由翰林学士起草"内制"，要用白麻纸。李甘毫不畏惧，公开挑战，声称果真如此，他定要将白麻制书撕毁。要知道，郑注还有御史大夫的兼职，李甘正好在其射程之内。

两天之后，李甘被贬为封州（今广东新兴县东南）司马，没过多久便死于贬所。事情全部尘埃落定后，杜牧写成《李甘诗》纪念好友，但在当时什么都没说，只以身体有病、不能胜任巨繁为由，请求调职。最终被安排分司东都，职务依旧是监察御史。唐代在洛阳置有留守台，类似明朝中后期的南京，也有一套政府机构。当然，都带着养老性质，或者干脆就是安置贬官，日子清闲。白居易甚至将东都的仕宦生涯视为隐士：终岁无公事，随月有俸钱。

杜牧的选择事后看来很明智。因为诛杀宦官的努力最终演变成了血腥的"甘露之变"：十一月二十一日早朝，左金吾卫大将军韩约奏称金吾卫大厅后面的石榴树夜降甘露，唐文宗随即令仇士良、鱼弘志等人前去查验。二人到达后，韩约神色慌张，额头流汗，引起仇士良的警觉。正巧风吹帷幕，埋伏若隐若现。这两个宦官头子回过神来，转身就跑。他们动作太快，伏兵无法关门打狗。仇士良跑回含元殿，便要挟持唐文宗进入内宫。李训抓住乘舆不放，并从靴子里摸出匕首，试图刺杀仇士良，但坚持到宣政门，终被宦官击倒。宦官们随即将唐文宗挟持进东上阁，然后紧闭阁门，派出禁军大开杀戒，血洗都城。除了李训、郑注和王璠等密谋者，宰相王涯、贾𫘪和舒元舆也被连累，共十一人被族诛，许多人被无端牵连，朝班几乎为之一空。坊市间流氓地痞恶少趁火打劫，京师震动。在此之前，南衙（朝臣）北司（宦官）尚能维持表面上的脆弱平衡，从此以后，"天下事皆决于北司，宰相行文书而已"。宦官"迫胁天子，下视宰相，凌暴朝士如草芥"。

甘露之变影响深远。司马光怒斥"训注小人，穷奸究险"，但时人普遍的心态，则是"惜训恶注"。王鸣盛的《十七史商榷》甚至将李训郑注都目为奇士。陈寅恪先生也称李训为"天下奇才"。的确，李训几乎就要奏效全功。他先利用王守澄将陈弘志、韦元素、杨承和、王践言等元和逆党全部杀掉，再利用仇士良制衡并灭杀王守澄。可惜功败垂成。

在那个时刻，御史杜牧，被称为"刚直有气节"的杜牧，通过制举"贤良方正能直言极谏科"的杜牧，为何没有说话？这就要回到前面的话题：他如此风流，为何没有给自己的妻子写诗。他的作品中从来没有妻子的痕迹，担任湖州刺史期间，上山监采春茶时带着家眷，是续娶的崔氏。但她在诗文中不仅没有正面形象，甚至连依稀背影也没有，官妓依旧大擅胜场。由此不可避免地引起一个疑问：他是否婚外多情婚内无情？

老杜有句"香雾云鬟湿，清辉玉臂寒"，李商隐的《夜雨寄北》更加知名，"何当共剪西窗烛，却话巴山夜雨时"。如果愿意罗列，这个名单还可以无限加长。一般而言，这类诗的存在前提是别离，杜牧文集中没有这样的作品，看来他自任外官便一直带着家眷，日日耳鬓厮磨，难有诗情。在湖州刺史任上，到茶山踏青时唯一一次提到家室，也是点到为止。

但事情可能没这么简单。老妻画纸为棋局，稚子敲针作钓钩。老杜完全是原生态的生活，带着尘土与烟火气息，因而贴心贴肺，知冷知热。而这类描写日常生活的诗作，杜牧文集中也不见踪影。《樊川外集》收有《别家》《到家》二诗，但未必是他的手笔。后者在《全唐诗》中便归入赵嘏名下。除此之外，杜牧写给家人的诗作仅有三首，分别给弟弟杜顗、儿子曹师等人、侄子阿宜。这些诗与《别家》和《到家》，都有一个共同特点：政治正确。换言之，硬度相对较高，不那么柔软。跟他写给朋友的诗，完全两样。不信你读读这首六言的《代人寄远》：

河桥酒旆风软，候馆梅花雪娇。

宛陵楼上瞪目，我郎何处情饶。

给家人的诗论理，给朋友的诗动情。这就是杜牧。其弟杜颢入仕之初，被李德裕聘入幕府，行前他写成《送杜颢赴润州幕》：

少年才俊赴知音，丞相门栏不觉深。
直道事人男子业，异乡加饭弟兄心。
还须整理韦弦佩，莫独矜夸玳瑁簪。
若去上元怀古去，谢安坟下与沉吟。

此诗在杜牧诗集中文学价值并不突出，但颇有推究价值。因是写给亲弟弟的，自然要说真心话，因而颇能见出性格。前面两句既是夸弟弟有才，也是夸李德裕爱才；颔联提醒弟弟以"直道"对待知音李德裕，独自在异乡生活，也要保重身体。即便从诗歌本身起承转合的规律而言，颈联也必须要话锋一转，此诗的颈联也的确在转向。然而这个转向需要细细品味，才能读得出来。

玳瑁做的簪子，倒也适合杜颢宰相孙子的身份。"食野蒿藿、寒无夜烛"的日子本来便是小插曲，更兼已经一去不复返。韦是柔软的皮革，弦是弓弦。《韩非子·观行》有云："西门豹之性急，故佩韦以自缓；董安于之性缓，故佩弦以自急。"性格急躁或者迟缓，通常分别选用韦弦，用以自警。曾长期生活于扬州的朱自清先生字佩弦，想来性格温和迟缓，至少在给他取字号的老人眼中是这样的。

唐初曾改江宁县为上元县，上元因此而成南京的代称。谢安墓即在上元县境内。杜牧拿谢安说事，谢安又是什么特点呢？虽有大才大功，但不居高自傲，会急流勇退，能明哲保身。也就是说，杜牧的根本着眼点，其实不在于鼓励弟弟"直道事人"，而是要让他悠着点。从此前的制举风波到以后的甘露之变中杜牧长期的沉默来看，这符合他的做派。相形之下，杜顗性情比较直率，不避锋芒，杜牧身为兄长，自然要做善意的提醒。

牛李党争中杜牧的表现，也可以作为附注。从交游圈子看，他确实像是牛党：他是牛僧孺和沈传师的幕僚，而牛沈是进士同年；其恩公周墀曾为李宗闵帐下的行军司马；主动致信问候他的高元裕，与李宗闵友善；其亲家李方玄的幕主李固言，好友邢群的幕主王璠，都是李德裕的政治对头；好友李甘与韦楚老乃李宗闵的门生，另一好友李中敏也是牛党。

起初杜牧并不想介入争端，试图保守中立，因而既对牛僧孺感激有加，又支持李德裕的诸多政略。会昌（841—847）年间牛党失势，纷纷贬窜外地，"慨然最喜谈兵"的他也被出为黄州刺史。但此后依旧接二连三地上书宰相李德裕指陈方略，甚至还充满赞美讴歌——《上李太尉论北边事启》：

　　某启。伏以圣主垂衣，太尉当轴，威德上显，和泽下流。诸侯无异心，百姓无怨气，星辰顺静，日月光明，天业益昌，圣统无极。既功成而理定，实道尊而名垂。今则未闻纵东山之游，乐后园之醉，惕惕若不足，兢兢而如无。

谁也没有资格批评杜牧给李德裕上书的行为。无论他是忠贞谋国，还是只想引起宰相的注意、获得重用。但问题在于，他的文章再好，李德裕也未必会看。这一点，白居易已有教训在先。白居易起初跟李德裕有过交游唱和，与李党的重要成员李绅更是关系密切。然而很不幸，他跟李德裕之父李吉甫感情不睦，又娶了杨汝士之妹，而杨汝士、杨虞卿兄弟，向为牛党干将。尽管白居易并非牛党，李德裕也对他保持高度警惕。甚至警惕到了不看其诗文，以免被其才华打动、使自己内心动摇的程度。《北梦琐言》卷一有这样的记载：

刘禹锡大和中为（太子）宾客时，李太尉德裕同分司东都。禹锡谒于德裕曰："近曾得白居易文集否？"德裕曰："累有相示，别令收储，然未一拨，今日为吾子览之。"及去看，盈其箱笥，没于尘埃，既启之而复卷之，谓禹锡曰："吾与此人，不足久矣。其文章精绝，何必览焉！但恐回吾之心，所以不欲览焉。"

李德裕的主要政略，杜牧都是赞同的。唯一的反对，就是子弟的科举问题。不妨这么说，那时的杜牧情感上近牛，政略上似李。然而到大中三年（849）他为牛僧孺写墓志铭时，终于有了"时李太尉专柄五年，多逐贤士，天下恨怨"的字眼，并且说"李太尉志必杀公（牛僧孺）"。大中五年（851），周墀去世，杜牧写《祭周相公文》时，对牛李二党的态度终于有了最直白的表达："会昌之政，柄者为谁？恣忍阴污，多逐良善。"

杜牧写这两篇文章时，李德裕已经死于贬所，牛党得势。将之归结为杜牧落井下石，打死老虎向当局献媚，未免错看小量了他。杜牧不是这样的人，否则他早已发达。他对李德裕的态度，有明显的发展过程。从期待到失望，最终到愤恨。这就是杜牧的性格。我命名为东方人格，也可以说是长兄人格。一篇并非传记的文章，之所以要把他出仕之前的经历写得比较详细，就是要埋这个伏笔。在黑暗饥饿的童年时期，杜牧对杜颛对家人，就是顶梁柱。他无法承担失败的风险，因而处处小心谨慎，明哲保身。明哲保身这个字眼，跟自私一样，现在看来消极负面，但其本源含义却不是如此，甚至可以说高贵。东方文化亦即儒家文化圈的人，都能理解。

杜牧绝不与恶同流，更不会为虎作伥，但只是在内心抗拒，慢说行动，语言都不会多。即便在言官的职位上，职责所系，他也很少开口。拿他自己的话说，就是"阙下谏官业，拜疏无文章"。就此而言，杜牧只是典型的中国文人，或者传统意义上的中国人，外圆内方。虽无肥厚的膘遮蔽骨头的棱角，但那些棱角已经被他自己主动磨钝。骨刺不能有，它会导致自己的伤痛。《与人论谏书》，是他这种思想的集中体现。他认为自秦汉以来，"怒谏而激乱生祸者累累皆是，纳谏而悔过行道者不能百一"，原因就在于进谏不讲究方式方法，"辞语迂险，指射丑恶，致使然也"。

薛元超的三个遗憾，杜牧至少弥补了至少两个。如果续娶的崔氏夫人出自清河或者博陵崔氏，那就是大满贯。再看他的履历，也格外丰满，没有断档。一个唐代官员能这样并且最终做到中书舍人，无论如何也算不得失败。但通读其作品，总感觉杜牧怀才不遇。是个失意的战略家。之所以如此，无非是自我期许过高。那种自我期许本身，便是东方人格的体现：他宁愿用这三个圆满，去换取薛元超的相位。但是很遗憾，不能。很多人看重他的才干，但那是文才史才，并非将相之才。当初牛僧孺对他纵情声色之所以那样保护，最大的可能是根本没有把他当作后备干部来培养。他看不上李商隐，但他频频给李德裕上书也为牛党中人不齿，故而牛党得势之后，他不但没能返回朝堂，反倒从池州去了更加偏远的睦州，所谓"三守僻左、七换星霜"。

写到这里，他没有搭理温庭筠的原因，也就有了八八九九。但用现在的话说，这个鄙视链其实很悲哀。

杜牧终归是个伟大的诗人。能诗善文，还有词作。对《孙子》的注释被列入《十一家注孙子》，跟曹操和梅尧臣同列。书法得右军真趣，绘画"精彩照人"，围棋水平高，知音。绝对的才子。所以我们必须有一个暖色调的结尾。《清明》固然名气最响，但未必是他的作品。因不见于其文集。《樊川文集》《别集》《外集》和《集外诗》中都不曾录入，《全唐诗》中也不见踪影。它最初现于宋人谢枋得的《千家诗》，作者注明是杜牧。从湖州刺史任上回京后，杜牧用俸钱在樊川修了别墅。大概自知死亡将临，同时开始编订文集，将文稿烧毁了十之六七。幸亏他最喜欢信任的外甥裴延翰保存着舅舅寄来的全部作品，整理出了《樊川文集》。后来又出现了《别集》《外集》和《集外诗》。如果这些里面都不见《清明》，而池州和汾酒集团还要据此争执杏花村的具体地点，是不是有些徒劳？话说回来，即便作者真是杜牧，其色调也偏冷，应景不如这首《山行》：

远上寒山石径斜，白云生处有人家。
停车坐爱枫林晚，霜叶红于二月花。

近代诗评家俞陛云的《诗境浅说续编》这样评价此诗："诗人之咏及红叶者多矣，如'林间暖酒烧红叶''红树春山好放船'等句，尤脍炙诗坛，播诸图画。唯杜牧诗专赏其色之艳，谓胜于春花。当风劲霜严之际，独绚秋光，红黄绀紫，诸色咸备，笼山络野，春花无此大观，宜司勋特赏于艳李秾桃外也。"刘永济《唐人绝句精华》亦赞曰："读此可见诗人高怀逸致。霜叶胜花，常人所不易道出者。一经诗人道出，便留诵千口矣。"

近人张伯驹的名句"当门落叶做花看"甚有意味，应当也是从中化出的吧。

为了爱和敬畏

——余秀华的诗歌

■钟　硕

为了爱和敬畏

——余秀华的诗歌

主讲嘉宾 钟 硕

从事过纪录片编导和自由撰稿等工作，曾为贵州文学院签约作家，《贵州作家》特邀编辑。创作过小说、报告文学、舞台剧、散文、文艺评论和诗歌若干，部分作品被《人民文学》《诗刊》《山花》等刊出，被《中国诗歌年鉴》《中国诗歌鉴赏》和《中国当代短诗300首》等选本收入。

钟 硕

从事过纪录片编导和自由撰稿等工作，曾为贵州文学院签约作家，《贵州作家》特邀编辑。创作过小说、报告文学、舞台剧、散文、文艺评论和诗歌若干，部分作品被《人民文学》《诗刊》《山花》等刊出，被《中国诗歌年鉴》《中国诗歌鉴赏》和《中国当代短诗300首》等选本收入。

获2004年《人民文学》"德意杯"优秀诗歌奖；2013年北网·国际华文诗歌大奖·首部诗集奖；2015年度《安徽文学》评论奖；曾被媒体评为"中国十大影响力女诗人"；舞剧《丁宝桢》（编剧）获2014年乌蒙文化节·第二届文化艺术系列精品剧目大赛银奖；音乐剧《天堂树》（编剧，与北京舞蹈学院合作）在台湾第二届"知音"音乐剧大赛中获奖。著有长篇纪实小说《明王朝遗民部落》、诗集《绮语》、长篇小说《末代夜郎王》等。

为什么要分享余秀华

某种意义上，我的分享是一种借题发挥。即通过某个特定的事由，传递我个人的东西。刚接到邀请时，我曾打算分享何其芳，这是我大学时曾经喜欢过的一位诗人。主办方建议我分享余秀华，忽然就觉得这的确是个不错的选择，至少余秀华及作品所牵涉的话题更具当下性，离我们更近。

不过把余秀华作为一个纯粹的诗歌考察对象来进行分享，对我个人而言，还是比较困难的。余秀华及诗歌进入大众视线，也就是所谓的走红，既有某种偶然性，也与时代环境、生活形态、传播方式的改变有关，同时也包含诗学观念、写作经验和认知的迭代等诸多因素，因此我更愿意将其当成一个文化现象来对待。

好诗就是好诗，走红与否并不是对它的一个判断标准。我今天的分享，完全出于一种对诗歌及诗人余秀华最原初的敬意，我希望自己尽可能保持这种简单。

按"精读堂"的惯例，更多的是在做经典分享。何为经典呢？自然是在历史长河里已经得到公允的。余秀华的诗作当然不在此列，这不仅是她一个诗人的问题，整个当代新诗，和古典汉诗及小说相比都是缺乏参照的。就如我们对崔颢的《黄鹤楼》是否为经典，这个不会有大的异议，如果说舒婷的《致橡树》是经典，就会引发争议。但我们可以毫无顾虑地说，余秀华、舒婷写出过一些好诗。我想表达的是，中国的新诗本身就是一个年轻的事物，它正在发育和成长，何为经典，我们只能让时间自己开口说话。

接下来的问题是，何谓好诗，好诗到底是什么样的？这里面还是有些共性特征的。这种特征，会经由写作者的精神轨迹和呈现的技艺得以体现。记得欧阳江河说过，单纯的美文意义上的"好诗"没有价值，那只是一种修辞结果，因为它没有和"存在""不存在"发生一种深刻联系。印象中许多诗人和小说家都说过类似的话，那就是视写作为一种修行，这些更多的是对精神轨迹的某种界定。那么修行的本质会是什么呢？按中国语境，就是修真悟道，"修真"让我们不会迷失于鸡零狗碎的现象世界，不断与自己和世界发生"深刻的联系"，而企望无限接近"未知"，并走向终极真相就是"悟道"。

事实上，悟道很遥远，我们可能使不上劲儿，就是修真都很困难。从表述上看，这似乎很中国语境，本质上，东方和西方的诉求并无显著差异。我们强调新诗的现代性，注重个人经验的同时，西方人也有原罪情结和彼岸精神，西方的基督文化与文艺复兴思潮同样都被留存在光阴轴上了。就如海德格尔说过"诗人的天职是还乡"。我们立足于世俗也好，奉行敬畏天地和神灵也罢，都从忠于自己的身心出发，这是"修真"的基础。无论以中国文化参照，还是西方文化参照，好诗都不是单纯的修辞，也不会局限于感官状态及感觉和情绪的扫描。我个人以为，我们在仰视西方文化、文学时，是因为我们极易缺失"修真"这一环，这与我们文化里的"入世"心结有关，有夹杂，自然不纯粹。修真都没有做到，悟道又从何谈起？

有意思的是，像爱默生、伏尔泰、海德格尔、庞德，包括金斯堡等等，他们反过来对中国文化及东方文明充满敬意，甚至有种偏爱，这是因为"修真"对他们不是问题，他们更有"悟道"的需求。

以上，并不是出于文化差异和视角问题，至少不尽然，这也和扯什么文化自信无关，人心无疆，人类的精神财富没有国界，这个是常识。这更不是说"道"只在中国或东方，如果我们可以绕开那些人格化、神格化的描述以及语境差异，就会发现，只是路径不同，或者说终极的真相会有不同表情，人类的彼岸精神和天人合一在根源上并无二致。

回到诗歌来看，我认定真正的好诗，华夏传统的润泽和现代性的在场并不对立，人子在天地间，娱乐审美、读书思考、男欢女爱、生老病死，如实展现和追索，本就是文学的良知和尊严。就此，我们才有讨论诗歌在呈现和技艺方面的必要。通常而言，如果一首诗的完整性或说结构，包括诗的意蕴和指向，还有内容的份额铺排，经由修辞和表现手段，达到预想的效果，尤其外溢和内卷的张力足够，那么这首诗就堪为好诗。

余秀华的部分诗歌，显然吻合我眼里的好诗标准。但我更想强调的是，余秀华的走红，对于她的诗歌是把双刃剑。为此她要面对被误读，作品的纯文学价值被弱化和忽略的情形。大众给她热度和世俗回馈，也给她质疑和谩骂，还有人骂她的诗歌是"荡妇体"诗歌。即便在圈内，余秀华仍然引来很多争议，如有"朦胧诗鼻祖"之称的食指，是直接公开否定余秀华的诗歌。

按理说，百花齐放必然有百家争鸣，有不同的声音很正常，但我觉得经由这些现象，正好侧面反映出中国的现代诗，准确说是当代的新诗读写，所面对的一种真实处境。新诗经百年的成长，在不断"去蔽"抵达"未知"的同时，一定会形成另外的遮蔽，这本身也是把双刃剑，如果缺乏觉察和足够的警醒，它很可能就是一种对自我感知能力的弱化，会落下"诗歌巨婴症"的病根。

现代性的有无，应该是古典诗歌和现代诗比较显著的一种差异。所谓的现代性，就是以哲学思辨来完成对个体经验的打捞。诗人眼里的世界不是被规定、被描述的，它是被发现、被思考、被命名的。

荷尔德林为什么要强调"哲学之光"？如何理解诗人的窗口是有"哲学之光"的呢？我们不妨反推一句，窗口没有"哲学之光"的诗人，很难变得足够的优秀。

现在，很多人直呼看不懂现代诗，而对所谓表现直白的口语诗又多是挖苦吐槽，其实这未必一定是作者的问题，完全有可能是读者仍旧停留在"床前明月光"的蒙学阶段。我们天性里的那种直接去经验、去触摸的能力被弱化了，思考的能力也被弱化了。最关键，我们不仅被许多刻板的、约定俗成的东西所干扰，难以自知、自明，对"异己"和不吻合期待的东西，大都是对抗和谩骂。

古今的社会环境和生活形态差异很大，古人"不学诗无以言"，有种类似集体无意识式的人文素养，吟诗作赋对古人是一种日常，对我们不是。现代诗相对缺少群众基础，缺少生活现场，原因是多方面的，在当下来强调诗歌的大众化，或要求引发共鸣，对诗学的发展而言是个伪命题。这个意义上，我并不完全相信所谓的大众对余秀华及诗歌的褒扬与贬斥。

阅读可以分为两种，一是泛阅读，二是沉浸式阅读。如果是前者，瞬间就能完成，就如那些看到《穿过大半个中国去睡你》，马上就会拿出喜欢和不喜欢的态度，甚至对作者进行攻击和谩骂的人。作为活动的嘉宾，我会尽可能以沉浸式的阅读，让我的一个化身，成为余秀华，我会带着柔软的心肠来读她，我觉得这种感同身受，才是进入文学的基础。通过今天的阅读分享，我们可以对以上问题进行一些体认和思考。相信在座的各位，无论写诗与否，应该明白我的所指，我今天的主题就是"为了爱和敬畏"。这就是所谓的借题发挥。

请记住那个写诗的余秀华

过去我一直强调对文本的回归，文本归文本，作者归作者，就如钱锺书说的吃蛋即可，不要去管那只下蛋的鸡。但是放到余秀华身上，这个问题好像没有那么简单。脑瘫病人、农村妇女、诗人，这三个不搭的词语同时出现在余秀华的身上，的确有些颠覆我们惯常的认知。我很难把余秀华的文本和她分开来看，没法绕开她的疾病和生存状态，我觉得这些与她精神特质的养成有很大的关联。

先抛开那些"非诗"因素来看，我比较欣赏余秀华字里行间那种饱满的元气，几乎可以用"悍气"来形容。还有她挥洒的自由意志，对疼痛、对生命的荒诞与虚无的领受，再有那种不由分说的炽热的爱，都给我留下很深的印象。从才情上看，余秀华对语言有很好的敏感度，对意象的抓取和组接，似有很迅疾的手段，在诗意的获得上，更有一种灵性的东西在起作用。

为了今天的活动，前些天我再度拜读余秀华作品时，我发现有些"非诗"因素，包括她的骂人，无论是出于她个人的，还是时代和环境的，我都没法回避。为此我也叩心自问过，是否存在着一种阅读伦理？估计幼儿园的阿姨，或是大话西游里的唐僧，比我更关心骂人的是非对错。在我这里，我只知道反抗是人的本能。正因为"传统视角"的一切，根本无法安抚余秀华，我不难想象她的决绝和尖锐。感觉余秀华是个不想掩饰自我的人，对世界，她更多是一种完全打开的状态。比如写《穿过大半个中国去睡你》这种传播性很强、带有一定歧义标题的诗歌。再比如，哪怕过惯了贫病交加的生活，有了版税收入，余秀华立刻用十五万元的代价结束了令她不满意、感到痛苦的婚姻。十五万对于她，是巨款。

这种"我行我素"有人叫好，仿佛她为我们平庸的大多数找到了"豁口"。毕竟我们都会有很多的遗憾和亏欠，无处安放。通过这样的"豁口"，我们可以投射出自己的虚弱，获得某种轻松和痛快。

这种"我行我素"，更有人视余秀华为"女版陈世美"，引来不少质疑和谩骂，也激发她不停地反抗、反击。其实最根本的原由，就是作为女性，尤其是没有颜值的残疾女性，余秀华好像在男女方面不该有话语权，包括她在微博上发张自拍照，也会引来各种嘲弄和谩骂。

伴随着《穿过大半个中国去睡你》进入大众视线，除了有人骂余秀华写的是"荡妇体"诗歌，甚至还有键盘侠嘲讽余秀华："没人睡你真可悲。"余秀华反问"你有人睡就不可悲吗？"这个回应，让人哑然一笑。

难道歌德的"哪个少女不怀春"就很高级吗？试想如果是一个男诗人，或者美女诗人这么做，会是什么结果呢？为什么我们可以用审美和欣赏的眼光去看金斯堡，去看"竹林七贤"

里的嵇康、阮籍，却要用嫌恶心态面对余秀华呢？这真是个奇怪的问题。

可以想见，余秀华肯定有副暴脾气，伤及无辜和意气用事都可能，她的存在，本身就是以尖锐回应庸常俗世的不友善。有时候不说脏话的，可能是伪君子。余秀华骂人，包括即兴恶搞唐诗，充其量是个任性的"真小人"，就如她自己也说过"请允许我做个糟糕的人"。至于其间曲折是非和该为之付出怎样的代价，那是另一个问题。

余秀华的挨骂和反击，估计会一直陪伴着她的创作生涯。有朋友给我聊到过余秀华，说你想从小饱受疾病折磨，身体残疾，走路摇摇晃晃，说话口齿不清，几乎没有劳动力，守着没有情感和尊严的婚姻，过着困苦的生活，独自领受着命运的种种不堪，能有多少我们人设的高雅和得体？据说她曾经想过自杀，还试过到天桥底下乞讨，但终究因为"跪不下去"而作罢。余秀华自己说过："我双手不听使唤，写一个字非常吃力，首先要用最大的力气保持身体平衡，然后再用左手压住右腕，才能把一个字歪歪扭扭地写出来。而在所有的文体里，诗歌的字数是相对较少的。"

我想说的是，就是这么一个人，写了数千首诗歌，就我个人而言，除了尊重，我实在想不到别的。一则凌晨三点发布的微博，或许是余秀华心绪平静时的真实写照："搜索里，还有很多人喜欢我的诗歌。我实在羞愧。此生，恐做不好一个公众人物甚至一个人。太情绪化太自卑也太傲慢，我调和不了这些东西。谢谢你们喜欢我的诗歌，也请允许我做个糟糕的人。这段时间我失去了生命里很要紧的一个人，崩溃之余，什么都做不好。"

诗歌是余秀华的抵抗方式，也是她的净化方式。按她自己的话说，诗歌是"她的拐杖"，写诗是她"一个人的私密旅行"。歌手李健是这样评价余秀华的："在云端里写诗，在泥土里生活。"为此我很感慨，我们有无数的化身，无数的自我，无数的荒诞和悖谬，觉察它，直视它，嫌弃它，接纳它，引导它，爱它，都没有什么不妥。诗歌，或就是他们最好的藏身之地。凡俗的肉身和高远的灵魂，不时都会分分合合，并产生奇妙的化学反应。这原本就是再正常不过的事。

余秀华出名后，各路记者、编辑、慕名者、好奇者接踵而至，她既兴奋感恩，又不堪其烦。非常真实。她说过："于我而言，只有在写诗歌的时候，我才是完整的，安静的，快乐的。其实我一直不是一个安静的人，我不甘心这样的命运，我也做不到逆来顺受，但是我所有的抗争都落空，我会泼妇骂街，当然我本身就是一个农妇，我没有理由完全脱离它的劣根性……诗歌一直在清洁我，悲悯我。"

回到当下的大小环境，我们不难发现，所谓的人文素养和情怀，原本就有点稀罕，在世俗生活的庸常中，要将之"活出来"，那就更为稀罕了。所谓网络暴力，那些动辄就蹦出来的对抗和敌意，难道与"逆我者亡"的余习没有关联？谁能确保信息时代的人，就不会拥有中世纪的野蛮？

因为疾病，余秀华走路是摇晃的，她能以诗歌来回应这个摇摇晃晃的人间，也会以别的方式来回应这个摇摇晃晃的人间，她不是天使，我们谁都不是。我甚至认为，余秀华的生命状态和诗歌作品，本身就该有种撕裂，她打开她带着血污的痛，以及炽热的生命，仿佛是为了激荡出我们彼此对生命应该有的爱和敬畏。至少对于我，它是成立的。

无论怎样，我相信造物主，神灵、上帝或说上苍，会悲悯这大地上的一切，怜惜我们肉身的短暂，接纳我们所有的不完美。记得庞德说过："无法和一个人相处的时候，就和这个人的灵魂相处看看。若是没有办法和一个人的灵魂相处，可以尝试以自己的灵魂与他的灵魂相处。如果这样都不行的话，那就安静的自处。"

忘掉那个骂人的余秀华吧，忘掉所有的辜负与被辜负。我们可以好好地读她的诗歌，借由"精读堂"的这次活动，我们可以在诗人的精神轨迹里，去旅行，去照见，去自我澄澈。

余秀华诗歌分享

穿过大半个中国去睡你

其实，睡你和被你睡是差不多的，无非是
两具肉体碰撞的力，无非是这力催开的花朵
无非是这花朵虚拟出的春天让我们误以为生命被重新打开

大半个中国，什么都在发生：火山在喷，河流在枯

一些不被关心的政治犯和流民

一路在枪口的麋鹿和丹顶鹤

我是穿过枪林弹雨去睡你

我是把无数的黑夜摁进一个黎明去睡你

我是无数个我奔跑成一个我去睡你

当然我也会被一些蝴蝶带入歧途

把一些赞美当成春天

把一个和横店类似的村庄当成故乡

而它们

都是我去睡你必不可少的理由

2015年，《穿越大半个中国去睡你》在社交网络上被转发上百万次，火得一塌糊涂，同时也成为指认余秀华写"荡妇体"诗歌的重要罪证。随后余秀华进入公众视野，诗集销量超过二十万册，是中国二十年来发行量最高的个人诗集，一时各路媒体都围着她转。她的存在，可以说持续性地引发了圈内圈外的热议。其实这首诗在余秀华的作品里并不算出色，只是作为她的成名作，我不想绕开它。按前面的说法，我这是要"借题发挥"。

"看过余秀华的一个视频，她理想的下午就是喝喝咖啡、看看书、聊聊天、打打炮，一个诗人，对人类的命运、对祖国的未来考虑都不考虑，想都不想；从农村出来的诗人，把农民生活的痛苦，以及对小康生活的向往，提都不提，统统忘得一干二净，这不可怕吗？评论界把她捧红是什么意思？评论界的严肃呢？我很担心。今天严肃地谈这个问题，是强调对历史负责。不对历史负责，就会被历史嘲弄，成为历史的笑话。"

　　以上是食指在《在北师大课堂讲诗》新书发布会活动现场的原话。我心里曾为之发出过一声"呵呵"，到底谁是笑话呢？转念想，作为一种观念，我也应该尊重它。我真正反感的是一个有影响力的诗歌前辈，为何要对一个后辈进行这种野蛮捆绑。如果个体的写作，不能够在辨析和呈现上完成对这个世界的理解，或说觉察自己与世界在发生怎样的联系，他写出的东西只是一种作伪，不会有价值。或者说人设的写作范式，是反人性的、自我障蔽的，自欺的，没有意义。无论谁，没有资格对另一个同类指手画脚。这里都是选手，没有裁判。

　　文学可以承载理想，就如文学可以关心人类，可以革命，换言之，文学什么都可以。文学所谓的社会性、时代感，或者被赋予的言志、启蒙，包括用于革命的口诛笔伐，展现理想等等，本身没毛病，有毛病的是强行让文学接受某种靶向性的限制。文学只是一滴露水，一滴可以映照万物万有的露水。再说了，纵然再宏大的主题和正确的观念，难道能绕开个人经验吗？创作者需要来个统一？这是搞军训？文学本身是发现，是命名，是去开启被现象界遮蔽的奥秘，恰要警惕集体无意识的陷阱。把题材作为写作定向，把人设的社会功能作为诗歌标准，本质就是对诗歌的偏离，对文学的异化。即便自古有"文以载道"的说法，也得搞清楚什么是"道"，然后才是怎么去载这个"道"。怕的是既没有道，也没有趣。

在学而优则仕的古代，读书人的身份和价值诉求是综合型的，既然学富五车，吟诗作赋、琴棋书画是一类，更有贤臣良相、光宗耀祖的梦想，多是士大夫情结，所谓"为天地立心"一类，这种情结当然是夹杂的，从人性的角度，哪有什么纯粹的"伟光正"？弄出个人格分裂也很难说，这也是中国文人做纯文学时的"先天不足"，"修真"都谈不上，怎么可能"悟道"？这就像农民起义喊出的"替天行道"，很扯淡。既然你没有"道"，怎么能实现"文以载道"？大家都走在半途，你怎么有脸皮对他人指手画脚？天是什么？道是什么？估计士大夫和农民都不真正关心。对于到底什么是"人类理想"，他们穷尽一生的畅想，依旧会语焉不详。的确无趣得很。

其实作为现代诗人，你仍然可以入仕、可以经商，干什么都行，灵魂可以拆分，人可以有很多的化身，各行其是。上天入地，入世和出世，都行，但别在文学里去做"非文学"的野蛮捆绑。食指估计残余着某种上述的"士大夫"习性，他这样有影响力的成名诗人且是诗歌前辈，自个拥有何种诗学观念，原本无可厚非，也值得理解和尊重，但公开以"诗歌代言人"的口吻批评余秀华，指责"评论界"，弄得这么"居委会大妈"，也太"非诗"了，着实让人遗憾。

在我眼里，至少《穿过大半个中国去睡你》是首有趣的诗——有意趣，也有审美的情趣。前面铺呈的"其实，睡你和被你睡是差不多的"正是现代性的体现。外部的世界和事件，包括观念，须经由个体的经验、感知和思考，才被赋予新的存在感。为何睡你和被你睡是差不多的？因为本质都是渴望用性爱打开生命的美。虚拟出的春天，是幻想对幻美，很干净，很人性，让凡俗的肉身拥抱凡俗的肉身，这一个"睡"字，何错之有？有什么见不得人的，有什么拿不出手的？诗歌的读写莫非也要像观影一样注明"少儿不宜"？当然，真正有意思的是，在诗人笔下那个"睡的理由"，大半个中国的风光，火山在喷，河流在枯，有一些不被关心的政治犯和流民，包括在枪口的麋鹿和丹顶鹤，还有枪林弹雨，因此才有生命的压抑和惶惑，生命才会有沸腾的需求，作者才会把无数的黑夜摁进一个黎明，把无数个我奔跑成一个……这样吧，这首诗大家从倒数第二段倒着读回去。看下作者的诗意传递的逻辑，也就是"睡"的理由。

我们不难发现，这个睡，不就是为了抵抗现实的荒诞，消解生命的虚无吗？回到食指对余秀华的说法，他肯定没办法进入这样的诗歌，他的确读不懂。那些被这个"睡"字干扰、心生不悦的君子和贞妇们，更是读不懂。当然这不重要，重要的是与之相应的人获得了审美的乐趣。比如我们。

传递所谓女性意识的诗，写得比余秀华生猛的多了去，20

世纪就有伊蕾、唐亚平她们，后来有"下半身"的尹丽川、巫昂一干女诗人，其实食指是数落不完的，只是余秀华出现在大众视野，独自承担了更多的否定和责骂。包括那个拥有"下半身诗歌运动"重要发起者身份的沈浩波（百度资料），也蹿出来说："仅就诗歌而言，余秀华写得并不好，没有艺术高度，这样的文字确实是容易流行的。这当然也挺好，只不过这种流行稍微会拉低一些诗歌的格调。"我对"下半身"所谓肉体在场的诗学观念并无偏见，也读到过她们的某些好文本，只是我看到这位自诩为"先锋"，先前还在写《一把好乳》的京城书商，忽然露出这么"后卫"的腔调时，有了个幻觉，仿佛看到了一个"从良""招安"后巴望着"正统和主流"起来的贱痞嘴脸。

余秀华的走红，圈内有很多人发声，其间我的确看到了某种滑稽。

爱

阳光好的院子里，麻雀扑腾细微而金黄的响声
枯萎的月季花叶子也是好的

时光有序。而生活总是给好的一面给人看
另外的一面，是要爱的

我会遇见最好的山水，最好的人
他们所在的地方都是我的祖国
是我能够听见星座之间对话的庙堂

而我在这里，在这样的时辰里
世界把山水荡漾给我看
它有多大的秘密，就打开多大的天空

这个时候，我被秘密击中
流着泪，但是守口如瓶

　　爱是余秀华诗歌里出现频次比较高的一个主题。这首《爱》语言和意蕴传递自然，收放得体。保留了自古以来汉语诗歌的抒情传统，同时又引人去思考和感知爱的本身。"阳光好的院子里，麻雀扑腾细微而金黄的响声／枯萎的月季花叶子也是好的"。开篇就体现出作者的修辞水准；生活"另外的一面，是要爱的"，是她此刻的态度，也是一种价值诉求。

　　"我会遇见最好的山水，最好的人／他们所在的地方都是我的祖国／是我能够听见星座之间对话的庙堂。"这一段很唯美，诗意通过更大的时空感而得以提升，祖国和庙堂，本质就是一种精神乡愁，这和纯个体化的站位非常契合，是可触摸出质地的真情实感，没有"他人格、他意志"的植入和干扰，显露出一种汁水饱满的生命活力。

"世界把山水荡漾给我看 / 它有多大的秘密，就打开多大的天空。"这一句可谓惊艳，是令这首诗歌产生张力的关键节点，前面的抒情虽说唯美、怡人，但语言和意蕴的传递较线性，较平滑。但这两句冷不丁一亮相，忽地就有了更阔远的时空感。让人觉得作者胸腔里的"爱"，不是小情绪小感觉，而是有种"念天地之悠悠"的气象。

所谓"崎岖之事平淡写，平淡之事崎岖写"，余秀华似乎深谙此道。这样灵气逼人的诗句，会让人觉得这是对人类感知能力的致敬，它催化了"言语道断"的某种可能。我不清楚"文以载道"里的道，是指终极真理和真相，还是某一种人脑预设的观念，如果是前者，我觉得或许"道"真的会在诗人的一瞥之中偶露真容。

按常规的阅读，这一句可以再延展一下，照应一下前面，最好的山水有了，那最好的人呢？面对现实的回音壁，或许作者也觉察到必须"失语"，所以她跳开了，行笔忽然拐到结尾两句"这个时候，我被秘密击中 / 流着泪，但是守口如瓶"，这是很有力量，很虐心的两句，这种刻意的跳脱，产生了张力的制高点。我一直强调，纯文学里所谓的担当，不是自觉的，也不是被预设、被要求、被规定的。什么是纯文学？就是纯粹立足人性，对生命和存在进行探究、进行表现的文学。它什么也不回避，但又没有预设的靶向功能，只有客观的后续效应。

这首诗除了带给我审美，还给我一种教育——此教育非彼教育，这是一种遇见，一种发生。"这个时候，我被秘密击中／流着泪，但是守口如瓶。"让我一刹那就联想自己的一生，觉得每一个生命都应该被善待被温暖。可是，这一个秘密或许是，"最好的人"和"最好的自己"都永远在路上，抑或又是言语道断时的"悲欣交集"。

所谓诗歌的张力，或说最高妙、最打动人的地方，是能够激活"没有说出来的那部分"，这样的诗是真正的好诗。因此，虽然现代诗对观念很依赖，但又不能被观念绑架，这种理趣和意趣的分割与融合，也是现代诗学探索的一种方向。

一只乌鸦正从身体里飞出

如同悖论，它往黄昏里飞，在越来越弱的光线里打转
那些山脊又一次面临时间埋没的假象
或者也可以这样：山脊是埋没时间的假象
那么，被一只乌鸦居住过的身体是不是一只乌鸦的假象？
所有的怀疑，不能阻挡身体里一只飞出的乌鸦
它知道怎么飞，如同知道来龙去脉
它要飞得更美，让人在无可挑剔里恐惧
一只乌鸦首先属于天空，其次属于田野
然后是看着它飞过的一个人
问题是一只乌鸦飞出后，身体去了哪里
问题是原地等待是不是一种主动的趋近
问题是一只乌鸦飞出以后，再无法认领它的黑

——不相信夜的人有犯罪的前科

最后的问题是一副身体不知道乌鸦

飞回来的时刻

自我身份确认和对世界进行辨认，是每一个生命都绕不过去的课题，因此它也成为一种写作事件。

一直以来，身边不时会有朋友说他们读不懂现代诗。就如这首《一只乌鸦正从身体里飞出》，真要解析起来，的确有一定困难。就是圈内的口语诗阵营，也比较不接纳这类诗，更多强调要以"平实的语言放到人，传递必须清晰"。事实上，很多现代性比较强的诗歌，都会带给我们一定的阅读障碍。

这让我想起一些当代艺术展，现场的记者和画家们也往往很难对话——不过这种"失语"，有时可能是双向性的。没有障碍的是素描，是散文，是歌词，可以望文生义，一目了然。但这种滑溜溜的"懂得"，有时正是需要我们谨慎面对的，因为它有可能让我们的感知能力，始终在原地做无效的重复。

回到创作主体的角度，也含纳这样的可能，有时候，感觉和感悟先于语言，它电光火石般，对此的呈现极有可能只是一种"还原"，而非传播意义上可以"言状"。类似我可以录一段小鸟的鸣叫声出来，但不代表能翻译小鸟在叫什么。我们感知不到的，对于我们就不存在，可这并不妨碍小鸟的鸣叫能带来愉悦。这么说，并不是说创作者有什么玩弄高深莫测的特权，文字或者任何艺术语言都是为了表情达意。就如这首诗的个体经验很隐秘，修辞和表现手法的陌生化，正是回应这种隐秘，同时它又是有意指的、可感知的。

借由黄昏、乌鸦和身体、时间这些意象的组接，余秀华在对生命和时空之间发生的某种内在联系，进行辨认和追踪，同步生发出了一种苍凉又开阔的图景。她处理得很有意思，一方面是身体的在场，很内敛的指向，乌鸦和我的身体，似乎是同一类生命的两种状态，表现出生命现状的灰色和原罪情结；另一方面是去飞翔，要自由和光明，可又时至黄昏，所以有对远飞后迷失的忐忑，呈现出对飞翔及超越等抱有的某种期许之间的悖谬。

这首诗推进自如、从容，气息很好，有一气呵成的感觉。当然以我的阅读习惯，"如同悖论"是可以删除的，因为本来就在讲悖论。

现代诗需要打捞经验，但又不是经验的本身，而是为了回到经验发生时的"静默状态"。那个状态难以言传，仿佛通过构建某种秘密通道，可以遇见缪斯，随她一起向世界更深广的地方弥漫。当然这种写作，往往吃力不讨好，毕竟它是不可言说的言说——就如当代艺术里的抽象与具象，写意和写实，它只是意蕴的神秘载体，并不负责要按你的口味传递你需要的那种清晰。这一类的现代诗，是诗人在呈现寻找他自己及某种真相的过程，但是他却不会附带说明书，而你似乎可以和他一起面对这个奇妙的过程。这一点，的确与传统的汉语诗和西方古典诗都有所不同。借由这首诗，我们也不难发现古典诗和现代诗之间，那种撇不清又格格不入的关系。

诗歌这种文体自远古而来，在生产力低下、生活资源匮乏时，它可能就是生产劳动时的号子、歌谣，很多时候，诗与歌很难分家，有配乐的是歌，没配乐的是诗，具有一种即兴式的抒情、述怀，与世俗意义的生活有很大的关联，它的确天生是大众化的。

基础版就如"弄花香满衣，掬水月在手"一类，更有意境和气象是"落霞与孤鹜齐飞，秋水共长天一色"，但这些，还是不如张若虚的"江畔何人初见月？江月何年初照人"有意蕴，有艺术张力，为什么呢？除了感官和情趣的在场，它有时空观，有回归心灵和个体经验的东西，具体而言，就是有哲学思辨的特征。

很有意思的是，当年《春江花月夜》被誉为"冠全唐诗"，民间普罗大众和一干专业诗人都为它叫好。而今天，估计我们难以找到一首既能放到地摊上被围观，又能进入文学史被叫好的现代诗。怎么说呢？如今没有这样的读者，也没有这样的作者。

所谓的文明进程，并非只是社会分工精细化，它也包含人文思想的精细化，以及审美情趣的多元化。所谓的现代性，通俗点说，就是从个体"我"被投射的图景出发，是经验到的世界，而不是已经被描述、被规定好的世界。当然，诗歌只有哲学思辨的话，也不称其为诗，抒情和审美，还是它的首要特征，我们甚至可以把思想归于审美的升级或有机构成。因此，思想的空间和审美的趣味，自然就成为了现代诗的两条腿。

人类必定会自发、自觉地对人的生命状态、终极价值和意义进行思考，个体一定会反抗所有的"异化力量"，会透过现象和个人经验，去叩问和探究人性的上限与下限，以及更多的根源性问题。这些问题，按王安忆的话，很大一部分就是"那些无法被思想和概念命名的东西"。所以，这也是当代艺术、现代诗等日渐曲高和寡的缘由，也是纯文学干净、纯粹的内在动因。

《一只乌鸦正从身体里飞出》这种风格的现代诗，明显是反抒情的，甚至极端反常识的、审丑的，含藏着一些思考、质疑、辨认的精神轨迹，属于"小众中的小众"。当然，前面说到过，它既然被表达，它肯定又是有秘密通道的。换个角度看，读得懂和读不懂，不是进入这类现代诗的第一个要素，而是我们感知力是否与之同频共振，再有是意愿度，我们想不想读，有没有意愿要去打量那些隐藏在表象世界背后的东西，想不想为那些被日常鸡零狗碎湮灭的事物做一点停留。

诗意一直在我们身边，但很可能我们熟视无睹。就如我们习惯了白晃晃的阳光，会陌生于它在某种特定情况下露出的七彩，而这个七彩却是阳光本就具有的东西，只是常态下我们看不到。我们习惯了看得懂、说得清的东西，而对那些"说不清、看不明"的当下视而不见，忽略掉那些意在言外、难以言诠的状态，而现代诗恰会在这些地方停留，并以之进行所谓的修真和悟道。

从这个意义上，现代诗的读写，是一种高级的智力游戏，对我们的审美能力、思想层次和人文素养是一种挑战。当然，任何游戏本质上都是有趣的，它的趣味，只留给对它感兴趣的人。

在黄昏

我看见每一个我在晚风里摇曳

此刻，我的飘逸之态是一种形式主义的对抗

我追赶不上我的心了，它极尽漂泊的温暖和严寒

最终被一具小小的躯体降服。漏风的躯体

也漏雨

我看见每一个我在晚风里摇晃

在遥远的村庄里沉默地抒情，没有人知道我

没有人知道我腹腔的花朵，鸟鸣，一条蛇皮

没有人知道我的宝藏

每一个我在晚风里走动

从横店村的北头走动南头

她们和每一片树叶，每一棵小麦，每一条狗

每一个活着和死去的

打招呼

好的文学作品一定恩蒙缪斯的光芒，它的出世，只是帮助人类不断获得审美和更好地认识自己。这首《在黄昏》非常的

好。记得刚读到这首诗时，一下子就被定住了，心里有一种难以言传的感动，仿佛看到一个"精魂一般的余秀华"，从未有过一丝世俗的损害和侵凌，她给我脑海里注入了这样的诗意图景：和煦之日，山水有情，万物生辉，那个春风满袖的女人，忽然光明盖顶。

余秀华的诗歌，往往能同时拥有自由涌动着的想象力和丰沛的内心生活，而现实，只是她的抓手或道具。就如"我的飘逸之态是一种形式主义的对抗／我追赶不上我的心了，它极尽漂泊的温暖和严寒"。这种笔墨，不仅语言和意蕴契合得非常到位，在感觉和经验上又是属灵的，非常神性，它无法预设，它只是一种发生，一种瞬时的溢出。

与上一首《一只乌鸦正从身体里飞出》不一样，同样是黄昏，这个黄昏是暖调的，也是充满更多奥秘的——"我看见每一个我在晚风里"出现三次，一是摇曳，其次摇晃，最后是正常的走动。这组修辞的变更，盘活了精神世界的某种神秘印迹，承托着一个妙不可言的世界。

绝对意义上看，技艺也是灵性的一部分。现代诗是审美意义的高级形式，带有技术性要求，它不是古典汉诗那种平平仄仄押韵对偶，而是对我们感知能力的一种具体的落实。意蕴传递必须要到位、有序，具有局部能够激活整体的奇特性。这种独有的赋能，表明的是，我们的酒神再是魔力非凡，也得戴着镣铐跳舞，而且你还得隐藏这个镣铐。所以说内容与形式，技术与结构，感性与理性，及物与高蹈，日常与神性，都是没法分家的，不是绝对的二元关系。

"她们和每一片树叶，每一棵小麦，每一条狗／每一个活着和死去的／打招呼"，这个收尾让我震撼。人性的驳杂，情感和精神的含混，命运的不堪，忽然就被一种爱的生命意志全部消解，这分明是一个智慧女巫的世界：这无数的我，无论优劣好坏，有花朵和鸟鸣也好，有一条蛇皮，还有不为人知的宝藏也罢，每一个我都爱着这人世，爱着这大地上的万物，无论生与死，这种爱饱满，炽热，不由分说——想必这就是对造物主、对上苍最好的敬畏，最好的献礼。

通过这首诗，我体会到余秀华身上的一种决绝和彻底，也就是开始我提到的那种"悍气"。为此我还想借题发挥的是，由于文化和国情的不同，我过去一直认为波伏娃这样的女人中国不会有，要有也是在未来的未来。但余秀华的出现，让我觉得一切皆有可能。这个类比，无关波伏娃的私生活以及文学或学术成就，也和余秀华的诗歌品相没有直接关联。我是从心智发育、自由意志和独立人格的角度，从她们部分精神轨迹相契合的角度。我大学时，曾一度是波伏娃的迷妹，所以这种类比，其实也包括部分我自己的精神轨迹。

怎么说呢，人的天性是从众的，怯懦的，服从的，尤其女人。包括那些下半身、垃圾派的先锋女诗人们，她们有才有色，更多的只是在个性或方式上耍酷，仍旧是落在男性"镜像"下定义出的游戏。余秀华不具备这些现实的可能性，她无处可退，是一个世俗意义里低到尘埃里的女人。她毫无预见性地很彻底地做了个"真人"。

人的行为往往决定于人格和情境两大因素的交互作用，我们回到女人，回到人的原位，很少有人敢对"设计型的人格或他人意志"进行质疑或说不。这一点，波伏娃做到了，余秀华也同样在践行。

当然，我欣赏和尊重波伏娃、余秀华这样的女人，并不意味我有资格将尘世间约定俗成的一切踩在脚下，而是希望能引发一种思考，或提供更多元化的感知角度。就如我们过去对君子脸、贞妇脸相当推崇和嗜好，终于有一天体悟到一种荒诞，各种"伟光正"的谥号，贞节牌坊的签发，竟然由三宫六院的昏庸天子所为。所有精神意义上的革命，本质上都是在反抗"异化"，都是为了"返乡"。

观念先行的东西，文化积淀的种种，是人类文明进程的足迹，随着人文的进步，以个体生命的视角，人类会对自身处境及真实的精神世界进行思考，进行探究，我们不时会感知到"异化的力量"，并进行抗争。这个意义上，波伏娃、余秀华都是复苏女性生命意识的代表。她们的独立精神和自由意志，似乎有个不约而同的课题方向：我的生命，我的身心，首先应该是我自己的；它到底是怎么一回事？它该怎样与这个世界发生联系？其实说波伏娃、余秀华这类的女人有个性，我都觉得太浮泛了。何谓女人，何为人，这是哲学思考，也是文学的内在支撑。会讲故事不代表会写小说，会敲击回车键分行断句不意味能写诗歌。我想，这种人文意识的全维度观照以及精神特质折射到诗歌创作时，就会生发成余秀华的一股"悍气"，也能外化成一种辨识度。

当代的诗写者林林总总，诗歌文本风格迥异，诗学主张更是眼花缭乱。从纯文学层面来看，好诗与走不走红和大众审美没有直接关联。通过余秀华的诗歌，我能读出她对自己身心的忠实，无论生活和生命的体验，还是思考，都表现得很真切，很独立和果敢，心无旁骛。而这些，对于一个女性诗者是何其的珍贵。

远方的你

哪有一种事物能够比喻你呢，星空深邃

晚风拂过金黄的麦穗，光线弯下小小的弧度

麦田上的路蔓延到海边

哪有一种情意能够拥抱你呢，生命辽阔

细雨落在收割后的田野，雨珠跳起来亲吻神的衣角

积蓄在树冠里的苍翠扩散得越来越远

哪有一种勇气能够触碰你呢，山高水长

夕阳的光从水波里慢慢收短，那些爱和被爱过的人

都顶着装满雨水的瓷罐

哪一座寺庙能够保佑你呢，如此神秘

那一日我跪在菩萨面前，耳边响起你的声音

我可以依持菩萨。菩萨也允许我依持你

《远方的你》是余秀华写给歌手李健的情诗之一。李健有一首《风吹麦浪》，估计与之有关。我分享这首诗，不是觉得它有多么精彩，有什么过人之处。而是觉得这种比较贴近大众阅读习惯的诗，也有必要进行分享。现代诗应该是包容的，多元的。再有就是，这种古典气质的诗，对那些指认余秀华写"荡妇体"诗歌的人，也是一种回应——拥有美好的情怀，是一种能力，这种能力并不是每个人都有。

　　五月麦浪翻滚，瑰丽与金黄叠加，处处都是一种暖意，一种和美。整体上，这首诗调性上和李健的歌声比较接近，有意境，气韵很好，有种唯美、空灵，仿佛生命的画卷就该这样。造物主，天地、大自然，生命与生命，赞美和祝福，齐聚在一起；还有感恩，对这生生不息的感恩，对这些美好的遇见的感恩。

　　同海子一样，不时有人诟病余秀华的某些诗歌，逻辑和推进、结构都有明显瑕疵，有些意象或语句孤起，前后照应不够，缺少秩序感，对此我不否定。创作讲状态，任何一位作家或诗人，不可能随时有佳作，这也是工艺品和原创艺术的区格。

　　某种意义上，我个人更倾向于"有瑕疵的原创"，瑕疵也是原创艺术的有机构成，它至少也含纳一种动人的，一样承载着作者体温和灵魂里的汩汩的鲜红，创作时如果"机心"过重，就会缺失珍贵的"原生反应"，难以靠近缪斯。

　　这首《远方的你》，从技术上，我个人认为余秀华的把控能力还是不错的。对于海子和她这种听从内心"原生反应"的诗作者，创作时比那些冰冷的"技术控"似乎更为不易。但从他们的部分佳作里，更能让人确信，诗意的推进有时犹如神助，正如节奏的操控和生成，能自然赋形一首诗的结构。它是属灵的，没有先验性，它也是一种遇见。这的确是个很奇妙的现象。

开始一句"哪有一种事物能够比喻你呢"，有些开宗明义的味道，完全是一种小粉丝、小迷妹的站位。接下来抒情两句之后，余秀华又来一句"哪有一种情意能够拥抱你呢"，随后是"生命辽阔"，让人觉得这样的情意很开阔，不是小情小调。"细雨落在收割后的田野，雨珠跳起来亲吻神的衣角"，看似在赞美造物主，其实是回应李健《风吹麦浪》这首歌所传递的意境，歌词是这样的："远处蔚蓝天空下／涌动着金色的麦浪／就在那里曾是你和我／爱过的地方。"对比一下，诗和歌在这里并没有明显的区别。就是单纯的抒情和述怀，而且显出了一种雅致和高远。

"哪有一种勇气能够触碰你呢"，这句回落了世俗心态与处境后，准备为所爱的人进行"封神"，因为她只能去"封神"。李健作为余秀华心里的男神，被远远地爱着，柏拉图式的干干净净，不会被世俗损坏，不会被生活的鸡零狗碎消解，能够永远保鲜，艳色永恒。无论世俗里拥有怎样的走向和结局，真爱过的人，一定懂得这首诗里的怅然、沸腾和明亮。是的，这三个不搭界的词语被我放一块了。因为远方的你，或许就该这样。人的一生，很多的爱和梦想未必一定要实现，仅用来维系生活不至于下坠，让生命不要完全的形而下。

余秀华最后感慨的是，"哪一座寺庙能够保佑你呢，如此神秘"，是的，她的爱"如此神秘"，剩下的只是成全和祝福——就是要祈求菩萨保佑男神，但到"耳边响起你的声音"时，笔锋忽然就转了，看似传递上有点突兀，但这正是其诗眼："我可以依持菩萨。菩萨也允许我依持你"，可见她的信仰本质是爱，只有爱，犹如远方男神的歌声打开的某种奥秘。

很多时候，诗歌表达的只是一个瞬间，一种心境。余秀华赠诗的人有很多，如陈先发，雷平阳、沉河，小引等等。缘何爱得"如此神秘"？因为有时名字是符号，甚至人也是符号，安放不下生活，安放不下灵魂时，他们就是符号，余秀华让他们在远方发光，为了点亮彼此。

在我看来，《远方的你》就是一种神秘的支撑，一种明亮而美好的留存。在风格上，《远方的你》看似是一种传统抒情意味的诗，但对作者来说恰是一种很现代性的做派，爱上谁就是谁，包括公开献诗，这都是我自个的事，就这么简单。这种爱也是在"借题发挥"，就是一种投影，一种感觉上的自我放逐。或者说，她明白她爱的人和事，不会出现在现实里，她把她的这个爱人化身成无数的侧面，去投影、去述怀。这种爱，有时会很具体和微小，有时又是辽阔的，甚至苍凉的，可它是一往无悔的，无论怎样的发生，怎样的去留，都只是出于一种对生命本身的态度——爱和敬畏。这种态度，也契合于我今天分享的主题。

最后有必要说明一下，因活动时间有限，我只能根据个人口味选择性介绍余秀华的这几首诗，她的好作品远不止这些。这个活动，我更多的只是以她及作品为由头，分享我对现代诗的一些理解，并承载我想表达的主题。原本我并不想拿余秀华的走红说事，更不是一定要对食指这样的前辈评头论足，只是对于所有非文学、非诗的元素，始终有着一种警醒，借由今天的活动，随带表达一下这样的觉察罢了。谢谢大家。

2021.7.31

活在民间的远古英雄

■余未人

活在民间的远古英雄

——苗族三部长篇古歌：

《亚鲁王》《簪汪传》《米花古歌》

个人简介：**余未人**，年轻时编《花溪》、写小说。1990年代以来，深入田野从事民族民间文化研究。现为中国民间文艺家协会顾问。写作出版个人著作《民间笔记》《民间花雨》《苗疆圣地》《我的百年家族记忆》《远古英雄亚鲁王》等十九部。主编《亚鲁王（五言体）》史诗，《中国民间美术遗产普查集成·贵州卷》《簪汪传》等多部书籍。苗语西部方言区的三大古歌，《亚鲁王》《簪汪传》《米古花歌》，是民族史、迁徙史、战争史、民俗史的生动记录，是了解中华民族先民生活的文学瑰宝。余未人说："我从文学走到民间文学，多了两个字，却是在眼前打开了一个异彩纷呈的美妙天地，聆听民间歌师的长篇唱诵。那些特异的想象，让你进入一个你所未曾接触过的天地尽情遨游，了解先民们奇幻悠长的岁月。

余未人

年轻时编《花溪》、写小说。20世纪90年代以来，深入田野从事民族民间文化研究。现为中国民间文艺家协会顾问。写作出版《民间笔记》《民间花雨》《苗疆圣地》《我的百年家族记忆》《远古英雄亚鲁王》等十九部个人著作。主编《亚鲁王（五言体）》史诗、《中国民间美术遗产普查集成·贵州卷》《簪汪传》等多部书籍。

在大西南的崇山峻岭中，有一个历经苦难的民族——苗族，他们没有留下传统文字，却是用古歌和史诗，将自己的历史文化口传到今天。苗族分东部、中部、西部三大方言区，语言互不相通，都有自己的史诗、古歌。它们是苗族无字的百科全书。

《亚鲁王》史诗是麻山苗族的传唱。

《簪汪传》史诗是四印苗支系的传唱。

我对苗族的这两部史诗一直萦记于心，心存敬畏。

苗族英雄史诗《亚鲁王》

《亚鲁王》史诗概述

麻山位于贵州六个县的交界地带，山峦连着山峦，无边无际的"石漠化"。早在四十九年前，为探访长征和剿匪轶事，我曾经坐马车加徒步来过这儿，麻山从此刻印在我心里。

2009年的春夏时节，麻山一个惊人的发现让我震惊：在村村寨寨苗人的葬礼上，东郎（歌师，苗语音译）彻夜唱诵着一种苍凉悠远的古歌，动情处，东郎和苗人们潸然泪下。苗人的泪水深深触动了我。

这是什么歌？在文化人中最早关注它的，是一位苗族青年学子杨正江。他利用上大学的寒暑假期间，在两位苗族学者的帮助下，奔走于麻山的一场场葬礼上，用苗文记录下东郎彻夜的唱诵。可是，数千行的记录，并没有让他领悟东郎唱诵的真意。甚至连东郎自己，也说不出随口诵唱的内容。杨正江只有感叹：东郎就像一部录音机啊。

一个突临的转机，让事情起了质变——国家非遗的普查之风吹拂到麻山。于是，杨正江被发现、被召唤，一部长篇唱诵，进入了非遗普查的视野。

2009年5月，有两位苗学专家和我，被紫云自治县文化局局长请到了紫云。苗学专家为这部唱诵定名为《亚鲁王》，我则大胆提出了英雄史诗的概念和构想，得到了与会者的认同。

那些日子，我们亢奋又焦灼。时任中国民间文艺家协会主席的冯骥才先生，后来在《亚鲁王》的序言中写道："身居贵阳的文化学者和作家余未人在电话里激动地告诉我，她那里发现了苗族的长篇英雄史诗，一时我感到她的声音兴奋得闪闪发光。但我的脑袋里还是闪着一个疑问：这可能吗？""余未人的信息明显有告急和求援的意味，我深信余未人的功底和学术判断力，当即与中国民协罗杨、向云驹二位研究决定，由我院非遗中心立即派出一个小组，成员包括研究人员、摄影家及向山东电视台求援而来的影视摄像人员，火速奔往贵州余未人那里报到。同时，中国民协决定给予了必要和有力的资助。"

之后，在搜集整理的漫长时日中，在民间文学专家刘锡诚先生的指导下，杨正江承担了《亚鲁王》翻译的重任，2011年11月，中华书局出版了一万零八百一十九行的苗族英雄史诗《亚鲁王》。中国社科院的专家朝戈金、吴晓东先生则在学术研究上进一步往深处走，有多种关于亚鲁王的学术成果问世。《亚鲁王文论集》搜集了全国各地学者们的阶段性研究成果，连续出版了两大册。

21世纪的第一个十年之尾，是值得麻山苗人永远铭记的时光。这时，苗族英雄史诗《亚鲁王》走出麻山，犹如石破天惊，着实让世人震惊了！这部英雄史诗，曾经在麻山苗人的葬礼上传诵了千百年，一度又曾经被禁唱十年。山回水转，时光到了2012年，由一位长髯飘飘的东郎陈兴华，唱到了北京人民大会堂，引来各方学者的强烈关注，麻山这个曾经以贫困名世的地方，骤然有了文化的盛名。

《亚鲁王》受到如此关注，是麻山苗族文化之幸，是无国界的学术之幸。《亚鲁王》究竟唱诵了什么呢？

我想勾勒一下《亚鲁王》史诗第一部的粗线条情节：亚鲁在十二岁以前，他的父王和三位兄长就外出闯荡去了，父子、兄长之间再也无缘相见。亚鲁与母亲相依为命。他建造集市、训练士兵、迎娶妻妾、建立宫室。亚鲁王最引以为自豪的，是他得到了世间珍贵的宝物龙心。宝物在手天意助人，他变得无往而不胜。他又开凿了山里苗人最稀缺的盐井，把集市建得繁荣昌盛。长足的发展引起了他的两位兄长赛阳和赛霸的妒意，并挑动战争。亚鲁王聪明狡黠，他有各种高人一筹的计谋，但他却不愿参战杀戮自己的兄长。他不得不带领七十名王妃和王子，从富庶的平原一次次地迁徙、逃亡到贫瘠的深山。依照"强者为王"的法则，亚鲁王在无路可走时，用计谋侵占了族亲荷布朵的王国，先后派遣了几位王子回征故土，自己却立足荷布朵的疆域重新定都立国。神性的亚鲁王又造太阳造月亮，开拓疆域，命十二个儿子征拓十二个地方，让十二个地方世代继承亚鲁王的血脉。

再往细部说呢，史诗中，亚鲁王的飞龙马飞越天际腾空长啸，尸体遍布了旷野，血流成河。亚鲁王残酷而英勇的征战让苗人的后代深感自豪。亚鲁王同时也是一位有情有义的首领。他携带王妃儿女，在婴儿的啼哭声中上路，哭奶的啼声撕心裂肺。

从古至今，人类社会的重大转折都是由战争引发的，战争残酷地破坏着人类的家园。在每一场流血中，主战、好战、

活在民间的远古英雄

应战、迫战，参战者的情况纷纭复杂。亚鲁王转战沙场戎马一生，但从他的履历中，却很难搜寻到主战、好战的因子。他得到了天赐宝物龙心之后，曾经打算带领族群安居乐业建设家园。但天意不由人，亲哥哥赛阳赛霸率领七千士兵，浩浩荡荡地向亚鲁王的领地开进。这时，亚鲁王的态度显得特别弱势："你们是哥哥，我是弟弟，你们在自己的地方已建立领地，我已在自己的村庄建立了疆域。我不去抢你们的井水，我不去你们的森林砍柴火。你们为何率兵来到我的边界？"赛阳赛霸则说："我们是来要你的珍宝！给不给我们都要拿，舍不舍我们都要抢！"之后，亚鲁王因拥有宝物龙心而得胜。但赛阳赛霸反复施计，终于夺去了宝物，以致亚鲁王的士兵阵亡过半。

失败的英雄亚鲁王，只有带领王妃儿女迁徙，刀耕火种，从头做起。但嫉恨又在赛阳赛霸的心里持续发酵。亚鲁王率领族群昼夜迁徙，越过宽广的平地，逃往狭窄陡峭的穷山恶水；可是他们依然无法躲避追杀。亚鲁王用雄鸡来占卜地域，为疆土命名，各种动植物跟随而来。亚鲁王及其族群不希望战争，甚至退避战争，但当族群饱受欺凌、忍无可忍的时候，他们便一往直前，奋勇杀敌保卫疆土。这也充分体现了苗族的战争观。正因为如此，他们一次次地迁徙、征战，从富饶宜居之地，一步步退到了生存环境特别恶劣的麻山地区。

亚鲁王聪慧机智，有着过人的狡黠。当他被迫迁徙到族人荷布朵的领地时，他貌似真诚地与荷布朵结拜兄弟，并以手艺人的身份居留下来，在荷布朵的王国里打铁，可谓能伸能屈。

他在这里渐渐"合法"地占有了荷布朵的妻子，并与她生育子嗣。亚鲁王又用一系列的计谋驱赶了荷布朵，兵不血刃地侵占了荷布朵的王国。勇猛、憨厚的荷布朵何尝敌得过足智多谋的亚鲁王啊！而在后辈东郎的唱诵中，这是最为他们津津乐道的一段，听众眉飞色舞，唱者和听者都崇拜英雄亚鲁王的狡黠。

《亚鲁王》史诗中看不到孔孟儒学的道德观，这里贯穿的，是严酷的"弱肉强食""适者生存"的竞争法则。其实，完美的、不食人间烟火的英雄只是某些文人的塑造；而民间崇尚的英雄大多是有血有肉、可感可信，能够在常人身上寻找到根脉的。

创世神话体现了苗人文化的精髓。《亚鲁王》把苗人的创世神话与英雄史诗做了奇妙的融合。在唱诵史诗的东郎眼里，亚鲁王的部族就是全人类，亚鲁王带这支苗人所创造的，就是人类社会。所以，亚鲁王从开天辟地做起，他派儿子去造了十二个太阳、十二个月亮，又派儿子去射杀了多余的日月，而只留下一个太阳、一个月亮。亚鲁王把草标插遍了领地，形成了各种民俗。

许多民族的史诗中，都有十二个太阳之说，而麻山苗人，却把十二个太阳、月亮之说都赋予了亚鲁王。亚鲁王已经成为一种信仰，他代表了苗人的理想、梦想和希望。神性的亚鲁王把各方面的智慧和才干发挥到了极致。亚鲁王的出现，也是苗人由崇拜神灵到崇尚自身的升华。

《亚鲁王》的传承状况

《亚鲁王》这样一部英雄史诗，为何时至今日才被学界发现？

《亚鲁王》传承的诸多特点，决定了它的生存状况。也正因为如此，我们的品读也许就不仅局限于文字，如能延伸下去，会更顺利地进入《亚鲁王》的语境。

其一，在麻山苗区，《亚鲁王》是一部由东郎世代口传的史诗。它看不见摸不着，甚至没有一个字的抄本，它实实在在地以"非物质"的状态存在千年。它不是人人都能学，不是在任何时间、任何地点都能唱诵，更不是大众都会的。习艺者需要有学唱的愿望、有天赋、有良好的记忆力，才有可能通过艰苦学习成为东郎。

学唱者年轻时，要举行仪式拜老东郎为师，只能在每年农历正月和七月学唱。正式的唱诵只能在葬礼上。学唱者跟着东郎去参加葬礼，聆听东郎唱诵，并绞尽脑汁用心记忆。这是漫长的、煎熬毅力的过程，有的需要几个月、几年，有的甚至长达十几年才能出师。当学唱者终于学会独立唱诵，并得到苗人的认可时，水到渠成，新一代东郎就此脱颖而出；然后就会有丧家前来邀请唱诵了。

在麻山四大寨为逝者举办的砍马仪式上，东郎身着藏蓝色家织麻布长衫，头戴草编的"冬蓬"，手执铁质长矛，一派古代武士装扮。东郎要通过唱诵，让逝者沿着亚鲁王作战迁徙的漫漫长路，一站站地返回祖灵所在之地。唱诵是程式化的。因为苗人古代没有文字，史诗必须有程式化的重复吟咏，才能口口相传至今。比如对亚鲁王多次迁徙的时间表述上，史诗总是以程式化的结构和语言，描述十二生肖的轮回。在情景的表述上，亚鲁王每到一地，都要把王妃儿女、随扈和各种动植物一一带去——这同样是程式化的结构和语言。这种程式化，让东郎一方面便于记忆，一方面可以将其作为相对独立的板块，在唱诵中随时压缩或扩展，并方便运用到史诗的另一个情节里。

在每一场唱诵中，主题构架和程式是不变的，东郎们声称自己是绝对忠于师傅原唱的，这种唱诵是一成不变的。比如亚鲁王派遣儿子卓玺彦，去射杀十二个太阳中那些多余的太阳。史诗中唱道："十二个太阳死完了／十二个月亮死尽了／剩下一个太阳来照射……留下一个月亮来数月数"这个数字明显是不符合逻辑的。但东郎们坚持这么唱，说自古以来师父就是这么唱的。这种情形还有不少。但事实上，东郎是可以有发挥的。有趣的是，东郎本人不承认这个。我发现，因为没有文字记载，对东郎的唱诵是否"绝对忠于""一成不变"的唯一检验者，只能是当场的听众。而听众的构成，主要是懂得但并不会唱诵《亚鲁王》的其他苗人。而不会唱诵《亚鲁王》的苗人们，对东郎有某种不自觉的"仰视"，对东郎是十分宽容的。他们只要听到《亚鲁王》主体的架构，就认可了。我想，如果唱诵真是如同东郎本人所强调的一成不变，《亚鲁王》的搜集整理就不会困难重重，也不会有这样丰富多彩的"版本"了。

《亚鲁王》的唱诵，与苗语中部方言区的《苗族古歌》不一样。中部古歌有不变的"歌骨"和可以自由发挥的"歌花"。歌花展示了唱诵者的创造性和杰出才能。在当地苗族民众看来，只有能够即兴创造歌花、"见子打子"的歌师，才是优秀的歌师。

《亚鲁王》的传承强调"不变"，也与麻山自然生态的恶劣，和这支苗族苦难的命运有关。在生活重担的压迫下，苗人们崇拜英雄的先祖，遵循古规，事事谨慎，这样所导致的后果之一，是创造力难以弘扬。东郎们的唱诵庄严肃穆，追求原汁原味，没有歌骨歌花之说，没有那样灵活多变的唱诵规则。这就决定了《亚鲁王》的传承和唱诵是一丝不苟的、不带有娱乐性的，因而也是小众的；而这部英雄史诗对苗人心灵的征服力，却是最强悍的。

其二，封闭的麻山形成了文化的专一性。麻山旧时不通公路，村寨之间的道路极差，似有若无。平日里民众少有交流。这种以山寨、家族为中心的生活方式，使得每一个寨子都会产生几名本寨、本家族的东郎为寨人做法事、唱诵《亚鲁王》。如若一个寨子的东郎断代了，就得邀请外寨的东郎，这是有损于一寨人家族自尊心的。

五十年前的1971年，我曾经在麻山腹地四大寨住过十天，那是一段刻骨铭心的记忆。重返故地，我曾经访谈过的十六位苗人都已作古，只有当年的访谈笔记尚存。我黯然发现，交通、电力等一切与"现代化"沾边的东西，曾经长期与麻山无缘。在《亚鲁王》传承最兴盛的大地坝村，苗人们第一次用上电灯照明，已经是2007年的年底了。那一段时间里，人们的思想观念和生活方式鲜有变化，我仿佛离去的不是几十年而只是几个月。但再想想呢，如果这里也像山外一样，早早地就公路四通八达，电视入村入户；那样，《亚鲁王》的传承就会渐渐终止，人们与山外同化，绝对没有兴旺传承的局面了。也许长期的、外人难以想象的封闭，人们对亚鲁王专一的崇尚，正是《亚鲁王》史诗得以传承的基础。

其三，麻山缺少文化人，会西部苗文的知识分子更是寥若晨星。据不完全统计，到2006年，紫云县麻山地区十多万人口中，只有三名本科大学生。其中只有《亚鲁王》的译者杨正江一人会西部苗文。现在，会苗文的人依然很少。不会苗文就没有记录苗语的工具。因而，在各个村寨传唱的《亚鲁王》史诗，千百年来就只能在麻山地区口传，而不为外界所知。

其四，《亚鲁王》在广袤的苗族西部方言区都有流传。"版本"多姿多彩。麻山地区的《亚鲁王》英雄史诗，是集唱、诵、动作、表演、仪式于一身的。其中每每描述到人物发怒，唱词便是："亚鲁怒起来满脸通红／亚鲁急起来筋青脉胀／怒起来像那样／急起来像这样。"这里只有寥寥几行程式化的提示语，而更多的内涵，要依靠东郎有板有眼的情绪变化来表现，这使得唱诵非常生动。

在麻山之外的好些地方，亚鲁王流传至今的，是一个民间口头传说。比如贵阳、清镇、花溪、平坝、安顺、镇宁、织金、息烽、赫章、四川叙永等地皆有故事传说。汉译有称"杨鲁""杨六""央洛""央鲁""牙鲁"的。其情节相对简单，还有不少变异；也有的地方传说与短诗并存。那么，究竟哪些地方的《亚鲁王》，在历史上就是以传说形态存在，还是历史上曾经有过史诗的唱诵，而今却只能以故事、短诗的方式，简略地表述了呢？这需要进一步考察。应当说，唱诵史诗比讲述故事、吟诵短诗要求更高。故事可以讲述一个梗概，短诗可以吟诵一个片段；史诗却必须相对完整地长段背诵。我感觉到，除麻山之外的其他地区，《亚鲁王》的传承链更加脆弱，濒临消亡。

2011年新春，苗文、汉文对照本的《亚鲁王》史诗第一部，一万零八百一十九行完稿了，二十万字的田野报告也已出炉。这是紫云这个风光秀丽的苗族布依族自治县的民众与领导，以及所有关心苗族《亚鲁王》史诗的学人，为文化事业做出的令人敬佩的大事。

在《亚鲁王》的发掘整理史上，必须铭记这两位学术宗师：冯骥才先生、刘锡诚先生。他们从2009年《亚鲁王》被外界发现之日至今，对这部英雄史诗深切关注，并做了精准的学术指导。还不能忘记的，是中国民间文艺家协会、贵州省文化厅、贵州省非遗中心等机构的"雪中送炭"、抢救性的支持。

这是一个综合版本。杨正江他们没能采录到一个或两个东郎的特别完整的唱诵，而是综合了五个东郎的唱诵。这是令人不无遗憾的。但在民间文学这个曾经被冷落了多年的领域，遗憾与我们总是如影随形——采录是在2009年才开始，当时，麻山地区最年长的东郎，已经九十五岁高龄，年过古稀的东郎也不在少数。东郎们记忆力衰退，又没有一点儿文字记录作为提示……时至今日，紫云亚鲁王文化研究中心，还只完成了《亚鲁王》史诗第一部。第二部呢，亚鲁王文化研究中心做了几万行的一个初稿，但太粗糙，还达不到出版水准。必须要杨正江自己来订正，但他没有时间来做。这么多年了，都没有做出来。前路漫漫，任重而道远啊！如果没有可持续的抢救措施，对这部史诗的未完成部分，我不无忧心。

2012年调查统计，麻山地区有一千七百七十八名歌师。现在估计还有一千五百名左右。令人欣慰的是，《亚鲁王》史诗国家级传承人陈兴华，他七十五岁时，花了四年时间将自己的唱诵，整理出三万八千行五言体史诗，于2018年在重庆出版社出版，并附上了他四十三个小时三十二分四十九秒唱诵的二维码，让学唱者方便学习，这是一种全新的传承方式，是为了史诗的传承而做。它为史诗广泛传播开辟了新天地。刘锡诚先生对此评价道："让史诗便捷地再回到民间……实在称得上是非遗传承上的一桩盛事和一颗硕果。"

亚鲁王史诗的特色

麻山是苗族人世世代代生活的地方，这世世代代是起源于何时？说不清道不明。苗人敬奉的先祖亚鲁王又是哪年来到麻山定居的？这也是一个硕大的谜团。有说他们是三千六百年前迁徙来到麻山的，有说是春秋战国时代来的，有人说是唐宋时期来的……因为苗族没有文字，自己的历史就是用古歌一辈辈人口头传唱下来的。传唱的辞藻音韵，不可能像白纸黑字那样铁证如山。于是，后来的研究者就多方研究，各有证据，各说各话，又把它称为古歌、史诗、英雄史诗、复合型史诗。"百家争鸣"是也。而我很看重的，是《亚鲁王》的民间信仰特色。《亚鲁王》史诗是民间信仰的产物。

1. 东郎与宝目是沟通先祖亚鲁与苗人后代的使者。

亚鲁王是苗人社会千百年来传诵的神圣英雄，他早已脱离人世而回归天外；这种人神之别，是在任何宗教信仰中都不可逾越的。在宗教活动中信众们要与神灵沟通，必须通过各种经过长期修炼的神职人员进行。而在麻山苗人对亚鲁王的信仰活动中，这种能够沟通亚鲁先祖与苗人后代的神圣使者，就是东郎与宝目（苗语音译）。他们都是《亚鲁王》的唱诵者、传播者。

东郎是主持葬礼、统率葬礼仪式的人。葬礼上，他头戴冬篷，手执法器，辟邪驱惑，对《亚鲁王》的征战部分和创世部分都要完整地唱诵。人生在世几十年后，最后的归宿是到达先祖亚鲁王生活之地，与祖先团聚。而这个主持送行者，便是东郎。只有他，能够用自己的唱诵，让麻山苗人与另一个世界沟通。所以，丧家对东郎必须尊敬而虔诚，牵马迎接并跪拜相请。

葬礼上有东郎在，便由东郎主持，宝目只能做些杂事；如果东郎不在，才由宝目主持。葬礼各个环节的转换，要由东郎指挥、大声下令，颇为威严。

要能够成为一名东郎，绝非易事。学习《亚鲁王》的唱诵，只能在农历正月、七月进行，要杀鸡拜师。因为史诗篇幅浩瀚，没有文字记载，唱诵者又不得编创；所以，学习者必须非常虔诚，有极佳的记忆力，不饮或少饮酒。一般三年五载，有的甚至十几年才能出师。东郎学唱的最大动力，是为寨子里、家族中亡人的魂魄指路送终。

2. 对亚鲁崇拜的神圣性统领了葬礼仪式。

在葬礼上，歌师用庄重苍茫的曲调，时而舒缓、时而快捷、时而长叹，唱诵着自己英雄的先祖亚鲁，让葬礼充满了一种神圣与神秘。

亚鲁王史诗的唱诵，是葬礼的灵魂，由它统率了一系列的礼仪。迎客仪式是以孝子的匍匐长跪为起始的。由外寨男子组成的一支支唢呐队，鼓乐长鸣，徐徐进寨；而妇女们则以蒙面哭泣，为进寨礼仪。在整个亲友进寨的过程中，孝子们长跪不起。这些，都为葬礼和亚鲁王的唱诵，营造了神圣庄重的气氛。

砍马是四大寨等地葬礼的一个重要环节。在举行砍马仪式的那天上午，丧家将用作牺牲的那匹马武装、打扮好了，东郎们就轮番对它唱诵。唱诵《砍马经》——砍马师把砍马的前因后果和必要性，向这匹通灵的马一一陈述。2009年9月，我在紫云县四大寨观看砍马时，只见那匹马反复聆听唱诵后，任由砍马师挥刀，鲜血淋漓，它却不哼不鸣不跑不跳，仿佛是被那种神圣的氛围感染而从容赴死。这是一种很神奇的现象。

在四大寨的葬仪中，唱诵要进行七八次之多。唱诵的内容有创世史和亡人的家族史，其核心部分是亚鲁王的征战、迁徙历程。对亚鲁王的神圣崇拜，统领了整个葬仪。唱诵没有娱乐成分，不能编唱。

繁冗的、对细节一丝不苟的要求，都是通过东郎来执行的，它与麻山苗人简朴、贫瘠的日常生活形成鲜明对照。这种认真执着，只能是信仰支配下的行动。麻山苗人的精神信仰，在葬礼上得到了最完美的体现。

3. 独特的宇宙观。

史诗营造了苗人观察世界的多维角度和空间，唱诵中贯穿着对亚鲁王的信仰。正因为有了这种信仰，死亡也是生命壮丽的延续。

（1）史诗一个重要的基本概念是"勒咚"，即"天外"。这是苗人的宇宙观。"天外"的世界是具体的、可知可感的。苗人的祖先是受祖奶奶之命，从天外而来，并一代代顽强地造人。天外是亚鲁永生的世界。

星象学在中国已有数千年的历史，主要是汉族知识分子的学问。古人观星，是看北斗七星和一些肉眼能够看见的星星，他们不以为星宿上有什么世界，而是用它来预测人世的未来。比如三国时代诸葛亮观星得知自己即将离世，司马懿看天也看出诸葛亮气数已尽。苗人却比他们看得更加遥远，看到了天外的宇宙，麻山苗语称为"勒咚"，即天外那个叫作"仲寞、达寞"的地方。那里原先天地混沌未开，是一个黑暗无边的空域，几乎一无所有。所以，一切都得从无到有，由创世达人自己摸索创造。创造是一件极富智慧和乐趣的事情。

（2）亚鲁王的唱诵中贯穿了极为丰富的想象力，这种想象力与麻山苗人的信仰相辅相成。人类学家威廉·哈维兰说："祖灵在爱好、感情、情绪和行为方面与活人相似。"我认为，这种说法是有道理的，但它只是问题的一个方面。在对亚鲁的信仰上，却使这种想象被一度拉出很远很远。他们的爱好、感情、情绪和行为，与人世间的差异极大，他们的生死也全然失去了人间的气息。越是这样，越更神秘，越值得信仰，越需顶礼膜拜。

（3）在麻山苗人眼中，自然界的所有物种都是有生命的。史诗中唱诵的，是在造天地的时代，所有动植物都与苗人的先祖亚鲁王一样，是今人的祖宗。出于这种观念，苗人们对自然万物都有一种敬畏感和神秘感。它不仅贯穿唱诵，而且在称谓的字词中明确地表达出来。《亚鲁王》的创世部分，对每一种动植物的称呼，都冠以"祖宗"二字。

葬礼要在不同的场合、不同的时辰宰杀牛、猪、鸡。这些动物都是通灵的。万物有灵，自然有生命。自然生命与人的思维相同。不过，相对于人类社会来说，这部史诗对自然生灵的描述比较简略，透露出的信息有限。

（4）在麻山恶劣的自然环境下，亚鲁王率领苗人们一直在征战、迁徙，时刻面临死亡的威胁，生存十分艰难。因而，与许多原始民族相似，麻山苗人把生育后代、繁衍子孙，作为人生和族人的头等大事，普遍崇拜生殖和繁育。结果是最重要的，手段和方式则可以不计。

亚鲁王用各种手段占有了荷布朵的王妃，荷布朵只能面对既成事实，停留在向亚鲁轻描淡写地讲理的阶段。这个过程活生生地表露了，情欲和生育是自然而然不可抵御的。这种习俗具有原始民俗的特点，而与后来封建社会中形成的儒家传统的、要求女性遵循的贞节观大相径庭。

（5）伴随着《亚鲁王》的唱诵，麻山苗族聚居区形成了一系列民俗。在史诗中，自然界的生命与人的生命是相同的，它们有着人类的思维方式，而且，并不是那样一本正经高不可攀。

麻山苗人不仅在社会大环境中有许多礼节和禁忌，而且就在自己家中，也是严格遵循的。其根源，就在于亚鲁王当年所做下的各种安排和定下的各种规矩，让信仰民俗深入了社会和家庭生活的方方面面。

从古至今，史诗的每一次唱诵，都是用亚鲁先辈的历史来对族人进行一次强化教育。所以，这些民俗一直传承至今。

《亚鲁王》的民间文学价值

1. 丰富奇特的想象力。

苗族史诗《亚鲁王》自2009年崭露头角以来，学者们从人类学、民族学、民俗学、社会学、历史学、艺术学的各种视角，对亚鲁王文化进行全方位的研究，但唯一的遗憾，是鲜见有人对其文学性进行研究。

想象力是文学的生命力，没有想象的文字只是文件、文章，不是文学。而民间文学作品，从来都富有海阔天空的想象。《亚鲁王》就是充分展开了奇幻美妙的文学想象力的作品。在《亚鲁王》的"创世纪"部分，人是怎么造出来的呢？天地是怎么造的呢？这是饱读诗书的汉族文人怎么也想象不出来的。

在人类之远祖董冬穹之前，已经有十几位远祖造过人，但都以失败告终。最精彩的一次，董冬穹之父觥斗曦造人。觥斗曦也是创造力无穷的人。他的一大成就，是他不只造物，而且造出了人。造人与造物，可不是同一水平线上的事。觥斗曦造出的是一种另类的人。他们个子很矮，就像一个个侏儒。他们不会生育繁衍，但特别聪明，力拔山兮气盖世。觥斗曦在这些矮人的头上造了角，他又在矮人的脚板上造了脚趾头。矮人眼睛不是横卧在额头下面的，而是竖立的，那模样很是怪诞。觥斗曦对自己创立的国度做了约定：一个人要慢慢长，从小长到九十岁，九十岁在今人看来已是耄耋老人，但在觥斗曦的国度，九十岁才是青年；那么，什么年纪是老年？要活到九百岁才是老年。人们活着就不会死，死了也不能再活。那年代还要让人充分发挥想象，各种劳作实现了"自动化"。薅刀自己会薅地，锄头自己能挖土，相当于现代的微耕机。柴火自己来到家，泉水自己流进家，就如同今天的传送带、自来水，煮饭烧菜都是自动的，如同今天的电饭煲、电热锅。

《百年孤独》的作者马尔克斯，在谈创作时，曾郑重声明，他的"魔幻"是有现实根据的。生活在远古年代的觥斗曦富有美妙的想象力，这种想象力并非凭空的胡思乱想，同样是有现实依据的，他当年的想象如今都变成了现实啊。

大灾大难出英雄。就在这样的大灾岁月里，一个重要人物诞生了，那就是觥斗曦之子董冬穸。父亲觥斗曦嘱咐儿子董冬穸离开世居的勒咚，到辽阔的另一个空间去造天地。他造的山坡土丘，稳稳地屹立于大地上。董冬穸成功了！

但他两次造出的人后来都变了，变成一个个叫作"惑"与"眉"的精灵。这时，真正的人类还没有诞生，但一个个空间里已经充斥了种种"惑"与"眉"。这不由得让人心生畏惧。所以远古的人类相信精灵，他们笃信万物有灵。

董冬穸非常苦闷，他左思右想不得法，他想到了高居于勒咚的智者、自己的先辈耶偌和耶宛。据说，这二位是能为人间测算吉、凶、祸、福的神灵。董冬穸直奔勒咚而去。他见到了耶诺和耶宛，他对耶偌和耶宛诉说着自己的苦恼。耶偌和耶宛听了很表同情，也就直言相告："你真要造人，就得寻个情侣，娶她为妻，而不是用铁呀、泥巴呀、地胶呀、木头呀⋯⋯这些没有生命的东西，怎么能造出活生生的人来呢？"董冬穹听后犹如醍醐灌顶，心里一下子敞亮了。

董冬穹在迎娶了第三任妻子之后，终于生育了十一个儿女，成功造出了人类。

董冬穹的后代接着造天地。他的二女儿名叫卓喏，她一心编织上空无边无际的蓝天，卓喏的弟弟赛杜用花斑竹织造下方广袤的大地。赛杜看了看说："姐姐你编织的天近看像个大簸箕，远看又像个小簸箩。"卓喏明白这是弟弟在奚落自己，但她并不以为意，还是继续做着自己心中的大事。

东郎们还把日常生活中长虱子的细节也汇入了亚鲁王的唱诵中，这是想象力与观察力的精彩结合。

赛杜看着这种小玩意儿无话可说。他叹了口气，在身上摩挲着。一个肉团团的小东西被抢住，他笑笑："我要歇口气捉我身上的虱子了！"他又回过头来看了看姐姐，"这虱子在你编织的天地里只怕是一头肥猪了。你看，我的小指甲就是杀猪刀，还杀出了鲜红的猪血旺哩，哈哈哈哈⋯⋯"虱子这东西说来也真是伴随着人类的、爱吸人血的老祖宗了。赛杜边说边脱下衣裳找虱子，找出来一串串虱子，就用指甲把它掐得哔哔啵啵地响。

在关于虱子的小小的细节穿插后，他们又继续造天地。

我国的古代文学，从屈原、李白、苏东坡一直到蒲松龄、吴承恩、曹雪芹⋯⋯都有天马行空的想象。而我国的现当代文学，想象的力度、深度和广度上尚有缺欠。然而，我们的民间文学，像《亚鲁王》这样的作品，能够让我们充分展开想象的翅膀。

2. 亚鲁王是一位"圆形人物"。

在我国三大少数民族英雄史诗中，藏族英雄格萨尔王是一位功德圆满的英雄。蒙古族英雄江格尔从小就智慧超群，品德高尚，武艺出众。

而苗族英雄亚鲁王是一位"圆形人物"。他三岁就读书习字，先生讲述天文，他夜里就自观天象，把太阳出没、日月变化、彗星、流星、日食、月食弄个清楚。先生讲述地理，他还能知堪舆风水。哪家修房建屋，他都会前去看看，虽不言不语，却是心中有数。三年下来，先生实实在在感受到自己已经没法教这个小学子了，他的学识已经远在自己之上。于是，他劝说亚鲁去远方寻找高人，继续提高学问。母亲不知亚鲁的前路该如何走，只有上天去请教智者耶偌和耶宛。耶偌和耶宛一听就笑了。他们说，亚鲁虽然只有六岁，但世间已经没有能够指点亚鲁前程的高人，哪怕你走到天涯海角，也寻不到这样的高人。你只有带他去场坝上，让他自己学会和人打交道，学会赶场做生意，学会世间各种各样的事情……那才是亚鲁的前程。母亲遵嘱带上亚鲁去集市赶集。这种弃文从商的做法，是与儒家传统的士农工商的职业排序迥异的。场坝上不是读死书，而是能够学到活知识。三年后，亚鲁已经能够处理集市经商中的各种问题，母亲又送他去习武，刀枪剑镖样样学。把全套武艺学会，小处能够防身，大处可以卫国杀敌。亚鲁的武艺在武馆里也是出类拔萃。武馆附近的山林里，不时会传来阵阵虎啸，那仿佛是一种挑战令，诱惑着亚鲁，让他心里痒痒的，想一试拳脚。可每当自己热血沸腾之时，亚鲁狠狠地压制自己——虎啸不也和人歌唱、呼喊一样吗？只要老虎没有伤人，人凭什么要去伤虎呢？生命当是生来平等的。这种平等意识，是苗族文化中贯穿始终的红线，也是观念上的超前。

亚鲁王的宝物龙角龙心是他凭着勇气、智慧和劳动获取的。当他听闻自己的田土上有怪兽出没时，亚鲁王亲自磨箭，将像楼柱一样粗大的箭柄，磨成棒槌一般大，如中指一样粗的箭镞，磨得小指一般细。天空太阳火辣辣，亚鲁王披着树枝和绿叶。亚鲁王在树叶的掩饰中焦急等待，亲自杀灭怪兽，从而得到宝物龙角和龙心。

亚鲁王在尝到一种毛茸茸的小怪兽熬成的汤特别咸的时候，立即去请教智者耶偌和耶宛，在他们的启迪下，跟寻怪兽的印迹，发现了当年最稀缺的盐井，这是他直接创造财富的"第一桶金"。

他原先每年要向兄长缴纳赋税。亚鲁每年要用布匹、棉花去和赛阳赛霸交换盐。但亚鲁王有了盐井之后，三年都不向兄长缴税，也不对他们做出任何说明。后来，他在兄长赛阳赛霸挑起的竞争中低价倾销盐巴，直接击垮了兄长，他在经商方面是智谋与狡黠并存的。

亚鲁王并非百战百胜的英雄，在失去龙角、龙心后，他曾经忽略了士兵关于赛阳赛霸来犯的报告，而导致自身力量的重大损失。

而他在部落征战中使用的各种计谋——从巧夺对方疆土、财产到夺取另一个部落的首领荷布朵之妻。在与荷布朵的竞争中，都是与传统的儒家"贞操"文化相悖的、极具个性化之举。亚鲁王突破了一般的道德规范，将善意收留自己的荷布朵当作对手，夺得了荷布朵的美妻而与自己同居生育，并用做假的手段，三次与荷布朵比试能力和技艺，三次都大获全胜。从而占领了荷布朵的疆土，将荷布朵驱赶出去。

东郎们在唱诵此段的时候洋洋自得，听众们也听得津津有味。亚鲁王这种独特的个性，是与苗族文化息息相关的。苗族文化，是独立于以儒家思想为核心的精英文化之外的。亚鲁王的唱诵，突出了亚鲁王性格的多面性，描绘了亚鲁王性格的斑斓色彩，亚鲁王的灵魂是有深度和厚度的。所以说，亚鲁王是一个圆形人物。

在《亚鲁王》这部史诗中，除亚鲁王这个圆形人物外，还有一些扁形人物。我无意于区分其高下，是他们共同铸造了这部史诗。就我个人的阅读兴趣而言，我更欣赏亚鲁王这样的圆形人物。

《亚鲁王》正是有了东郎代代相传的民间唱诵，才让它像生机勃勃的原野，绽开着五彩斑斓的花朵，充满了灵性和智慧，成为麻山苗人的经典。

九年磨一剑：《簪汪传》

一

2010年的初夏，贵阳市文化局的小舒带领我们几位做"非遗"的朋友去到清镇市麦格乡，观赏那里新辟的一个景点。逛了一小圈，我随口说道，这一天挺长呢，我们去周边的苗寨走走吧。于是，小舒带我们去四印苗聚居的寨子龙窝村猫寨，到一户人家小憩。户主王老咪能说汉语，还是鬼师。这让我们喜出望外。那时，我正在参与紫云县麻山苗族史诗《亚鲁王》的编审工作，思绪常常沉湎其中。我顺便问王老咪，你们这里有能唱几天几夜古歌的人吗？他连连答道：有啊，有啊！而且，他本人就是歌师。这下子，我们都兴奋莫名，频频向他发问……

四印苗是贵阳附近的一支苗人。他们居住在当地苗人称为"上十七，下十八"（非实数）的二十来个寨子里，还有修文、乌当、六枝为数不多的一些村寨。人常常有一种顽强的主观性，凭猜测，会对这样"小众"的人群不以为意。但一次次的行走，让我感到实际情形恰恰相反，越是小众的群体能够特立独行地走到今天，越是有着深厚的文化底蕴。厚重的文化是他们的筋骨，让他们拧成一个坚强的团体，任尔东西南北风，他们都坚守着千古传承的文化习俗，在岁月的流逝中抱团取暖，与凛冽的世风抗衡。四印苗的习俗，在我二十余年来所行走的苗寨中，属于特别让人为之一振的那种。

我悟到，这里是又一处民间文学的富矿。

2011年冬季，我们邀请了前来贵州进行非遗培训的著名民间文学专家刘锡诚先生去猫寨考察，他对四印苗的这一宝贵遗存非常看好，对项目做了热情肯定，还在《文艺报》撰文《走马苗寨》。

时间一年年地过去。我不懂苗话，而四印苗人的汉语表达能力有限；这边的翻译工作始终因为缺少人才而没能进行，着急也无济于事。我们仿佛是面对一座宝山富矿而不知它究竟有哪些蕴藏。

二

2012年是龙年，清镇市非遗中心的小姚传来信息，四印苗将于龙年龙月龙日在龙滩寨祭鼓。这是十二年才有一次的大节。龙滩寨居住着三百多户四印苗，祭鼓的日子，"上十七，下十八"的苗人都会赶来做客。这信息仿佛从天而降，特别令人兴奋。

龙滩寨的四印苗在古代由北方迁徙过来的老祖宗是六位，祭鼓活动也就集中在这六位祖宗的后裔家里进行。王兴邦家是主祭的地点。

一眼望去，这是一片藏蓝色的纯民间节日。在苗乡，再绚丽的盛装其底色都是藏蓝，浓郁沉稳，千年不变。这里没有高音喇叭、没有红绿标语，没有商业炒作，也没有政府部门的指导。这在今日，是一种难得的享受。人们沉浸在苗乡藏蓝色的节日浓情中，人心会渐渐地远离浮躁而变得澄澈宁静，仿佛回到人类原初的境界。

在龙滩寨，这几天必须说农历的日子才能与节日合拍。龙年龙月的虎日，沉雄的鼓声在王兴邦家响起。堂屋右侧悬着一面大鼓，一人击鼓，两位苗家汉子手捧芦笙吹奏，舞步在娴熟中透出一种难以言说的优雅。祖宗牌位下铺设了圣坛，主持仪式者苗语音译为"宝冒"。这位六十八岁的宝冒名叫王兴贵，他身着盛装打坐，手持竹卦，午时开始徐徐唱诵。

将祖先的灵魂凝聚在一面木鼓中，还给木鼓"穿衣"保暖遮羞，是信仰，也是苗人绝妙的智慧。六家人在同时举办仪式。头天（虎日）苗人们从藏鼓之处隆重接鼓进寨；第二天（兔日）迎客，夜晚唱诵；第三天（龙日）跳场，夜晚唱诵；第四天（蛇日）凌晨寅时宰牛；最后以送鼓结束。在这四天里，沉缓凝重的鼓声回荡在山寨须臾也不能中断，它会不时出彩，响起各种激越活泼的鼓点来。

节日祭祖由家族轮换主持。王老者对我掐算着说，有的家族要一百多年才能轮上一次呢；而我们家是"磨心"，四十八年就能轮上。他浑蒙的眼里闪出一抹亮光。日子从来是神龙见首不见尾。在一个人长长的一生中，能赶得上几个龙年龙月龙日呢？四天的节日犹如深藏于苗人心里的一串珍珠。如此难逢的节庆不需宣扬，敬畏天地祖灵之心就是无声的召唤，周边四印苗村寨的上千族人盛装前来参加。

龙日的跳场活动是高潮。按古规芦笙场设在收割后的稻田里，女子不能参跳，而由百余名古代"兵士"和芦笙手分两层绕场舞蹈九大圈。"兵士"的着装最为炫目——男子头戴斗笠（盔甲），手持长"剑"，下身穿着与女性相同的白底蓝花的蜡染裙子。有的上身已经穿了西服，下身依旧是象征军服的蜡染裙，背上还背了故人的"古衣"。在强劲的时尚风中依旧固守不变的古制，透出了四印苗顽强的集体意志。

节日里一个最大的谜团，是连续两个通夜的神秘唱诵。这种唱诵是由"无绕"（歌师，苗语音译）进行。这也是祭鼓仪式中一个最重要的环节。苗人只能在龙年祭鼓时唱，鼓声一息，在这里就得等到十二个春秋后的下一个龙年了。七十一岁的无绕王德章告诉我，他这是第二届独立唱诵；而七十三岁的无绕王兴才今年才是首次独立登场，虽然他满腹的歌被族人公认为"懂得很多"，但过去因为兄长在世，无绕的宝座就轮不到他了。

2012年9月，我请清镇市非遗中心的朋友摄录王老咪的唱诵。小姚她们录了一部分，并命名为"开天辟地"。王老咪就此打住，说什么也不愿唱诵其他部分，因为龙年龙月龙日的吉辰还没到啊！不能为此违背了祖制。

这次祭鼓，因为是十二年一遇的宝冒、无绕们的盛会，十多个四印苗山寨的无绕高手云集龙滩河。这个极为难得的机会，让我有幸初窥了无绕的唱诵；但只能听其声，仍不解其意。

三

《簪汪传》从发现至初步完成并作为内部资料编印，历经了九年坎坷路。歌师们唱的是什么？我曾数次了解，但一直没能弄明白且求助无解——贵州的苗学专家们听不懂四印苗土语；在四印苗支系中，没人能够用苗文记录翻译；而王老咪本人，因为汉语表述能力有限，何况歌中还夹有不少的古苗语，他也说不明白自己唱诵的内容。

后来大家想了个办法，由清镇市和亦有四印苗聚居的修文县皮家寨选派几位四印苗村民，去紫云"亚鲁王文化研究中心"学习西部苗语的拼音、记音。但去学习的人员学会了拼音记音，却很难用汉文书写，不会翻译，最后没能成功。

直到2016年，贵州大学的张晓教授向我推荐了一位云南的译审杨照飞女士，她的母语就是苗语川滇黔方言（西部方言），但她也不懂四印苗支系的语言。她欣然领命，从昆明来清镇，住到了龙滩寨四印苗无绕的家中，夜以继日学习四印苗的语言。毕竟是专业人员啊，七八天就学会了，然后用清镇市非遗部门组织拍摄的音像资料回去翻译。后来，照飞又多次前来龙滩、大谷佐等地做田野调查，还把四印苗的歌师请到昆明去，补充唱诵记录。她的专业精神让人敬佩。

九年过去了，这部名为《簪汪传》的史诗终于有了苗汉文对照的译文稿，是经过杨照飞女士历时两年多的辛勤翻译而诞生的。每一行诗句都有苗文记录、汉文直译和汉文意译三行，以保证其准确性。所以，八千行的诗句就要书写二万四千行。

成书时，只采用了苗文和汉文意译，删去了汉文直译；注释做了四百条。

《簪汪传》是四印苗支系传唱的英雄先祖簪汪征战迁徙的史诗。簪汪的父亲是后来成为天朝布渠王的蝶瑟蟒，母亲为獭蹩。簪汪自幼在蝶瑟蟒身边修炼获得法力。蝶瑟蟒送他下凡，经过历练，率众开疆拓土。簪汪与妹妹成婚，养育九男五女。簪汪获得了最珍贵的宝物龙心，在省聊正式称王建京城。长子汪代经天朝布渠王，即祖父蝶瑟蟒培育，也下凡来担当重任。簪汪原本与世无争，却屡遭黄龙（据传成神后为黄帝）、红龙（据传成神后为炎帝）率部侵犯。为夺回地盘，经过无数次战争，打过三次大仗。夺回领地后，簪汪不再恋战，归隐田园做凡人。之后簪汪之女受骗，痛失宝物龙心。黄龙又对汪代发起战争夺地盘。簪汪只得率九子及其部众撤离"京城"省聊，艰难迁徙。一仗一仗地打，一次一次地败北，最后到贵州清镇等地落脚。当年，只有分开居住才能各自谋生。途中簪汪对九个儿子做了分支，让他们穿着不同的服饰。如今，九个老祖宗家族中有六个留在清镇等地成了四印苗支系，而另外三个家族分别加入了"水家""歪梳苗""白苗"支系。这是一些无绕在唱诵中自述的族群演变史。

《簪汪传》的人物关系复杂，涉及四代人，为阅读方便，译者做了一份人物关系图。上了人物关系图的主要人物三十三个，他们有不同的称谓六十个；没上图的人物还有几十个。而且，一个人一生的不同年龄段有不同名字，一生有好几个名字。名字最多的黄龙，有六个名字。还有两个人物，苗语发音却相同，比如簪汪之孙女欧代瑁和簪汪之女欧代貌，我们只能用不同的汉字来区分。最初，译者用了"瑁"和"冒"，但翻译过程中常会混淆，读者就更难区分。于是只得将其改为"瑁"和"貌"，字形差别大一点。《簪汪传》中，一个地方、一件器物也常常不止一个名称，比如啤央，又称大平坝、确耀塘……在汉文版中，我们对一个人物，一生只用一个名字，在注释中加以说明；一个地方、一件器物也只用一个名称。这统一的过程，相当繁复。我常常充当挑刺的角色，从内容的汉语表达，与苗语的对应……不知不觉间，我就落入了"陷阱"，几经挣扎，只得请照飞又用苗语找歌师细细分辨，才渐渐走出困境。

大谷佐女歌师王贤秀，从小跟自己的祖父、有名的无绕王伯川学习唱诵。她唱到了簪汪迁徙途中两支人马走过的一百四十二个地名，最终到达四印苗现今居住之处。地名是省聊（京城）、把惹、噶勒木奖、沟勒络、踏独走、发泽、菲祖、康耶抠育棱、康米十八洞、隔楼、伊棱参港吴棱参喽、亚雀、汉口、养哦、策付泽、长沙、湖南、摆勒强、界当隔省、野塘头、凯里、熬当、塞得、洗脚塘、确泽确吾塘、格里葛搡（贵阳）、打儿洞、交三桥、马王庙、懒板凳、茶花观、皂角垭口、晒田坝、猫观、朱昌、剥能、确。到此分为两支。

上十七家走的路线：隔杂啦、揉古揉进喽、泰备、东山、懂苗冲、沟都泰、桃花园、邵子堡、苗屋、罗泰、隔勒、罗修、罗登、确架走、隔擦、泰耶乌、搞棒绕、箐沟、沙铅坝、仓坡、福泽、得格勒山、假葛山、梨树地、囊得易、九搔噶、付背亚、娃娃桥、茶花观、茶花仁、鸡确多、能街、罗家寨、好者米、老王冲、上龙潭、下龙坝、龙滩。

下十八家走的路线：河格、照格、具来抠、就冷代、懂冷、色都、就别节、就别撺、罗漏、揉变、久喽嘎、久奶嘎、久里格、久被嘎、噶沟喽、热漏久、久嘎莽、搞果栽、九地弄、港果代、聚里篙、土地档、金酷太、确将惹、沟碧捞、求近桶、求近等、桥头、格进嘎、洛熬啦、熬博卡去、惹布音、别卡怎别卡音、弄近打久责、嗯或熬、沟格熬、洛熬该、久代泡、给惹圈、杂揉久、的代、者嘎久、确册给确册夏、太喽扭、木因、太开嘎、耿搞栽、久搜临、嘎增、确楷巴、备熬都备熬啦、能堵瑁里谷确、弄久得杂加弄久得杂嘎、啦嘎苏嘎彩、给吧洛给吧确、确好家、代巴代搜啦代巴代搜确、啦杂然、久然喽嘎、喽方喽嘎确、喽方喽嘎代、呆空确、久被古久被变、久搜冷、给近呆、上寨、嘎走。

其中下十八家走的百余个地名均能够与今日的地名对应上，"下十八"至今仍是四印苗表述自己居住地的说法。上十七家走的地名有部分能够对应上。第十章唱诵偷牛贼不敢走大路，又走了一些便捷的山路，这就是很简略的第三条路线了。在迁徙地域上，《簪汪传》唱诵具体，翔实可考，是迄今所知的苗族古歌、史诗中，唱诵迁徙路线、地点最详尽、最清晰明确的作品。

苗人的宽宏包容也让各种文化融入其间。比如，在没有文化的无绕当中，把篸汪说成是"阿奇王""彭古王"，而一位在外工作过的无绕，就说篸汪是"蚩尤王"。这种说法的推理依据是：既然篸汪的对手是黄龙、红龙，是传说成神后的皇帝、炎帝，那么，篸汪就是蚩尤。我想，黄帝、炎帝的对手颇多，篸汪可能是蚩尤抑或其部下。但细听无绕的唱诵，并没有出现蚩尤的称谓；篸汪曾经数次更名，从未用过蚩尤这个名字，也没有与之相近的发音。真谛是什么？这是一个值得深究的问题，有待细考。

《篸汪传》中，创世部分与苗族东、中、西部方言区其他支系的古歌史诗有少许相近处，比如兄妹成婚、射日射月等。这是因为远古时代他们经历了同样的自然和社会发展阶段。但《篸汪传》与它们的差异性贯穿始终，远远大于相似性。它没有苗族中部方言区的《苗族古歌》所唱诵的人类始祖姜央、蝴蝶妈妈；也没有西部方言区亚鲁王史诗的造人先祖董冬穹；它是独树一帜的四印苗神话，绝大多数唱诵是独特唯一的。

《篸汪传》中对女性有情感充沛的、充满感染力的描述。比如篸汪之母獭蹩、篸汪之妻乃汪、篸汪之媳娜汪、篸汪之孙女欧代珸等等。女性人物中，极有特色的一个神性人物是欧背佐。"欧背佐"是《篸汪传》中独立成篇的一章。欧背佐并非篸汪之妻乃汪"正出"。无绕们用了较大篇幅浓墨重彩、较为细腻地对她进行描述。无绕们唱诵了欧背佐的聪慧灵巧及其传奇故事：她主动向篸汪之子觉央示爱，求风神做媒。欧背佐天上地下肆意驰骋，她与觉央成家生子后，其子量天测地、治理天下。诵词中想象力汪洋恣肆，意境奇崛优美。

只有虎年、龙年、马年、猴年、鸡年才有四印苗村寨祭鼓，才能完整地唱诵《簪汪传》。经普查，现在能够唱诵《簪汪传》的无绕仅有三十二名，已摄录十五名，其余无绕的摄录还在进行。遗憾的是，无绕们的唱诵在日渐简化。如今，有关簪汪的唱诵一般只进行三四个小时。同是一个大意，但先辈的无绕能够用细致独到的语言去描述，而后辈的无绕却是提纲挈领，留下主干而不知不觉中剔除了鲜活。在枝蔓的不断散失中，那些诗意的蕴含也逐渐衰减，在唱诵的文学性上呈自然萎缩状。

祭鼓之夜关于簪汪率众迁徙征战的唱诵，没有任何文字记录，这些唱诵为何能够传诵至今？能够意会的是一种信仰的独特力量，它把苗人在唱诵中对时光、对历史和人本的认识植入了心灵。祭鼓民俗，尤其是关于簪汪的一系列唱诵，对学界研究苗族西部方言区的民族史、迁徙史、战争史、文学史、民俗史是一个重大的贡献。初步判断，这是又一部过去不曾进入学者视野的苗族史诗。《簪汪传》的书上附有十四位歌师唱诵的音频，扫二维码即可听到。

在省、市非遗部门的扶持下，清镇市非遗工作者和我们一道，尽最大的努力，共同发掘这座富矿。

《簪汪传》散发着悠远绵长的历史信息。它确实博大精深，其内容的丰富性、独特性和内涵的深邃，还有对苗人历史、迁徙史的详尽唱诵，均构成苗族西部方言区古歌中一个独特的、庞大的家族。出版后，期待着学者们的深入解读。

谢谢大家！

精读堂

主　办：
贵州省作家协会
贵州文学院
贵州千翻与作文化传播有限公司
协　办：
贵州广播电视台综合广播
贵州人民出版社
多彩贵州网
贵州都市报
贵阳日报

【学术顾问委员会】
主　任：欧阳黔森　黄昌祥
副主任：高　宏　陈雷鸣　戴　冰

委　员（以姓氏笔画为序）：
王　华　王剑平　井绪东　孔海蓉　冉正万
杜国景　李　晁　李寂荡　陈雷鸣　杨打铁
肖江虹　余未人　张　劲　张建建　欧阳黔森
周之江　赵卫峰　赵　旭　姚　辉　高　宏
唐亚平　曹　永　喻　健　禄　琴　谢廷秋
谢　挺　戴　冰　魏荣钊

学术主持，总策划：戴　冰
项目统筹：蔡乐薇
宣传总监：王　莹　张　超
制作总监：侯　莹
执行助理：马　兰
"精读堂"微信公众号主编：肖小月